LE MEURTRE DU SAMEDI MATIN

Un crime psychanalytique

Batya Gour est née en 1947 à Tel-Aviv. Diplômée de l'Université hébraïque de Jérusalem, elle a enseigné la littérature pendant vingt ans. Depuis, elle se consacre à l'écriture. Elle est actuellement critique littéraire au grand quotidien israélien indépendant, *Ha'aretz*, et enseigne l'écriture de scénarios à l'École israélienne de cinéma.
Outre ses enquêtes du commissaire Ohayon, Batya Gour est l'auteur de deux romans et d'un essai sur la pauvreté en Israël. Elle vit à Jérusalem.
Ont déjà été publiés en France : *Le Meurtre du samedi matin* (1993), *Meurtre à l'Université* (1994), *Meurtre au kibboutz* (1995) et *Meurtre au Philharmonique* (1997).

Paru dans Le Livre de Poche :

MEURTRE AU KIBBOUTZ

BATYA GOUR

Le Meurtre du samedi matin

Un crime psychanalytique

ROMAN TRADUIT DE L'HÉBREU PAR JACQUELINE CARNAUD
ET LAURENCE SENDROWICZ

FAYARD

Cet ouvrage est la traduction intégrale, publiée pour la première fois en France, du livre de langue hébraïque :

רצה בשבת בבוקר

édité par Keter Publishing House, Jerusalem Ltd.

CHAPITRE PREMIER

Shlomo Gold savait qu'il lui faudrait des années avant de pouvoir garer sa voiture devant l'Institut sans sentir une main glacée lui étreindre le cœur. Si seulement la Société de psychanalyse avait déménagé de Talbieh ! Il n'aurait plus alors à subir ces bouffées d'angoisse. Un moment, il avait même envisagé de demander, à titre exceptionnel, l'autorisation de recevoir ses patients ailleurs ; toutefois, il y avait renoncé : comme l'estimaient ses contrôleurs, c'était en lui et non dans des expédients d'ordre purement matériel qu'il devait trouver la force de surmonter une telle épreuve.

Les paroles du vieil Hildesheimer résonnaient encore à ses oreilles. Le bâtiment n'y était pour rien ; ce n'était pas là qu'il devait chercher l'origine de ses angoisses, mais dans ses réactions à cette tragédie. Ces mots, prononcés avec un épais accent allemand, Gold, à présent, les entendait chaque fois qu'il s'approchait du siège de l'Institut. En particulier cette phrase selon laquelle on devait lutter contre ses propres émotions et non s'escrimer vainement contre des murs de pierre.

Bien sûr, avait concédé Hildesheimer, il s'agissait de sa psychanalyste, à lui, Gold, et d'ajouter en posant sur lui un regard pénétrant : pourquoi n'essaierait-il pas justement de tirer parti de ces circonstances difficiles ? Néanmoins, lui qui avait été si fier de recevoir les clés de l'Institut, ne pouvait plus entrer dans son cabinet de consultation sans transpirer d'angoisse.

Quel chemin il avait dû parcourir jusqu'à ce qu'on les lui confie, ces clés ! Ce n'est qu'à la fin de sa deuxième année d'études à l'Institut que la commission de formation, réunie au grand complet, l'avait jugé apte à tenter une vraie analyse et à traiter son premier patient (sous contrôle, naturellement). Ce que ces clés représentaient, la fierté qu'il en retirait, le bonheur avec lequel il prenait possession des lieux, tout avait disparu — rien n'était plus comme avant depuis ce samedi-là.

Certains ne se privaient pas de railler les rapports affectifs qu'il entretenait alors avec cette villa de style arabe où l'Institut avait élu domicile, cette maison en pierres de taille à la façade arrondie qu'il se plaisait à montrer à chaque invité qui venait à Jérusalem. Il se portait toujours volontaire et ne cherchait pas à cacher le sentiment d'appartenance qu'elle faisait naître en lui. Bien au contraire. Il agitait les bras comme s'il voulait l'embrasser du geste, avec ses deux étages, son grand jardin où les rosiers fleurissaient toute l'année, ses deux volées de marches qui montaient en s'incurvant de chaque côté du perron et conduisaient à la porte d'entrée. Puis, s'immobilisant, il attendait du visiteur une expression d'émerveillement, la confirmation que ce royal édifice remplissait parfaitement sa fonction.

Depuis ce samedi, sa naïveté, son admiration sans réserve, son impression d'appartenir à une tribu secrète, la fierté engendrée par son premier patient, tout cela s'était évanoui et avait cédé la place à un sentiment oppressant d'angoisse ; depuis ce « samedi noir », comme il l'appelait dans son for intérieur, où il s'était proposé pour préparer les locaux en vue de la conférence d'Eva Neidorf, laquelle venait de rentrer d'un séjour d'un mois chez sa fille, à Chicago.

Ce jour-là, Shlomo Gold s'était approché de l'Institut sans se douter que sa vie en serait complètement bouleversée. C'était un samedi de mars, ensoleillé, tout plein de pépiements d'oiseaux ; ému à l'idée de revoir sa psychanalyste, il était parti de bonne heure de Beit Hakerem, le quartier où il habitait, afin d'arranger la salle, de sortir les chaises pliantes du débarras, de les disposer en rangs et de remplir le distributeur d'eau chaude qui servait à faire le café ; un samedi matin, tout le monde en voudrait. La conférence devait commencer à dix heures et demie ; il était à peine neuf heures lorsque sa voiture se profila en haut de la rue.

Une paix sabbatique régnait sur Jérusalem, et le quartier, toujours calme, était totalement silencieux. En passant dans la rue Jabotinsky, il avait même remarqué l'absence de policiers en faction devant la résidence du chef de l'État.

Gold inspira un grand bol de cet air si pur et contourna prestement le chat noir qui traversait la chaussée avec une noble indifférence. Il sourit en songeant aux superstitions attachées à ces animaux — dernier sourire à ce sujet, car, à cet égard aussi, sa position changerait après ce samedi-là.

Cette conférence le remplissait d'une excitation toute particulière : il allait revoir sa psychanalyste après un mois d'absence.

Depuis quatre ans qu'elle le suivait, il avait souvent eu le privilège de l'écouter. Chaque fois, c'était pour lui une expérience exaltante. Certes, face à elle, il se sentait tout petit et avait comme le pressentiment qu'il ne deviendrait jamais un grand thérapeute. Cependant, il avait aussi conscience de vivre des moments exceptionnels : ce don du ciel si rare — cette intuition bénie grâce à laquelle Eva Neidorf savait infailliblement quoi dire à un patient, à quel moment et avec quel degré de chaleur — non seulement il en était le témoin, mais il en bénéficiait, lui, son analysant.

Sur la circulaire annonçant le programme des activités de ce samedi figurait l'intitulé de la conférence : « Quelques aspects des problèmes éthiques et juridiques soulevés par la cure analytique. » Personne n'était dupe de l'euphémisme « quelques aspects ».

Shlomo Gold savait que la conférence de ce jour, qui commencerait par une modeste introduction, ouvrirait un monde de perspectives. Comme les précédentes, elle serait publiée dans une revue professionnelle et susciterait des débats passionnés, ainsi qu'une série d'articles de réactions et de contre-réactions ; il se réjouissait à l'idée de pouvoir détecter les légères modifications que le Dr Neidorf aurait apportées à son texte avant de le publier. Une fois de plus, il pourrait s'enivrer du plaisir de se dire « j'y étais », un peu comme celui qui écoute à la radio un concert auquel il a assisté.

Gold se gara devant le portail ; la rue était encore déserte. De la boîte à gants, il sortit le trousseau de clés de l'Institut, qu'il gardait séparément ; y étaient accrochées la clé de la porte d'entrée, la clé du cadenas du téléphone et celle du débarras. Il ferma sa voiture et poussa la grille peinte en vert sur laquelle seul un œil averti pouvait distinguer la plaque en cuivre indiquant la vocation des lieux. Il gravit les marches qui conduisaient à la porte en bois, laquelle était invisible d'en bas. Comme d'habitude, il ne put résister à la tentation de se retourner et de contempler, du haut du perron, la rue et le jardin en fleurs d'où s'élevait un parfum de jasmin et de chèvrefeuille. Puis, un léger sourire aux lèvres, il entra dans le hall plongé dans l'obscurité.

Les fenêtres étaient closes et recouvertes d'épais rideaux. Gold ne se souvenait plus qui en avait fait don à l'Institut, mais le fait est qu'ils remplissaient parfaitement leur rôle. Chaque recoin de ce hall — qui donnait accès à six cabinets fermés par de lourdes portes en bois — lui était aussi familier que la maison de son enfance.

À bien y réfléchir, tout avait commencé au moment où il avait entendu un bruit de verre brisé. Il venait de pousser la table contre le mur et reprenait son souffle appuyé contre elle, quand l'incident s'était produit. Malgré un instant de paralysie, il avait deviné, sans même lever la tête, laquelle des photographies était tombée.

Après des années passées dans cette salle de conférences à écouter, les yeux errant sur les murs, des présentations de cas et des exposés théoriques, il connaissait exactement, comme tout le monde d'ailleurs, l'emplacement de chacune d'entre elles.

Les photos des disparus occupaient tous les murs de la salle ; lorsqu'on avait cloué la dernière quelques mois plus tôt, quelqu'un avait remarqué en plaisantant que les membres de l'Institut encore en vie n'avaient plus d'autre alternative que de devenir immortels. Ayant passé des heures à contempler ces visages, Gold n'ignorait rien de leur expression. Ainsi, sans même regarder, il se souvenait des yeux rieurs de Frouma Hollander, psychanalyste didacticienne, membre de la deuxième génération, après celle des fondateurs, soudainement emportée par un infarctus à l'âge de soixante et un ans. Sa photo était accrochée à droite de l'entrée ; quand on était assis tout au bout du même côté, on pouvait voir ses yeux sans être gêné par le reflet. À gauche de l'entrée, se trouvait celle de Seymour Loewenstein qui, après avoir travaillé à l'Institut de New York, avait rejoint l'Institut israélien et était décédé d'un cancer à cinquante-deux ans. Sur le cadre, à côté de leur nom, étaient gravées leur année de naissance et celle de leur mort. Un thérapeute attendant un patient en retard pouvait aller de portrait en portrait, s'imprégner de ces détails et observer le visage de tous les disparus.

La photo qui était tombée était celle de Mimi Zilberthal décédée avant l'arrivée de Gold à l'Institut. Il ne l'avait pas connue et ignorait de quoi elle était morte. Un jour, il s'en était enquis auprès de l'un des anciens. Pour toute réponse, celui-ci lui avait demandé, en le foudroyant du regard, pourquoi il tenait tant à le savoir. Quelqu'un d'autre aurait peut-être insisté, mais lui, sentant qu'il avait mis le doigt sur quelque chose de trouble, avait préféré rester dans l'ignorance.

Toutefois, ce samedi-là, après que son univers se fut écroulé, il avait saisi des bribes de conversation entre Joe Linder et Nahum Rosenfeld. Brandissant la photo dépourvue de son verre sous le nez de Rosenfeld, Linder s'était écrié qu'on n'avait pas le droit de profiter de l'occasion pour s'en débarrasser : « Ce n'est pas parce que quelqu'un s'est suicidé qu'on peut enlever sa photo du mur. » Les deux analystes se tenaient dans la cuisine et n'avaient pas remarqué la présence de Gold sur le seuil. Après tout ce qu'il avait vécu ce matin même, cette révélation sensationnelle ne l'avait pas ébranlé.

Gold balaya rapidement les éclats de verre, alla déposer la photo dans la cuisine, à côté du petit réfrigérateur, et se dirigea vers le débarras pour en sortir les chaises pliantes. Il n'était que neuf heures passées de quelques minutes ; il avait largement le temps, même si, selon ses calculs, il lui faudrait disposer une bonne centaine de chaises (on se déplacerait de tout Israël pour venir écouter Eva Neidorf). Après en avoir aligné quatre-vingt-dix en rangées semi-circulaires, il contempla son travail avec satisfaction, mais décida finalement d'en apporter encore quelques-unes des pièces attenantes.

Chaque fois qu'il pénétrait dans l'un des cabinets de consultation, surtout s'il se trouvait seul dans le bâtiment, il ne pouvait s'empêcher d'être impressionné par leur côté remarquablement fonctionnel. Comme tous les autres, celui à droite de l'entrée était plongé dans la pénombre ; ses hautes fenêtres et ses meubles massifs lui conféraient un air solennel et mystérieux. Quand il ouvrait les rideaux, l'image d'une église gothique lui traversait immanquablement l'esprit.

Dans tous les cabinets de consultation, il y avait un divan et, derrière le divan, un fauteuil, lequel paraissait plus confortable qu'il ne l'était en réalité. (Tous les thérapeutes qui travaillaient à l'Institut se plaignaient de douleurs dans le dos. La plupart avaient un petit coussin qu'ils glissaient discrètement sous leurs reins.) Il y avait aussi des tableaux aux couleurs sombres et quelques chaises qui servaient aux séminaires.

Les séminaires avaient lieu le soir, en général le mardi. Les étudiants de l'Institut, toutes promotions confondues, s'y retrouvaient. Les pièces étaient alors éclairées et leur pesante atmosphère s'en trouvait quelque peu dissipée. On disposait les chaises en cercle ; une odeur de café et de gâteau s'échappait de la cuisine. Au moment de la pause, tout le monde s'y précipitait.

Une fois par semaine, à la grande satisfaction de Hildesheimer qui voulait voir le bâtiment « plein de vie », une agitation s'emparait de l'Institut, la rue se remplissait de voitures et, pendant la pause, on pouvait entendre un brouhaha de conversations et même des rires, tandis que professeurs et étudiants se mêlaient les uns aux autres et se racontaient leur semaine écoulée. Il y en avait toujours un qui apportait le café ; quant aux gâteaux, le tour de rôle était scrupuleusement respecté.

Toutefois, rien n'égalait les activités du samedi.

Le mardi, jour de séminaire, on pouvait être sûr qu'un thérapeute surgirait inopinément d'une des pièces pour demander aux gens arrivés en avance de bien vouloir se retirer un instant dans la cuisine, le temps qu'il raccompagne son patient incognito. Le samedi, en revanche, la place était libre. Même les plus matinaux trouvaient les portes grandes ouvertes et si l'envie les en prenait, ils pouvaient siffloter un air idiot sans craindre de violer l'intimité des personnes allongées sur les divans.

Certes, il n'y avait pas suffisamment de cabinets pour les trente candidats et leurs patients.

Certes, il y avait des problèmes de répartition des pièces et d'aménagement des horaires, mais chaque fois que des réclamations en ce sens étaient portées devant la commission de formation, le vieil Hildesheimer ne manquait pas de réaffirmer que, tant qu'ils n'étaient pas devenus membres, les candidats devaient continuer à recevoir leurs patients dans les locaux de l'Institut. Le bâtiment était là pour qu'on s'en serve, ce devait être un « lieu vivant », rapportaient ses proches.

On ne pouvait pas dire que la répartition des pièces soulevait de véritables disputes, mais on sentait nettement les différences d'ancienneté et de statut entre les candidats. Un débutant se voyait systématiquement attribuer le petit cabinet, alors qu'un candidat plus chevronné — avec trois patients — pouvait choisir celui qu'il voulait.

Outre son exiguïté, le petit cabinet avait pour principal inconvénient d'être situé juste à côté de la cuisine : malgré tous les dispositifs d'insonorisation, dont un épais rideau tapissant la porte, les chuchotements de ceux qui, entre deux patients, se retrouvaient pour un café, la sonnerie du téléphone, la voix lente et hésitante de la secrétaire parvenaient à se frayer un chemin à l'intérieur.

Ces bruits ne cessaient de susciter des associations chez les patients qu'on y recevait. Combien d'heures Gold n'avait-il pas passées à en proposer des interprétations à son deuxième cas, une femme qui était persuadée qu'on entendait ce qu'elle disait de l'autre côté de la cloison.

Le samedi, en revanche, jour réservé aux conférences et aux délibérations, tout était permis. On pouvait ouvrir les fenêtres en grand, laisser pénétrer la lumière dorée de Jérusalem et, avec elle, le monde extérieur. Sifflotant gaiement, il entra dans le petit cabinet, afin d'en sortir encore quelques chaises. Comme d'habitude, cette pièce — son lieu de travail — lui parut agréable et familière. Ce qui ne l'empêchait pas d'attendre avec impatience le moment où il aurait suffisamment d'ancienneté pour pouvoir déménager dans le premier cabinet à droite de l'entrée, le «cabinet de Frouma», comme il l'avait surnommé, à cause du mobilier, imposant et chaleureux, que Frouma Hollander, une célibataire sans enfant, avait légué à l'Institut. Ces meubles et même les tableaux aux couleurs un peu éteintes avaient conservé quelque chose de la gentillesse de leur ancienne propriétaire, de sa joie de vivre, de la vivacité de son regard.

Gold s'arrêta sur le seuil. Il faisait si sombre dans la pièce qu'il pouvait à peine en distinguer les contours. Il alla ouvrir les rideaux, tout en songeant qu'il n'avait pas encore préparé les tasses pour le café ni disposé les cendriers. Lui-même ne fumait pas, mais d'autres si.

Par exemple, le professeur Nahum Rosenfeld, auquel un mince cigare, toujours planté au coin des lèvres, donnait un air irrité et revêche. Si l'on ne plaçait pas un cendrier à portée de sa main, le sol autour de lui était invariablement jonché de cendres et de mégots bruns. Sa façon d'écraser le bout de son cigare pour passer sans remords au suivant trahissait certains traits, peu sympathiques, de son caractère. S'identifiant en quelque sorte au mégot réduit en charpie, Gold en avait parfois des frissons.

Il se retourna et promena un regard circulaire dans le petit cabinet. Soudain, sa respiration s'arrêta net, au sens propre du terme. Plus tard, s'efforçant de décrire ce qu'il avait ressenti à ce moment-là, il dirait que son cœur avait raté une systole.

Le Dr Eva Neidorf — « en personne », ne se lasserait-il pas de répéter par la suite — était assise dans un fauteuil, le fauteuil de l'analyste. Évidemment, il ne pouvait en croire ses yeux. Sa conférence ne devait débuter qu'à dix heures trente, or il était à peine neuf heures et demie ; la veille seulement, elle était rentrée de Chicago et, de toute façon, elle ne venait jamais aussi en avance.

Immobile, le corps renversé en arrière, Eva Neidorf avait une joue appuyée sur une main et la tête légèrement inclinée vers la gauche.

À la voir ainsi endormie, il eut brusquement l'impression d'enfreindre un tabou. Pas seulement parce qu'il violait son intimité, mais aussi parce que se révélait à lui une autre personne qu'il lui était en quelque sorte interdit de connaître. Il se souvint de la première fois où il l'avait vue boire un café. À quel point il lui était difficile de la considérer comme un être ordinaire. Il se rappelait même le léger frémissement de sa main tenant la tasse. Bien entendu, déjà à l'époque, il n'était pas sans savoir que ce genre d'attitude à l'égard d'un thérapeute était monnaie courante, que toutes les théories psychanalytiques en parlaient abondamment.

Pendant quelques secondes, il se demanda comment il devait s'adresser à elle. À plusieurs reprises, il chuchota : « Dr Neidorf. » Pas de réaction. Une voix intérieure, comme il le dirait plus tard, lui avait alors intimé l'ordre d'insister avec douceur. Il n'avait pas compris pourquoi, se sentant surtout troublé à l'idée de la gêne qu'elle éprouverait en se réveillant et en le découvrant planté devant elle.

Il s'arrêta un instant pour la dévisager. Jamais il ne lui avait vu une expression aussi bizarre. Une sorte de relâchement, pensa-t-il, ou même une absence de vie, alors que son visage était toujours empreint d'une telle intensité, que c'était ce qui frappait en premier. Cet étrange relâchement venait peut-être de ce qu'elle avait les paupières closes. C'était ses yeux qui exprimaient son énergie, des yeux extraordinaires, dotés d'un regard incroyablement pénétrant. Les rares occasions où il avait osé croiser ce regard, il avait ressenti comme une brûlure. Pour la première fois de sa vie, il se permettait de la détailler de près, comme un enfant observe sa mère en train de se déshabiller, alors que celle-ci le croit endormi.

Tout le monde convenait qu'Eva Neidorf était une femme d'une beauté exceptionnelle. La plus belle de l'Institut, disait Joe Linder, non sans ajouter que ce n'était pas très difficile. Quoi qu'il en soit, à cinquante et un ans, elle attirait toujours les regards quand elle pénétrait dans une pièce, celui des hommes comme celui des femmes. Elle avait conscience d'être belle, mais n'en tirait aucune vanité, se contentant de veiller avec soin sur cette donnée de l'existence, comme si son corps et elle formaient deux entités distinctes. Ses tenues faisaient l'objet de longs commentaires, y compris parmi la gent masculine. Candidats, supervisés ou analystes, personne ne pouvait rester indifférent à son apparence. Comme tous le savaient, même le vieil Hildesheimer avait un faible pour elle. Pendant les conférences, il lui adressait des sourires de connivence. Durant les pauses, ils discutaient ensemble, à l'écart, l'air grave. Quand ils inclinaient la tête l'un vers l'autre, la complicité qui les unissait faisait vibrer l'air autour d'eux.

Maintenant qu'elle était endormie, Gold pouvait l'examiner à loisir. Ses cheveux, relevés en chignon, étaient parsemés de fils argentés, et une épaisse couche de fond de teint recouvrait son visage, en particulier ses petites pommettes et son menton pointu. Ses paupières aussi étaient lourdement fardées. À la regarder de si près, Gold se rendit compte qu'elle avait beaucoup vieilli ces derniers temps. Il se souvint qu'elle était déjà grand-mère, qu'elle avait également un grand fils et que, depuis la mort de son mari, elle paraissait plus fatiguée. Il s'était souvent interrogé sur sa vie de couple, mais chaque fois qu'il essayait de se l'imaginer chez elle, il la voyait dans l'une de ses robes élégantes, comme celle qu'elle portait en ce moment, une robe blanche en apparence toute simple, mais dont même un profane comme lui pouvait apprécier la coupe et le prix.

Ensemble, ils avaient consacré de nombreuses heures à discuter de son incapacité à se comporter avec elle comme avec une personne ordinaire, ou à imaginer qu'elle pût avoir une vie privée en dehors des séances d'analyse. Pour lui, « elle portait toujours sa robe blanche ou la noire », selon le cas ; il lui était impossible de se la représenter, vaquant, par exemple, à des tâches domestiques. D'ailleurs, il n'était pas le seul dans ce cas. Personne n'arrivait à se l'imaginer en peignoir. Il y en avait même qui soutenaient mordicus qu'elle ne mangeait jamais.

Cela dit, tous admiraient ses qualités d'analyste. Et comme superviseur, elle n'avait tout simplement pas d'égal. Ceux qu'elle contrôlait suivaient à la lettre ses recommandations, ne tarissant pas d'éloges sur sa « perspicacité », la « finesse de ses intuitions » et son « inépuisable énergie ». Tous s'efforçaient d'acquérir sa méthode et son style, mais personne ne possédait ce sixième sens qui lui soufflait la bonne chose à dire au bon moment.

Quand elle donnait une conférence le samedi matin à l'Institut, on accourait de partout. Les gens se déplaçaient de Tel Aviv et de Haïfa, et même les deux kibboutzniks des environs de Beersheva se débrouillaient pour trouver un transport. Ses conférences suscitaient toujours des discussions animées ; chaque fois, elles contenaient quelque chose de nouveau et d'original. De temps en temps, des bouts de phrases qu'il l'avait entendue prononcer un samedi continuaient à lui trotter dans la tête pendant des jours et finissaient par se mêler à ce qu'elle lui disait au cours de ses séances d'analyse.

Retenant son souffle, il lui effleura délicatement le bras. Comme le tissu de sa robe était soyeux ! Heureusement qu'on était en hiver, se réjouit-il : la longue manche lui évitait d'avoir à poser la main directement sur sa peau. Pourtant, une puissante envie de continuer à caresser cette manche le saisit, et il dut faire un effort pour se retenir. Effrayé par l'ambivalence de ses sentiments et les craintes qui l'assaillaient, il se prit à penser qu'il ne l'aurait jamais crue capable de s'abandonner à un sommeil aussi profond. Y aurait-il songé une seconde, il aurait juré qu'elle avait le sommeil léger.

De nouveau, il se demanda, presque à haute voix, ce qu'elle pouvait bien faire à l'Institut de si bonne heure. Elle ne s'était toujours pas réveillée. Il la toucha encore, cette fois avec angoisse.

Quelque chose clochait, mais il ne savait pas quoi.

Instinctivement, il lui prit le poignet. Il était froid. Comme le chauffage à gaz n'était pas allumé et qu'elle était si menue, il n'y attacha pas d'importance. Toutefois, en le reprenant et en tâtant machinalement le pouls, il eut subitement l'impression de se retrouver à l'hôpital, durant ses longues nuits de garde, quand il était jeune interne en psychiatrie. Pas de pouls. Le mot « mort » ne s'était pas encore formé dans son esprit, trop occupé à détecter ne fût-ce qu'un faible battement. C'est alors que lui revinrent en mémoire toutes les histoires qu'on racontait à propos de cas similaires, des histoires qu'il avait toujours prises pour des blagues. Celle du patient qui déverse son ressentiment sur son psychanalyste sans que celui-ci ne réagisse, et s'aperçoit, à la fin de la séance, qu'il est mort. Celle de cet autre patient, le premier de la journée, qui arrive à la clinique et sonne à la porte ; comme personne ne vient ouvrir, il se décide à entrer et découvre son analyste assis dans son fauteuil, sans vie, ce dernier ayant apparemment succombé à son jogging matinal.

Mais ce n'était que des histoires, du folklore en quelque sorte. La réalité, c'était cet horrible creux au fond de son estomac. Il resta planté au milieu de la pièce et, conscient qu'il devait faire quelque chose, se répéta les faits : Neidorf, fauteuil, Institut, samedi matin, morte.

Ayant depuis peu terminé sa spécialisation en psychiatrie, Gold avait déjà rencontré la mort. Comme tout médecin, il avait développé des mécanismes de défense qui lui permettaient de vivre avec. Ainsi qu'il l'avait un jour expliqué à Eva Neidorf, il parvenait, avec plus ou moins de succès, à instaurer une saine distance entre lui et le corps d'un patient soudain privé de vie. Quand on l'appelait au chevet d'un mourant, un voile descendait sur ses « glandes affectives », comme il les appelait.

Mais cette fois-ci, le voile ne se déroula pas. Ou alors, un voile d'un genre différent. Comme dans un rêve, pas nécessairement un cauchemar d'ailleurs, tout se mit à flotter dans une espèce de brouillard, le sol perdit sa consistance habituelle, la porte sembla s'ouvrir d'elle-même, et bien qu'il eût l'impression que ses membres ne lui appartenaient plus, ce furent quand même ses jambes qui le conduisirent hors de la pièce et sa main qui referma doucement la porte.

Il s'effondra sur une chaise, juste de l'autre côté, face à la photo du regretté Erich Levin qui lui souriait avec bienveillance, derrière son cadre de verre. Puis, reprenant un peu ses esprits, encore qu'il eût vaguement conscience que ses symptômes ressemblaient à s'y méprendre à ceux que ses manuels regroupaient sous la dénomination d'état de choc, il se dit qu'il devait agir.

Comme un automate, il se leva, baissa la tête, respira profondément et, sans trop savoir comment, se retrouva dans la cuisine, devant le téléphone.

Non seulement, le cadenas n'était pas verrouillé, mais il gisait à côté de l'appareil, une clé attachée à un gros trousseau encore fichée dans le trou de la serrure. Sur le coup, Gold ne se posa même pas la question de savoir qui avait pu oublier de le verrouiller et être pressé au point de laisser ses clés sur la table. Par la suite, cependant, il se souviendrait très distinctement du trousseau et de son étui de fine peau rehaussée d'un délicat motif.

Et aussi de quantité d'autres petits détails : le robinet qui gouttait, une tasse de café presque pleine dans l'évier (sous l'écriteau : « Lavez vos tasses, S.V.P., et n'oubliez pas de débrancher la prise électrique. Le mois dernier, il a fallu changer la résistance », signé d'un vague gribouillis, celui de la secrétaire Pnina). Mais pour l'instant, seul le téléphone occupait son attention. Tout en s'asseyant à la place de la secrétaire, il composa un numéro et attendit, l'oreille collée au récepteur.

Après ce qui lui sembla être une éternité, quelqu'un décrocha, et une voix de femme âgée dit avec un fort accent allemand : « J'écoute. »

Gold avait maintes fois entendu parler de Frau Doktor Hildesheimer ; ce simple mot prononcé au bout du fil lui parut confirmer toutes les légendes qui couraient sur son compte. La dame en question, disait-on, considérait le téléphone, la sonnette d'entrée et la boîte aux lettres comme autant d'émissaires d'une puissance étrangère ennemie venus lui ravir son mari et le tuer à petit feu avec leurs incessantes requêtes.

Certains affirmaient que c'était grâce à elle qu'il devait d'avoir atteint l'âge qu'il avait — quatre-vingts ans le mois prochain —, sans jamais (et là, ils touchaient du bois) être vraiment tombé malade.

Non seulement son mode de vie n'avait pas changé depuis cinquante ans (huit heures de travail par jour les trente premières années, de huit à treize, puis de seize à dix-neuf heures, six par jour les vingt années suivantes, quatre le matin et deux l'après-midi — entre quatorze et seize heures, il n'était là pour personne), mais sa femme se montrait extrêmement pointilleuse sur des activités pourtant généralement considérées comme moins fatigantes que les visites de patients, par exemple le nombre de conférences auxquelles elle lui permettait de participer, soit comme orateur, soit comme auditeur, ou le nombre d'heures d'enseignement qu'elle l'autorisait à donner à l'Institut. En fait, la légende voulait qu'il était impossible de le joindre sans d'abord obtenir l'aval de son épouse.

Quand Frau Hildesheimer eut proféré son « j'écoute », Gold s'entendit articuler distinctement son nom et annoncer qu'il téléphonait du bâtiment (bien entendu, elle ne demanda pas lequel). Après un court silence, il s'excusa de les déranger un samedi, mais, précisa-t-il, il s'agissait d'une urgence. N'entendant plus aucun bruit, il se demanda si elle était encore au bout du fil. Néanmoins, il répéta deux fois « une urgence », et alors le miracle se produisit.

À en juger par le son de sa voix, on aurait dit que le vieil Hildesheimer ne dormait jamais, qu'il se tenait constamment sur le qui-vive, paré contre toute éventualité. Sachant qu'il devait assister à la conférence, Gold supposa qu'il avait l'intention de venir à pied. En effet, il n'habitait pas très loin de l'Institut et, quand le temps s'y prêtait, sa femme l'encourageait à prendre un peu d'exercice physique — avec modération, naturellement.

Dès qu'il entendit le « allô » du vieil homme, Gold se sentit libéré de toute responsabilité. Ne sachant trop comment s'y prendre pour exposer la situation, il se présenta à nouveau, précisant qu'il appelait de l'Institut, où il était venu en avance pour tout préparer. Dans l'expectative, Hildesheimer proféra un long « oui », mais comme Gold, qui ne trouvait pas ses mots, se taisait, il s'enquit, légèrement inquiet : « Dr Gold ? » Gold le rassura : il était toujours en ligne, et d'ajouter aussitôt, d'une voix déjà tremblante, que quelque chose de terrible, de vraiment terrible s'était produit, qu'il le priait de venir le plus vite possible. « C'est bon, j'arrive », dit Hildesheimer après quelques secondes.

Gold reposa le récepteur avec un immense soulagement. Puis, il alluma le distributeur d'eau chaude, geste totalement dépourvu de logique, puisque l'eau ne commencerait à bouillir qu'au bout d'une heure environ ; toutefois, l'idée de se rendre utile l'apaisa.

Dehors, les oiseaux devaient chanter, mais de tout son être il ne guettait qu'un seul bruit, celui du taxi amenant Hildesheimer, lequel, lorsqu'il se fit entendre à travers les fenêtres ouvertes, tinta à ses oreilles comme la plus suave des mélodies. Aussitôt, il se rua vers la porte d'entrée.

À cause de leur forme incurvée, les deux volées de marches qui conduisaient au perron ne permettaient pas de voir qui montait ; soudain, le crâne rond et dégarni de Hildesheimer surgit en haut de l'escalier de droite. Et dire qu'il n'était que neuf heures et demie !

Jusqu'à l'arrivée du vieil homme, il n'avait pas réfléchi à ce qu'il lui dirait. Tout à coup, il comprit qu'il allait devoir lui annoncer la mort d'Eva Neidorf, son ex-patiente, son ex-élève devenue une amie proche — sa « préférée », comme le susurraient certains — celle, disait-on, qui lui succéderait à la tête de la commission de formation. Du coup, son soulagement céda la place à l'angoisse et un vide se creusa à nouveau dans son estomac.

Quand Hildesheimer s'approcha de lui, l'air interrogateur et soucieux, il se rendit compte qu'il avait la gorge sèche, que sa langue était paralysée. Alors, il tendit le bras et l'invita à entrer. D'un pas rapide, Hildesheimer le suivit jusqu'au petit cabinet ; là, Gold lui céda le passage, et le vieil homme pénétra dans la pièce.

CHAPITRE II

Après un long moment, Ernst Hildesheimer sortit de la pièce et referma la porte derrière lui. Assis sur une chaise entre le petit cabinet et la cuisine, Gold attendait anxieusement son verdict. Livide, la bouche crispée, le vieil homme avait dans le regard une expression d'effroi et son visage trahissait une étrange colère.

« Avez-vous averti d'autres personnes à part moi ? s'enquit-il d'une voix étonnamment calme.

— Non, bredouilla Gold l'air égaré, je n'ai même pas pensé à appeler une ambulance. »

Sans paraître surpris, Hildesheimer marmonna qu'il comprenait très bien que Gold eût préféré lui laisser le soin d'appeler la police et, en quelques enjambées, gagna la cuisine.

Les intestins noués, Gold lui emboîta le pas. C'est alors qu'il entendit pour la première fois parler d'un revolver.

Plus tard, il serait incapable de reconstituer cette conversation téléphonique, se souvenant seulement de mots sans lien entre eux : « revolver » répété à plusieurs reprises, « peut-être » et aussi « accident ».

Assis face au vieil homme agrippé à la table, le peu qu'il saisissait jetait sur la situation une lumière si crue qu'il finit par bondir sur ses pieds, en proie à une sensation d'étouffement. Des cercles noirs tournoyaient devant ses yeux, ses tempes battaient à tout rompre, sa tête se vidait de son sang. Soudain, il comprit qu'il ne serait plus bon à rien dans l'heure qui allait suivre, qu'il était sur le point de succomber à « la pire migraine de sa vie », ainsi qu'il la qualifierait par la suite.

Dans sa jeunesse, il avait souvent souffert de migraines. Jusqu'à son analyse didactique, il n'avait pas réussi à déterminer le syndrome récurrent qui les engendrait. C'était Eva Neidorf qui, au cours de leurs séances, avait émis l'hypothèse que ces violents maux de tête provenaient d'une colère rentrée. (Comme si elle était là, tout près de lui, il l'entendait dire d'une voix douce : « Une colère que vous n'avez pas exprimée », et lorsqu'il lui avait demandé si elle voulait dire « une colère refoulée », elle lui avait gentiment rappelé, après un bref silence, qu'ils avaient convenu de ne pas employer de termes techniques en parlant de son cas. Non, elle pensait plutôt à une vraie colère qui n'aurait pas trouvé d'exutoire.) Outre la terreur qui s'était emparée de lui, il éprouvait une sorte de rage, peut-être de même nature que celle qu'il avait vue se peindre sur le visage d'Hildesheimer. On lui avait gâché sa matinée, on lui avait abîmé son Institut. Certes, en y resongeant, il se rendrait compte de la puérilité de sa réaction, mais sur le moment, la mort d'Eva Neidorf était si inattendue qu'elle lui paraissait encore irréelle. Il ferma les yeux, les rouvrit, s'approcha de l'armoire à pharmacie suspendue au-dessus de la table de la cuisine (Tricostéril, aspirine, teinture d'iode, paracétamol — « exactement comme à l'école maternelle, il n'y manque que les suppositoires », lançait, pince-sans-rire, Joe Linder chaque fois qu'il avait besoin d'un cachet) et prit deux aspirines. Toutefois, l'idée d'ingurgiter de l'eau lui donnant la nausée, il les avala sans rien.

Hildesheimer se tenait près de la fenêtre, silencieux. Il était presque dix heures. Bientôt, pensa Gold avec effarement mais aussi avec une espèce de joie maligne, l'Institut se remplirait de gens affolés et incrédules. Il ne comprenait pas cette histoire de police et de revolver. Cependant, le vieux professeur semblait si distant qu'il ne se sentait pas le courage de lui adresser la parole, et moins encore de lui demander des précisions. Aussi décida-t-il d'attendre stoïquement que les choses s'éclaircissent d'elles-mêmes.

« Mon pauvre ami, vous avez dû avoir un choc en la découvrant ainsi, déclara soudain Hildesheimer. J'en suis vraiment désolé. »

Confondu de reconnaissance, Gold s'émerveilla de la force d'âme dont le vieil homme faisait preuve. Mais avec lui, on trouvait toujours une raison ou une autre de s'émerveiller, que ce soit de la manière dont il assumait son âge, de sa sollicitude, de son courage, de son intelligence, de sa modestie ou de sa simplicité.

Avant de le rencontrer, Gold n'imaginait pas qu'un mythe pût prendre apparence humaine. Maintenant, sa seule présence lui semblait un gage que le monde ne s'était pas complètement écroulé : si Hildesheimer était encore capable de trouver les mots justes, tout n'était pas perdu, même si, dut-il s'avouer, ses paroles n'étaient pas aussi chaleureuses qu'à l'ordinaire. Elles dénotaient au contraire une maîtrise de soi si stupéfiante que Gold, n'osant pas donner libre cours aux questions qui se bousculaient dans sa tête, décida de patienter en silence.

Au moment précis où il prenait cette résolution, se fit entendre un mugissement de sirènes, dont l'écho ne cesserait de le poursuivre chaque fois qu'il s'approcherait de l'Institut.

Arrivé en compagnie de deux infirmiers, le médecin du Maguen David Rouge frappait à la porte. Avec une agilité incroyable pour un homme de son âge, Hildesheimer courut ouvrir. Par la suite, il ne serait plus nécessaire de frapper ni de sonner. En effet, cette porte toujours fermée au monde extérieur, qui gardait l'endroit que Gold considérait comme le plus protégé de la terre, allait rester béante toute la matinée, laissant s'engouffrer des forces obscures qui jusqu'alors faisaient tout au plus partie des fantasmes des patients. À présent, ces fantasmes devenaient réalité et plus rien ne ressemblait à rien.

Gold avait toutes les peines du monde à suivre le fil des événements. Non seulement il en était réduit, pour glaner quelques informations, à se faufiler d'un groupe à l'autre, mais encore il n'arrivait pas à saisir qui étaient ces individus qui s'affairaient autour de lui et qui, en l'espace de quelques minutes, s'étaient approprié les lieux. Plus rien n'appartenait aux membres de l'Institut, comme si le téléphone, les tables, les fauteuils et même les tasses à café avaient été réquisitionnés.

Le soir, lorsqu'il tenterait de reconstituer cette matinée, Gold se souviendrait qu'après le médecin était arrivé un policier en tenue. Précédé d'Hildesheimer, il avait pénétré dans le petit cabinet mais en était aussitôt ressorti pour se précipiter dehors. Gold, qui l'avait suivi jusqu'au perron, l'avait vu se pencher sur la portière de la voiture de patrouille et s'emparer d'un appareil d'où s'échappaient de drôles de voix. Dans la rue encore déserte avaient alors résonné des expressions telles que « Brigade criminelle », « ressort de la P.J. », « lieu du crime », expressions qu'il n'avait jamais entendues ailleurs qu'au cinéma.

Le policier en tenue resta à côté de sa voiture.

Gold entendait le bourdonnement de sa radio. Le gyrophare, sur le toit du véhicule, lui semblait ridicule et incongru. Il n'avait aucune envie de rentrer à l'intérieur, où se trouvaient le médecin, les deux infirmiers et Hildesheimer — lequel, se rappela-t-il soudain, était aussi médecin — et où il se sentait inutile et sans défense. De toute façon, les gens ne tarderaient pas à arriver ; autant attendre sur le perron et contempler le jardin comme si de rien n'était, profiter de cette agréable journée de mars, laisser errer son regard sur le court de tennis du Club des nouveaux immigrants et respirer le parfum du chèvrefeuille dont la douceur, à mille lieues du drame, lui faisait penser à la Colonie allemande. Mais ce quartier de Jérusalem lui rappela brusquement Eva Neidorf et, du coup, la plaisante chaleur du soleil se métamorphosa en une luminosité irritante et agressive. C'est alors qu'apparut une autre voiture, une Renault portant une plaque minéralogique de la police, et qu'en sortit, sans se hâter, un homme élancé aux cheveux bruns, suivi d'un petit rouquin frisé. Le policier en tenue les héla :

« Je ne savais pas que vous étiez de service aujourd'hui ! »

Le grand brun lui répondit quelque chose, trop bas pour que Gold entende. Donnant une tape sur le bras de son compagnon dont il n'atteignait pas l'épaule, le rouquin renchérit d'une voix forte :

« Eh oui, brigadier, voilà ce qui arrive quand on traîne au Central, à attendre que les ennuis vous tombent dessus ! »

Les trois hommes se dirigèrent vers le bâtiment. Instinctivement, Gold courut se réfugier à l'intérieur, laissant la porte d'entrée grande ouverte, et alla s'asseoir sur l'une des chaises toujours disposées en rangs. Le grand brun était vêtu d'un jeans et d'une chemise bleu clair à carreaux. De loin, il avait la silhouette d'un jeune homme, mais de près, on pouvait voir à son visage qu'il avait la quarantaine. Machinalement, Gold enregistrait chaque détail, jusqu'au plus infime. Il n'avait pas encore échangé un mot avec ce policier que déjà l'aisance naturelle avec laquelle celui-ci se déplaçait l'agaçait au plus haut point. Ses yeux en particulier, noirs, inquisiteurs, surmontés de sourcils touffus, avaient instantanément éveillé son animosité.

« C'est vous qui avez prévenu la police ? » lui demanda celui-ci abruptement.

Se sentant soudain petit, grassouillet et maladroit, Gold fit non de la tête et désigna le petit cabinet. Les trois hommes s'apprêtaient à y entrer, quand le brigadier chuchota quelque chose à l'oreille du grand brun. Alors celui-ci se retourna et pria Gold de ne pas s'éloigner. Puis les trois hommes disparurent dans la pièce.

Des cohortes de policiers commencèrent à envahir le bâtiment. Gold avait l'impression d'être perdu au milieu d'une mêlée. Une lourde sacoche en bandoulière, une fille d'allure sportive passa devant lui avec assurance. Deux hommes l'accompagnaient. Alerté par le remue-ménage, le grand brun sortit à leur rencontre :

« Le labo est arrivé, le photographe aussi ! » lança-t-il à l'intention de ses collègues restés dans la pièce.

Puis apparurent cinq personnes que Gold, à son grand soulagement, connaissait bien. C'était les membres de l'Institut qui habitaient Haïfa. Comme d'habitude, ceux qui viennent de loin arrivent les premiers, songea-t-il tandis que les plus jeunes du groupe l'assaillaient de questions : que faisait là la police ? Y avait-il eu un cambriolage ?

Devant la mine désemparée de Lizzie Sternfeld, une vieille dame approchant les soixante-dix ans, Gold n'eut pas le courage de leur répondre et alla frapper à la porte du petit cabinet. Hildesheimer en sortit aussitôt et entraîna Lizzie dans la cuisine d'où, peu de temps après, s'échappèrent des exclamations terrorisées, en allemand, de doux chuchotements masculins, eux aussi en allemand, puis de violents sanglots entrecoupés de cris rauques, probablement féminins. Alarmées, les quatre autres personnes de Haïfa se tournèrent vers Gold qui, se sentant acculé, allait leur fournir des explications, lorsque surgirent trois individus qu'il identifia instantanément comme des policiers, bien qu'ils fussent en civil. Il devina également qu'ils se situaient plus haut dans la hiérarchie que leurs collègues. Devançant leur attente, il leur désigna le petit cabinet, non sans se demander s'il y aurait assez de place pour tout le monde à l'intérieur. Quelqu'un les présenta à Hildesheimer : il s'agissait du directeur des Affaires criminelles du district de Jérusalem (le plus corpulent des trois), du chef de la Brigade criminelle du district de Jérusalem (apparemment le plus âgé) et du porte-parole de la Police de Jérusalem (un jeune blond à moustaches).

Puis surgit encore un autre homme, un officier des renseignements, ainsi qu'il se présenta lui-même à Gold.

« Où sont les autres ? » demanda-t-il, avant de se hâter à son tour vers le petit cabinet d'où sortait le rouquin.

« Mesdames et messieurs, vous êtes priés d'attendre dehors ou, à la rigueur, de vous asseoir dans le hall », déclara ce dernier.

Joignant le geste à la parole, il se mit à refouler vers la sortie les membres de l'Institut qui commençaient à affluer en grand nombre.

Chaque nouveau venu demandait ce que faisaient là les voitures de police et la raison de toute cette agitation. Le rouquin, que le porte-parole désignerait par la suite sous le nom « d'inspecteur », s'adressa, en l'appelant « Monsieur », à un policier tout juste arrivé, échangea avec lui quelques mots puis informa ses collègues que le directeur général de la Brigade criminelle était là. Étourdi par cette avalanche de grades et de fonctions, Gold décida de ne plus prêter attention à la noria des représentants des forces de l'ordre.

« Des voleurs auraient-ils par miracle emporté tous les fauteuils ? ironisa Joe Linder, arrivé sur ces entrefaites. Enfin une nouvelle génération de psychanalystes qui n'aura pas à souffrir du dos ! »

Comment aurait-il réagi si c'était lui qui avait découvert le corps ? songea Gold qui aurait donné cher pour voir Linder une fois, rien qu'une fois, à court de mots !

Cependant, personne n'était d'humeur à plaisanter et tous ceux qui risquaient un œil dans la cuisine en revenaient au triple galop. Ce n'était que regards perplexes lancés à la ronde. Personne, Dieu merci, n'imagina un instant que Gold pût détenir une quelconque information, lui qui faisait tant d'efforts pour voir sans être vu.

Le médecin et les deux infirmiers émergèrent du petit cabinet et s'en allèrent sans un mot. Le grand brun apparut à son tour et murmura quelque chose à l'adresse du rouquin, qui sortit lui aussi du bâtiment mais revint quelques minutes plus tard pour annoncer que le médecin légiste était en route, ainsi que l'Identité judiciaire.

Presque tous les membres de l'Institut étaient désormais arrivés. Quelques-uns étaient assis sur les chaises que Gold avait préparées quand tout était encore normal. Dans la foule déjà dense, il aperçut, à côté des deux kibboutzniks du Néguev, deux individus qui sortaient de leurs sacoches en cuir de petits appareils ressemblant à des magnétophones. Le vacarme étant devenu intolérable, Gold décida de battre en retraite dans la cuisine (il ne lui serait pas venu à l'idée d'abandonner le bâtiment).

Mais, là aussi, il se sentit tout de suite de trop. Lizzie Sternfeld s'essuyait les yeux dans un grand mouchoir d'homme soigneusement repassé qui, selon toute apparence, provenait de la poche d'Hildesheimer. Assis près d'elle, le vieil homme lui caressait doucement la main, ce que Gold ne lui avait jamais vu faire mais qui était évidemment le geste le plus approprié aux circonstances. Survint alors le grand brun :

« Cet établissement, c'est quoi *exactement* ? » demanda-t-il à Hildesheimer.

Le vieil homme le dévisagea avec lassitude, puis une brève lueur passa dans ses yeux :

« Un institut de psychanalyse », répondit-il laconiquement.

La perplexité se peignit sur le visage du policier. Gold en déduisit qu'il n'avait jamais dû entendre ce terme, mais à sa surprise, ce dernier répliqua :

« De psychanalyse ? Le divan et tout ce qui s'ensuit ? »

Le vieil homme acquiesça. Alors le policier esquissa un sourire, qu'il réprima aussitôt, ajoutant, presque en s'excusant, qu'il ne savait pas qu'il existait un institut dont c'était la vocation. Visiblement, il avait compris que le professeur n'était pas du genre à apprécier des plaisanteries sur le sujet, même en temps normal.

« Dans cet institut, des étudiants apprennent à soigner des patients selon la méthode analytique », lui répondit Hildesheimer rasséréné, avant d'exposer ce que l'on faisait « exactement » dans « cet établissement ». Intrigué, le policier l'écoutait avec un intérêt croissant, comme s'il voulait vraiment pénétrer au fond des choses. Gold dut s'avouer que, décidément, cet homme l'étonnait.

Un peu gêné des préventions qu'il avait conçues à son égard, il se promit de se corriger, mais une voix forte coupa court à ses réflexions. Sortant de la cuisine, il vit le blond à moustaches saisir par le bras les deux individus porteurs d'un magnétophone.

« La presse aussi est priée d'évacuer les lieux. Attendez dehors, s'il vous plaît ! »

Choqué d'apprendre qu'il s'agissait de journalistes, Gold estima qu'il était de son devoir d'en informer Hildesheimer. Toutefois, il ne put mettre son projet à exécution car, à cet instant, les gens de l'Institut se dressèrent comme un seul homme, exigeant avec force des explications. Le bruit avait commencé à courir qu'on avait découvert un cadavre. La consternation se lisait sur tous les visages.

Du coin de l'œil, Gold vit les deux haut gradés sortir du petit cabinet et s'approcher de la cuisine, vraisemblablement pour rejoindre le grand brun qui s'y trouvait encore avec Hildesheimer. Sans que personne ne l'en empêche, il s'approcha et tendit l'oreille.

Le grand brun exposait au chef de la Brigade criminelle « le problème des médias ». Ainsi que venait de le lui expliquer le professeur Hildesheimer, il fallait à tout prix empêcher les journalistes d'ébruiter l'affaire, car la victime (Gold trouva ce terme intolérable) avait de nombreux patients qu'il convenait de prévenir avec ménagement.

L'autre répondit qu'il doutait de pouvoir obtenir du tribunal un ordre de censure et suggéra plutôt de donner aux journalistes « un os à ronger ». L'interrompant avec une colère contenue, Hildesheimer voulut savoir comment il se faisait que la presse fût déjà là.

Imperturbable, le grand brun lui expliqua que cela tenait aux fréquences radio : les reporters qui couvraient les faits divers étaient branchés sur les mêmes longueurs d'ondes que la police. Hildesheimer pinça les lèvres, se tourna vers Lizzie qui, entre-temps, s'était arrêtée de pleurer, et leva les bras en signe d'impuissance. À ce moment, Gold entendit le directeur des Affaires criminelles dire au grand brun :

« Viens, Ohayon, nous devons régler certains points. »

Gold, qui avait immédiatement enregistré ce nom, les suivit du regard sans quitter son poste d'observation.

Ohayon et ses deux supérieurs entrèrent dans l'un des cabinets. Puis, dans un défilé imposant qui resterait pour Gold le seul épisode comique de la journée, y pénétrèrent à tour de rôle tous les représentants de la loi présents sur les lieux. Ce n'est que grâce au journaliste qui avait réussi à se faufiler jusqu'à la porte et commentait l'action dans son micro qu'il put enfin comprendre qui étaient ces policiers, leur grade et leur fonction.

Ce petit homme débordant d'énergie les nommait au fur et à mesure qu'ils franchissaient le seuil. Étaient déjà entrés le commissaire Michaël Ohayon, directeur adjoint des Affaires criminelles du district de Jérusalem, le commissaire principal, directeur du même service, et le commissaire divisionnaire, chef de la Brigade criminelle du district de Jérusalem, suivi par le porte-parole de la police de Jérusalem. Au passage, ce dernier foudroya du regard le journaliste, lequel s'interrompit un instant, mais reprit aussitôt pour susurrer dans son petit appareil que des experts du laboratoire scientifique et technique avaient rejoint leurs collègues. Il mentionna également le nom d'une femme — Gold ne retint pas sa fonction — ainsi que celui de l'officier des renseignements, du chef du Service des investigations et, enfin, du directeur du Département des crimes et délits.

Un certain laps de temps s'écoula, puis tous ressortirent en procession. En grande discussion avec son supérieur immédiat, Ohayon fermait la marche. Gold ne capta que des bribes de leur conversation, une phrase prononcée par Ohayon : « O. K. Attendons les conclusions du médecin légiste et des experts », et ces mots un peu ironiques de la réponse du commissaire principal : « avec ton charme habituel... »

Comme ils s'éloignaient, la suite de leurs propos lui échappa. Ohayon et les deux haut gradés se dirigeaient vers la sortie, lorsqu'un brouhaha épouvantable les obligea à s'arrêter sur le seuil. Gold vit un groupe de gens les prendre à partie et les questionner d'un ton vindicatif.

« Mesdames et messieurs, je vous en prie, calmez-vous, déclara le commissaire divisionnaire, qui criait presque. Voici le commissaire Ohayon. C'est lui qui est chargé de l'enquête. Il répondra à toutes vos questions en temps voulu. »

Sur ce, il disparut rapidement, laissant derrière lui une foule en plein désarroi.

Profitant du silence précaire qui venait de s'instaurer, Ohayon se tourna vers Hildesheimer, lequel se tenait légèrement en retrait, et l'invita à informer brièvement ses collègues de ce qui venait de se passer. Debout à côté de la petite table destinée au conférencier, Hildesheimer attendit patiemment que tous s'installent sur les chaises que Gold avait préparées.

Gold, cependant, ne put l'écouter, car, à cet instant, le commissaire le pria, très poliment, de le suivre dans une des pièces et, sans lui laisser le temps de réagir, ouvrit la porte du « cabinet de Frouma ».

Outre le divan et le fauteuil de l'analyste, il y avait dans cette pièce deux autres fauteuils ; en général, ils étaient poussés dans un coin mais, ce jour-là, ils se trouvaient disposés de façon à former un angle de quarante-cinq degrés. Réservés aux premiers entretiens avant le début d'une cure, cette disposition particulière donnait au patient la possibilité de ne pas regarder le thérapeute en face s'il ne le désirait pas. Ce dernier occupait toujours le fauteuil le plus proche de la porte. À cela aussi, il y avait une bonne raison. Or, c'est justement ce fauteuil que choisit Ohayon, invitant Gold à prendre place sur l'autre. Gold voulut protester mais ne trouva pas ses mots. De toute façon, il n'aurait pas trop su dire contre quoi. Toujours est-il qu'il sentait monter en lui une violente indignation contre cet intrus qui, avec une incroyable désinvolture, bafouait les règles les plus sacrées.

Il y eut un silence interminable. Gold se sentait de plus en plus tendu, alors que le commissaire, au contraire, lui paraissait de plus en plus serein, tel un fauve assuré de tenir sa proie. Soudain, d'une voix affable qui dissipa ses craintes en les éclairant sous leur vrai jour — il avait projeté ses angoisses sur le policier, comme auraient dit ses collègues, — Ohayon le pria de lui raconter, aussi précisément que possible, sa matinée.

Gold avait la bouche effroyablement sèche, mais comme il était hors de question d'aller se chercher à boire, il se racla la gorge et dut s'y reprendre à plusieurs fois avant de pouvoir articuler un son intelligible. Sa migraine ne s'était pas totalement dissipée, elle battait encore sous ses tempes, menaçant de revenir en force à tout instant. Confortablement installé dans son fauteuil, les bras croisés sur la poitrine et les jambes allongées devant lui, le commissaire l'écouta jusqu'au bout sans l'interrompre. Malgré son air détaché, Gold était certain qu'il n'avait pas perdu un mot de son récit. Comme pour confirmer son impression, le policier lui demanda :

« Avez-vous croisé quelqu'un en arrivant ce matin ? »

Gold revit la rue déserte, le chat noir, et fit non de la tête.

N'avait-il pas aperçu une voiture aux abords de l'Institut ?

Non, il était catégorique. Le bâtiment étant situé en haut de la côte, on pouvait embrasser la rue d'un seul regard.

« Il n'y avait pas une seule voiture ; je n'ai eu aucun problème pour me garer », ajouta-t-il sèchement.

Sur quoi le commissaire se lança dans une longue et pénible récapitulation des faits qui allait durer plus d'une heure.

Par la suite, Gold confia à Hildesheimer combien il s'était senti humilié d'être placé en position de suspect et d'avoir à prouver la véracité de ses dires à un policier qui n'arrêtait pas de lui tendre des pièges pour le prendre en flagrant délit de contradiction. Il lui avait fallu décrire par le menu ses faits et gestes depuis le moment où il s'était levé le matin et même depuis la veille au soir, expliquer pourquoi il avait proposé de venir préparer la salle pour la conférence, justifier sa connaissance des armes à feu, indiquer à quelle unité de réserve il appartenait, etc., etc.

« Il m'a tant saoulé de questions qu'à la fin, je ne savais plus où j'en étais, se plaignit-il le soir même à sa femme. "Avez-vous relevé des indices, avez-vous laissé des empreintes, avez-vous vu le revolver, l'avez-vous tuée ?" Bref, tu comprends pourquoi je n'en pouvais plus ! Et pour couronner le tout, je voyais bien qu'il ne me croyait pas. Ce n'est qu'au moment où il m'a demandé ce que le Dr Neidorf avait comme voiture et que je lui ai décrit avec précision la Peugeot, que l'interrogatoire a pris une autre tournure. Finalement, il m'a foutu la paix », marmonna-t-il en se retournant dans son lit. Mina, sa femme, dormait à poings fermés ; la pluie s'était remise à tomber.

« À votre avis, comment s'est-elle rendue à l'Institut ? Où a-t-elle garé sa voiture ? »

Il n'en avait pas la moindre idée. Quelqu'un l'avait peut-être déposée, suggéra-t-il avant de s'empresser d'ajouter : « À moins qu'elle ne soit venue en taxi ou à pied... elle habitait à quinze minutes de l'Institut, rue Lloyd George, dans la Colonie allemande. Elle adorait emprunter le raccourci qui serpente le long de l'ancien Hôpital des lépreux et passe devant le Théâtre de Jérusalem... D'ailleurs, maintenant que j'y pense, la Peugeot est sûrement chez son fils, elle la lui confiait chaque fois qu'elle partait à l'étranger. »

Il s'interrompit brutalement, craignant soudain de devenir trop bavard.

« Parlez-moi un peu de la victime, de sa personnalité. N'hésitez pas à dire tout ce qui vous vient à l'esprit. Chaque détail peut avoir de l'importance. »

S'il n'avait pas été assis, Gold serait tombé à la renverse. Le policier venait d'énoncer la règle fondamentale de la cure analytique. Était-ce une parodie délibérée ? Il scruta son visage avec suspicion, y cherchant une trace de moquerie. En vain.

« Posez donc la question au Dr Hildesheimer », rétorqua-t-il d'un ton agressif.

Voyant cependant que le commissaire n'avait que faire de sa mauvaise humeur, il déclara que le Professeur connaissait très bien Eva Neidorf, à vrai dire, mieux que quiconque. Ohayon esquissa un sourire, un sourire indulgent :

« Je n'y manquerai pas. Cependant, je souhaiterais aussi entendre votre point de vue. »

Que sait-il de moi ? D'où tient-il ses renseignements ? Ah ! sans doute est-ce Hildesheimer qui lui a appris que c'était moi qui avais découvert le corps, songea-t-il en se souvenant que le policier s'était enfermé avec le Professeur dans le petit cabinet. Peut-être l'a-t-il également mis au courant du genre de relations qui m'unissait à elle.

Ohayon se taisait toujours, mais il était clair qu'il ne désarmerait pas. Finasser ne servait à rien.

Gold choisit donc de parler d'elle d'abord sous l'angle professionnel.

« C'est une grande psychanalyste, elle fait partie de la commission de formation de l'Institut, ainsi que du corps enseignant, mais surtout » — il hésita un instant avant d'employer un terme technique — « c'est une analyste didacticienne.

— C'est-à-dire ? l'interrompit Ohayon.

— Un didacticien est une personne habilitée à former de futurs analystes », répondit Gold, et d'ajouter avec une certaine fierté : « Il y en a très peu dans le monde. D'ailleurs, en Israël, ils se comptent sur les doigts d'une main.

— Comment devient-on analyste didacticien ? À quoi sert une analyse didactique ? Excusez mon ignorance, Docteur. Je vous prierais de bien vouloir vous exprimer avec des mots simples. »

Se sentant enfin dans son élément, Gold se lança dans des explications détaillées. Au cours de leurs études, tous les candidats devaient entreprendre une analyse. Bien plus, celle-ci constituait une pièce maîtresse de leur formation.

« Avant de pouvoir traiter des patients, un candidat doit suivre une analyse personnelle, conclut-il, satisfait de cette formule qui lui semblait résumer adéquatement la procédure.

— Combien d'années dure une telle analyse ? demanda Ohayon qui, sans le quitter des yeux, avait sorti une boîte d'allumettes de sa poche.

— Cela dépend, répondit Gold un sourire aux lèvres, quatre, cinq, six, parfois même sept ans.

— Et la formation complète à l'Institut ? »

Gold eut à nouveau un sourire.

« Sept ans, à condition de s'y investir à fond... Mais peut-être auriez-vous intérêt à prendre des notes, le cursus est relativement compliqué.

— Je vous remercie ; pour l'instant, cela ne me paraît pas nécessaire. »

Se sentant mouché, Gold se tut.

Soudain, la porte s'ouvrit, laissant entrer le photographe :

« Je pense en avoir fini, je peux m'en aller ?

— Pas avant qu'on ait enlevé le corps », dit Ohayon. Réponse qui donna à Gold la chair de poule.

Du couloir, une voix féminine se fit entendre, immédiatement suivie par l'apparition d'un joli minois :

« Patron, j'ai terminé, vous avez besoin d'autre chose ? »

Gold, qui l'observait, n'en revenait pas. Comment une fille aussi mignonne avait-elle pu choisir un tel métier ?

« Non, merci, ça ira.

— En ce qui nous concerne, la pièce est à votre disposition. J'ai demandé à Lerner de veiller à ce que personne n'y entre. Si vous avez besoin de moi, vous savez où me trouver. »

Ohayon se leva et l'entraîna dans le hall. Gold entendit encore la voix vive et enjouée de la jeune policière déclarer : « Le médecin légiste voudrait bien s'en aller, lui aussi... » et la porte se referma. L'instant d'après, cependant, elle se rouvrit et le commissaire revint s'asseoir près de lui, à un angle de quarante-cinq degrés.

Le genre de renseignements que Gold venait de lui fournir suscitait généralement un mélange d'étonnement, d'incrédulité et de raillerie. Quand il expliquait aux « gens de l'extérieur » comment on devenait psychanalyste, il s'attirait invariablement des réflexions du genre : « Il faut vraiment être un peu dingo pour faire ça », ou encore : « Celui qui se lance là-dedans a effectivement besoin de se faire soigner. » Les pires venaient de ses amis médecins, surtout les psychiatres : « Après tant d'années d'études, franchement, pourquoi te donner toute cette peine ? Regarde-moi : je suis déjà chef de service ! » Depuis le temps, il était blindé. Même ses parents n'avaient jamais très bien compris en quoi consistait son travail.

Mais avec Ohayon, c'était différent. À aucun moment celui-ci ne marqua de l'étonnement ni ne risqua une remarque sarcastique. Il manifestait, au contraire, un véritable intérêt, désirant s'informer, tout simplement. Alors, pourquoi cet homme avait-il le don de lui faire perdre contenance ?

Avec une expression d'élève appliqué, le commissaire l'invita à poursuivre et à décrire le cursus de formation, lui rappelant que sa question initiale portait sur la façon dont on devenait analyste didacticien.

Prenant de nouveau son courage à deux mains, Gold lui demanda pourquoi il tenait tant à le savoir, puisque cela n'avait aucun rapport avec ce qui s'était passé.

Ohayon ne se donna pas la peine de répondre, attendant patiemment, comme quelqu'un qui sait qu'il finira par obtenir ce qu'il veut. Ayant de nouveau la désagréable impression d'avoir fait preuve d'un excès d'audace, Gold se sentit gagné par une nervosité et une gaucherie semblables à celles qu'il éprouvait parfois en présence d'Hildesheimer.

« Eh bien, reprit-il d'un ton mal assuré, en principe, pour poser sa candidature à l'Institut, il faut être soit psychiatre, soit psychologue clinicien et posséder déjà plusieurs années d'expérience... mais même dans ce cas, tous ne sont pas admis.

— Combien le sont ? »

Sans cesser de l'observer, Ohayon s'était mis à jouer avec sa boîte d'allumettes.

« Quinze par promotion, au grand maximum.

— Et il y a une nouvelle promotion chaque année ? »

Le policier sortit de sa poche un paquet de cigarettes tout écrasé, en alluma une, puis renversa la boîte d'allumettes sur la table basse qui les séparait pour s'en servir comme cendrier.

« Oh non, une fois tous les deux ans seulement », répondit Gold en refusant la cigarette aplatie qui lui était proposée.

Il n'avait jamais fumé. À trente-cinq ans, il n'avait jamais touché une cigarette de sa vie.

Le policier lui fit signe de poursuivre. Gold essaya de se rappeler où il en était. À travers la porte, on entendait des voix étouffées. Il se sentait à bout de force et aurait donné cher pour rejoindre les autres, ses collègues qui étaient tranquillement arrivés à l'Institut juste pour la conférence.

« Comment s'opère la sélection ? »

Là, Gold redevint loquace. Chaque postulant devait fournir plusieurs lettres de recommandation et subir trois entretiens si approfondis qu'ils en ressortaient souvent avec des crampes dans le ventre. Après quoi, la commission de formation se réunissait et se prononçait en fonction des impressions recueillies par les examinateurs.

La question suivante coulait de source :

« Qui sont les examinateurs ? demanda le commissaire, comme s'il connaissait déjà la réponse.

— Les analystes didacticiens, plus quelques autres.

— Ce qui nous ramène à la question initiale, sourit Ohayon. Comment devient-on analyste didacticien ? »

Décidément, ce type a de la suite dans les idées, songea Gold qui, du coup, se souvint de la remarque d'un de ses condisciples, au sujet d'Eva Neidorf justement. Confrontant leur expérience commune — ils étaient tous deux en analyse avec elle —, celui-ci lui avait un jour déclaré : « Cette femme est un vrai bouledogue, elle s'acharne sur un mot que tu prononces et ne lâche prise qu'après l'avoir sucé jusqu'à la moelle. » Il y a des gens comme ça, dont l'obstination, ou plutôt l'idée qu'on s'en fait, suffit à vous paralyser. À l'évidence, ce policier en faisait partie. Il n'omettrait aucune question, ne lui ferait grâce de rien. Mais pourquoi cela le mettait-il si mal à l'aise? Pourquoi montrait-il si peu d'empressement à répondre à ses questions?

«Au bout d'un certain nombre d'années d'expérience, finit-il par déclarer, sur décision de la commission de formation.

— Ah, soupira le commissaire peut-être un peu déçu, ce n'est donc qu'une question d'ancienneté.»

Pas exactement. Pour un observateur extérieur, la décision pouvait sembler une simple formalité, mais tel n'était pas le cas. La commission choisissait ceux qu'elle jugeait les plus aptes. «À la majorité des deux tiers», précisa Gold pour bien faire sentir le sérieux de la chose.

«Qui sont donc les membres de cette commission, ces gens qui semblent détenir un tel pouvoir? J'ai besoin de me faire une idée précise de votre mode de fonctionnement.»

La commission de formation comprenait dix personnes, toutes élues à bulletin secret parmi les membres de l'Institut. Non, les candidats ne participaient pas à ce vote, ni d'ailleurs à aucun autre. Oui, c'était Hildesheimer qui présidait la commission. Depuis dix ans déjà. Chaque année, il était réélu.

Ohayon le pria de revenir à Eva Neidorf.

Gold n'en avait aucune envie. Comme il aurait voulu être ailleurs, loin de l'Institut où, de toute façon, il ne semblait plus y avoir âme qui vive!

«Elle était mon analyste, s'entendit-il répondre, non sans s'apercevoir qu'il s'était mis à parler d'elle au passé.

Il jeta un coup d'œil furtif à sa montre. Il était midi. Ohayon dut répéter sa question.

«Des ennemis? s'exclama Gold ahuri. Vous voulez rire! Tout le monde l'admirait. Peut-être certains la jalousaient-ils sur le plan professionnel mais, comme on dit dans les romans policiers, personne ne lui voulait du mal.»

Non, il ne s'était pas rendu compte qu'on avait tiré sur elle. Évidemment, il n'avait pas vu de revolver ! Il avait pensé à une mort brutale, un infarctus ou quelque chose de ce genre. Oui, bien sûr, il était médecin, mais il n'avait pas eu le courage de l'ausculter. Non pas par peur, mais à cause de la nature de leurs relations.

« Puisque je vous dis qu'elle était mon analyste ! » s'écria-t-il, et, baissant la voix, il ajouta, presque dans un murmure : « Étant donné ce qu'elle représentait pour moi, il m'était tout simplement impossible de la toucher. »

Sans cesser de l'observer, le commissaire alluma une nouvelle cigarette et lui posa encore une autre question. Gold, qui fixait la boîte d'allumettes remplie de cendre et de mégots, faillit s'étrangler. Non, un suicide était exclu ! Qui plus est dans les locaux de l'Institut ! Outré, il secouait rageusement la tête en répétant : « Non, ce n'était pas son genre. Pas elle. Totalement impensable... D'ailleurs, poursuivit-il comme pour réfuter cette hypothèse, elle devait prononcer une conférence ce matin. Elle était trop consciente de ses responsabilités pour faire une chose pareille ! »

Alors arriva le moment le plus exaspérant de tous : Ohayon lui demanda d'accompagner l'inspecteur (Gold savait désormais qu'il s'agissait du rouquin) jusqu'à l'Esplanade russe, où se trouvait le commissariat central de la police de Jérusalem, afin qu'on y enregistre sa déposition. Gold essaya de remettre la démarche au lendemain. Sans succès. Poussant la porte du cabinet de Frouma, le commissaire lui expliqua poliment mais avec fermeté que telle était la procédure. Le rouquin l'accueillit avec un large sourire, allant jusqu'à lui tenir la porte d'entrée.

« Il y en aura pour combien de temps ? s'inquiéta Gold.

— Rassurez-vous, cela ira vite», répondit l'inspecteur en le conduisant vers la Renault d'où il était sorti quelques heures plus tôt en compagnie du commissaire Ohayon.

La dernière image de l'Institut que Gold emporta avec lui ce jour-là resterait longtemps gravée dans sa mémoire : les chaises pliantes avaient disparu ; le visage défait, les membres de la commission de formation étaient rassemblés autour de la grande table ronde, qui avait retrouvé sa place au milieu du hall.

Il vit aussi Hildesheimer, un café chaud à la main, faire signe à Ohayon de s'approcher.

Ils n'ont pas l'air bien vaillants, pensa Gold, pas plus que moi en tout cas...

Le soleil réchauffait toujours la rue. Après une semaine de pluie, l'Institut avait conservé son aspect habituel : une imposante villa de style arabe, dont le perron circulaire dominait un grand jardin fermé par une grille en fer forgé. La pensée — d'une désolante banalité — que tout cela n'était qu'un cauchemar, qu'en fait, il ne s'était rien passé, qu'il avait tout imaginé dans une sorte d'accès de folie, lui traversa l'esprit. Cependant, la voiture dans laquelle il monta était bien réelle, de même que le rouquin qui l'attendait, assis au volant, et tous ces gens hagards qui s'attardaient encore aux abords de l'Institut, les yeux humides. Il n'y avait plus l'ombre d'un doute : le monde avait sombré dans le chaos.

CHAPITRE III

En fait, ce sont des gens comme tout le monde, se dit Michaël Ohayon, le visage impassible. Il venait de comprendre que les neuf personnes réunies autour de la grande table ronde n'étaient autres que les membres de la commission de formation de l'Institut.

Des autres pièces lui parvenaient les voix étouffées des deux gars du labo auxquels il avait demandé de « passer le bâtiment au peigne fin ».

« Commissaire, j'ai annoncé à mes confrères qu'Eva Neidorf a été retrouvée morte ici, ce matin, lui chuchota Hildesheimer à l'oreille, mais je ne leur ai pas parlé du revolver ; j'ai préféré vous en laisser le soin. C'est pourquoi je me suis permis de vous convier à cette réunion impromptue. Comme vous pouvez vous en rendre compte, nous sommes tous bouleversés par cette tragédie, ajouta-t-il, les mains crispées sur sa tasse de café.

— L'un d'eux a-t-il réagi de manière insolite ? Avez-vous remarqué un comportement suspect ?

— Non, répondit le Professeur après un instant de réflexion. Pas que je me souvienne. La nouvelle a déclenché une vive émotion, bien naturelle. »

Puis, à haute voix, il demanda au commissaire s'il désirait boire quelque chose.

« Volontiers, répondit Ohayon, que l'arôme du café ne laissait jamais indifférent. Si cela ne vous dérange pas.

— Un vrai café ou un Nescafé sans lait ? s'enquit avec un accent indéfinissable un petit homme au visage juvénile assis de l'autre côté d'Hildesheimer.

— Un vrai café... avec trois cuillerées de sucre, s'il vous plaît. »

Le petit homme, qui portait un pull-over noir à col roulé, leva un sourcil inquisiteur :

« Trois ?

— Oui, si la tasse est de cette taille, confirma Ohayon avec un sourire, en désignant celle que le Professeur tenait à la main.

— Peut-être aurez-vous quelque peine à retenir chaque nom », reprit Hildesheimer qui s'apprêtait à lui présenter ses collègues.

Ohayon ne le contredit pas. Mémoriser neuf noms, dont l'un lui était déjà connu, ne présentait aucune difficulté pour lui qui possédait une maîtrise d'histoire médiévale et dont les condisciples avaient toujours envié la facilité avec laquelle il pouvait réciter par cœur le nom de tous les papes et de toutes les têtes couronnées qui s'étaient succédé en Europe au cours des siècles. Durant ses enquêtes, il ne faisait jamais montre de ce talent, non pas par modestie, mais parce que c'était un atout qu'il préférait ne pas dévoiler.

Celui qui lui avait apporté un café s'appelait Joe Linder — Dr Linder, naturellement : « Docteur », ils l'étaient tous. Les deux femmes assises côte à côte, le visage blême mais les yeux secs, se nommaient l'une, Nehama Sold (quarante-cinq ans environ, vêtements stricts mais de bonne coupe, jolie malgré ses efforts pour le cacher et une certaine dureté dans les traits, nota Ohayon), l'autre, Sarah Shenhar (plus âgée, au moins soixante ans, un gilet jeté sur les épaules, une sorte de mamie-gâteau, chaleureuse mais visiblement en état de choc).

En face, un grand maigre à la crinière blanche, un certain Nahum Rosenfeld, fumait un petit cigare effilé qui semblait vissé à ses lèvres. Tout en l'observant, Ohayon songea à ce que lui répétait sa mère quand il était petit : « Mange, Michaël, mange ! Il faut se méfier des maigrichons ; ils ont de mauvaises pensées dans la tête. » Sans doute était-ce la raison pour laquelle il se sentait toujours mal à l'aise en présence de gens qui n'avaient que la peau sur les os. Un peu plus loin, un très bel homme, la cinquantaine, Daniel Voller, était assis avec quatre de ses collègues, dont trois semblaient avoir atteint la soixantaine et le quatrième, Shalom Kirshner, un gros au crâne complètement dégarni, approchait les soixante-dix ans. Ces derniers ne prononceraient pas un mot de toute la réunion.

Nehama Sold fumait cigarette sur cigarette, laissant des marques de rouge à lèvre sur ses mégots ; Joe Linder n'arrêtait pas de bourrer sa pipe ; Rosenfeld mâchonnait son cigare. Quand le commissaire sortit de sa poche un paquet tout raplati, quelqu'un poussa vers lui un cendrier.

« Et maintenant, permettez-moi de vous présenter le commissaire Ohayon », dit Hildesheimer en insistant sur le mot « commissaire », ce qui n'eut l'air d'impressionner personne. « C'est lui qui est chargé de l'enquête. À ma demande, il a aimablement accepté de se joindre à nous pour nous aider à éclaircir certains points. »

Tous les regards se braquèrent sur lui ; l'atmosphère était si chargée de suspicion qu'il la sentait peser sur ses épaules. Ces gens-là se demandent si je suis vraiment à la hauteur, pensa-t-il en tirant sur sa cigarette, sans oser toucher au café encore chaud posé devant lui. Sans doute n'ont-ils que mépris pour la police et aussi pour ceux qui ne sont pas, comme eux, d'origine européenne. Mais je ne suis pas là pour leur prouver quoi que ce soit. Au travail !

Le mieux était encore de poser d'emblée la question qui le tracassait depuis qu'Hildesheimer avait attiré son attention sur l'étrangeté de la chose. Il dut presque se forcer pour prendre la parole :

« À votre avis, que pouvait bien faire le Dr Neidorf de si bonne heure à l'Institut ? »

Silence total.

Tout en scrutant attentivement les visages qui l'entouraient, il commença à siroter son café. Rosenfeld s'était figé, Linder semblait perplexe, Nehama Sold hébétée et Sarah Shenhar terrorisée. Profondément troublés, les autres s'agitaient sur leur siège. Finalement, Joe Linder rompit le silence :

« Elle est peut-être venue en avance afin de mettre

la dernière main à sa conférence », dit-il, sans trop sembler y croire.

Nehama Sold écarta aussitôt cette hypothèse :

« Qu'est-ce qui l'empêchait de le faire chez elle ? s'exclama-t-elle d'une voix nasillarde.

— Depuis que ses enfants avaient quitté la maison, elle avait toute la tranquillité voulue, renchérit Sarah Shenhar.

— De toute façon, sa conférence était certainement fin prête depuis des semaines, décréta Rosenfeld. Tout le monde sait quelle somme de travail elle consacrait à ses interventions. »

Tous opinèrent du chef.

« Et ses enfants ? s'inquiéta soudain Nehama Sold. Qui va se charger de les prévenir ? Quand je pense que sa fille venait juste d'accoucher et que c'était la raison de son voyage à Chicago ! »

Son fils, un biologiste, expliqua Hildesheimer, se trouvait en voyage d'étude quelque part en Galilée. C'était d'ailleurs pourquoi il n'était pas allé accueillir sa mère à l'aéroport. La police — il lança un regard à Ohayon qui confirma — était déjà à sa recherche. Quant à son gendre, qui était rentré par le même vol qu'elle, il se trouvait chez ses parents, à Tel Aviv. Sans doute avait-il déjà été prévenu. Nouveau regard vers Ohayon et nouvelle confirmation.

« Se pourrait-il qu'elle ait eu un rendez-vous ce matin à l'Institut ? » demanda Ohayon.

Du brouhaha qui s'ensuivit, il ne perçut que les mots « patient » et « candidat ». Là encore, ce fut Joe Linder qui intervint :

« Eva Neidorf recevait ses patients chez elle, à son cabinet. Je ne vois pas pourquoi elle aurait dérogé à ses habitudes. Encore que, après une si longue absence... »

Les autres le regardèrent, dubitatifs. Ohayon avala la dernière gorgée de son café et alluma une nouvelle cigarette.

« Pourrais-je avoir une liste des patients du Dr Neidorf ? »

Sa requête fit l'effet d'une bombe. À l'exception d'Hildesheimer, tous se mirent à parler en même temps. L'indignation était à son comble. Retirant alors son cigare de la bouche, Rosenfeld déclara d'un ton agressif :

« Monsieur le commissaire, vous savez certainement que c'est impossible. Il s'agit de renseignements strictement confidentiels. »

Tous se rangèrent derrière lui.

« Je comprends très bien que vous soyez tenus par le secret professionnel, mais permettez-moi de vous faire remarquer que nous sommes en présence d'une mort violente. Par ailleurs, je sais que le Dr Neidorf avait comme patients des candidats à l'Institut pour qui l'analyse représente une pièce maîtresse de leur formation. Vous m'excuserez, mais je ne vois pas ce qu'il y a là de si confidentiel. »

Il se fit un silence absolu. Tout en jouant avec sa cigarette, Ohayon se délectait de la surprise de son auditoire qui, à l'évidence, ne s'attendait pas à voir un policier versé dans les arcanes de la profession psychanalytique. Même Hildesheimer le dévisageait avec étonnement.

« Selon toutes les apparences, le Dr Neidorf a été tuée d'une balle dans la tempe, ce qui n'est pas, vous en conviendrez, une mort naturelle. Bien sûr, il se peut qu'elle ait elle-même pressé sur la détente, mais, alors, comment se fait-il que l'arme n'ait pas été retrouvée auprès du corps ? Dans un cas comme dans l'autre, quelqu'un est venu ici avant ou après sa mort. De notre côté, nous recherchons activement le revolver. De vous, j'attends une coopération pleine et entière, et des réponses précises à mes questions. Par exemple, celle-ci : l'hypothèse d'un suicide vous paraît-elle envisageable ? »

Tous semblaient paralysés d'horreur.

Il se garda bien de leur préciser que le médecin légiste lui avait indiqué, avec les réserves habituelles dans l'attente de l'autopsie, que la distance à laquelle la balle avait été tirée excluait un suicide. Et aussi qu'il pouvait obtenir du juge une levée du secret médical.

Du regard, Hildesheimer sollicita la parole. Un léger tressaillement dans la voix, il confirma les dires du policier, puis revint en détail sur les événements de la matinée. Nehama Sold tremblait de tous ses membres ; un tic nerveux contractait le visage de Rosenfeld ; Joe Linder ne tenait plus sur son siège. En guise de conclusion, le vieil homme s'excusa de la manière abrupte dont la nouvelle leur avait été annoncée. Personne ne souffla mot. Voilà des gens bien réservés, pensa Ohayon, qui ne cessait de les observer au cas où l'un d'eux viendrait à se trahir. Mais ce n'était qu'expressions de douleur, de désarroi et d'incrédulité. Finalement, ses yeux se posèrent sur Joe Linder, qui leva la tête vers les photos accrochées aux murs.

« S'il s'agit d'un meurtre, poursuivit-il en reprenant le fil de son raisonnement, je me demande pourquoi l'assassin n'a pas placé le revolver dans la main du Dr Neidorf, pour faire croire à un suicide et ainsi brouiller les pistes Quoi qu'il en soit, quelqu'un se trouvait ici ce matin, quelqu'un qui en sait davantage que nous. »

Il s'exprimait très lentement, de crainte que son auditoire, toujours sous le choc, ne saisisse pas toute la portée de ses propos.

Les membres de la commission de formation se regardèrent les uns les autres.

« Eva ne s'est pas donné la mort, affirma Joe Linder.

— À supposer que l'idée lui en soit venue, ce que je ne peux imaginer, l'Institut est bien le dernier endroit qu'elle aurait choisi, renchérit Rosenfeld avec une soudaine assurance, avant d'ajouter à l'intention d'Ohayon : le suicide, pour celui qui le commet, est un acte de vengeance, une façon de dire à ses proches combien il les hait. Or sachez, commissaire, qu'Eva ignorait la haine. Elle n'était pas suffisamment égoïste pour commettre un tel acte à l'Institut, ou ailleurs... Même si elle avait appris qu'elle souffrait d'une maladie incurable, je suis convaincu qu'elle aurait lutté jusqu'au bout. »

Daniel Voller, qui considérait Rosenfeld d'un œil de plus en plus critique, sembla vouloir intervenir mais, finalement, il détourna la tête — d'abord vers la fenêtre, puis vers Hildesheimer. Unanimes, tous les autres confirmèrent les déclarations de Rosenfeld.

« Ne nous voilons pas la face. Si Eva avait décidé d'en finir — l'hypothèse est absurde, mais supposons —, elle aurait pris certaines dispositions, dit Linder. Elle se serait déchargée de ses patients, elle aurait annulé sa conférence... » De nouveau, il leva les yeux vers la galerie de portraits et une expression de colère assombrit son visage. « Certes, notre connaissance de l'âme humaine est bien faible. Même le plus imprévisible peut se produire. Bien entendu, je ne prétends pas que nous, en tant qu'analystes, soyons à l'abri d'épisodes dépressifs, d'accès de folie ou même de tentations suicidaires. Mais pas Eva. Non, pas elle, je suis formel.

— Comme vous tous le savez, intervint Hildesheimer, j'étais très lié à Eva Neidorf. Si elle avait été dans la détresse, je ne peux pas croire qu'elle ne se serait pas confiée à moi. Or, hier, quand elle m'a téléphoné à son retour de Chicago, je l'ai trouvée gaie, optimiste, un peu fatiguée du voyage, bien sûr, un peu tendue, mais dans l'ensemble heureuse. Heureuse de la naissance de son petit-fils, heureuse de se remettre à son travail, heureuse même à l'idée de donner une conférence. »

Ohayon soupira, comme s'il se pliait à l'opinion

générale, et leur demanda s'ils étaient bien conscients de la portée de leurs affirmations.

Tous se tournèrent vers Hildesheimer qui, soudain, eut l'air d'un vieil éléphant triste.

« À mon grand regret, dit celui-ci, presque dans un murmure, je crains qu'il ne s'agisse d'un meurtre. Il est inutile de le nier en feignant de croire à un accident. D'ailleurs, comment un tel accident aurait-il pu se produire à l'intérieur de l'Institut ? Seul un membre de l'Institut pouvait se trouver avec elle, ici, ce matin. Or, que je sache, nos membres n'ont pas pour habitude de se promener le samedi matin avec une arme dans la poche. En plus du deuil qui nous frappe, nous devons nous rendre à l'évidence et affronter cette terrible réalité.

— Et si c'était quelqu'un de l'extérieur ? demanda Joe Linder.

— Impossible, répondit Ohayon, nous n'avons découvert aucune trace d'effraction, ni aucun signe pouvant laisser supposer que le corps a été transporté ici *post facto*. À mon avis, votre collègue devait forcément avoir un rendez-vous, sinon pourquoi serait-elle venue si tôt ?

— Eva ? Donner un rendez-vous à quelqu'un juste avant sa conférence ? s'étonna Rosenfeld. Si tel est le cas, ce ne pouvait être que pour un motif très grave, une urgence...

— À moins que ce rendez-vous n'ait eu lieu hier », l'interrompit Joe Linder.

Tous sursautèrent.

« En effet, qui nous dit qu'on l'a assassinée... euh, je veux dire qu'elle est morte ce matin ? ajouta-t-il en agitant la main, comme pour effacer le mot qu'il avait osé proférer.

— D'après le médecin qui a examiné le corps, dit Hildesheimer, la mort remonte à quelques heures à peine mais, naturellement, nous devons attendre les résultats de l'autopsie.

— Maintenant, vous comprenez pourquoi, dit Ohayon en revenant à son point de départ, je suis dans l'obligation de vous demander la liste des patients du Dr Neidorf, et aussi le nom de toutes les personnes appartenant à l'Institut, membres ou candidats.

— Et les supervisés ? s'enquit Joe Linder. Vous n'êtes pas intéressé par une liste distincte des supervisés ? »

Ohayon passa rapidement en revue les renseignements qu'il avait obtenus de Gold. Aucune mention n'avait été faite des supervisés. Il jeta un regard interrogateur vers Joe Linder, lequel ne put réprimer un sourire moqueur, comme pour dire : « Je croyais que notre Institut n'avait plus aucun secret pour vous. » Toutefois, voyant qu'Hildesheimer le regardait d'un œil sévère, il se ressaisit :

« Un supervisé est un candidat qui mène une ou plusieurs analyses. Pour chaque cas, il doit avoir un superviseur — ou contrôleur —, qui dirige son travail. Trois patients — trois superviseurs.

— Qui sont les superviseurs ? demanda Ohayon. Les membres de votre commission ou tout membre de l'Institut ?

— Tout analyste que la commission de formation estime apte à superviser », répondit sèchement Rosenfeld qui, entre-temps, avait retrouvé son sang-froid.

Ohayon se leva. Il s'entretiendrait avec chacun d'eux séparément, dit-il. En attendant, il désirait avoir leur adresse et leur numéro de téléphone. Et d'ajouter, en allumant une autre cigarette, qu'il leur serait reconnaissant de bien vouloir, avant de partir, résumer par écrit leurs faits et gestes durant les dernières vingt-quatre heures. Certains voulurent protester, mais Hildesheimer éleva la voix et déclara avec autorité qu'il attendait d'eux une totale collaboration avec la police, puisque l'Institut n'avait rien à cacher.

« Nous avons le devoir de retrouver le coupable, poursuivit-il solennellement. En effet, comment pourrions-nous continuer à travailler ici ensemble sans savoir qui, parmi nous, est capable de commettre un meurtre ? Cette affaire doit être résolue au plus vite ; trop de gens dépendent de nous. »

Voilà qui est clair, pensa Ohayon en faisant un signe de tête aux deux policiers qui avaient terminé leur inspection et s'apprêtaient à l'attendre sur le perron, comme convenu. Puis son regard se porta avec curiosité vers les photographies accrochées au mur.

« C'est à la commission de formation, continua le vieil homme, qu'il incombe de régler les problèmes soulevés par la disparition de notre regrettée Eva Neidorf. Ceux découlant du fait lui-même et ceux découlant de la terrible façon dont elle nous a été enlevée.

« Naturellement, je compte sur vous pour prendre en charge ses patients et les candidats qu'elle supervisait, mais aussi pour calmer les esprits durant ces moments très difficiles où chacun ne pourra s'empêcher de soupçonner tous les autres. Nous devons faire tout ce qui est en notre pouvoir pour qu'au moins le versant policier de cette tragédie qui nous frappe trouve une solution rapide. Aussi vous demanderais-je de ne pas vous offusquer et d'accéder à la requête du commissaire. »

« Excusez-moi, dit Joe Linder en se tournant vers Ohayon, mais je dois d'abord annuler un déjeuner. Me permettez-vous de donner un coup de fil ? À moins que, comme on dit dans les romans d'Agatha Christie, aucun d'entre nous ne soit autorisé à quitter cette pièce tant que son alibi n'aura pas été vérifié. »

Cette ultime plaisanterie ne fit sourire personne. Ohayon l'accompagna jusqu'à la cuisine, notifia son autorisation au policier en tenue qui s'y trouvait et attendit près de la porte. À voix basse, Joe

Linder expliqua à un certain Yoav qu'il était malheureusement obligé de se décommander.

« Non, ce n'est pas une réunion de la commission. Eva Neidorf a été retrouvée morte ce matin, à l'Institut », murmura-t-il, sans prononcer le mot de revolver ni celui de meurtre.

Les stylos s'arrêtèrent de courir sur le papier, les notes furent remises au commissaire et les membres de la commission de formation quittèrent un à un l'Institut. Le dernier à partir fut Ernst Hildesheimer qui, probablement sans le savoir, s'était fait, ce matin-là, un nouvel admirateur.

CHAPITRE IV

Il faisait presque nuit lorsqu'ils réussirent enfin à localiser Ohayon. Le commissaire revenait de Tel Aviv, où il avait interrogé Hillel Zehavi, le gendre d'Eva Neidorf. Celui-ci devant prévenir sa femme restée à Chicago, puis entamer les démarches pour les obsèques, leur entretien avait été des plus brefs. En outre, il se trouvait au chevet de sa mère, hospitalisée d'urgence pour un œdème au poumon suite à une crise cardiaque. Dans la salle d'attente du service de réanimation de l'hôpital Ichilov, Hillel avait blêmi et retiré ses lunettes, mais n'avait visiblement pas assimilé la terrible nouvelle. En partant, Ohayon l'entendait encore murmurer : « C'est impossible. Je n'arrive pas à y croire. » Hillel avait été incapable de lui fournir la moindre piste.

Au Central, on ne comprenait pas pourquoi sa radio n'avait capté aucun message avant qu'il n'atteigne les faubourgs de Jérusalem. « Vous êtes branché sur une fréquence qui permet la liaison jusqu'à

Tel Aviv », lui rappela Naftali. Ohayon se garda bien de lui dire la vérité : il lui avait suffi d'appuyer sur un bouton pour se couper du monde, se retrouver enfin seul avec lui-même et tenter de rassembler ses idées. Sa vie était déjà assez compliquée comme ça, sans cette nouvelle enquête ! Perdu dans ses pensées, il avait parcouru la distance entre Tel Aviv et Jérusalem sans s'en rendre compte.

Seul quelqu'un qui le connaissait intimement, lui avait dit un jour l'une de ses anciennes maîtresses, pouvait deviner qu'il était préoccupé : il devenait de plus en plus absent, son regard s'éteignait, ses réactions se faisaient mécaniques. « Dans un instant, tu ne seras plus là. Tu n'es déjà plus là », lui aurait-elle dit, si elle avait été assise à ses côtés. Il conduisait comme un automate, indifférent à la circulation, mettant son clignotant, doublant et respectant les limitations de vitesse sans s'en apercevoir.

Pris d'un désir nostalgique pour cette femme, il avait même cru humer, à l'entrée d'Abou Gosh, une faible trace de son parfum dans la voiture. Finalement, pour chasser son vague à l'âme, il avait rebranché sa radio. Comme elle avait coutume de le dire le plus sérieusement du monde, « les voleurs ne se donnent jamais rendez-vous le samedi ; ce n'est pas leur jour ».

Au Central, on le pria de faire vérifier sa radio dès son retour. Il acquiesça.

« Pour en venir au fait, reprit Naftali, on vous réclame, le monde entier vous réclame : votre équipe, mais aussi un type avec un nom à coucher dehors ; il a téléphoné plusieurs fois.

— Comment s'appelle-t-il ? »

Naftali écorcha tant et si bien ce nom qu'il dut lui demander de l'épeler.

« C'est bon, je sais de qui il s'agit. Préviens mes inspecteurs que, dès que je serai en ville, je leur dirai où ils peuvent me joindre. À propos, il voulait quoi exactement, Hildesheimer ?

— Il n'a rien dit, juste laissé son téléphone. »

Ohayon nota le numéro. Il était presque huit heures et demie ; Jérusalem grouillait de monde. Évidemment, le samedi soir n'est pas le meilleur moment pour traverser le centre-ville, se dit-il en bifurquant dans la rue Narkis et en se mettant en quête d'une cabine téléphonique.

Il gaspilla trois jetons avant de tomber sur un appareil en état de marche. Hildesheimer décrocha aussitôt, comme s'il n'avait fait qu'attendre son appel, la main posée sur le téléphone. Ohayon reconnut immédiatement sa voix.

« Excusez-moi de vous importuner à une heure aussi tardive, commissaire. Pouvons-nous nous rencontrer encore ce soir ?

— Je suis à votre disposition. Quel endroit vous convient-il le mieux ?

— Puis-je vous demander d'où vous appelez ? »

Quelques instants plus tard, il faisait route vers le domicile d'Hildesheimer qui, en fait, se trouvait en plein cœur de Rehavia, rue Alfassi, pas très loin de la cabine téléphonique.

Comme il aurait pu s'en douter, l'appartement était situé dans l'une de ces vieilles maisons habitées par des juifs allemands qui avaient fait leur Alyah dans les années trente. L'immeuble n'avait pas été restauré, contrairement à bien d'autres où s'étaient installés de riches juifs américains religieux immigrés après 1967.

Au premier étage — il y en avait trois —, une modeste plaque annonçait : « Professeur Hildesheimer, psychiatre-psychanalyste, spécialiste des maladies nerveuses. »

Dès le premier coup de sonnette, la porte s'ouvrit et une vieille dame aux yeux bleus et aux cheveux gris tout bouclés apparut. Son regard perçant avait quelque chose d'hostile. Impossible de deviner son âge ou même d'imaginer qu'elle ait pu être belle. L'âge et la beauté n'avaient sans doute jamais fait partie de ses préoccupations.

Avec un fort accent allemand, elle l'informa que le Professeur l'attendait dans son bureau. Visiblement contrariée par cette visite, elle le précéda pour lui montrer le chemin, se retournant de temps à autre en grommelant des paroles inintelligibles.

Après les présentations d'usage, Hildesheimer, qui était venu à leur rencontre, pria son épouse de leur apporter quelque chose de chaud à boire. Pour toute réponse, elle émit un grognement qui déclencha un large sourire chez son mari. Quant à Ohayon, l'épouse du Professeur lui inspirait plutôt un respect mêlé de crainte.

Tout en prenant place dans l'un des deux fauteuils que lui désignait son hôte, il commença à examiner les lieux. Les murs étaient tapissés de livres. Un des coins était occupé par un imposant bureau recouvert d'un verre épais. Dessus, reposait une brochure cartonnée de couleur verte. Malgré sa bonne vue, il ne parvint pas à lire le titre imprimé sur la couverture. Son regard se porta alors sur le divan, qui lui parut très confortable, et de là, sur le fauteuil scandinave en cuir, seul élément moderne du mobilier.

Puis, levant les yeux, il s'arrêta sur les tableaux aux couleurs sombres accrochés entre les rayonnages. Il y avait un portrait de Freud, un dessin au crayon et plusieurs peintures à l'huile représentant des paysages de contrées lointaines. Il s'efforçait de déchiffrer les caractères dorés qui ornaient le dos des livres reliés en cuir sur les étagères au-dessus du fauteuil scandinave — Arnold Toynbee y voisinait avec Goethe —, quand il s'aperçut que le vieil homme l'observait, assis en face de lui, attendant patiemment qu'il eût terminé son inventaire.

« Vous aviez quelque chose de particulier à me dire, professeur Hildesheimer ? » demanda-t-il, un peu gêné.

Le vieil homme saisit sur la table basse qui les séparait un lourd trousseau de clés serré dans un étui en fine peau rehaussé d'un motif et le lui tendit.

« Ce sont les clés d'Eva Neidorf. Je les ai trouvées ce matin à l'Institut, dans la cuisine à côté du téléphone...

« Après avoir fermé le cadenas, je les ai mises dans ma poche en pensant les remettre à la police, mais j'ai oublié », ajouta-t-il d'un air attristé et perplexe. Manifestement, ce genre d'oubli n'était pas dans ses habitudes.

« Ce n'est qu'en rentrant chez moi que je m'en suis aperçu. Dès le début de l'après-midi, j'ai essayé de vous joindre. Sans succès.

— Le téléphone de l'Institut est donc muni d'un cadenas ? demanda Ohayon, plus intéressé par cette découverte que par les excuses du vieil homme.

— En effet », répondit celui-ci. L'Institut ne pouvait plus se permettre de payer les factures qui, ces derniers temps, avaient atteint des montants « ahurissants ». La décision avait été prise de distribuer des clés à chacun des membres, ainsi qu'aux candidats.

Non, la situation ne s'était pas améliorée depuis. Un sourire candide illumina son visage rond.

Non, à l'exception des membres qui, outre cette clé, en avaient une autre pour la porte, personne ne pouvait entrer dans l'Institut.

« Et les patients ? » s'enquit Ohayon, qui luttait tant bien que mal contre la sympathie que lui inspirait le vieux professeur.

Les patients n'avaient pas de clé. Les thérapeutes allaient leur ouvrir et les raccompagnaient à la fin de la séance. De toute façon, seuls les candidats consultaient à l'Institut, et ce n'était que par manque de place que la commission avait autorisé ceux de cinquième année à recevoir leurs patients à l'extérieur.

La porte s'ouvrit et Frau Hildesheimer apparut, un plateau entre les mains : du chocolat chaud pour son mari, dont l'arôme se répandit dans la pièce, du thé au citron pour le commissaire, servi dans un joli verre à anse — le tout agrémenté de gâteaux secs. Ils la remercièrent. Elle marmonna quelque chose et ressortit en emportant son plateau.

Dehors, le vent s'était mis à souffler et des éclairs zébraient le ciel obscur. Ils burent en silence, s'abstenant de tout commentaire sur les caprices du temps.

« Cette histoire de clés m'a tracassé toute la journée, reprit le vieil homme comme pour lui-même, le menton appuyé sur une main. En premier lieu, cela ne lui ressemblait pas du tout, à Eva, de laisser traîner ses clés dans la cuisine. En général, les analystes — il esquissa un sourire — sont des obsessionnels. Et elle était — son sourire s'évanouit — particulièrement méticuleuse. Elle n'aurait jamais laissé le téléphone décadenassé, ni oublié ses clés, à moins que...

« À moins que, reprit-il songeur, quelqu'un ait justement sonné à la porte, quelqu'un à qui elle avait donné rendez-vous et qu'elle ne souhaitait pas faire attendre. Je ne vois pas d'autre explication.

— Quelqu'un qui ne possédait donc pas la clé, fit observer Ohayon, avant d'ajouter : ou bien qui en avait une mais aura préféré ne pas s'en servir.

— Ensuite, dit Hildesheimer, qui suivait le fil de ses pensées, je me demande pourquoi elle n'a pas donné son coup de fil de chez elle, avant de venir à l'Institut. D'où les questions que je me pose, comme vous, commissaire... » Il se redressa sur son siège et les énuméra d'une traite : « Avec qui avait-elle rendez-vous ? pourquoi à l'Institut ? qui a-t-elle appelé ? »

Il soupira. « L'heure aussi m'intrigue. À qui pouvait-elle téléphoner si tôt le matin, qui plus est un samedi ? Pas à quelqu'un de sa famille, elle l'aurait fait de chez elle, et ce n'était pas à moi. Alors, à qui ?

« Outre que j'étais très attaché à elle, poursuivit-il, les yeux remplis de larmes, j'ai peur que ce drame ne porte un coup fatal à notre Institut, qu'il ne lui fasse perdre son âme, que cela ne détruise le sentiment d'appartenance que tous éprouvaient à son égard. J'aimerais que l'affaire soit réglée au plus vite, dit-il avec émotion. En fait, je voulais vous demander, commissaire Ohayon, selon vous, combien de temps peut prendre une enquête de ce genre ? »

Après un silence, le commissaire esquissa un geste de la main.

« Tout dépend. On ne peut jamais prédire. Un mois, si quelqu'un craque ; sinon, un an peut-être. »

Le vieil homme sécha ses larmes. Bien que mal à l'aise, Ohayon ne détourna pas la tête.

« Je voulais aussi vous dire, commissaire, qu'il ne s'agit pas d'un suicide. J'en suis intimement convaincu. »

Ohayon hocha la tête. À la lumière des témoignages qu'il avait déjà recueillis, c'était en effet peu probable. Parfois, cependant, l'entourage acceptait plus facilement l'idée d'un meurtre, d'un acte criminel, que d'un suicide. « Une psychanalyste chevronnée, se donner la mort... » continua-t-il prudemment.

Hildesheimer l'interrompit :

« C'est déjà arrivé. Ce n'était pas une analyste chevronnée. Néanmoins, elle s'occupait déjà de trois patients. Ç'a été dur, très dur. Bien que nous ayons tout fait pour ne pas ébruiter l'affaire, le choc a été terrible. » Il soupira. « À l'époque — il y a bien des années de cela — j'étais plus jeune et peut-être moins vulnérable. Aujourd'hui, j'ai beaucoup de mal à accepter la disparition d'Eva. Presque plus que de me faire à l'idée, ajouta-t-il dans un murmure, qu'il y a un assassin parmi nous.

— Qu'il y a *peut-être*, rectifia Ohayon.

— Telles que les choses se présentent pour l'instant », reprit le vieil homme en formulant autrement la réserve du commissaire, sans pour autant paraître plus réconforté.

Compatissant, Ohayon se tut. Quand c'était nécessaire, il savait exercer des pressions. Certains de ses collègues qui l'avaient vu à l'œuvre prétendaient que c'était un spectacle inoubliable. Maintenant, toutefois, son instinct lui soufflait de procéder avec douceur, que c'était le seul moyen de saisir ces petits riens, ces choses qui étaient tues ou n'étaient pas dites explicitement mais qui, finalement, livraient la clé du mystère. Et puis, il y avait aussi sa « démarche d'historien », comme il l'appelait, son besoin de se forger une vision globale de la situation, de replacer les protagonistes dans un processus plus vaste possédant, comme tout processus historique, ses propres lois. Ce n'était qu'en comprenant ces lois, avait-il coutume d'expliquer, qu'on pouvait pénétrer au cœur du problème.

Au début d'une enquête, l'essentiel, ne se lassait-il pas de rappeler à ses subordonnés — et ne sachant quelle définition en donner, il recourait à des exemples —, l'essentiel était d'abord de bien connaître les personnes impliquées, ainsi que le milieu où elles évoluaient, même si, au départ, cela ne semblait pas avoir un rapport direct avec le crime. Au gré de ses supérieurs, il avançait trop lentement dans ses investigations. En fait, ce n'était qu'une apparence. Dans le cas présent, par exemple, ses inspecteurs avaient peut-être une piste, mais il n'avait pas essayé de les joindre, de peur d'avoir à reporter son entretien avec Hildesheimer. Une seule conversation avec le vieil homme pouvait lui en apprendre infiniment plus sur l'Institut et les forces qui animaient ses membres, que n'importe quel indice matériel découvert sur le terrain. Certes, il se doutait bien qu'on lui ferait payer sa mystérieuse absence, qu'il lui faudrait se justifier, que ses explications seraient mal reçues. Une fois de plus, Shorer, son supérieur immédiat, ne manquerait pas de lui reprocher ses « excentricités ». Néanmoins, il était sûr d'avoir raison : il fallait commencer lentement, par une espèce d'introduction théorique, et ensuite seulement, accélérer le mouvement, dans la mesure du possible.

Hildesheimer ferma les yeux, puis les rouvrit et regarda longuement le commissaire.

« Sans doute vais-je devoir enfreindre certaines règles, finit-il par déclarer d'une voix hésitante. Toutefois, j'ai le sentiment que je peux vous faire confiance, commissaire, même si ma femme prétend qu'en dehors de mes patients, je ne connais rien aux hommes. Il ne s'agit pas de secrets ; simplement, nous n'avons pas pour habitude de parler des questions internes à l'Institut avec des personnes qui lui sont étrangères. Cependant, comme je vous l'ai déjà dit, je souhaite que cette affaire trouve sa solution au plus vite. »

Ohayon se demandait où son interlocuteur voulait en venir.

En général, lorsque des gens du milieu psychanalytique ou d'autres l'interrogeaient sur la vie de l'Institut, il se montrait très prudent et s'assurait d'abord de leurs motivations. Certaines réponses, données à la légère, pouvaient causer beaucoup de souffrances. Le commissaire lui-même posait des questions dont les réponses seraient certainement douloureuses, mais il avait décidé de s'y soumettre puisque, de toute façon, l'irréparable s'était produit, le mal était fait. Tout ce préambule, conclut-il en s'excusant, n'avait d'autre but que d'expliquer au commissaire ses réticences à parler de l'Institut et les raisons pour lesquelles, cette fois, il allait déroger à ses principes.

Quand la pluie s'était mise à tomber à grosses gouttes silencieuses, le vieil homme en était déjà au milieu de son récit. Quand il avait abordé les années trente, à Vienne, et sa décision d'émigrer en Palestine, Ohayon avait sorti de sa poche un paquet de Noblesse inentamé et, sans en demander la permission, avait allumé une cigarette. Et quand il en était venu à la maison du quartier des Boukhariens, trois mégots souillaient déjà le cendrier en porcelaine posé sur la table basse. Alors, il s'était levé pour aller prendre une pipe en bois sombre dans le tiroir de son bureau et l'avait bourrée tout en continuant son récit. Le cendrier s'était rempli d'allumettes, et un parfum sucré de tabac flottait dans la pièce. Avant même que le professeur ne le lui dise, Ohayon avait compris que celui-ci parlait de l'œuvre de sa vie.

« Celui qui s'occupe de cette enquête, reprit le vieil homme d'un ton parfaitement dépouillé, doit savoir exactement où il s'engage. La moindre erreur serait fatale. Une lourde responsabilité pèse sur lui. »

L'avenir de l'Institut de psychanalyse était en jeu. S'il y avait vraiment un meurtrier dans son sein, s'il était impossible de prévoir de quoi autrui était capable — « C'est effectivement impossible », voulut dire Ohayon, mais il s'abstint —, l'ensemble de la profession se trouverait menacée. Enfin, il évoqua son propre besoin de découvrir la vérité : la cause à laquelle il avait consacré sa vie en dépendait.

Ce n'est qu'après cette longue introduction et en sollicitant du regard l'approbation du commissaire qu'il se mit à raconter son histoire.

« En 1937, dit-il d'une voix monocorde, quand on ne pouvait plus se faire d'illusions, j'ai décidé d'émigrer en Palestine. J'avais terminé ma formation analytique et m'apprêtais à entrer dans la vie professionnelle. Nous étions plusieurs dans la même situation. Stefan Deutsch, qui possédait plus d'expérience que nous et avait été en analyse avec Sándor Ferenczi, un disciple et ami de Freud, se trouvait déjà à Jérusalem. Grâce à l'argent d'un héritage, il avait acheté une maison dans le quartier des Boukhariens, non loin de Mea Shearim.

« C'est là que je suis arrivé, avec Ilse, ma femme, et les Lévine, un couple d'analystes en début de carrière. Au fil du temps, cette maison est tout naturellement devenue le siège de l'Institut de psychanalyse. Ilse s'occupait de l'administration, les Lévine et moi-même recevions des patients. Nous vivions alors tous ensemble sous le mêmc toit. »

Il sourit en évoquant le souvenir de cette vieille maison arabe aux hauts plafonds voûtés et au sol recouvert de carreaux de faïence ébréchés. L'hiver, la pluie s'y infiltrait de toute part, mais l'été, il y faisait bon. Ils passaient leurs soirées, dehors dans la cour, à faire le point de la journée au milieu des senteurs de jasmin et de la lessive des voisins qui séchait sur des cordes à linge.

« Au bout de quelques mois, j'ai trouvé cet appartement à Rehavia. Nous nous y sommes installés, ma femme et moi, tout en continuant à passer le plus clair de notre temps à l'Institut. Un peu plus tard, surtout vers 1938-1939, d'autres nous ont rejoints. »

Il pleuvait de plus en plus fort. Hildesheimer tira sur sa pipe, puis la bourra à nouveau, après avoir soigneusement extrait du fourneau les restes de tabac consumé à l'aide d'une allumette. Le cendrier de porcelaine débordait. Il le vida dans la corbeille à papier, se leva et, malgré la pluie battante, alla ouvrir la fenêtre. Ohayon se cala plus confortablement dans son fauteuil et continua à écouter ce récit raconté avec un fort accent allemand.

« C'est à cette époque que sont arrivées, entre autres, Frouma Hollander, encore toute jeune, et

Lizzie Sternfeld. » Ohayon se souvint de la silhouette qu'il avait entrevue dans la cuisine. « Toutes les deux ont fait leur analyse avec Deutsch et ont longtemps vécu chez lui, jusqu'à ce qu'elles trouvent à se loger ailleurs. Depuis, Frouma est décédée et, comme moi, Lizzie ne rajeunit pas. »

La pluie se calma. Le vent se renforça et une agréable odeur de terre mouillée se répandit dans la pièce, chassant celle de tabac.

« La vie était très difficile, sur tous les plans. Nous gagnions à peine de quoi subsister. Deutsch estimait qu'il était de notre devoir de soigner, même gratuitement, les enfants et les adolescents qui arrivaient d'Europe, sans leurs parents, dans le cadre de l'Alyah des jeunes. En fait, il nous soutenait financièrement, nous les... » — il chercha le mot juste — « les candidats. Après tout, c'est ce que nous étions, les Lévine, Frouma, Lizzie et moi, des candidats à un Institut qui n'avait pas encore d'existence officielle. Et Deutsch était notre contrôleur.

« Nous tenions aussi des séminaires cliniques où tous les membres du groupe devaient présenter les cas dont ils s'occupaient. Deutsch nous faisait ses remarques. »

À ce moment, le vieil homme s'étendit quelque peu sur les qualités professionnelles de Deutsch, son sérieux, son sens des responsabilités, et la dette qu'il conservait jusqu'à ce jour à son égard.

« Nous vivions comme des pionniers, sans nous préoccuper de notre situation matérielle ni de la lenteur de notre carrière. Naturellement, il y avait parfois des frictions, dues essentiellement à la forte personnalité de Deutsch. Et aussi aux conditions de vie dans le pays : la chaleur, la sécheresse de Jérusalem en été, sans parler de la langue. »

Il jeta un regard vers la bibliothèque et poursuivit :

« Les séminaires se tenaient en allemand, mais les

cures se déroulaient dans un incroyable mélange de langues, y compris un hébreu très approximatif. »

À nouveau, un sourire candide éclaira son visage.

« Difficile d'imaginer qu'à l'époque, je connaissais à peine trois mots d'hébreu. Que de peine cela m'a demandé ! Que de peine ! Et vous, commissaire, vous êtes né en Israël ?

— Non, j'avais trois ans quand mes parents ont immigré.

— Pour les enfants, la langue ne présente pas autant de difficultés.

— Non, mais il y en a d'autres.

— Certes », dit le vieil homme en le regardant intensément.

Ohayon respira le parfum du jasmin — il devait y en avoir un spécimen juste en dessous de la fenêtre — et alluma une autre cigarette. La sixième.

Hildesheimer et les Lévine étant devenus des analystes confirmés, c'était eux qui contrôlaient les candidats arrivés en Israël après la guerre. Deutsch était toujours le seul psychanalyste didacticien. Au début, l'Institut n'acceptait comme candidats que des psychiatres, mais par la suite, il avait ouvert ses portes aux psychologues. Chose impensable aujourd'hui, Deutsch avait même admis un jeune vétérinaire : il avait été si impressionné par sa personnalité et la profondeur de ses intuitions qu'il avait entrepris de le former de A jusqu'à Z. Hildesheimer l'avait eu en contrôle, et maintenant cet analyste était l'un de leurs plus estimés collègues.

Ohayon eut l'impression que le vieil homme, sans citer de nom, tentait de lui dire quelque chose. Sur le moment, il ne parvint pas à deviner de qui il s'agissait, mais il savait qu'il finirait par le découvrir. En tout cas, le vieil homme ne semblait guère apprécier cet « estimé collègue ».

Au début des années cinquante, les locaux étaient devenus trop exigus pour abriter les vingt analystes et les cinq candidats que comptait l'Institut. En outre, Deutsch commençait à montrer des signes de lassitude et souhaitait enfin se sentir chez lui dans sa propre maison. Les Lévine se trouvaient en stage à Londres. Deutsch et Hildesheimer s'étaient mis en quête d'un nouveau local et avaient trouvé la maison où le commissaire était venu le matin. Plus tard, Deutsch l'avait léguée à l'Institut (c'est pourquoi elle portait son nom).

« Le jour où nous y serons à l'étroit, poursuivit le vieil homme, nous l'agrandirons en rajoutant un étage. Notre Institut compte déjà cent vingt personnes, candidats compris. Quand il y a une conférence, comme aujourd'hui — la douleur assombrit son visage —, ou une présentation de cas, il est difficile de loger tout le monde...

— Excusez-moi de vous interrompre, Professeur, qu'est-ce qu'une présentation de cas ?

— Lorsqu'un candidat remplit les conditions requises, qu'il est lui-même en analyse didactique et mène trois analyses supervisées, il peut demander à la commission de formation l'autorisation de présenter l'un de ses trois cas. Si la commission n'émet pas d'objections et si ses contrôleurs sont d'accord, il est invité à rédiger sa présentation clinique et à la soumettre à la commission. Celle-ci peut l'accepter telle quelle ou exiger des corrections. Une date est alors fixée. Le texte de la présentation est imprimé à l'avance et distribué à tous les membres de la commission, avant de faire l'objet d'un exposé devant l'Institut réuni au grand complet.

« Chacun peut poser des questions ou formuler les critiques, expliqua ensuite le vieil homme à Ohayon qui écoutait, fasciné, la description de ce chemin de croix. Puis, le candidat et tous ceux qui ne sont pas membres quittent la salle pour laisser place aux délibérations et au vote. Si le quorum est réuni et qu'une majorité des deux tiers se dégage, le candidat devient membre associé de l'Institut de psychanalyse.

— Concrètement, qu'est-ce que cela signifie ?

— *Ach so*, s'exclama Hildesheimer, il est habilité à exercer de façon indépendante, les analyses qu'il mène n'ont plus besoin d'être supervisées et il perçoit la totalité des honoraires. En effet, un candidat ne peut demander que la moitié du prix généralement pratiqué ; de plus, il ne choisit pas ses patients, mais doit prendre ceux que l'Institut lui assigne.

— Et comment passe-t-on du statut de membre associé à celui de membre à part entière ?

— Deux ans après sa première présentation clinique, un membre associé a la possibilité de proposer un nouvel exposé, mais celui-ci doit contenir une innovation d'ordre théorique. De nouveau, il y a un vote, selon la même procédure que je vous ai indiquée. »

Ohayon enregistra rapidement les informations qu'il venait de recueillir. Quelques secondes de réflexion lui furent nécessaires avant de poser la question suivante :

« Un candidat passe des années en analyse, il soigne des patients pour moitié prix, chaque cas qu'il traite doit être contrôlé...

— Et il doit participer aux séminaires qui ont lieu tous les quinze jours...

— Justement. À quoi sert, dans ces conditions, le vote dont vous m'avez parlé ? L'agrément de la commission de formation ne suffit-il pas ? Cette commission, si j'ai bien compris, est une instance représentative. »

En fait, il s'agissait de deux choses totalement différentes. La commission de formation jugeait des aptitudes professionnelles d'un candidat, alors que les membres se prononçaient sur la question de savoir s'ils étaient disposés à l'accueillir parmi eux. Le vieil homme répéta avec tant d'insistance qu'il s'agissait de « deux choses totalement différentes », que ces mots résonnaient encore lorsque le commissaire enchaîna :

« Est-il déjà arrivé que la commission de formation refuse à un candidat de présenter son cas ?

— Oui, une fois ; ou plutôt deux, répondit Hildesheimer un peu embarrassé. De dépit, le premier a tout laissé tomber et est devenu l'un des plus farouches détracteurs de la psychanalyse. En revanche, le second, plus pugnace, a continué son analyse et soumis une nouvelle présentation de cas quelques années plus tard. Finalement, il a été admis et est aujourd'hui membre titulaire.

— Et s'est-il déjà produit, insista Ohayon, que la commission de formation autorise un candidat à présenter un cas, mais que l'Institut refuse de lui accorder la qualité de membre associé ? Autrement dit, j'aimerais savoir si les membres font usage de ce droit de veto qui leur permet de repousser un candidat pour des raisons autres que professionnelles.

— Non, reconnut Hildesheimer, cela ne s'est jamais produit. Bien entendu, il arrive que certains membres s'abstiennent ou votent contre l'admission d'un candidat, mais ils n'ont jamais emporté la majorité... Du moins jusqu'à présent.

— On peut donc estimer, conclut Ohayon qui pensait tout haut, que la commission de formation joue un rôle déterminant, qu'en réalité, c'est elle qui décide du sort d'un candidat.

— Oui, dut admettre Hildesheimer. La commission et les trois contrôleurs qui le supervisent. D'ailleurs, c'est la raison pour laquelle chaque candidat a trois contrôleurs et non un seul. Si tous les trois émettent de sérieuses réserves quant à ses aptitudes, il ne pourra pas devenir analyste. Toutefois, la principale mission de la commission de formation consiste à définir la politique de l'Institut et à fixer le contenu de l'enseignement. »

Hildesheimer soupira, posa sa pipe sur le bord de la table et croisa les bras. L'air s'était rafraîchi dans la pièce.

« Dites-moi, quel genre de contrôleur était le Dr Neidorf ? »

Quel genre de contrôleur était Eva ? répéta Hildesheimer avec un sourire. Sur ce point, elle faisait, croyait-il, l'unanimité. Certes, elle pouvait être très dure, mais tous ceux qu'elle supervisait acceptaient son autorité, parce que celle-ci se fondait sur de très hautes exigences professionnelles — il leva un index professoral en direction du commissaire — et morales. De plus, elle possédait une formidable énergie, une extraordinaire capacité de concentration qui, jointes à ses qualités de thérapeute, lui permettaient de tirer le maximum de profit d'une séance de contrôle. Mais là, on touchait aux aspects techniques du travail analytique et il craignait de ne pouvoir résumer au commissaire toute la théorie en l'espace d'une seule entrevue.

Mais en fin de compte, qu'est-ce qui poussait un individu à se soumettre à un apprentissage aussi long et difficile ? s'étonna Ohayon. Le Professeur lui permettait-il d'exprimer une opinion personnelle ? Le vieil homme hocha la tête. Par la rigidité de son fonctionnement, cet Institut lui faisait penser aux guildes du Moyen Âge ou de la Renaissance qui, sous prétexte de maintenir un haut niveau de compétence, imposaient toutes sortes d'épreuves à ceux qui souhaitaient y entrer. Cependant, on ne pouvait nier que d'autres considérations intervenaient dans la sélection : il s'agissait de limiter la concurrence. Évidemment, on ne pouvait pas former des psychanalystes en nombre infini, surtout dans un pays aussi petit qu'Israël. Bref, il avait l'impression que les règles édictées par l'Institut visaient surtout à protéger la profession en restreignant le nombre de ses praticiens. Ce qui le frappait le plus, c'était les rapports d'enseignant à élève, de maître à disciple, calqués sur ceux des guildes d'autrefois.

La sincérité avec laquelle Hildesheimer lui répondit le toucha. Tout en l'écoutant, il s'efforçait de dégager l'idée centrale du long discours que lui tenait le vieil homme. Une fois écartées les formules du genre : « nous offrons probablement la meilleure formation clinique et théorique qui soit », restait ce qu'Hildesheimer appelait « la solitude de l'analyste ».

Un analyste qui n'exerçait pas dans le système de santé public — un hôpital, un dispensaire ou tout autre établissement — se retrouvait, jour après jour, seul avec ses patients. D'une oreille, il écoutait leur histoire, de l'autre, leurs associations et, d'une troisième, leur « petite musique ». Son rôle consistait à cerner les causes de leur souffrance psychique et à les aider à en prendre conscience, afin de pouvoir les surmonter.

Naturellement, le patient parlait aussi de son thérapeute, mais il ne le voyait jamais tel qu'il était en réalité. Dans ses fantasmes, celui-ci pouvait représenter, tour à tour ou simultanément, chacun des êtres qui peuplaient son univers : sa mère, son père, ses frères et sœurs, ses professeurs, ses amis, sa femme, ses enfants, son patron. Le patient projetait sur l'analyste le type de relations qu'il entretenait avec eux.

« Comme tous les spécialistes le savent, poursuivit le vieil homme, notre relation affective aux gens qui nous entourent déforme la vision que nous avons d'eux. Nous sommes prisonniers de modèles affectifs façonnés très tôt dans notre enfance. En d'autres termes, lorsqu'un patient projette sur son thérapeute les sentiments qu'il éprouve pour sa femme, il le haïra, l'attaquera, mais aussi l'aimera, sans que cela ait un rapport quelconque avec la personnalité de ce thérapeute. »

Ohayon le pria de lui fournir un exemple.

« Eh bien, dit le vieil homme, il se peut qu'un patient se plaigne amèrement de ce que vous ne pouvez pas le comprendre, parce que vous avez fait un mariage heureux, que vous êtes beau, riche, puissant, alors qu'en réalité vous êtes veuf, divorcé, malade ou poursuivi par le fisc. C'est ce que nous appelons le "transfert". Sans transfert, il n'y a pas de guérison possible. En fait, il s'en produit toujours un, positif ou négatif. Mais l'essentiel est d'instaurer une relation chaleureuse, humaine, confiante avec le malade.

« Un analyste, continua le vieil homme, a pour tâche de mettre en évidence les résistances inconscientes de son patient et de lui répéter inlassablement les mêmes choses, parfois avec les mêmes mots. Pendant la séance, il doit faire abstraction de ses propres désirs. Moi, par exemple, je me suis toujours opposé à ce qu'un thérapeute fume en présence d'un patient, car cela distrait son attention. C'est un point sur lequel j'insiste auprès des candidats que je supervise.

« Or, un homme obligé de passer des heures avec des gens en présence desquels il doit renoncer à ses propres désirs, tout en leur permettant de lui adresser des reproches sans fondement, ou de l'aimer pour des qualités qu'il ne possède pas, cet homme a un immense besoin de se retrouver en compagnie de ses collègues, d'échanger avec eux ses expériences, de se sentir sécurisé, soutenu et encouragé ; il a besoin de continuer à apprendre et parfois même d'entendre des critiques objectives concernant son travail ; il a besoin de pouvoir se rattacher à un cadre, d'inscrire sa pratique dans une tradition. »

De temps en temps (le vieil homme tendit les paumes en signe d'impuissance), il arrivait qu'un thérapeute perde ses repères. Il fallait alors l'aider à remettre les choses en place. Sans parler du fait qu'il devait constamment maintenir une certaine distance entre lui et ses patients, se montrer d'une totale discrétion sur sa vie privée, laisser autant de liberté que possible à leur imagination, afin qu'ils puissent projeter leurs fantasmes sur la personne de l'analyste.

Ce discours se grava dans la mémoire du commissaire, qui aurait pu en répéter la conclusion presque mot pour mot : « Une formation de haut niveau et le besoin d'appartenir à un groupe, telles sont les deux raisons essentielles qui poussent des jeunes à venir poursuivre leurs études dans notre Institut. »

Alors, pour détendre l'atmosphère, le vieil homme lui raconta une anecdote. À la question habituelle : « Pourquoi voulez-vous devenir psychanalyste ? », un postulant avait un jour rétorqué avec un sourire moqueur : « Parce que c'est un travail facile, qu'on gagne beaucoup d'argent et qu'on peut prendre les vacances quand on en a envie. »

« Vous l'avez admis ? demanda avec curiosité Ohayon.

— Et vous, commissaire, qu'auriez-vous fait ?

— Je l'aurais admis.

— Pourquoi ?

— Eh bien, malgré son impertinence, il ne manquait pas de courage. En somme, il vous défiait. Il savait certainement qu'on attendait de lui une tout autre réponse. C'était une façon d'exprimer son agacement devant une question aussi banale. »

Le vieil homme le regarda avec sympathie.

« Finalement, quelle a été la décision ? » s'enquit Ohayon.

Oui, il avait été accepté. Ce garçon possédait des qualités qui pouvaient faire de lui un bon analyste. D'ailleurs, les arguments avancés par le commissaire avaient également été pris en compte. Et puis, ajouta le vieil homme avec un large sourire, ils avaient voulu le laisser découvrir par lui-même à quel point il se trompait.

« Puisque nous avons ouvert une parenthèse, dit Ohayon après un instant d'hésitation, j'aimerais vous poser une question que vous avez sans doute maintes fois entendue : qu'est-ce qui distingue une psychanalyse d'une psychothérapie ordinaire ? » Sur cette dernière, il se trouvait qu'il avait quelques notions, mais il s'abstint de le préciser. « La différence se résume-t-elle au fait que, dans l'une, le patient est assis dans un fauteuil, alors que, dans l'autre, il s'allonge sur un divan ?

— Croyez-vous vraiment qu'il s'agisse là d'un détail mineur ? Est-ce la même chose d'interroger un suspect chez lui, en sirotant une tasse de café, et au commissariat, sous la lumière aveuglante d'un projecteur ?

— Je ne cherchais nullement à minimiser l'importance de ces conditions pratiques, s'excusa Ohayon. Simplement, je me demandais s'il existait des différences plus fondamentales.

— Justement, c'en est une, rétorqua le vieil homme avec gravité. En premier lieu, sachez que ceux qui ont besoin d'aide ne sont pas tous capables d'entreprendre une psychanalyse. » (L'aurais-je été ? se demanda Ohayon, pour se sermonner aussitôt : comme s'il y allait de son prestige !) « Cette forme de traitement exige, entre autres, une grande force de caractère. En second lieu, non seulement le patient s'allonge sur un divan, mais il est astreint à quatre séances par semaine, ce qui ne constitue pas non plus une simple différence quantitative. Ces deux caractéristiques — le divan et les quatre séances hebdomadaires — permettent au patient d'aller au plus profond de lui-même, de revenir aux expériences fondamentales de son enfance. Enfin, sans entrer dans les détails, j'ajouterais que le transfert est une composante essentielle de la cure analytique.

« Plus l'analyste s'efface en tant que personne, plus le transfert s'en trouve favorisé. Cet effacement est évidemment plus grand lorsque le thérapeute se tient derrière le divan, que le patient ne le voit pas, mais sent sa présence bienveillante.

« Toutefois, n'allez pas croire qu'un analysant peut parler tout seul, dans le vide. Ces histoires selon lesquelles un ordinateur serait capable de se substituer à un thérapeute ne sont que des inepties — le patient a besoin d'être soutenu, accompagné. Et toutes ces caricatures montrant des analystes en train de somnoler dans leur fauteuil ne font que traduire les angoisses du patient qui s'imagine que son thérapeute l'abandonne en chemin.

— Professeur Hildesheimer, croyez-vous qu'à la suite d'un transfert, un patient puisse haïr son analyste au point de l'assassiner ? »

Le vieil homme ralluma sa pipe.

« J'en doute. Même des fous dangereux s'attaquent rarement à leur médecin. Or, l'analyse est un traitement destiné à des individus souffrant de troubles beaucoup moins graves, des névroses, par exemple. Certes, un patient en analyse peut avoir des fantasmes de meurtre, mais je n'ai jamais entendu parler de passage à l'acte. Il préférera retourner ses pulsions agressives contre lui-même, plutôt que de s'en prendre à son analyste. » Il tira sur sa pipe, puis ajouta : « De plus, vous devez savoir qu'en raison du très petit nombre d'analystes didacticiens, presque tous les patients dont s'occupait Eva sont des candidats-analystes. Elle ne traitait quasiment pas de cas extérieurs à l'Institut.

— Peut-il arriver, s'interrogea à haute voix Ohayon, qu'un analyste détienne des informations compromettantes sur un patient, au point que celui-ci se sente en danger ou, en tout cas, à la merci de son thérapeute ? »

Hildesheimer se tut un instant. C'était justement le sujet de la conférence qu'Eva devait prononcer le matin, finit-il par avouer.

« Permettez. Avant d'en venir à sa conférence, il y a certaines choses que j'aimerais savoir sur elle.

— Je vous écoute. Eva a été ma patiente, puis ma collègue... et même davantage, dit-il avec tristesse.

— Quand est-elle venue à l'Institut ? Que faisait-elle avant ? »

Ohayon alluma une cigarette. Il se sentait gagné par une étrange nervosité.

« Eva a longtemps travaillé comme psychologue dans le système de santé public. Elle avait trente-six ans lorsqu'elle a commencé sa formation à l'Institut, ce qui est relativement tard. En effet, la limite d'âge pour les candidats est fixée à trente-sept. Dès le début, il est apparu qu'elle possédait de grandes qualités. Depuis six ans, elle était analyste didacticienne et siégeait depuis plus longtemps encore à la commission de formation. D'ailleurs, il est pratiquement certain qu'elle m'aurait succédé à la tête de cette commission. En effet, le mois prochain, je devais prendre ma retraite ; je suis sûr qu'elle aurait été élue.

— Elle était mariée ?

— Oui, son mari était un homme d'affaires. En fait, il lui a fallu longtemps avant d'accepter l'idée que sa femme travaille, qu'elle mène une carrière indépendante. Il ne mesurait pas l'ampleur de sa réussite professionnelle. Eva en avait de la peine ; j'étais le seul à le savoir. Néanmoins, elle a tenu bon, dit le vieil homme avec une pointe de fierté, tout en sauvegardant la cohésion de sa famille. C'était un couple très uni.

« Son mari est décédé il y a trois ans. Il était un peu plus âgé qu'elle. Il est mort brutalement, d'un arrêt du cœur, alors qu'il se trouvait à l'aéroport de New York. Eva a été obligée de se rendre aux États-Unis pour rapatrier le corps. Ensuite, il a fallu régler les problèmes de succession. Son mari dirigeait de nombreuses sociétés, auxquelles elle ne s'était jamais intéressée, et son fils... son fils n'a qu'une passion dans la vie : l'écologie, la défense de la nature. Un gentil garçon, intelligent, mais totalement dépourvu de sens pratique. Finalement, c'est son gendre, le mari de sa fille, qui a accepté de prendre les choses en main, au grand soulagement de toute la famille.

— Elle s'entendait bien avec ses enfants ?

— Elle se sentait très proche de sa fille, peut-être un peu trop, répondit Hildesheimer en pesant ses mots. Nava était très dépendante de sa mère ; elle ne faisait jamais rien sans la consulter. Il est vrai que cela s'était un peu arrangé depuis qu'elle et son mari s'étaient installés à Chicago. J'ai toujours pensé qu'Eva faisait preuve d'un certain aveuglement envers ses enfants. Avec son fils, c'était plus compliqué. Ils n'avaient pas autant d'affinités, ni les mêmes centres d'intérêt, mais surtout, par identification avec son père, Nimrod avait du mal à accepter la profession de sa mère. Mais, là aussi, ça s'est nettement amélioré depuis qu'il travaille pour la Société de protection de la nature.

— Et ses relations avec son gendre ?

— Excellentes, je crois. Peut-être pas aussi intimes qu'avec sa fille. Toutefois, il lui vouait une grande admiration et elle, de son côté, lui était extrêmement reconnaissante d'avoir repris les affaires de son mari, de l'avoir déchargée de ce fardeau.

— De quel genre d'affaires s'agissait-il ? demanda Ohayon, sans préciser que l'après-midi même, il avait rencontré Hillel Zehavi à Tel Aviv.

— Là, vous m'en demandez trop. Je sais seulement qu'Eva et son gendre sont revenus ensemble de Chicago, sur le même vol. Ils devaient assister, demain matin, dimanche, à un important conseil d'administration. Eva avait pris un jour de congé supplémentaire pour pouvoir s'y rendre. Quand elle m'a téléphoné à son retour, elle m'a raconté comment, quatre heures durant, Hillel lui avait expliqué quel serait l'enjeu des délibérations et dans quel sens elle devait voter. Tous deux disposaient de la signature.

— Y avait-il des désaccords entre eux ? demanda Ohayon sans changer d'intonation ni de position, de peur de laisser paraître son excitation.

— Eva, se disputer à cause des affaires ! s'exclama le vieil homme en partant d'un rire enroué. Dès le départ, elle voulait tout lui confier, mais Hillel a catégoriquement refusé. Il ne prenait aucune décision sans son accord. Elle s'en plaignait assez. »

Comprenant soudain où le policier voulait en venir, Hildesheimer secoua la tête, en le fixant droit dans les yeux :

« Commissaire, je crois que vous faites fausse route.

— Pourquoi ? Le meurtrier a peut-être commis son crime à l'Institut, afin de détourner les soupçons sur ses membres.

— Certes, je préférerais que l'assassin fût étranger à l'Institut, mais cela ne peut pas être Hillel : il n'a aucun mobile, ni financier, ni autre d'ailleurs. »

Le vieil homme secoua la tête plusieurs fois négativement, puis dévisagea Ohayon d'un œil neuf, comme si le doute commençait à s'insinuer dans son esprit.

« Je ne dois négliger aucune piste », déclara Ohayon au vieil homme qui s'agitait sur son siège.

Il regrettait de ne pas lui avoir fait part de sa rencontre avec Hillel. En effet, celui-ci avait un alibi inattaquable : de l'aéroport Ben Gourion, il s'était directement rendu au chevet de sa mère, à l'hôpital, et n'en avait pas bougé. Quel malin génie le retenait de mettre le vieil homme au courant ?

Toutefois, le moment était venu d'en savoir plus sur cette fameuse conférence.

« Est-il exact, comme cela m'a été dit ce matin, que le Dr Neidorf préparait longtemps à l'avance ses interventions ?

— Et comment ! Vous ne pouvez pas vous imaginer dans quelles affres la préparation de ses conférences la plongeait. Elle rédigeait des dizaines de brouillons avant de...

— Quelqu'un les lui tapait ? l'interrompit Ohayon.

— Non, personne. Elle le faisait elle-même. Parfois, je devais lire chaque version, et elle exigeait de moi des remarques précises. Quand enfin elle était satisfaite de son texte, elle le dactylographiait en trois exemplaires : un pour elle — n'ayant pas des talents d'improvisatrice, elle préférait lire à la tribune.

— Et les autres exemplaires ? s'enquit Ohayon, qui sentait la sueur lui couler le long du dos.

— Le deuxième m'était destiné ; quant au troisième, elle le conservait toujours chez elle, dans son bureau, “au cas où”. C'était un sujet de plaisanteries entre nous. Eva était une maniaque, soupira-t-il ; elle était très exigeante, surtout vis-à-vis d'elle-même, ou quand il s'agissait de problèmes d'éthique professionnelle. Là, elle se montrait intraitable. Elle ne tolérait pas le moindre “manquement à la déontologie”, comme elle disait. Mais ne vous méprenez pas, commissaire. Eva n'était pas une prêcheuse imbue d'elle-même. C'était avant tout une question de conscience professionnelle : l'intérêt du patient, la confidentialité, etc. J'étais presque toujours d'accord avec elle.

— Pourrais-je voir l'exemplaire en votre possession ?

— Je crains que non ; cette fois, je n'en ai pas... »

Ohayon le regarda, consterné.

Eva avait préparé cette conférence durant son séjour aux États-Unis. Ils avaient convenu que ce serait une bonne occasion pour elle de s'affranchir de lui, qu'il ne prendrait connaissance que de sa version définitive, après qu'elle l'aurait mise au point toute seule. Elle avait insisté, affirmant qu'elle allait soulever un problème délicat, mais il était resté ferme, préférant avoir la surprise.

« Quelqu'un sait-il qu'elle avait l'habitude de vous soumettre son texte définitif et même ses différents brouillons ? »

Hildesheimer haussa les épaules. Il n'en avait jamais parlé à quiconque. Toutefois, l'Institut avait peu de secrets et Eva, par honnêteté intellectuelle, ne manquait jamais de le remercier pour sa collaboration, au début de chacune de ses conférences.

Ohayon sentit sa tête se vider de son sang.

« Et l'exemplaire qu'elle devait lire à la tribune ?

— Elle l'avait sans doute avec elle, ce matin, dit le vieil homme tristement.

— Sur quoi exactement portait cette conférence ? »

La réponse vint, laconique : sur certains problèmes éthiques et juridiques soulevés par la cure. Des questions qui, en d'autres termes, préoccupaient le milieu psychanalytique depuis toujours. Par exemple, ce dilemme des plus classique : un analyste avait-il le droit de garder le secret, quand un candidat avait enfreint la loi ? Non pas quand ce candidat avait commis un crime ou un vol, mais quand il avait contrevenu aux règles de la profession ; par exemple, en commettant des indiscrétions au cours de son analyse didactique ou de ses séances de contrôle. Toutefois, il était inutile de spéculer davantage. Le commissaire trouverait le texte intégral de la conférence dans le sac à main d'Eva et pourrait le lire lui-même.

« Justement, là est le hic, dit Ohayon. Nous n'y avons rien trouvé. Ni notes, ni conférence, ni clés d'ailleurs. Que des objets personnels, ses papiers d'identité et un peu d'argent. »

Soudain, le vieux professeur eut l'air complètement désemparé.

« Je ne comprends pas. Comment est-ce possible ?

— Tout l'après-midi, et même avant, quand j'étais

avec vous et vos collègues de la commission de formation, expliqua Ohayon, mon équipe a fouillé l'Institut de fond en comble, à la recherche de notes pouvant ressembler à une conférence. Juste après le départ du médecin légiste, j'ai moi-même minutieusement inspecté son sac à main et je possède un inventaire détaillé de ce qu'il contenait... »

Le vieil homme agita la main avec impatience :

« Je vois. Il faut retrouver la copie qu'elle avait gardée chez elle. Je sais qu'elle existe, car elle m'avait promis de me l'offrir, en souvenir. »

Ohayon consulta sa montre. Il était déjà onze heures du soir. Dehors, le vent soufflait par rafales, mais la pluie semblait s'être calmée. Il se leva, imité par le vieil homme qui lui demanda s'il avait l'intention de se rendre de ce pas au domicile d'Eva Neidorf. Saisissant l'allusion, il lui proposa de l'y accompagner, non sans faire quelques remarques sur l'heure tardive et le mauvais temps. Écartant ces objections d'un revers de main, Hildesheimer répliqua qu'à son âge, il ne risquait plus grand-chose et que, de toute façon, il ne pourrait pas dormir de la nuit. Tout en parlant, il avait conduit Ohayon jusqu'au portemanteau suspendu au bout du couloir. Il en décrocha un lourd manteau d'hiver et l'enfila. L'appartement était plongé dans le silence et l'obscurité. Dans la rue, l'air était glacial. Ohayon, qui avait gardé son blouson pendant toute la durée de l'entretien, sentit la morsure du froid et fut content de monter dans sa Renault.

Il alluma sa radio, qui aussitôt se mit à bruire. D'un ton las, une des filles du Central l'informa que ses inspecteurs le cherchaient, que c'était « urgent ». « Je suis occupé, rétorqua-t-il. Dis-leur que je rappellerai plus tard. » « Message reçu », répondit le Central, après un soupir.

Assis à ses côtés, Hildesheimer semblait plongé dans des abîmes de réflexions. Ohayon dut s'y reprendre à deux fois avant d'obtenir de lui l'adresse d'Eva Neidorf. C'était bien celle qu'il avait lue sur la carte d'identité de la victime, quand il avait fouillé et refouillé son sac.

Il s'enfonça dans le dédale des petites rues de la Colonie allemande. Presque chaque fois qu'il passait par la rue Emek Refaïm, il pensait aux Templiers allemands, une secte protestante, qui avaient fondé ce quartier en 1878. Comme ils étaient pathétiques, leurs espoirs de rédemption, symbolisés par les vestiges encore visibles de leur moulin ! Il se gara sans difficulté, alla ouvrir la portière d'Hildesheimer et aida celui-ci à descendre de voiture. Ensuite, ils franchirent la petite grille et remontèrent l'allée qui conduisait jusqu'à la villa. Là, le vieil homme s'effaça pour laisser le commissaire ouvrir.

Ohayon essaya toutes les clés, d'abord à la lueur du réverbère, puis à celle des allumettes qu'Hildesheimer grattait l'une après l'autre. Finalement, ils durent se rendre à l'évidence : la clé de la porte ne se trouvait pas dans le trousseau.

Sans un mot, Ohayon retourna à sa voiture et en revint muni d'un objet pointu. Puis, marmonnant quelque chose sur ce que la vie vous obligeait parfois à apprendre, il commença à s'attaquer à la serrure. De nouveau, Hildesheimer frotta des allumettes — le commissaire en avait rapporté une autre boîte de sa Renault. Dix minutes plus tard, ils pénétraient dans la villa d'Eva Neidorf.

Ohayon referma la porte.

Une vive lumière éclairait le hall d'entrée. Le vieil homme blêmit. Ses lèvres crispées exprimaient ce que tous deux venaient de comprendre : quelqu'un les avait devancés.

CHAPITRE V

La main sur la poignée du cabinet de consultation, Ohayon repensa au disque, usé et rayé, qu'il avait remarqué sur la platine du tourne-disque, en traversant le salon : un quintette pour clarinette de Brahms.

Les meubles en bois clair donnaient à cette salle de séjour un air de distinction et de sobriété. Ni les grands tableaux, tous abstraits, aux couleurs vives, ni l'épais tapis foncé, ni les fleurs qui poussaient dans des pots et des jardinières comme s'il n'y avait pas d'hiver à Jérusalem, ne parvenaient à réchauffer l'atmosphère. Ce quintette pour clarinette posé sur le tourne-disque ouvert, près de la porte-fenêtre, révélait une sensibilité que rien par ailleurs ne laissait soupçonner.

Dès qu'ils eurent pénétré dans le cabinet de consultation, Ohayon brancha la conversation sur le disque. Hildesheimer alla d'abord s'asseoir dans un fauteuil. Son grand corps sembla se rapetisser ; il avait les traits tirés, le teint blême.

« Oui, soupira le vieil homme en se serrant dans son gros manteau, j'ai toujours pensé qu'elle avait un côté sentimental. Elle adorait la musique romantique. Il nous arrivait d'en plaisanter. »

Il esquissa un sourire douloureux. Ohayon sentit monter en lui un besoin presque physique de le protéger ; se dominant, il se dirigea vers le bureau ancien, tira une paire de gants de sa poche et y enfila laborieusement ses longues mains. Puis, il se mit à sortir les tiroirs et à les vider l'un après l'autre sur le divan placé en face, le long du mur. Il les manipulait avec une extrême précaution, car, comme il l'avait expliqué à Hildesheimer, il fallait éviter de laisser des empreintes.

Il en était au troisième, quand le Professeur, qui ne le quittait pas des yeux, lui dit qu'il trouverait là, sous les papiers, la liste des patients et des candidats supervisés par Eva, avec leurs numéros de téléphone.

« Chaque fois qu'elle partait à l'étranger, expliqua-t-il en se levant, elle me chargeait de prévenir ses patients au cas où elle ne pourrait pas rentrer à temps. Je devais alors m'entendre avec la femme de ménage pour me faire ouvrir la porte, prendre la liste et en informer les intéressés. »

Sur ces mots, il enfouit son visage dans ses mains. Quelques minutes passèrent avant qu'il ne se ressaisisse et s'essuie les yeux avec un grand mouchoir sorti de sa poche.

Le priant de les examiner sans y toucher, Ohayon commença à lui présenter un par un les papiers qu'il avait renversés du tiroir. Puis, sans en changer l'ordre, il les déposait au fur et à mesure sur l'épais tapis, légèrement poussiéreux, étendu au pied du divan.

« Non, je ne vois rien. La liste n'y est pas », dit Hildesheimer, la voix nouée.

Son visage était d'une pâleur inquiétante. Ohayon vida rapidement les autres tiroirs. Ensemble, ils vérifièrent chaque bout de papier. Il y avait des factures de toutes sortes, des brouillons de conférences, des tirés à part d'articles, des carnets de chèques, des relevés de banque, des lettres, bref, tout ce qu'on pouvait s'attendre à trouver dans des tiroirs de bureau. Mais pas le moindre brouillon ou exemplaire dactylographié de la conférence qu'elle était censée prononcer le matin. Et pas de liste non plus, hormis un répertoire des membres de l'Institut et des candidats qu'il mit de côté. Ni de carnet d'adresses comme celui qu'Hildesheimer était en train de lui décrire.

«Tenez, le même que celui-ci, fit le vieil homme en sortant de sa poche un petit calepin en plastique bleu qu'il tendit au policier. En fait, il devait être dans son sac à main. C'est toujours là qu'elle le mettait.

— Il est forcément ici, car, comme je vous l'ai dit, dans son sac, nous n'avons rien trouvé qui y ressemble. En possédait-elle un autre à la maison ?

— Oui, dans le salon, à côté du téléphone.»

Voyant qu'Ohayon examinait son petit carnet, Hildesheimer poursuivit :

«Vous pouvez regarder à l'intérieur, si vous voulez. Elle aurait dû avoir le même dans son sac. Le grand carnet, celui de la maison, est certainement à sa place mais vous n'y trouverez aucun nom de patient.»

Ohayon ouvrit le calepin à la première page. Penché sur son épaule, Hildesheimer lui expliqua qu'il y inscrivait ses rendez-vous quotidiens avec le numéro de téléphone de ses patients. Ohayon inspecta le bureau sous tous ses angles, y compris le compartiment secret — la plupart des bureaux anciens avaient un compartiment qui s'ouvrait avec un ressort — qu'il vida, lui aussi, de son contenu. C'était là, dit le vieil homme avec émotion, qu'elle conservait les notes qu'elle prenait après un entretien préliminaire.

«Les deux premières visites, précisa-t-il sans reprendre son souffle, sont destinées à faire connaissance avec le patient. En général, nous nous concentrons sur des aspects, disons, plus objectifs, tels que l'âge et le statut familial du sujet, ses parents, son milieu, sa profession, et nous nous efforçons d'éclaircir les raisons immédiates de sa demande de soins. Certains thérapeutes prennent des notes pendant l'entretien. Personnellement, je suis contre. Eva l'était également ; elle ne le faisait qu'après le départ du patient.»

Tous deux se mirent à chercher. En vain. Les notes n'y étaient pas. Ohayon regarda autour de lui.

Dès l'instant où il était entré dans cette pièce, il avait mentalement photographié tout ce qu'elle renfermait. Comme dans le cabinet de consultation d'Hildesheimer, il y avait deux fauteuils, un divan et, derrière le divan, le fauteuil du psychanalyste, ainsi qu'une bibliothèque (une seule, contenant des ouvrages professionnels) et quelques lampes dont les abat-jour en parchemin diffusaient une lumière tamisée. Au milieu de la bibliothèque, derrière une vitrine, étaient rangées des brochures de différentes couleurs. Il s'agissait, lui dit Hildesheimer, de toutes les histoires de cas qui avaient fait l'objet d'une présentation à l'Institut. Ohayon les feuilleta rapidement et survola les titres imprimés sur la couverture, tous longs de deux phrases au moins ; hormis les prépositions, il n'en comprit pas un seul mot. Toutes portaient le tampon : « Confidentiel, à usage interne ».

Pour les besoins de la présentation, poursuivit Hildesheimer, l'identité des patients était masquée : le nom était remplacé par un pseudonyme, la profession n'était pas mentionnée, tous les détails personnels étaient modifiés. À titre de précaution supplémentaire, les membres de l'Institut recevaient ces brochures en mains propres et non par la poste. De plus, ils étaient tenus par le secret professionnel.

Du monceau de papiers qui s'était accumulé sur le divan, Ohayon retira une feuille couverte de minuscules caractères serrés les uns contre les autres. Il l'examina soigneusement et demanda à Hildesheimer si c'était l'écriture d'Eva Neidorf. En effet, il s'agissait d'une liste de livres, les références bibliographiques d'un séminaire qu'elle devait donner à l'Institut au cours du dernier trimestre de l'année. Le nom de Freud fut le seul qu'Ohayon y reconnut. Dans cette grande pièce, il ne restait plus un seul recoin où chercher des documents, une liste de noms, des brouillons de conférence, un carnet d'adresses ou tout autre indice.

Ohayon alluma une cigarette, la première depuis leur arrivée dans la villa. Sur la table basse qui séparait les deux fauteuils, il repéra, à côté de l'inévitable boîte de mouchoirs en papier, un cendrier. Malgré leur similitude, le cabinet d'Hildesheimer et celui d'Eva Neidorf dégageaient une atmosphère totalement différente. Ici, l'ambiance était résolument féminine. Les couleurs dominantes étaient le brun et le rouge. À part les fauteuils, d'une teinte plus claire, rien ne rappelait les tons pâles du salon. Il n'y avait pas non plus ces impressionnants tableaux abstraits, qu'il trouvait incompréhensibles mais dont les jeux de couleurs le fascinaient. Les œuvres qui ornaient les murs étaient en noir et blanc — des gravures et des dessins au fusain.

« Où se trouve la chambre à coucher ?

— À l'étage au-dessus », lui répondit Hildesheimer d'un ton parfaitement neutre.

Ohayon se sentit un peu gêné : il ne pouvait s'empêcher de s'interroger sur la véritable nature de leurs relations. Il ne connaissait pas l'âge exact du vieil homme. Le simple fait d'avoir mentionné la chambre à coucher et de s'y faire conduire par le Professeur faisait naître en lui des pensées dérangeantes.

« Vous vous voyiez souvent en dehors de l'Institut ? s'enquit-il en le suivant dans l'escalier.

— Oui, souvent. D'ailleurs, presque toujours ici. Je la considérais un peu comme ma fille... et même davantage. »

Le commissaire n'osa pas lui demander ce qu'il fallait entendre par là.

Lorsqu'il ouvrit la porte, Hildesheimer ne manifesta aucun signe d'embarras, rien qu'un profond chagrin. Une large baie vitrée, des rideaux blancs, un grand lit, soigneusement fait, une coiffeuse avec un miroir et des produits de beauté, une imposante armoire. Aux murs, des «piscines» de Hockney et, sur le tapis, une valise. Le regard d'Ohayon balaya la pièce comme une caméra et s'arrêta sur la valise.

Elle n'était pas fermée à clé. Avec précaution, il en renversa le contenu sur la descente de lit : vêtements, lingerie, objets de toilette. Pourquoi cette femme si méticuleuse ne l'avait-elle pas défaite dès son arrivée ? Se souvenant alors du quintette pour clarinette et du cendrier rempli de mégots de cigarettes qu'il avait remarqué dans le salon à côté de l'un des fauteuils, il en vint à se demander si elle avait passé la nuit dans cette chambre.

Il fouilla toutes les poches intérieures de la valise. Finalement, se retournant vers Hildesheimer, qui était resté sur le seuil, il secoua la tête négativement. Pas de calepin, pas de conférence, pas de notes, rien.

Il était presque deux heures du matin, quand, de la chambre à coucher du Dr Eva Neidorf, le commissaire Ohayon appela le Central pour demander qu'on lui envoie son équipe. «Et aussi quelqu'un de l'Identité judiciaire pour relever les empreintes digitales», ajouta-t-il, tout en promenant un regard dubitatif dans la pièce, qui semblait sans vie, comme si elle était restée longtemps inoccupée. Pourtant, certaines surfaces étaient complètement dépourvues de poussière. L'explication ne lui en apparaissait que trop clairement. «Il n'y a pas de doute, soupira-t-il après avoir raccroché le téléphone, quelqu'un nous a précédés, quelqu'un qui a pris soin d'effacer les traces de son passage.»

Ils redescendirent dans le salon pour attendre l'arrivée des policiers.

Hildesheimer était recroquevillé dans l'un des grands fauteuils. Ohayon faisait nerveusement les cent pas dans la pièce, en se demandant ce qui la rendait si élégante. Était-ce la hauteur sous plafond, les alcôves voûtées, la collection de disques, les objets d'art ? Il pensa au temps, à l'énergie et à l'argent qui avaient été investis dans cette demeure. Certaines personnes, il est vrai, exprimaient leurs aspirations artistiques dans la décoration de leur intérieur. Pour des raisons qu'il préférait ne pas approfondir, cette pensée éveilla en lui de l'agacement. Néanmoins, tant de bon goût et de raffinement forçaient l'admiration.

Pour la centième fois, il se reposa la même question et finit par l'exprimer à haute voix :

« Que pouvait-il y avoir de compromettant dans cette conférence, au point qu'on ait voulu la faire disparaître ?

— Moi aussi, je ne cesse de me le demander. Je n'en ai pas la moindre idée, pas plus que de l'endroit où se trouve la liste de ses patients », répondit le vieil homme d'une voix cassée.

Il faisait très froid dans le salon. Emmitouflés dans leur manteau, ils continuèrent d'attendre en silence. Soudain, la sonnette retentit. Ohayon bondit et alla ouvrir. Dehors, sous une pluie battante, se tenait Tsila, Elie et, juste derrière, Shaül, de l'Identité judiciaire.

La bouche grande ouverte, Tsila s'apprêtait visiblement à lui adresser des reproches, mais Ohayon, devinant leur nature — en substance, où avait-il disparu toute la soirée ? — ne lui en laissa pas le temps et se lança dans une description détaillée des derniers rebondissements. Sur leur visage, il perçut le moment où ils saisirent l'importance que revêtaient la conférence de la victime, ses notes, son agenda. À peine conclut-il par ces mots : « Dehors aussi, traces de pneus, de pas ; à l'intérieur, ramassez tous les papiers, triez-les, ne jetez rien », que tous les trois passèrent en trombe devant Hildesheimer et s'engouffrèrent dans l'escalier.

Hildesheimer n'avait rien dit, se contentant de les

observer attentivement tandis qu'ils recevaient leurs instructions. Une fois seuls, Ohayon lui répéta qu'ils allaient fouiller toutes les pièces — et aussi rechercher des empreintes digitales, même si, concernant ces dernières, il ne se faisait guère d'illusions : à certains endroits, dans la chambre mais aussi dans le salon, la couche de poussière avait été essuyée.

Hildesheimer semblait accablé. Eva était une personne si réservée, si secrète, et maintenant, on allait s'immiscer dans sa vie privée. «*Ach!*» soupira-t-il, désespéré. Ohayon lui proposa gentiment de le raccompagner chez lui, mais le vieil homme repoussa son offre d'un geste brusque. Il voulait rester jusqu'au bout, au cas où ils découvriraient quelque chose. Ohayon hocha la tête, retira ses gants, les enfonça dans sa poche et se remit à marcher de long en large.

«Vous arrive-t-il souvent de passer des nuits comme celle-ci ?» Ohayon poussa un soupir. «Comment tenez-vous le coup ?

— Entre une enquête et la suivante, je m'efforce de prendre un peu de repos.

— Et comment faites-vous pour concilier votre vie de famille avec un tel travail ?

— Qui dit que j'y arrive ?» répliqua Ohayon en haussant les épaules, avant d'ajouter, avec un pauvre sourire : «Le plus difficile, depuis mon divorce, est de ne pas perdre contact avec mon fils... Vous voyez, moi aussi, j'exerce un métier solitaire.»

Hildesheimer eut un air compatissant et baissa la tête, sans mot dire. Ohayon reprit sa déambulation. Il s'arrêta devant un tableau, puis une statuette, et passa dans la cuisine. Il contemplait la table ronde de style rustique, quand un courant d'air lui fit lever les yeux vers la fenêtre. Comment avait-il pu faire preuve d'une telle négligence ?

Il se précipita hors de la cuisine et, sans rien dire à Hildesheimer, se mit à crier : «Shaül ! Shaül !»

Celui-ci apparut en courant, suivi de Tsila. Occupé dans l'autre aile de la maison, Elie n'avait sans doute pas entendu son appel. Ohayon les entraîna vers la fenêtre. De la vitre ne restaient plus que quelques éclats de verre encore accrochés au châssis ; les barreaux peints en blanc qui la protégeaient étaient tordus.

Shaül s'approcha :

« Poussez-vous, vous me cachez la lumière. »

Tsila et Ohayon reculèrent ; Hildesheimer se leva et vint se placer à côté d'eux — il n'y avait pas de porte entre le salon et la cuisine, seulement une large ouverture. Shaül sortit et réapparut presque aussitôt avec une grosse mallette noire. Il enfila des gants en latex, se livra à diverses observations (poudres, loupe, torche électrique), prit des mesures, puis des photos, et sortit de nouveau. Ils entendirent la porte d'entrée s'ouvrir et, quelques instants plus tard, virent surgir sa tête de l'autre côté de la fenêtre. Là, il recommença toutes ses opérations.

Sans effort, il retira la grille qui protégeait la fenêtre et demanda à Ohayon de venir le rejoindre dans le jardin. Restés dans la cuisine, Tsila et Hildesheimer pouvaient entendre ses commentaires.

« Vous voyez la grille, patron ? Quelqu'un l'a arrachée, a cassé un carreau et est entré par la fenêtre Sous le rebord, il y a des traces d'escalade. Regardez ; tout autour, les empreintes de pas ont été recouvertes de terre. Celui qui a fait le coup portait des gants. Il est ressorti par le même chemin et a remis la grille en place, croyant peut-être qu'on ne s'en apercevrait pas.

— D'après toi, avec quoi a-t-on descellé les barreaux ? demanda Ohayon.

— Probablement une barre de fer. Elle est peut-être encore dans le coin. »

Leurs voix s'éloignèrent, mais quelques minutes plus tard, les deux hommes étaient de retour dans la cuisine. Shaül s'agenouilla sous la fenêtre, rassembla avec une petite brosse les éclats de verre dans un sac en plastique qu'il déposa précautionneusement dans sa mallette.

« Comme vous pouvez le constater, patron, les morceaux de verre sont tombés à l'intérieur. Le type qui s'est introduit ici les a balayés, mais il en reste quelques débris. Une fois dehors, il a essayé de redresser les barreaux, avant de remettre la grille. Où est la poubelle dans cette maison ? » demanda-t-il en se tournant vers Hildesheimer, lequel lui indiqua l'endroit habituel, sous l'évier.

Avec précaution, Shaül sortit la poubelle du placard, la saupoudra, tout en marmonnant qu'au mieux, ils trouveraient des marques de gants.

« Tenez, voilà les morceaux de verre », dit-il en montrant le contenu de la poubelle.

Avec un bon éclairage, il était sûr de pouvoir détecter au moins une empreinte de pas. À nouveau, il sortit de la villa et revint avec deux projecteurs, un pour lui, l'autre pour le commissaire.

« Avant de demander des renforts, allons voir si nous pouvons en dégotter une », dit-il à Ohayon.

Ils sortirent. Tsila s'adossa au mur, la tête tournée vers la fenêtre. De grands faisceaux lumineux déchiraient l'obscurité, chaque fois que l'un d'eux levait son projecteur. Soudain, du fond du jardin, Ohayon appela : « Shaül ! Shaül ! » Au bout de quelques minutes, celui-ci surgit dans la cuisine, attrapa sa grosse mallette et ressortit. Quand ils revinrent, Shaül portait un moulage qu'il montra fièrement à Tsila :

« Celui qui croit pouvoir brouiller ses traces en profitant d'une accalmie, alors qu'il a plu toute la semaine, se met le doigt dans l'œil — à moins de savoir voler. Regarde comme la semelle se découpe bien. »

Tsila se pencha avec curiosité sur le moulage et

demanda si l'empreinte présentait des caractéristiques particulières.

« Non, dit Shaül un peu refroidi, ça m'a tout l'air d'une chaussure de sport, mais demain matin, quand le moule aura séché, j'y verrai mieux. »

Il déposa l'empreinte sur la table rustique et frotta ses grandes mains l'une contre l'autre.

« Attendez » — c'était Hildesheimer —, « une chose m'échappe. Quelqu'un a pris la clé de la villa. Elle n'était plus dans le trousseau, n'est-ce pas ? Alors pourquoi a-t-il eu besoin de desceller la grille et de casser la vitre ? »

Tous se turent. Finalement, Ohayon, comme s'il se parlait à lui-même, récapitula les faits : « D'abord, dans le sac de la victime, pas de notes ni de clés. Ensuite, nous venons ici et il apparaît que la clé a été enlevée du trousseau. Après, conférence, liste de patients, agenda se sont mystérieusement volatilisés. Et maintenant, voilà qu'on découvre que quelqu'un s'est introduit par la fenêtre et s'est efforcé, avec pas mal de savoir-faire, de dissimuler toute trace de son effraction. Que cherchait-il ? Des papiers ou autre chose ?... Avez-vous l'impression qu'il manque des objets de valeur ? »

Hildesheimer, vers qui il venait de se tourner, secoua la tête :

« Non, pas à première vue. Les tableaux valent très cher ; ils sont tous là. Mais peut-être vaudrait-il mieux demander à la famille. Pourquoi entrer par effraction quand on a la clé ? Ça, je ne le comprends toujours pas. »

Après un instant d'hésitation, Ohayon répliqua qu'il ne pouvait qu'émettre des hypothèses — peut-être n'était-ce pas la bonne clé, peut-être n'avait-on pas réussi à forcer la porte. En fait, il n'en savait rien. Il devait y réfléchir.

« Si des objets avaient été volés, s'il y avait du désordre comme après un cambriolage, on aurait pu croire à deux événements distincts, intervint Tsila. Mais telles que les choses se présentent, je ne vois qu'une seule explication : celui qui est entré a eu un problème avec la clé. »

Ohayon pria Hildesheimer de s'assurer encore une fois qu'aucun objet précieux n'avait été dérobé et l'accompagna dans le salon. Le vieil homme parcourut du regard les meubles, les tableaux, le tapis — tissé à la main, précisa-t-il, chinois, une fortune — les deux statuettes en ivoire, elles aussi de grande valeur. Deux des peintures à l'huile étaient des œuvres originales d'artistes très cotés. Il mentionna leur nom. Ohayon n'en avait jamais entendu parler.

« Quant aux bijoux, oui, elle en avait, mais lorsqu'elle partait à l'étranger, elle les déposait dans son coffre à la banque et n'en gardait que quelques-uns avec elle. Étant donné qu'elle est rentrée de voyage vendredi, je doute qu'elle ait eu le temps d'aller les récupérer. D'ailleurs, il y en avait certains qu'elle laissait toujours dans son coffre, car elle n'aimait pas les porter. Mais, là encore, il vaudrait mieux poser la question à ses enfants. »

Il était quatre heures du matin quand ils en eurent terminé. Une pile de sacs en plastique encombrait l'entrée. Ohayon aida Elie à les charger sur la camionnette.

« Ce n'est plus maintenant qu'on trouvera ce qu'on cherche, déclara Tsila. On passera tout au crible demain, au bureau. »

Shaül annonça qu'il avait relevé plusieurs empreintes digitales, dont certaines appartenaient sans doute à Ohayon et au Monsieur — geste en direction d'Hildesheimer et regard réprobateur au commissaire — mais toutes seraient vérifiées.

Ce n'est qu'après le départ de l'équipe que le vieil homme accepta de se faire raccompagner chez lui.

En chemin, Ohayon essaya encore une fois de savoir si les gens de l'Institut étaient au courant qu'Hildesheimer aidait Eva Neidorf à préparer ses conférences. Ayant de nouveau l'impression que son interlocuteur ne saisissait pas le sens de sa question, il la reformula :

« Quelqu'un peut-il penser que vous êtes en possession d'un double de la dernière conférence du Dr Neidorf ? »

Le vieil homme comprit. Oui, c'était tout à fait possible. Cependant, personne ne lui avait posé la question.

« Pas encore, dit Ohayon, pas encore, mais je crains qu'on ne vous la pose, ou pire même. »

Pour toute réponse, le vieil homme fit « ah ». Il ne paraissait ni surpris, ni troublé, encore moins effrayé, comme s'il s'agissait d'un simple détail technique de plus. Ohayon, en revanche, était très inquiet. Il songeait aux risques que le meurtrier d'Eva Neidorf n'avait pas hésité à prendre en venant le jour même au domicile de la victime, afin de faire disparaître les copies de sa conférence et la liste de ses patients.

De nouveau, il scruta le vieil homme assis à ses côtés ; celui-ci regardait droit devant lui. Devait-il lui faire part de son dilemme ? Finalement, il le pria de ne révéler à personne qu'il n'avait pas de double de la conférence. « Cela vous expose à un danger, mais ce danger portera peut-être des fruits », ajouta-t-il en sentant le goût amer de la mauvaise conscience.

Le vieil homme hocha la tête d'un air absent, ce qui ne fit qu'accroître ses remords.

Il déposa Hildesheimer devant sa porte, puis demanda par radio qu'on lui dépêche deux policiers en civil. Peu de temps après, une voiture blanche vint se garer derrière lui.

Après s'être assuré que l'immeuble ferait l'objet d'une protection vingt-quatre heures sur vingt-quatre, il retourna à son bureau. Il était plus de cinq heures du matin, il faisait encore nuit, la pluie s'était arrêtée.

CHAPITRE VI

Joe Linder ne parvenait pas à trouver le sommeil. Ce n'était pas nouveau, mais, cette nuit-là, cela lui était plus pénible que d'habitude. Couché de son côté du lit, il pouvait observer par la fenêtre les gouttes de pluie tomber des branches du cyprès dont la cime atteignait presque le toit de l'immeuble.

Le réverbère projetait sur le boulevard Agnon un halo de lumière, dont Daniel, son fils de quatre ans, se plaignait qu'il l'empêchait, lui aussi, de dormir. Pour la énième fois, il lui avait proposé de compter les moutons, jusqu'à ce que passe le marchand de sable. L'enfant avait protesté : le marchand de sable lui faisait peur, il ne voulait pas avoir des grains dans les yeux, il détestait les moutons, il ne savait compter que jusqu'à vingt et, surtout, il se rendait bien compte que son père était ailleurs, très loin de lui. Mais Linder avait tenu bon et refusé de s'asseoir auprès de son lit. Trop énervé par les événements de la journée, il aurait été incapable de tenir compagnie à l'enfant.

Le visage bouleversé d'Hildesheimer ne cessait de le hanter ; il le voyait surgir devant lui chaque fois qu'il fermait les yeux.

Soulevant le réveil de sa table de chevet, il s'aperçut qu'il était deux heures du matin. Après un soupir, il se leva pesamment, en prenant garde de ne pas réveiller Dalia. Il la regarda un instant et constata avec soulagement que sa femme n'avait pas bougé. Il ne se sentait pas la force d'engager une longue discussion sur les raisons qui, cette fois, le tenaient réveillé.

En fait, lui-même ne comprenait pas très bien ce qui le tracassait. La mort d'Eva Neidorf ne lui causait ni peine ni regret : il ne l'avait jamais beaucoup aimée. Elle lui faisait même plutôt un peu peur. Lui aurait-elle manifesté une quelconque sympathie, qu'il l'aurait peut-être considérée sous un jour différent. Cependant, même maintenant qu'elle n'était plus, il n'avait aucun remords. Une profonde rancune étouffait tous ses autres sentiments. Il continuait à lui en vouloir de la façon dont elle s'était toujours arrangée pour lui faire sentir qu'elle doutait de ses capacités d'analyste et ne lui faisait pas confiance. Elle ne l'estimait pas, et quoi qu'il eût pu faire n'y aurait rien changé.

Sans la farouche détermination d'Eva, elle qui était entrée à l'Institut des années après lui et avait si bien fait son chemin, Hildesheimer, il en était certain, ne se serait pas opposé à ce qu'il devienne analyste didacticien. En la présence de cette femme, il avait toujours l'impression d'être un gamin dont l'immense besoin de plaire et d'être aimé sautait aux yeux de tous.

Pour être tout à fait franc, sa mort — et même la façon dont elle était morte — le remplissait d'une joie perfide. Quant à l'idée qu'il pût y avoir un assassin parmi eux, cela ne le troublait pas vraiment, mais éveillait plutôt sa curiosité. À l'exception d'Hildesheimer, les hommes, il l'avait toujours pensé, étaient capables de tout.

D'ailleurs, même en songeant au vieil homme et à son chagrin, il ressentait une étrange satisfaction puérile, mêlée au goût amer de sa propre mesquinerie. Lui qui se flattait de son impitoyable lucidité, lui si prompt à l'autocritique, lui qui prétendait haut et fort être capable d'affronter ses pensées les plus ténébreuses, n'avait jamais osé s'avouer qu'au fond, il n'éprouvait pas vraiment d'affection pour le Vieux.

Jamais, il n'avait eu le cran d'émettre publiquement la moindre critique à son encontre. En tant qu'analyste, que directeur de l'Institut, Hildesheimer était la perfection même. Pourtant, il avait du mal à se dissimuler la douleur cuisante que lui infligeaient les réticences du Vieux à son égard : celui-ci ne l'avait pas choisi comme successeur et, pour tout dire, avait même cessé de s'intéresser à lui.

Oui, il aurait tant aimé être plus proche du « vieil Ernst », comme il l'appelait derrière son dos, non sans se mépriser lui-même, parce qu'il savait bien que cet excès de familiarité avait pour seul but d'impressionner les jeunes. Oui, il enviait les rapports privilégiés qu'Eva Neidorf — la « Princesse », comme il la surnommait devant ses meilleurs amis — entretenait avec lui.

Malgré la désagréable odeur de transpiration qui en émanait, il enfila sa vieille robe de chambre en laine et se laissa emporter par les monstres aux yeux verts tapis dans l'obscurité.

Non, il ne se sentait pas du tout désolé pour le Vieux. C'était bien fait pour lui. S'il l'avait pris, lui Joe, sous son aile, au lieu de la « Princesse », il se serait épargné ce chagrin. Des anges, on n'en trouvait qu'au ciel. Eva Neidorf venait d'en apporter la preuve. Lui, par exemple, on ne se serait pas donné la peine de l'assassiner. Qu'avait-elle donc fait pour s'attirer la haine d'une personne appartenant à un milieu qui, plus que tout autre, incarnait la loi et l'ordre ? Ceux qui, comme elle, se réfugiaient derrière tant de froideur et de formalisme devaient avoir de terribles vices à cacher. Même maintenant qu'elle n'était plus là, on ne le nommerait pas analyste didacticien. Rosenfeld allait sans doute enfin pouvoir réaliser son vœu le plus cher et prendre la direction de la commission de formation, mais il n'aurait pas le courage, ni peut-être l'envie, de reconnaître les qualités professionnelles de Joe Linder.

L'air était glacial. Il resserra la ceinture de sa robe de chambre, remonta le col et se dirigea à pas feutrés vers la cuisine. Comme d'habitude, l'évier était encombré de vaisselle, et un énorme cafard se frayait lentement un chemin entre le réfrigérateur et le plan de travail. À moins de la laver lui-même, la vaisselle collante resterait dans le même état jusqu'au lundi, jour de la femme de ménage. Ne trouvant pas un seul verre propre, il jura et se versa un peu de lait froid dans un bol maculé de chocolat, vestige du dîner de son fils. Puis, il passa dans le salon, qui n'était séparé de la cuisine que par une demi-cloison, se laissa tomber dans un fauteuil, étendit les jambes, alluma la petite lampe, posa le bol sur un tabouret à côté de lui et essaya de se replonger dans l'ouvrage controversé de Janet Malcolm, *In the Freud Archives*.

« Il faut vraiment se détester comme tu le fais pour continuer à lire un bouquin qui te met dans un pareil état. » Tout en cherchant à retrouver la page où il s'était arrêté, il entendait résonner cette remarque acerbe que Dalia lui avait lancée le matin même, quand, au beau milieu de leur dispute quotidienne, il s'était emparé du livre pour lui signifier que la discussion était close, que le sujet ne l'intéressait pas. Il ne se souvenait plus comment la querelle avait commencé, mais il se rappelait très bien que certaines des reparties de sa femme avaient réussi à l'ébranler, lui pourtant si rompu au sarcasme.

Il alluma une cigarette et se mit à réfléchir aux raisons de son attirance pour ce livre, dont la lecture le perturbait depuis plusieurs jours. L'auteur y revenait sur un pénible épisode qui avait mis le monde psychanalytique en émoi quelque temps auparavant. Se peut-il que j'aie quelque chose en commun avec ce Jeffrey Masson, ce jeune et brillant analyste qui s'était révélé un charlatan sans scrupules ? se demanda-t-il brusquement. Maintenant qu'il avait franchi le pas et posé la question en ces termes, il était bien forcé d'y répondre par l'affirmative. Comme Masson, il était venu à la psychanalyse après avoir exercé une autre profession ; comme lui, il avait ébloui ses pairs — du moins les premières années — avec sa vaste culture, son charme, sa vivacité d'esprit, son sens de l'humour, sans compter la rapidité et la sûreté avec lesquelles il mettait le doigt sur les troubles dont souffrait un patient. Les problèmes des autres, il n'avait jamais eu de mal à les identifier. Même aujourd'hui qu'il n'était plus en grâce, personne ne contestait ses qualités de diagnosticien. Alors pourquoi les choses avaient-elles mal tourné, à quel moment avait-il cessé d'être un jeune analyste prometteur, depuis quand une espèce d'amertume avait-elle commencé à troubler son jugement et à chasser cette compassion qui l'habitait autrefois ?

Tout venait, il le sentait confusément, de son incapacité à supporter la routine, la solitude de la situation analytique et le manque de soutien moral. Voilà quelles étaient les causes de son échec. Et il avait beau se répéter, avec un sourire en coin mais aussi une certaine mélancolie, certains préceptes que Deutsch ne se lassait pas de rappeler — par exemple, celui-ci : « Dans notre métier, il n'existe pas de raccourci. Ceux-ci ne font que rallonger le chemin. Le processus est désespérément lent et douloureux. C'est un peu comme si on s'attaquait à un bloc de marbre » — rien n'y faisait.

Sans doute avait-il, à un moment donné, renversé l'ordre des priorités. Ce n'était plus le bien du patient qui occupait son esprit, mais le sien propre, ses désirs et ses aspirations. Lui-même n'était pas dupe des « nouvelles méthodes » qu'il avait introduites dans sa pratique. D'ailleurs, Hildesheimer, qui lui non plus n'était pas convaincu de la pureté de ses motivations, l'avait carrément accusé de s'en servir pour assouvir son besoin de nouveauté, pour se faire plaisir à lui-même.

Toutefois, la plus violente attaque qu'il avait encourue de sa part s'était produite à la suite d'une conférence sur le rêve et son interprétation qu'il avait prononcée devant les élèves de première année à l'Institut. « C'est seulement pour casser la glace, pour apporter une touche d'humour et dérider les étudiants que je leur ai raconté mes rêves. Ils étaient si nerveux, si tendus, qu'ils me faisaient pitié », avait-il tant bien que mal expliqué au Vieux. Était-ce donc si grave ? Fallait-il toujours être sérieux comme un pape ? Inutile de le dire, ses rêves ne manquaient pas de rebondissements et fourmillaient de détails personnels. L'incident avait mis les étudiants très mal à l'aise ; ils avaient commencé à en parler autour d'eux. Hildesheimer en avait eu vent et était entré dans une colère noire.

Pour apaiser la frayeur que le vieil homme lui avait alors inspirée, il avait essayé de se convaincre que ces crises de fureur étaient typiquement allemandes, que lui n'était pas en cause. C'était la première fois qu'il le voyait perdre son sang-froid et hausser le ton. Ils avaient échangé des propos virulents. Entre autres, Hildesheimer lui avait lancé : « Vous dépassez les bornes. Vous ne pensez qu'à vous. Votre désir de plaire et d'être aimé vous fait perdre la tête. Cela ne peut plus durer. Combien de temps encore croyez-vous pouvoir berner vos patients ? Ce n'est pas de l'analyse que vous faites, mais du cirque ! »

Tout au fond de lui, il savait qu'il y avait du vrai dans ces accusations, qu'il en avait assez, jour après jour, d'écouter ses patients se débattre dans leurs souffrances, de solliciter leurs souvenirs, de leur demander des associations, de s'obstiner à vouloir les conduire jusqu'à la vérité. « Qu'est-ce que cela vous rappelle ? » Cette question lui semblait une telle imposture qu'il avait parfois du mal à la prononcer avec l'intonation voulue, au point que certains de ses patients s'en étaient aperçus. Depuis quelque temps, sa clientèle avait commencé à diminuer. Certes, son carnet de rendez-vous était toujours plein, mais il n'avait plus de liste d'attente et, dernièrement, pas un seul candidat ne s'était adressé à lui pour un contrôle. En fait, il ne lui restait plus que deux supervisés, qu'il avait déjà depuis longtemps.

Et puis, chaque fois qu'il ouvrait la bouche, les gens se mettaient à sourire, avant même qu'il n'ait prononcé une parole. On le prenait pour un bouffon, et lui-même s'était peu à peu identifié à ce rôle. Personne ne contestait encore la sûreté de son diagnostic, et quand ses collègues venaient — officieusement, bien sûr — le consulter à propos d'un cas particulièrement épineux, ils ne souriaient pas. Tous reconnaissaient qu'il ne se trompait jamais. Pourtant, ces derniers temps, il avait comme l'impression d'être sur le déclin, inexorablement.

Par-dessus le marché, ou peut-être d'abord et avant tout, le couple qu'il formait avec Dalia battait de l'aile, et le fait qu'il s'agissait d'un second mariage ne faisait qu'accroître son désespoir, son cynisme et le pessimisme avec lequel il considérait les moindres détails de son existence.

Combien de fois peut-on recommencer sa vie à zéro, quand on a cinquante ans et qu'on est père d'un enfant de quatre ans ? Voilà ce qu'il se demandait chaque matin en se contemplant dans son miroir.

Quand il repensait à son premier métier, à sa première femme, force était d'admettre que la faute n'en revenait qu'à lui, que toutes les chances lui avaient été données, qu'il était seul responsable de ce gâchis.

Il pouvait toujours reprocher à Deutsch de ne pas avoir fait du « bon travail », savoir que son analyse n'avait pas résolu tous ses problèmes ne lui était d'aucun réconfort.

Et puis, la nuit, il n'arrêtait pas de songer à sa première femme, à ce qui se serait passé s'il ne l'avait pas laissée partir, s'il n'avait pas exigé qu'elle se fasse avorter, s'il n'avait pas farouchement refusé d'être père. Comme il l'avait découvert quelques années auparavant, sa première femme, le rendez-vous manqué de sa vie, s'était remariée et était heureuse. Si seulement il avait compris à quel point la solidité de leur union ne dépendait que de lui, de sa capacité à accepter certaines choses (auxquelles, en fait, il aspirait plus que tout) et à assumer ce sur quoi elle voulait fonder leur vie commune, si seulement il avait su apprécier sa candeur, son bon sens, son optimisme, alors il l'aurait retenue. Non, il n'aurait jamais dû la laisser partir.

Surtout, il n'aurait pas dû l'obliger à avorter. À présent, il ne se souvenait plus des arguments qu'il avait invoqués pour justifier sa décision de ne jamais avoir d'enfant. Mais il se rappelait, ô combien, le jour où il l'avait ramenée, pâle et affaiblie, les yeux baignés de larmes, dans leur appartement non chauffé. Pendant quarante-huit heures, elle était restée au lit, toute grelottante de froid, les tasses de thé qu'il lui apportait ne parvenant pas à la réchauffer. La toucher, il en avait été incapable.

Deux mois après, il la conduisait à l'aéroport. Le visage figé en une inébranlable résolution, elle partait pour New York. Et deux ans plus tard, quand elle lui avait annoncé qu'elle voulait « régulariser la situation » et était revenue en Israël pour divorcer, il n'y avait pas fait obstacle. Quelque chose dans son regard l'avait empêché de tenter une réconciliation. Elle ne lui avait pas pardonné.

En vérité, pensa Linder en contemplant la couverture de son livre, il l'avait passionnément aimée, mais d'un amour si étriqué, si infantile, si biscornu, que tout nouveau commencement aurait été voué à l'échec.

Vingt ans avaient passé depuis, et cela en faisait maintenant sept qu'il vivait avec Dalia — Dalia qui l'avait informé trop tard de sa grossesse. Lorsqu'il pensait à Daniel, son fils, il se sentait envahi de joie, d'amour, mais aussi d'angoisse, surtout la nuit, quand il se réveillait et allait voir si l'enfant respirait encore. Ce n'est qu'avec le gamin, se dit Linder en reposant le livre sur ses genoux, que je peux goûter à la chaleur sécurisante que répand la certitude d'être aimé d'un amour inconditionnel.

Et aussi — parfois — avec Yoav.

Son amitié avec Yoav, qu'il considérait comme un autre miracle, était une source continuelle de frictions entre lui et sa femme. Le visage tourné vers le mur, et de préférence tard dans la nuit, celle-ci lançait soudain à la cantonade : « Donc, avec Yoav c'est différent. Pourquoi ? Parce qu'il est plus jeune que toi et te vénère ? Parce qu'il t'accepte tel que tu es ? Ou parce que, derrière l'ex-Don Juan, se cache un petit pédé ? Au fond, c'est ce que tu es, non ? »

Linder souriait. Comme tous ses collègues psychanalystes, il considérait la bisexualité comme un phénomène humain universel : il existait chez les individus des deux sexes des motions pulsionnelles aussi bien masculines que féminines et donc, chez tout être, une certaine attirance pour les personnes du même sexe.

« En chacun de nous, lui avait-il un jour expliqué, il y a de tout : homosexualité, autodestruction, perversité, sadisme, masochisme, et j'en passe. La seule question est : dans quelles proportions ? — c'est ce qui fait toute la différence entre un individu bien portant et un malade. Il se trouve que moi, j'aime les femmes. Les hommes aussi, c'est vrai, mais l'homosexualité ne constitue pas le facteur dominant de ma personnalité. Là n'est pas le problème. » Toutefois, Dalia n'avait que faire de ses explications.

Parmi les reproches mille fois ressassés dont elle

l'avait accablé le matin, certains contenaient de dures vérités. D'une quinzaine d'années son cadet, Yoav Alon lui vouait une admiration sans bornes et était, d'une certaine façon, dépendant de lui. À l'évidence, il voyait en Linder une figure de père, ou de grand frère. Mais bien sûr, de cela, ils n'avaient jamais parlé ouvertement.

Yoav, cependant, sauvegardait son amour-propre en rendant au couple de menus services (Linder ne savait pas remplacer un plomb) et en les tenant au courant de ce qui se passait dans le monde (Linder ne lisait pas les journaux, et la formule « On demandera à Yoav » était devenue un symbole de leur échange de bons procédés : « Moi, je m'occupe de l'âme humaine ; toi, du monde extérieur »).

Leur première rencontre datait de l'époque où Linder, peu après son divorce, avait eu une liaison avec la sœur de Yoav. C'est elle qui lui avait présenté son frère Deux mois plus tard, quand elle l'avait quitté, Yoav avait continué, avec une régularité obstinée, à lui rendre visite, dans son appartement d'Arnona. Il arrivait à l'improviste, s'installait silencieusement dans un coin et écoutait durant des heures les conversations qui allaient bon train — l'appartement grouillait toujours de gens. Finalement, il avait pris l'habitude de rester dormir, du moins quand son hôte n'était pas en compagnie galante. Jusque tard dans la nuit, Linder essayait alors de le faire parler de lui.

Yoav lui avait présenté Osnat, sa future femme, avant même de la présenter à ses parents. Pour Dalia, il faisait partie de l'univers de son mari ; elle l'avait accepté comme tel, jusqu'au moment où, un an plus tôt environ, elle avait commencé à se plaindre de l'entente secrète, de la connivence qui unissait son époux et ce jeune officier hâlé par le soleil, ce « sabra » dont les piquants s'émoussaient dès qu'ils se trouvaient ensemble.

Or, depuis cette époque, justement, Linder avait l'impression que Yoav s'éloignait de lui. Une fois, une seule, il lui avait demandé en passant : « Mais qu'est-ce qui t'arrive, ces temps-ci ? », et Yoav, après avoir fait semblant de ne pas comprendre, avait finalement répondu en rougissant : « C'est ce boulot de merde qui me ronge. » Il avait bien essayé de le sonder plus avant, mais Yoav s'était renfermé dans sa coquille. À présent, ils passaient de longues heures en silence ou à parler de choses sans importance. Il avait beau savoir que ce n'était pas à cause de lui que Yoav avait pris ses distances, il ne pouvait se figurer le moyen d'y remédier, tant sa blessure était profonde. Ravalant son dépit, il le traitait avec sollicitude et précaution, comme un enfant en pleine crise d'adolescence.

Aimer sans rien demander en retour — Linder ne connaissait pas de plus grand sacrifice.

Toutefois, il ne pouvait s'empêcher d'y voir un autre signe de son déclin et de l'ennui qu'il inspirait désormais à son entourage. Il n'avait plus la force de remonter la pente. Contrairement à Eva Neidorf, il ne possédait pas cette incroyable énergie qu'il lui enviait tant et qui la portait à croire qu'on pouvait changer le cours d'une vie, la sienne ou celle des autres.

Le fil de ses pensées se rompit. Il regarda distraitement son livre, puis sa cigarette qui s'était consumée dans le cendrier et n'était plus qu'un mince cylindre de cendre. On gelait dans cette pièce. Mais quand il se leva pour aller vers le bar se servir un whisky — Dieu merci, quelques verres étaient encore propres —, son mal de dos se réveilla, plus intense que jamais. Il retourna à son fauteuil. Sentant une bosse sous ses fesses, il sursauta. C'était le canard de Daniel ; il caressa la tête de l'animal en caoutchouc. Par temps clair, on pouvait admirer à travers la grande baie vitrée les collines de Judée.

Mais maintenant, à trois heures du matin, on ne voyait qu'un ciel tout noir. Après 1967 et le boom de la construction, son appartement avait perdu l'essentiel de ce qui faisait son charme : l'isolement et la tranquillité. Ce n'est que la nuit qu'il retrouvait un peu de sa magie d'autrefois. Linder pouvait passer des heures à contempler l'immense obscurité qui l'enveloppait. Parfois, le jour pointait avant qu'il n'aille se recoucher.

Certaines nuits, pourtant, étaient différentes. De temps à autre, en effet, il aimait inviter du monde, beaucoup de monde, comme pour la soirée qu'il avait organisée, deux semaines plus tôt exactement, en l'honneur de Tami Zvieli qui venait de présenter un cas à l'Institut. Il avait vraiment été heureux, ce soir-là. Personne n'avait fait faux bond. Comme d'habitude ; son fameux punch avait eu un effet libérateur. Dalia avait magnifiquement tenu son rôle d'hôtesse. Moment de trêve entre eux. Et malgré la fraîcheur qui baignait la terrasse où ils s'étaient installés, il avait même oublié son mal de dos. Les bons mots et le plaisir d'être ensemble les réchauffaient.

Hildesheimer n'était pas venu (parce qu'il y avait toujours des patients à lui dans ce genre de soirées, il ne s'y montrait jamais : « Rien de tel, disait-il, pour gâcher un transfert ») ; Eva non plus. Linder avait pu s'en donner à cœur joie.

Tard dans la nuit, quand il n'était plus resté que les jeunes, ceux qui le jugeaient encore digne d'admiration, il s'était montré au mieux de sa forme : subtil, charmeur, plein d'humour. Même Yoav, qui avait été invité en tant qu'ami d'enfance de Tami, était de bonne humeur. Lorsqu'il lui avait souri, Linder avait retrouvé cette étincelle qui brillait autrefois dans ses yeux. Plusieurs jours après, il s'en souvenait encore avec émotion. Enfin, quand tout le monde était parti et qu'il s'était retrouvé seul au milieu des gobelets en carton et des restes de punch, la mélancolie ne s'était pas abattue sur lui. Il revivait ces moments de bonheur parfait où tous l'admiraient sans réserve.

Il se leva en poussant un soupir. Machinalement, il s'approcha de la bibliothèque et prit, presque sans regarder, un livre relié en cuir dont la tranche avait autrefois été dorée. Il en connaissait chaque page, chaque ligne. La légende voulait que Deutsch avait exigé de lui qu'il apprenne l'allemand pour entrer à l'Institut. De son côté, Linder ne manquait pas d'entretenir les mythes qui entouraient sa personne, pourvu qu'ils le placent au centre de l'attention générale et le montrent sous un jour intéressant, différent des autres. À l'Institut, tout le monde s'extasiait de son aisance en allemand. En réalité, c'était sa langue maternelle, celle qu'il avait toujours parlée avec ses parents, des juifs allemands émigrés en Hollande.

Dans les moments difficiles, il se replongeait dans la poésie allemande, d'où il tirait une secrète consolation. Le livre s'ouvrit de lui-même sur un poème de Hölderlin : « Milieu de la vie ». Bien qu'il le connût par cœur, il aimait contempler ses caractères gothiques, la disposition de ses strophes, et sentir sous ses doigts la douceur lisse du papier bible.

Linder n'avait que deux jardins secrets : son amour malheureux pour sa première femme et sa passion pour la poésie.

Mais cette fois-ci, Hölderlin ne lui fut d'aucun réconfort. Des sanglots étouffés nouaient sa gorge.

À trois heures et demie du matin, son petit agenda lui rappela que son premier patient ne viendrait qu'à neuf heures. L'idée de prendre un somnifère se mua en décision. Il composa le numéro du réveil téléphonique, puis, un verre d'eau à la main, regagna sa chambre et ouvrit le tiroir du haut de sa table de chevet : c'était là qu'il rangeait ses comprimés.

Rosenfeld lui en fournissait régulièrement, non sans lui répéter chaque fois le même couplet : « Les cordonniers sont les plus mal chaussés. Tu ferais mieux de voir quelqu'un, au lieu d'avaler ces cochonneries. »

Mais cette fois, Linder se sentait dans son bon droit : cela faisait deux semaines qu'il n'avait pas pris de somnifère et la journée avait été rude. Il avala un cachet, replaça la boîte dans le tiroir, éteignit la lampe et attendit que le miracle se produise.

Soudain, il se rendit compte que quelque chose lui avait semblé bizarre lorsque sa main avait tâtonné dans le tiroir. Quelque chose manquait.

« Plus je vieillis, raconterait-il par la suite, plus je m'aperçois combien Freud avait raison d'affirmer que rien n'arrive par hasard en ce bas monde. Seule la nécessité peut expliquer pourquoi je me suis souvenu de mon revolver cette nuit-là, et pas une autre. »

Quand il comprit la raison de son étonnement, il ralluma la lampe, se leva d'un bond, sortit le tiroir et le vida entièrement. Ce qu'il cherchait ne s'y trouvait pas. Ni là, ni dans l'autre tiroir, ni nulle part ailleurs dans la pièce.

Toutefois, ses membres commençaient à s'engourdir sous l'effet du somnifère. On verra demain, se dit-il en allant se recoucher. Et tandis qu'il glissait dans le sommeil, les derniers vers du poème de Hölderlin se mirent à tinter à ses oreilles :

Pauvre de moi, où prendre, quand
C'est l'hiver, les fleurs, et où
La clarté du soleil,
Et les ombres de la Terre ?
Les murs se dressent
Muets et glacés, dans le vent
Grincent les girouettes.

Il dormait à poings fermés lorsque la sonnerie du téléphone se mit à retentir avec insistance et à se fondre avec l'alarme de sa voiture que, dans son rêve, on était en train de lui voler.

Une voix dans l'écouteur l'informa qu'il était sept heures trente et une. Assis au bord du lit, il se demanda comment il allait annuler son premier rendez-vous de la matinée, afin de se rendre au poste de police et y déclarer la disparition de son revolver.

CHAPITRE VII

Ce même samedi matin où l'on découvrit le corps d'Eva Neidorf dans les locaux de l'Institut, les malades du pavillon n° 4 de l'hôpital Margoa reçurent la permission d'aller se promener dans le parc. Cependant, en dépit des exhortations de Dvora, l'infirmière (« Venez voir comme il fait beau dehors ! »), ceux-ci semblaient plutôt d'humeur à se prélasser au lit. Passant de l'un à l'autre, Dvora eut beau s'efforcer de les convaincre de profiter de cette journée radieuse, seuls Shlomo Cohen et Nissim Tobol se laissèrent tenter. Ils se levèrent gauchement, traversèrent le dortoir comme des somnambules et s'arrêtèrent sur le seuil, éblouis par le soleil.

Pendant ce temps, Ali, le jardinier, un Arabe du camp de réfugiés de Dehaïsha, déambulait entre les parterres de roses, ramassant les feuilles mortes et les papiers gras à l'aide d'une pelle pour les jeter dans la grande poubelle métallique qu'il tirait derrière lui. De temps à autre, il levait la tête et suivait du regard les voitures qui passaient dans la rue. Bien qu'il eût commencé à la fraîche, il était déjà dix heures quand il atteignit la haute grille qui entourait l'hôpital. Depuis plusieurs mois, il travaillait le samedi au lieu du dimanche. Après un an de bons et loyaux services et sans jamais avoir demandé une seule faveur, il avait réussi, non sans mal, à obtenir ce changement d'emploi du temps. Personne, en dehors de l'hôpital, n'était au courant, car le directeur du personnel craignait d'encourir les foudres du ministère de la Santé devant une violation aussi flagrante du repos sabbatique. Officiellement, dans les registres de l'hôpital et sur les tableaux de service, le jardinier travaillait donc le dimanche. Non pas qu'Ali fût un chrétien pratiquant, comme il l'avait prétendu ; simplement, il préférait rester chez lui ce jour-là et rencontrer ses amis qui, eux, avaient congé le dimanche.

Le samedi, il aimait savourer le profond silence qui régnait dans le quartier. En semaine aussi, la rue était calme, mais le samedi, il n'y avait pratiquement pas de circulation.

Ce matin-là, son attention fut attirée par le flot incessant de voitures qui allaient se garer un peu plus bas. Cependant, la rue étant en pente et à sens unique, il ne pouvait pas voir, de là où il se trouvait, les véhicules de police rangés le long du trottoir devant l'Institut.

Tout allait donc bien. Profitant de la douce chaleur du soleil, il travaillait paisiblement dans la dernière rangée de rosiers, le long de la grille. Le sol était encore gorgé d'humidité. Soudain, au pied d'un buisson, il aperçut quelque chose qui brillait. Il tendit la main et sentit le contact froid du métal. Un simple coup d'œil sur l'objet qu'il venait de ramasser, un petit revolver à crosse nacrée, lui suffit pour comprendre qu'il devait agir vite. Après s'être assuré que personne ne l'observait, il laissa tomber l'arme et, du pied, la recouvrit de terre. Puis il s'accroupit entre les rosiers afin de réfléchir à ce qu'il convenait de faire.

Comment ce revolver avait-il atterri dans l'enceinte de l'hôpital ? Depuis combien de temps se trouvait-il là ? C'était un mystère. En revanche, il savait pertinemment quel genre d'ennuis pouvait lui attirer pareille découverte.

Dans un premier temps, il pensa que le mieux serait de l'enfouir plus profondément et de se comporter comme s'il n'avait rien vu. Mais l'idée que quelqu'un de l'hôpital puisse le trouver, et que lui, le seul jardinier de l'établissement, soit convoqué pour fournir une explication le terrifia.

Il envisagea alors la possibilité de l'emporter chez lui et, là, de s'en débarrasser d'une façon ou d'une autre. Toutefois, le temps s'étant mis au beau, il risquait d'y avoir beaucoup de promeneurs et donc d'importantes forces de sécurité sur les routes qui reliaient Jérusalem aux « Territoires », comme disaient les Juifs, vision qui le remplit d'épouvante. En outre, suite à l'assassinat d'un touriste dans la Vieille Ville, la police devait certainement continuer ses fouilles et ses interpellations. Incapable de se décider, il enfonça une main dans la terre humide. Par-dessus tout, il redoutait d'avoir maille à partir avec les autorités. Soupçonné d'activités subversives, son frère cadet avait été arrêté quelques mois plus tôt. À l'hôpital, personne n'était au courant. Bref, tant que ce revolver n'aurait pas disparu de sa vue et de ses pensées, il ne retrouverait pas sa tranquillité d'esprit. Il fallait absolument qu'il se sorte de ce mauvais pas.

Il se releva et, jetant un regard alentour, aperçut Tobol. Aussitôt, il remercia sa bonne étoile. Non seulement Tobol était l'un de ses malades préférés, mais il présentait, à ce moment critique, un immense avantage : son total mutisme. Comme lui avait dit un jour le directeur du personnel dans un arabe balbutiant, depuis des années personne n'avait réussi à en tirer une parole intelligible. Naturellement, ce n'était pas Ali qui avait engagé la conversation, mais le directeur, étonné de la confiance que Tobol lui témoignait. Que Tobol accepte une cigarette d'Ali, passe encore, mais qu'il le suive dans le jardin et s'asseye près de lui pour le regarder travailler, c'était vraiment surprenant. Ali s'était alors permis de faire remarquer que cet homme paraissait inoffensif, ce que le directeur avait admis, non sans le mettre en garde : avec « eux », il fallait se méfier ; à tout moment, ils pouvaient être pris de folie furieuse. Quoi qu'il en soit, le jeune jardinier n'avait pas peur des malades ; il ne pouvait pas en dire autant du personnel.

Nissim Tobol, qui avait remarqué sa présence, s'approcha des rosiers. Ali resta immobile ; puis, s'asseyant par terre comme si de rien n'était, il sortit de sa poche un paquet de cigarettes. À son tour, Tobol s'accroupit à une certaine distance. Ali tourna lentement la tête dans sa direction et lui décocha un sourire. Timidement, Tobol se releva et fit quelques pas. Finalement, après bien des hésitations, il vint s'asseoir tout près d'Ali en pointant un doigt vers ses cigarettes. Ali s'empressa de lui tendre le paquet. Tobol en prit trois, en glissa deux dans sa poche, planta la troisième entre ses lèvres et se pencha vers l'allumette qu'Ali venait de frotter d'une main mal assurée.

Ils fumaient en silence, le dos à la rue, qu'Ali, entre deux bouffées, surveillait du coin de l'œil. À intervalles réguliers, Tobol poussait de longs soupirs et un tremblement parcourait son corps fluet. Paraissant enfin se calmer, il étendit ses jambes devant lui et relâcha ses épaules contractées. Si je ne fais pas de geste brusque ou inconsidéré, pensa Ali, il ne s'enfuira pas.

Après la deuxième cigarette, la méfiance disparut du visage de Tobol et ses yeux retrouvèrent leur expression vitreuse et stupide. Ali jeta encore un regard à travers la grille ; dans la rue, l'agitation semblait s'être apaisée. Tout doucement, afin de ne pas l'effrayer, tel un chasseur traquant un cerf, il se mit à gratter la terre humide d'un geste machinal. Tout en tirant sur sa cigarette avec ardeur, Tobol l'observait attentivement.

Dès que la crosse apparut, Ali retira la main. Contre toute attente, Tobol bondit sur l'arme et s'en empara violemment. Ses yeux jetaient des éclairs ; des grognements inintelligibles s'échappaient de sa bouche. Puis, coinçant le revolver dans l'élastique de son pantalon de survêtement, il se planta devant le jardinier avec une expression à la fois triomphante et apeurée, comme un enfant qui aurait trouvé un trésor et craindrait qu'on ne le lui ravisse.

Le jardinier, qui s'était attendu à devoir déployer un luxe de patience et de persuasion pour parvenir à ses fins, s'empressa, de crainte que la chance ne l'abandonne, de pointer son index sur sa montre, qui marquait dix heures et demie, et prononça ce seul mot : « thé » ; puis il se leva et se dirigea vers le bâtiment. Tobol lui emboîta le pas et, soudain, se lança dans une course désarticulée vers le pavillon n° 4, où il disparut.

Ali alla s'asseoir dans un coin du parc à l'écart, poussa un soupir de soulagement et alluma une cigarette. Même si Tobol décidait soudain de rompre son silence, même s'il était pris d'un accès de folie, personne ne ferait un lien entre le revolver et le jardinier arabe. Il allait se remettre au travail, quand il vit une voiture de police descendre la côte. Il retint son souffle, mais la voiture et les deux fourgons qui la suivaient continuèrent leur chemin et s'engagèrent dans la rue perpendiculaire à l'hôpital. Terrorisé, il s'efforça de se convaincre qu'il n'y avait aucun rapport entre l'arme qu'il venait de découvrir et la présence de la police, aucun rapport entre lui et ces gens-là. Il n'avait qu'une envie, prendre ses jambes à son cou et rentrer chez lui, à Dehaïsha, mais il se raisonna, sachant que le plus sage était de continuer à se comporter normalement. Il se remit donc à nettoyer les parterres de roses, comme si ce qui se passait dans la rue, de l'autre côté de la grille, ne le concernait pas, progressant petit à petit vers le fond du parc, où les arbres fruitiers avaient commencé à fleurir.

Dvora l'infirmière s'aperçut immédiatement que Tobol était dans un état de surexcitation. Le visage tourmenté, une lueur inquiétante dans les yeux, il était recroquevillé sur son lit, une main serrant la poche de son pantalon. Elle s'approcha et, sur son « ton de maîtresse d'école », comme disait le Dr Baum, même en sa présence, le convia à venir à table. « Dans le hall, il y a du thé et du gâteau, un gâteau spécial pour le Shabbat », l'exhorta-t-elle avec entrain.

Les yeux rivés sur le mur, Tobol ne réagit pas. Quand elle réitéra son invitation, il lui lança un regard méfiant et, sans lâcher sa poche, tira de l'autre main la couverture et s'y enveloppa. L'infirmière abandonna la partie.

Dès que les autres malades eurent bu leur thé, elle quitta le pavillon. Ce samedi-là, le médecin de garde était le Dr Hedva Tamari. Bien qu'elle eût beaucoup d'amitié pour cette jeune psychiatre, Dvora n'avait nulle intention de la consulter sur un cas aussi délicat. Elle était sûre de trouver le Dr Baum dans les parages ; en effet, quand le chef de service était d'astreinte en même temps que Hedva, celle-ci, qui redoutait d'assumer seule la responsabilité de l'établissement, le priait de venir sur place. Personne n'avait jugé bon d'informer Dvora de cet arrangement, mais rien de ce qui se passait dans l'hôpital ne lui échappait. Malgré de profondes réserves à l'égard de Baum — elle n'aimait pas travailler avec lui parce qu'il «perturbait le service et chamboulait tout» avec ses méthodes bizarres qui, entre autres, consistaient à ne pas tenir compte de ses instructions et à plaisanter avec les patients — la longue expérience de celui-ci lui paraissait, en l'occurrence, préférable aux conseils de Hedva.

«Tiens, tiens! Regardez qui me fait l'honneur d'une visite un samedi matin! On prendra bien un petit café?» s'exclama Baum en la voyant entrer. Il était confortablement installé dans un fauteuil, les pieds posés sur la table basse.

C'est ça! L'honneur d'une visite! pensa Dvora en prenant à témoin un public imaginaire. Comme si j'avais le temps!

«Alors, c'est oui ou c'est non? reprit Baum, l'air mutin.

— Quoi, oui ou non? répondit-elle, plongée dans ses pensées.

— Comme ça, on ne sait même plus ce qu'on veut, rétorqua Baum en lissant ses fines moustaches blondes et en la regardant avec un sourire amusé. Quelle chance! Tous mes espoirs ne sont donc pas perdus, hein?»

Dvora ne rougit pas et, feignant d'ignorer son badinage, déclara:

«Je suis venue vous prévenir que nous avons de nouveau un problème avec Tobol. Ce matin au réveil, tout allait bien. Je ne sais pas ce qui s'est passé depuis, mais j'ai l'impression qu'il recommence à faire des siennes.»

Le Dr Baum reprit son sérieux:

«Vous en êtes sûre?»

Question purement rhétorique: cette infirmière avait plus d'expérience et aussi plus de flair que nombre de médecins qu'il connaissait. Au fond, même s'il la mettait souvent en boîte, il l'appréciait pour ses compétences et les relations qu'elle entretenait avec les malades.

« Dommage, poursuivit-il en tirant sur sa moustache, il se portait si bien depuis un mois que j'envisageais de le transférer dans le pavillon n° 1. »

Le pavillon n° 1 était un service semi-ouvert. Ou semi-fermé, selon le point de vue. Les patients y bénéficiaient d'une plus grande liberté que dans le pavillon n° 4, qui, lui, était totalement fermé.

« Qu'a-t-il exactement ? Qu'avez-vous remarqué ?

— Eh bien, répondit l'infirmière avec prudence, il s'est recouché et refuse de manger ; vous savez comment il est. Mais aujourd'hui, il me semble particulièrement agité, plus que d'habitude. Du moins est-ce l'impression qu'il m'a donnée. »

Une certaine agressivité perçait dans ses derniers mots, comme si elle craignait d'avancer une opinion trop tranchée.

« A-t-il pris ses médicaments ? »

Dvora fit signe que oui.

Dans un grincement strident, Baum traîna son fauteuil jusqu'au fichier métallique et, tout en marmonnant « Tobol, Tobol, Nissim, voyons ce qu'on lui donne », en retira un épais dossier cartonné. Dvora, qui connaissait son traitement par cœur, se mit à énumérer ses médicaments, tandis que le médecin vérifiait dans le dossier.

« On pourrait lui augmenter ses doses de Mellaril, suggéra Baum, qui réfléchissait à haute voix, mais peut-être vaut-il mieux attendre jusqu'à demain ou jusqu'à ce soir. Qu'en pensez-vous ? »

Et, sans lui laisser le temps de répondre, il poursuivit :

« Bon, attendons jusqu'à ce soir. De toute façon, je suis là. Vous pouvez toujours m'appeler en cas de besoin. »

Dvora ne répondit rien. Si on lui avait vraiment demandé son avis, elle aurait pris des mesures immédiates, augmenté le Mellaril, ou un autre médicament. Mais on ne lui avait rien demandé. En tout cas, elle avait fait son devoir. Le plancher de la pièce vibra sous ses pas quand elle sortit. Baum se retint de pincer son généreux postérieur. Le sourire aux lèvres, il se replongea dans son livre et lut jusqu'au moment où il sentit la faim le tenailler.

Il était déjà une heure de l'après-midi. S'il ne se dépêchait pas, il ne resterait plus rien à se mettre sous la dent. Depuis les dernières coupes sombres dans le budget de l'hôpital, l'ordinaire était tombé si bas que même les patients les plus apathiques s'en plaignaient avec véhémence. Il posa son livre et sortit dans le parc. Cependant, tandis qu'il se dirigeait vers la cafétéria du personnel, il décida de faire un crochet pour voir Tobol. Tâtant sa poche pour s'assurer qu'il n'avait pas oublié sa poignée de porte, il entra dans le pavillon. Il avait toujours peur d'être obligé de demander à Dvora de lui prêter la sienne. Savourant sa petite victoire, elle serait capable de le laisser enfermé avec les malades. À l'hôpital Margoa, les portes des chambres étaient dépourvues de poignées intérieures, ce qui engendrait d'intarissables plaisanteries, pas toujours du meilleur goût.

La poignée dans la poche, il pénétra dans le service, fit un signe de tête à Dvora et se dirigea vers la chambre de Tobol. C'était la première en entrant ; elle abritait huit autres malades, tous dehors à cet instant.

« Alors, Nissim, qu'est-ce qui se passe ? On a de nouveau décidé d'être malade ? »

Recroquevillé sous sa couverture, Tobol ne broncha pas. Baum lui prit la main, celle qui était à l'air libre. Elle était chaude et sèche.

« Je crois que tu as un peu de fièvre. Voyons voir ça. »

Il essaya de le découvrir, mais Tobol, le corps en position fœtale, s'agrippait si fort à sa couverture en se mordant les lèvres qu'il dut y renoncer. Jetant un regard sur sa montre, il annonça qu'il reviendrait un peu plus tard, espérant que Tobol se montrerait alors plus raisonnable.

« Soyez gentille, surveillez Tobol, lança-t-il à Dvora en passant devant son bureau. Je crois qu'il a de la fièvre. Je vais juste manger un morceau et je reviens. D'accord ? »

Il s'arrêta un instant près de la grille pour contempler la rue. Des voitures étaient garées des deux côtés de la chaussée. Il fronça les sourcils et prit le chemin de la cafétéria. Debout dans un coin, Hedva Tamari, pour qui il éprouvait une affection particulière, mangeait une tranche de pain recouverte d'une substance rouge qui lui souleva aussitôt l'estomac.

« Encore cette confiture en boîte ? » s'exclama-t-il, avant d'enchaîner : « Dis donc, tu as vu toutes ces bagnoles dehors ? Ce ne serait pas ces toqués d'à côté qui tiennent un de leurs conclaves le samedi ? »

Hedva montra sa bouche pleine, finit de mastiquer, puis dit en se tartinant une autre tranche de pain :

« Comment veux-tu que je sache ? Je suis de garde, moi. Je n'ai pas mis le nez dehors depuis que je suis arrivée. »

C'était le deuxième samedi de suite qu'elle était de garde ; aussi ne prêta-t-il pas attention à cet accès de mauvaise humeur.

« Ne t'énerve pas. C'était juste une question. Je pensais que tu étais au courant. Ce sont des copains à toi, non ?

— Tu sais très bien que je n'ai pas encore été admise. Ce n'est pas pour entendre tes moqueries que je t'ai parlé de mes projets, siffla-t-elle, piquée au vif.

— Bon, bon, je te prie de m'excuser. Comme tu es susceptible ! Mais le fait est qu'il y a plein de voitures dehors. Tu n'as qu'à aller voir. »

Tout en parlant, il s'était rempli une assiette de macaronis gluants baignant dans une espèce de sauce au ketchup. Le goût en était infect. Il l'ingurgita aussi vite que possible. Incapable d'en avaler une autre portion, il renonça à se resservir et quitta la cafétéria. Il passa devant la loge du gardien et fit quelques pas à l'extérieur de l'hôpital.

De là, on pouvait embrasser toute la rue, jusqu'en haut de la côte. Passablement affolé, il fit demi-tour, presque en courant.

« Hé, vous avez vu toutes ces voitures de police ? Il est arrivé quelque chose ? »

Debout devant sa loge, le gardien, un retraité, qui n'avait pas quitté son poste de la matinée, sauf pour une ronde de routine dans l'enceinte de l'hôpital, répondit :

« À vrai dire, Dr Baum, je n'en sais rien. Cela fait plusieurs heures que je les vois de ma fenêtre, mais je ne suis pas allé aux renseignements. »

Baum ressortit de l'hôpital, remonta la rue jusqu'à l'Institut et s'approcha d'un brigadier qui se tenait sur l'autre trottoir, près d'un car de police.

« S'il vous plaît... Excusez-moi. Quelque chose est arrivé ? »

L'agent le pria de circuler. Ce n'est qu'après s'être présenté et avoir expliqué qu'il était médecin de garde à l'hôpital un peu plus bas — « Si vous voulez, vous pouvez vérifier auprès du gardien » — que le policier daigna l'informer qu'il s'était produit un accident. Il aurait bien voulu demander plus de précisions, mais le visage fermé du policier l'en dissuada. Il rebroussa donc chemin, s'arrêta devant la loge, demanda au gardien l'annuaire du téléphone et composa fébrilement le numéro de l'Institut. La ligne était occupée. À toutes jambes, il remonta la côte et s'arrêta devant le portail vert, à côté d'un groupe de gens. Il les connaissait tous : certains avaient été ses condisciples à la Faculté de médecine, les autres ses collègues dans divers services de psychiatrie.

Il vit Gold, blanc comme un linge, descendre d'un car de police et aller s'appuyer contre le muret en pierre. Gold avait préparé avec lui le concours d'internat et travaillait maintenant en psychiatrie à l'hôpital Hadassah. Il vit la belle Dina Silver, qu'il avait rencontrée quand elle était toute jeune psychologue à Margoa. Qu'est-ce qu'il n'avait pas fait pour la séduire ! En vain. Elle était toujours aussi belle. Drapée dans un ample manteau bleu, elle semblait sortir d'une photo de mode.

Il reconnut également Joe Linder, dont il avait beaucoup entendu parler. Un jour, une de ses connaissances féminines lui avait dit à son propos : « C'est le seul homme vraiment attirant de cet Institut, et brillant avec ça, ce qui ne gâche rien. »

Trois individus les harcelaient de questions. Un homme corpulent qui transpirait à grosses gouttes brandissait un micro vers Dina Silver : « Juste le nom, c'est tout ce que je vous demande. Ce n'est pas si terrible. » Comme celle-ci l'ignorait superbement, il ne cessait de répéter sa question. Finalement, Joe Linder le saisit par la manche et l'entraîna à l'écart en lui disant quelque chose que Baum ne put saisir. L'homme s'éloigna et se posta près d'une des voitures de police. Baum en profita pour accoster Gold :

« Salut mon vieux. Que se passe-t-il ? »

Encore plus pâle que le jour de son dernier examen d'internat, Gold le prit par le bras et commença à descendre la rue en direction de l'hôpital. Tout en marchant, il se mit à lui relater les événements de la matinée, sans se laisser troubler par les exclamations d'incrédulité de Baum, qui ne cessait de répéter les mêmes formules avec des variations, comme quelqu'un qui sait que ce qu'on lui raconte est la pure vérité mais ne peut se résoudre à y croire. Gold conclut son récit par une remarque au sujet des journalistes, « ces fouille-merde », qui ne les laissaient pas en paix, et exprima son inquiétude pour les patients d'Eva Neidorf. Soudain, se souvenant qu'il était l'un d'eux, il retomba dans le silence.

« Qui aurait pu imaginer une chose pareille ! s'écria de nouveau Baum. À l'Institut ! Quelle misère ! Et Neidorf, par-dessus le marché ! »

Gold ne réagit pas. Finalement, d'une voix étranglée, il lui apprit qu'il revenait juste de l'Esplanade russe, où, après un interrogatoire interminable, on avait enregistré sa déposition.

Baum avait eu l'occasion d'assister à plusieurs conférences d'Eva Neidorf. Bien avant qu'il ne travaille à Margoa, elle y avait longtemps exercé et continuait à donner des consultations de psychologie clinique au dispensaire de jour. À l'hôpital, comme au dispensaire, tous lui vouaient une admiration sans bornes. Lui-même reconnaissait volontiers qu'elle n'avait pas d'égal dans son domaine, mais par-devers lui, il ne pouvait s'empêcher de se moquer un peu de son manque d'humour.

Il fit observer à Gold qu'il avait le teint vert, l'assura de sa profonde sympathie et l'invita à venir prendre un café dans son bureau. Gold accepta, en se demandant bien pourquoi. Il se sentait mal à l'aise en compagnie de cet ex-condisciple, dont il ne comprenait pas les plaisanteries. Depuis la fin de leurs études, il s'efforçait de l'éviter. Néanmoins, il le suivit, non sans marmonner qu'en fait il devrait plutôt rentrer chez lui.

Le café que lui servit Baum du thermos était clair et tiède, mais il le but sans renâcler. Les muscles de ses jambes tremblaient, comme après un violent effort physique. Sans doute sa migraine l'avait-elle affaibli.

Baum, quant à lui, n'arrêtait pas de discourir. Il

avait parlé tout le long du chemin, avait continué en versant le café et, maintenant, lui posait toutes les questions que requérait la situation : « Mais qui, selon toi, a bien pu la tuer ? », « Quelqu'un avait-il intérêt à le faire ? », « D'ailleurs, qu'est-ce qu'elle fabriquait de si bonne heure à l'Institut ? », etc., etc.

C'était justement les questions qui taraudaient Gold depuis qu'il avait compris qu'il s'agissait d'un meurtre, mais à Baum, il se contenta de rétorquer qu'il n'en savait rien, que c'était à la police de se décarcasser, elle était là pour ça, que les patients seraient pris en charge par les gros bonnets de l'Institut et que le type dont le nom lui échappait, ce policier si sûr de lui qui l'avait poussé à bout avec ses questions, finirait bien par retrouver le meurtrier et qu'ainsi tout rentrerait dans l'ordre. Il ne croyait pas un traître mot de ce qu'il disait, mais il n'arrivait plus à se contenir.

« Ou la meurtrière, lâcha Baum songeur.

— Comment ça, la meurtrière ! balbutia Gold.

— Pourquoi pas ? » répondit l'autre avec un large sourire.

Une fois de plus, Gold n'avait pas compris la blague. Baum posa sa tasse vide sur la table :

« Après tout ce que tu viens de me raconter, on peut légitimement se poser les questions suivantes. » Il leva un doigt. « Primo et comme je l'ai dit : qu'est-ce qu'elle faisait là à une heure pareille ? Deuxio » — il leva un autre doigt —, « qui est venu la retrouver ? Tertio » — il en leva un troisième —, « qui, parmi les membres de l'Institut, possède un revolver, puisque c'est évidemment l'un de vous qui a fait le coup ? » Satisfait, il se lissa la moustache. « En effet, l'assassin devait forcément avoir la clé, à moins, bien sûr, qu'elle n'ait été lui ouvrir. Bref, les deux questions cruciales sont qui ? et pourquoi ? » De nouveau, il eut un large sourire. « À qui profite le crime ? En d'autres termes, qui la haïssait à ce point ? Ou alors... » Une lueur narquoise brilla dans ses yeux, « ... qui l'adorait à ce point ? »

Gold le dévisageait sans mot dire. Face à Baum et à la suffisance qui dégoulinait de sa personne, il se sentait gagné par la nausée et regrettait amèrement d'avoir accepté son invitation.

Finalement, il se leva et déclara qu'il devait absolument rentrer chez lui. Il était presque trois heures. Mina avait invité ses parents à déjeuner et s'inquiétait certainement de son retard. C'est alors que Baum, qui avait sans doute gardé cette question pour la bonne bouche, lui assena le coup de grâce :

« Dis-moi, personne ne t'a dit que tu faisais partie des suspects ? »

Gold était généralement lent à réagir, mais cette fois ce fut encore pire. Sur le moment, il le regarda sidéré, mais comme Baum continuait à débiter ses sottises : « Sérieusement. C'est comme dans ces polars où l'assassin, en bon et honnête citoyen, va lui-même prévenir la police et ce n'est qu'à la fin qu'on découvre le pot aux roses », il sentit la moutarde lui monter au nez. Malgré sa nausée, il parvint à articuler dans un filet de voix :

« Ça suffit. Arrête. Ce n'est pas drôle. »

Cependant, Baum ne lâcha pas prise :

« Écoute, je ne dis pas que c'est toi qui as appuyé sur la détente, que c'est toi l'assassin. Loin de moi cette pensée. Je voulais seulement savoir si quelqu'un y avait songé. C'est tout. »

Gold n'avait pas soufflé mot de sa longue conversation avec le commissaire Ohayon. À peine y avait-il fait une ou deux allusions en passant. Il aurait bien voulu lancer une réplique cinglante, mais il s'abstint et s'apprêta à partir, quand Baum, s'extrayant des profondeurs de son fauteuil, l'arrêta :

« Attends une seconde. Je viens avec toi. De toute façon, rien ne me retient ici et il fait si beau dehors. »

Gold ne protesta pas. Il se sentait si épuisé qu'il se

demandait comment il allait pouvoir conduire jusque chez lui. Dans le couloir, ils tombèrent sur Hedva Tamari. Gold avait fait sa connaissance quand elle était interne à Hadassah. Quelques semaines plus tôt, elle était venue lui demander conseil à propos de sa candidature à l'Institut. Leur conversation lui avait laissé une sensation de malaise, une vague mauvaise conscience.

Bien qu'il lui eût décrit en long et en large les obstacles qu'elle aurait à franchir, il n'avait pas réussi à la dissuader de poser sa candidature, car sa décision était déjà prise. En fait, il aurait dû savoir que ce n'est pas pour s'entendre dire qu'il vaut mieux renoncer qu'on sollicite un conseil, mais, au contraire, pour se sentir conforté dans sa décision. Lui-même avait fait pareil. Il n'aurait pas dû essayer de la faire changer d'avis. Toujours est-il qu'au cours de leur conversation, il avait compris qu'elle aussi était en analyse avec Eva Neidorf.

Il était trop tard pour en avertir Baum. Dès que celui-ci aperçut sa collègue, il se lança dans une description saisissante des événements de la matinée, sans s'apercevoir que la jeune femme pâlissait à vue d'œil. Soudain, sans un bruit, elle s'effondra, telle une poupée de chiffon.

Les deux médecins la regardèrent, cloués sur place. Puis Baum s'agenouilla, lui prit le pouls et tenta de la ranimer. De son côté, Gold abandonna toute idée de rentrer chez lui. Hedva reprit rapidement connaissance; toutefois, en tombant, elle s'était fait mal à la cheville droite. Aussitôt, une discussion s'engagea: ne fallait-il pas la transporter dans un autre hôpital pour lui faire faire une radio? Hedva protesta vigoureusement. Il n'en était pas question. Un examen soigneux les ayant convaincus qu'il n'y avait rien de cassé, Baum et Gold la soulevèrent chacun par une épaule, et l'aidèrent à clopiner jusqu'au bureau. Là, avec une dextérité et une gentillesse dont Gold ne l'aurait pas cru capable, Baum banda l'articulation meurtrie et posa délicatement la jambe de Hedva sur une chaise.

« Heureusement qu'il y a deux médecins de garde ! fit-il en lui lançant un clin d'œil. Veux-tu un antalgique ?

— Non, ça ira. »

En revanche, elle accepta volontiers le Valium qu'il lui proposa. Gold n'avait jamais entendu Baum s'exprimer avec autant de sollicitude.

« Et maintenant, repos complet. C'est un ordre de la Faculté. »

Elle secoua sa tête bouclée et fondit en larmes, les suppliant de ne pas la laisser seule. Ce n'est qu'à cet instant que Baum comprit :

« Pourquoi ne m'avoir rien dit ? Je croyais que nous étions amis, dit-il visiblement vexé.

— Tu te serais moqué de moi. Tu ne crois pas à la psychanalyse. Tu ne jures que par les médicaments », répondit-elle entre deux sanglots.

Puis elle ajouta qu'il ne devait pas s'en faire, qu'elle aurait de toute façon appris la terrible nouvelle. D'ailleurs, maintenant, plus rien n'avait d'importance. Sur quoi, ses sanglots redoublèrent. Alors Baum se leva et la serra dans ses bras. Une fois de plus, Gold se sentit de trop, mais au lieu de s'en aller, il s'arrêta près de la porte et demanda à Hedva depuis combien de temps elle était suivie par Eva Neidorf.

« Cela fait plus d'un an. Un an et un mois », répondit-elle en séchant ses larmes.

Il hocha la tête d'un air compatissant, s'étonnant néanmoins qu'elle n'eût pas un mot de réconfort pour lui qui partageait la même douleur. Prenant alors congé, il quitta l'hôpital pour rentrer chez lui, où, pensa-t-il désemparé, il lui faudrait à nouveau tout raconter depuis le début.

Baum avait complètement oublié Nissim Tobol, et la principale raison de cet oubli tenait à la jeune psychiatre, Hedva Tamari. Après l'avoir aidée à s'allonger sur le lit, il s'assit auprès d'elle et, comme il lui avait juré sur son honneur, lui tint la main jusque tard dans la soirée, sans se douter que Dvora essayait en vain de le joindre sur la ligne intérieure. Et pour cause : afin que sa jeune collègue puisse dormir sans être dérangée, il avait pris la précaution de décrocher le téléphone. Or, depuis huit heures du soir, Tobol, assis sur son lit, braquait un petit revolver sur le patient du lit d'en face, un revolver qui, aux yeux inexpérimentés de Dvora, paraissait chargé et armé. N'osant pas quitter son poste, l'infirmière composait et recomposait le numéro désespérément.

Soudain, Tobol tira un coup de feu dans le mur opposé. Jusque-là paralysés par la peur, les patients commencèrent à se déchaîner. Prenant une expression résolue, l'air de dire : « les bêtises, ça suffit comme ça », Dvora se dirigea tout droit vers Tobol et lui arracha le pistolet des mains, sans d'ailleurs rencontrer la moindre résistance. Après quoi, elle se rua vers le bureau du médecin.

Baum dormait d'un sommeil profond, rêvant de cohortes de chevilles fracturées, lorsqu'il entendit qu'on frappait à la porte à coups redoublés. Il avait pris soin de la fermer à clé après le départ de Gold. Il se leva et alla ouvrir. Sans perdre une seconde, Dvora appuya sur l'interrupteur. Bien qu'ébloui par la lumière électrique, il vit que Hedva, encore hébétée, commençait, elle aussi, à se réveiller. Il s'apprêtait à demander à l'infirmière ce qu'elle voulait, quand ses yeux tombèrent sur le petit revolver qu'elle tenait dans la main. Tremblant de tous ses membres, le visage baigné de larmes (personne n'avait jamais vu Dvora pleurer. Ce simple fait, ajouté au désordre de sa chevelure blonde toujours impeccablement coiffée en chignon « banane », indiquait clairement qu'il s'était produit une catastrophe), celle-ci se mit à l'accabler de reproches : elle ne pouvait pas s'occuper seule du service, où était-il passé pendant tout ce temps ? Puis, montrant Hedva et hurlant littéralement : oui, elle aurait dû s'en douter. Voilà à quoi le cher docteur occupait son temps ! Voilà pourquoi le téléphone sonnait sans arrêt occupé, pendant que Tobol braquait un pistolet chargé sur les autres patients de sa chambre !

Sans attendre la fin de sa diatribe, Baum partit en courant vers le pavillon, laissant Dvora continuer à s'époumoner dans le couloir.

De l'extérieur, il vit que la lumière était allumée et entendit le brouhaha habituel des malades. Rassuré, il entra et compta les patients ; aucun ne manquait à l'appel. Assis sur le bord de son lit, Tobol regardait dans le vide, comme si rien ne s'était passé. En apparence, les autres semblaient dans leur état coutumier, au point qu'un observateur extérieur, peu averti des signes avant-coureurs de crise, aurait pu soupçonner Dvora d'avoir inventé cette histoire de toutes pièces. Toutefois, Baum n'était pas un observateur extérieur. Dans sa main, il y avait un petit revolver et autour de lui, des malades au bord de l'hystérie.

Il retourna au bureau. Dvora était encore plantée devant la porte, mais Hedva s'était rendormie. Sourd aux véhémentes protestations de l'infirmière — il n'était pas question qu'elle retourne au pavillon, personne ne pouvait l'y contraindre —, Baum, sur un ton qu'elle ne lui avait jamais entendu, lui ordonna de le suivre immédiatement : il y avait du travail, il fallait s'occuper des patients.

« Maintenant, c'est lui qui me donne des leçons ! » murmura-t-elle en lui emboîtant le pas et en n'interrompant ses récriminations que pour répondre aux questions qu'il lui posait.

Les malades avaient commencé à donner libre cours à leur anxiété. Avec l'aide de l'infirmière, Baum s'occupa d'abord des deux malades les plus agités et leur administra une injection de sédatif. Puis, il alla s'asseoir à côté de Tobol et, d'un air aussi détaché que possible, lui demanda où il avait trouvé le revolver. Couché en chien de fusil, Tobol ne se retourna même pas. Baum sortit alors l'arme de sa poche et l'agita sous les yeux de Tobol en répétant sa question. Toujours pas de réaction. Baum soupira. Mais au moment où il se releva, Tobol se mit à pousser des hurlements de bête sauvage.

Pourtant habitué à ce genre d'explosion, Baum sentit son sang se glacer dans ses veines. Pris de frénésie, les autres malades se mirent à exprimer leurs symptômes d'une manière qui requérait une intervention immédiate. Dvora réussit à empêcher Shlomo Cohen de se dévêtir entièrement, mais dut appeler Baum à la rescousse : il était trop fort pour elle. Tandis que Baum l'immobilisait, elle prépara la seringue. À Tobol aussi, ils firent une injection. Baum était encore occupé à maintenir celui-ci, lorsqu'Itzik Zimmer, réputé pour ses accès de fureur incontrôlables, sauta sur lui par-derrière. Deux mains énormes lui serraient la gorge et l'air commençait à lui manquer. Faisant preuve d'une force inattendue, Dvora réussit à planter son aiguille dans le bras de Zimmer, que la vue de la seringue suffit d'ailleurs à effrayer. Le colosse lâcha prise. Baum s'écroula, sans connaissance.

Quand il revint à lui, le professeur Gruner, le directeur de l'hôpital, et deux inconnus se tenaient à côté du lit où il était allongé. Il voulut dire quelque chose, mais seul un vague murmure sortit de sa bouche.

« Ne faites pas d'effort, lui dit Gruner sur un ton paternel. Vous êtes dans mon bureau. Au pavillon n° 4, tout est rentré dans l'ordre. Vous allez bien, ne vous inquiétez pas. Il y a ici deux policiers qui aimeraient savoir ce qui s'est produit. Je les ai fait venir à cause du revolver, pas à cause de l'accès de folie qui s'est emparé du service. Ils souhaiteraient vous poser quelques questions. Ils ont déjà interrogé Dvora, ainsi que Hedva. »

Derrière lui, une silhouette se dressa et s'approcha. Hedva, les yeux rouges et gonflés, lui caressa la main. Sur le mur, la pendule indiquait quatre heures. Quatre heures du matin ? Comment avait-il pu dormir si longtemps ? Comme s'il lisait dans ses pensées, Gruner lui expliqua que lorsqu'il était arrivé à l'hôpital, il avait trouvé le service sens dessus dessous.

« Dvora a été formidable. Je ne sais pas comment elle a fait pour me joindre au milieu de cette confusion. Nous avons aussitôt appelé une ambulance, mais le temps qu'elle arrive vous avez retrouvé vos esprits et même eu la force de marcher jusqu'ici. Le médecin vous a alors fait un pansement et vous a donné un somnifère. »

Baum porta la main à son cou : il était enserré dans un bandage rigide. La tête lui tournait ; il avait la gorge sèche et brûlante. « Comme si on y avait allumé un feu », dirait-il plus tard à Hedva, quand il aurait recouvré l'usage de la parole.

« D'après la police, poursuivit le professeur Gruner, le revolver que brandissait Tobol ne serait pas étranger au meurtre d'Eva Neidorf. C'est pourquoi ces deux messieurs ont attendu votre réveil, au cas où vous sauriez comment il est parvenu entre ses mains. »

Baum regarda le directeur. La lumière lui blessait les yeux. De la main, il lui fit comprendre qu'il l'ignorait et ferma les paupières. Quand il les rouvrit, Gruner se tenait toujours près de lui, l'air inquiet, et les aiguilles de la pendule marquaient quatre heures et quart.

« Rien que pour ça, cela valait le coup, confierait-il plus tard à Hedva à propos de l'inquiétude qu'il avait vu se peindre sur le visage du directeur — la terreur de l'hôpital. Tu te rends compte ? Moi qui croyais qu'il ne me connaissait même pas !

— Ne dis pas de bêtises, répliqua Hedva d'un air pincé.

— Je t'assure, des fois il passe à côté de moi sans me voir. Un jour, il m'a même demandé comment je m'appelais. Il a quoi ? Cinquante ans...

— Cinquante-cinq, rectifia Hedva. Et ne parle pas de lui comme ça. C'est quelqu'un de très bien, vraiment. Tu aurais dû voir la recommandation qu'il m'a donnée pour l'Institut.

— Ah, l'Institut. Il n'y a que ça qui compte pour toi. Moi, je ne suis rien. Ce n'est pas de l'amour, c'est de la rage. D'ailleurs, je ne prétends pas que Gruner est un imbécile, mais avoue que ce n'est pas un génie, ou du moins qu'il est plutôt dans la lune, pour ne pas dire gâteux. »

Les deux hommes qu'on lui avait présentés comme « la police » se retirèrent un peu à l'écart pour se concerter. Puis l'un d'eux chuchota quelque chose à l'oreille du directeur.

« Avec les mains seulement, si vous voulez bien », lui répondit Gruner, avant de se tourner vers Baum : « Dr Baum, savez-vous comment Tobol est entré en possession de ce revolver ? Si oui, je vous prie, bougez la main de bas en haut ; si non, de droite à gauche. »

Baum agita la main négativement. Alors, l'autre policier, un rouquin, lui demanda s'il avait déjà vu cette arme auparavant. De nouveau, Baum agita la main de droite à gauche. Il se sentait totalement vidé. Avant de fermer les yeux, il entendit encore le rouquin déclarer : « O.K. En attendant d'en savoir plus sur ce revolver, allons voir sur le terrain » et, de nouveau, il sombra dans le sommeil.

CHAPITRE VIII

Comme Gold, Michaël Ohayon se moquait volontiers des gens superstitieux. Néanmoins, quand l'un de ses collègues, en le voyant entrer dans le commissariat central, le félicita de la prompte découverte de l'arme du crime, il ne put s'empêcher de songer au geste que faisait sa mère pour conjurer le « mauvais œil ».

« J'attends encore le compte rendu de la balistique, lança-t-il, prudent.

— Franchement, combien de revolvers peuvent se balader un samedi rue Disraeli ? Ce n'est quand même pas un boulevard ! s'exclama le commissaire Klein qui enquêtait sur un autre homicide.

— Va savoir », répliqua Ohayon en plissant le front.

On n'était jamais à l'abri de surprises, mais d'abord, il devait s'entretenir avec le médecin légiste et retourner à l'hôpital Margoa.

Il avait quitté Rehavia sur le coup des cinq heures du matin et roulait vers l'Esplanade russe, quand on lui avait appris la nouvelle par radio. Bien qu'on l'eût assuré que sa présence n'était pas nécessaire, il avait quand même décidé de faire un crochet par la rue Disraeli.

« Il y a des traces de boue sur le revolver, l'avait informé le rouquin dès son arrivée à l'hôpital. Comme nous nous en doutions, un Beretta de calibre 22. On a retiré une balle du mur du pavillon n° 4 ; je parie qu'on en trouvera une autre, exactement pareille, dans le corps de la victime. Malheureusement, l'arme doit être couverte d'empreintes : celles de Baum, le chef de service, celles de Dvora, l'infirmière, celles de Tobol, le malade qui a tiré, et d'autres encore qu'il reste à identifier. Ce ne sera pas du gâteau !

« Mais le plus intéressant, patron, avait continué l'inspecteur le regard brillant, c'est que, d'après l'ordinateur central, ce revolver appartient à Joe Linder, qui a obtenu un permis de port d'arme en 1967. »

Le jour commençant à pointer, Ohayon en avait profité pour procéder à un rapide examen des lieux : situation du parc par rapport à la rue, hauteur de la grille d'enceinte et distance qui séparait l'hôpital de l'Institut. Puis, tout en allumant une cigarette, il avait fait part de ses hypothèses à son inspecteur.

« Oui, c'est également ce que je pense, avait répliqué celui-ci. Quelqu'un a jeté le revolver par-dessus la grille, peut-être d'une voiture en marche. L'infirmière m'a affirmé que le malade est sorti dans le parc, hier matin. Mais cela aussi demande à être vérifié. »

Il avait été impossible d'obtenir la moindre confirmation de Tobol. Les autres patients étaient toujours sous l'effet des sédatifs qu'on leur avait administrés, et Baum dormait encore. « Bon, je n'ai pas le choix, je reviendrai plus tard, quand le médecin sera en mesure de témoigner », avait dit Ohayon.

Situé au deuxième étage du commissariat central, tout au bout d'un long couloir obscur, son bureau était une sorte de réduit qui pouvait tout juste contenir deux chaises, une table et un meuble de rangement. Il s'assit et promena un regard circulaire.

« Par où commencer ? » se demanda-t-il.

Sans frapper, comme à son habitude, Tsila entra et déposa devant lui un café et un petit pain.

« Rien de mieux pour commencer la journée, s'exclama-t-elle. Le reste attendra bien quelques minutes. »

Cependant, Ohayon, qui après une nuit blanche craignait de s'effondrer s'il prenait un instant de répit, se mit à composer le numéro du médecin légiste, tout en avalant sa première gorgée de café.

« Pas de panique. On vient à peine de démarrer, lui répondit une voix à l'autre bout du fil. Il semblerait, mais c'est à prendre au conditionnel, que la victime était encore vivante dans la nuit du vendredi au samedi. On vous rappellera quand il y aura du nouveau. »

« J'aurais dû y aller moi-même ; Elie est trop gentil avec eux, il n'ose pas les secouer », pensa-t-il tout haut en raccrochant et en composant aussitôt le numéro du laboratoire de balistique. Occupé. Tout en fouillant dans le tiroir où il rangeait son rasoir électrique, il mordit dans le petit pain.

Tsila ne s'étonna pas de le voir commencer à se raser d'une main et, de l'autre, tenir l'écouteur contre son oreille. Elle savait qu'il supportait mal, quand il était sur une affaire, de ne pas trouver le temps pour les « contingences de la vie quotidienne », comme se nourrir, se doucher et se raser. Surtout, il avait horreur de ne pas être rasé.

Elle se proposa de le remplacer au téléphone. Le temps qu'elle obtienne la ligne, Ohayon avait ingurgité son premier café de la matinée, terminé de se raser et avalé la moitié du petit pain.

La boue sur le revolver, l'informa-t-on, était identique à celle prélevée dans le parc de l'hôpital. Quelqu'un l'avait ramassé là-bas, ou l'y avait peut-être enterré. Quant aux empreintes, il y en avait trop pour les distinguer toutes. Pour l'instant, ils avaient identifié celles de Baum et de Tobol. Oui, ils attendaient la balle extraite du corps de la victime. Jusque-là, ils ne pouvaient rien affirmer de façon catégorique. Quelqu'un de l'Identité judiciaire était avec eux. L'Institut médico-légal leur avait promis de leur envoyer la balle dans moins d'une heure. Le commissaire devait prendre son mal en patience.

« À propos, nous avons aussi lu la presse du matin.

— Que dit-elle ? demanda Ohayon un peu inquiet.

— Voulez-vous que je vous lise tout le baratin, ou seulement les grands titres ?

— Inutile, j'ai compris. »

Il raccrocha et se tourna vers Tsila.

« Et toi, tu l'as lue, la presse du matin ?

La jeune policière se pencha et sortit un journal de son sac coincé sous sa chaise.

Sur la première page s'étalaient une description de l'Institut et de la rue Disraeli, ainsi qu'une photo du commissaire présenté comme « l'étoile montante de la police et le futur patron des Affaires criminelles du district de Jérusalem ». Le journaliste donnait aussi des détails sur « l'affaire », mais, Dieu merci, ne citait aucun nom. Il y était question d'une éminente psychanalyste, de mort violente... La police était dans le brouillard... La date et le lieu des obsèques seraient communiqués ultérieurement.

Le téléphone sonna. Il reconnut Elie Bahar qu'il avait envoyé assister à l'autopsie.

« Apparemment, le corps ne porte pas de traces de lutte. La victime serait morte de la balle qu'elle a reçue dans la tempe. Bien que faible, la distance de tir exclut la thèse du suicide. Quant à l'heure de la mort, elle se situerait samedi matin, entre sept et neuf heures. Dès qu'ils auront terminé, j'irai moi-même porter le projectile à la balistique. »

Ohayon avait discerné une pointe de nervosité dans la voix d'Elie. Lui non plus n'aimait pas assister aux autopsies. Des heures après, il revoyait encore avec effarement le médecin légiste tracer une croix sur le cadavre avec son scalpel, inciser la peau de part et d'autre et mettre à nu les viscères, comme s'il s'agissait d'un vulgaire poulet.

Elie Bahar était un inspecteur des Crimes et délits. Lui et Tsila avaient travaillé plusieurs années sous ses ordres, jusqu'au moment où, deux ans plus tôt, Ohayon avait été promu directeur adjoint des Affaires criminelles. Depuis, il passait plus de temps dans la paperasserie que sur le terrain. Toutefois, dès qu'on l'avait désigné pour diriger cette enquête, il était apparu évident qu'Elie et Tsila feraient équipe avec lui. Tsila avait été officiellement nommée coordinatrice du groupe. Cependant, la force de l'habitude militait contre un partage rigoureux des tâches. Tout comme elle était accourue en pleine nuit au domicile d'Eva Neidorf, elle ne le lâcherait pas d'une semelle jusqu'à la conclusion de l'affaire.

« J'aimerais que tu préviennes Hildesheimer que les obsèques ne pourront avoir lieu que demain, lundi. Ils peuvent dès maintenant fixer l'heure. Dis-lui aussi d'avertir la famille et toutes les personnes concernées. Je lui avais promis de le tenir au courant le plus vite possible », dit-il en allumant une cigarette.

Elle se précipita sur le téléphone, mais avant qu'elle n'ait eu le temps de composer le numéro, il la pria de bien vouloir s'installer ailleurs.

« Où ça, ailleurs ?

— Tu veux peut-être que je t'aide à déménager ? » répliqua-t-il en la foudroyant du regard.

Connaissant l'humeur de son chef quand il avait passé une nuit blanche, elle décida de s'éclipser sans demander son reste. Mais sur le seuil, elle se heurta à Joe Linder qui désirait parler à « monsieur Ohayon », de toute urgence.

« Commissaire Ohayon », rectifia-t-elle en s'écartant pour lui laisser le passage, avant de sortir en claquant la porte.

Avec un soupir, Joe Linder laissa choir son corps fluet sur la chaise, déboutonna son manteau et annonça qu'il ne disposait que d'une heure avant son prochain rendez-vous.

« Aussi irai-je droit au but, commissaire, je suis venu déclarer la perte de mon revolver. »

Ohayon fumait tranquillement. Linder, à qui les poches sous les yeux donnaient tout à la fois un air torturé et dévergondé, se mit à lorgner le paquet de cigarettes aplati qui était posé sur un coin du bureau. Le commissaire l'invita à se servir. Après avoir tiré une bouffée, Linder, sans qu'aucune question lui soit encore posée, déclara :

« Je suis sûr que sans ce meur... euh, ce drame, j'aurais mis des mois à m'apercevoir de sa disparition. Je ne m'en suis jamais servi, et n'en ai d'ailleurs jamais eu l'intention. Mais cette nuit, comme je n'arrivais pas à m'endormir, la Providence » — il émit un petit rire forcé — « a guidé ma main jusqu'au tiroir de ma table de chevet : il n'y était plus. »

Ohayon, qui, la veille, avait eu le temps de lire le récit des faits et gestes de Linder entre le vendredi soir et le samedi matin, se souvint que celui-ci avait reçu des amis jusque tard dans la nuit et que le lendemain, il était resté avec son fils depuis six heures jusqu'à son départ pour l'Institut.

Interrogé sur le type de revolver dont il s'agissait, Linder se lança dans une description détaillée des circonstances de son acquisition (c'était un ami, un militaire, qui le lui avait acheté, en 1967, après qu'un jeune Arabe, qui prétendait être poursuivi, eut fait irruption dans son appartement — il ne fermait jamais sa porte à clé. Sa compagne du moment avait eu si peur qu'il lui avait promis de se procurer une arme. Ce qui expliquait le côté féminin de l'engin. D'ailleurs, avec sa crosse nacrée et gravée à la main, c'était une véritable pièce de collection : il avait été acheté à un antiquaire spécialisé dans ce genre d'objets).

Ohayon sortit un formulaire de l'un des tiroirs de son bureau.

« Pouvez-vous me fournir des détails un peu plus précis sur l'arme elle-même ? » dit-il en prenant un ton officiel.

Linder retira alors de son portefeuille un bout de

papier froissé, son permis de port d'arme, où figuraient tous les renseignements désirés : marque, calibre, n° de série, etc.

« Qu'est-ce qui vous fait penser que la disparition de votre revolver a un rapport avec l'assassinat du Dr Neidorf ? »

Linder haussa les épaules :

« Rien. C'est juste une idée. »

Ohayon examina soigneusement le permis, puis inscrivit quelque chose sur son formulaire.

« Dr Linder, pouvez-vous me dire quand vous avez vu votre revolver pour la dernière fois ? »

Après un long préambule destiné à lui expliquer qu'il souffrait de maux de dos et d'insomnies, Linder déclara comme s'il cherchait à s'excuser de cette longue digression :

« Vous pensez peut-être que cela n'a rien à voir. En fait, si, car c'est en cherchant mes somnifères que je me suis rendu compte de sa disparition. Donc, pour savoir quand il y était encore, je dois remonter à la dernière fois où j'ai pris des cachets. Or de cela, il se trouve que je me souviens parfaitement. »

Linder évoqua alors la grande soirée qu'il avait organisée deux semaines plus tôt. Cette nuit-là, il n'avait pas eu besoin de somnifères et ensuite, il s'était juré de ne plus y toucher : comme le disait à juste titre le Dr Rosenfeld, il commençait à ne plus pouvoir s'en passer.

« En tant qu'analyste, je ne devrais peut-être pas vous dire ça, mais l'homme est, somme toute, une bien faible créature. Bref, j'ai rompu mon serment, sans doute à cause de la tragédie d'hier. »

Ohayon décida de ne pas se laisser émouvoir par le ton de la confidence que Linder avait adopté en parlant de son revolver et qui n'avait fait que s'accentuer quand il en était venu à ses insomnies.

« Si je comprends bien, Dr Linder, la dernière fois

que vous avez vu votre revolver, c'était la nuit précédant cette soirée ? »

Linder hocha la tête, ajoutant qu'il était inutile de lui donner du « Docteur » à chaque instant.

« Au fond, je ne suis qu'un imposteur, pas un vrai médecin, ni même, au départ, un psychologue ou un psychiatre. »

Maintenant, je comprends les réserves d'Hildesheimer, pensa Ohayon en se souvenant de ce que lui avait dit le vieil homme à propos d'un membre important de l'Institut qui faisait exception à la règle. Ces épanchements exagérés avaient quelque chose de rebutant, comme s'il voulait dire : « Voilà, vous connaissez toutes mes faiblesses. Je n'en ai pas d'autres. Je vous en supplie, prenez-moi tel que je suis. »

Sans doute, les femmes se sentaient-elles attirées par ce genre d'homme qui, en lui, titillait ses instincts de limier. En effet, derrière cette façade pathétique se laissaient deviner de dangereuses zones d'ombre.

« Où étiez-vous la nuit du vendredi au samedi, et durant les premières heures de la matinée du samedi ? » demanda-t-il sans rien laisser paraître de ses sentiments.

Jetant un coup d'œil sur sa montre, Linder déclara qu'il devait s'en aller s'il voulait arriver à temps pour son prochain patient.

Sur le ton le plus officiel de son répertoire et avec une courtoisie digne d'un fonctionnaire britannique, Ohayon lui annonça qu'il se trouvait dans l'impossibilité de le laisser partir et lui suggéra d'annuler tous ses rendez-vous de la matinée. Furieux, Linder se mit à pester contre ce « foutu pays où celui qui fait preuve de civisme se fait avoir à tous les coups ». Il aurait mieux fait « de la fermer et de s'occuper de ses oignons ». D'ailleurs, comment pouvait-il prévenir ses patients à la dernière minute ? Sans compter qu'après ce qui avait paru dans la presse du matin, ils devaient tous être au bord de l'hystérie. Est-ce que cela ne pouvait pas attendre ?

C'est alors qu'Ohayon, toujours impassible, l'informa que les caractéristiques de son revolver, jusqu'au numéro de série, coïncidaient point par point avec celles de l'arme qui avait été retrouvée à proximité de l'Institut.

« Vous mesurez maintenant, j'en suis sûr, combien vous êtes impliqué dans cette affaire. Je crains que votre présence ici ne soit, pour l'heure, indispensable. »

À cet instant, le téléphone sonna. Le laboratoire de balistique tenait à le prévenir, officieusement bien entendu, que l'arme retrouvée à l'hôpital avait, selon toutes probabilités, servi à tuer Neidorf. Il en aurait la confirmation définitive dans une semaine, après examen de la balle extraite du corps de la victime. Ohayon remercia et raccrocha. Linder semblait très tendu. Ses mains tremblaient et son visage avait perdu le peu de couleur qu'il avait en entrant.

« Me permettrez-vous au moins d'utiliser votre téléphone ? » s'enquit-il d'une voix blanche.

Tiens, se dit Ohayon, cela fait la deuxième fois en deux jours qu'il me pose la même question. Il faut que je pense à l'interroger sur le coup de fil qu'il a passé hier de l'Institut.

Linder composa un numéro et s'entretint assez longuement avec une certaine Dina. Il lui dicta des noms, suivis de numéros de téléphone, la pria d'annuler ses rendez-vous, de mettre un mot à la porte pour le patient de dix heures s'il était trop tard pour le joindre et d'aller ouvrir si on sonnait, même si cela ne tombait pas dans ses heures à elle. Elle pouvait expliquer à ses patients qu'il allait très bien, mais qu'un cas de force majeure l'avait empêché de se rendre à son cabinet. Sur quoi, il jeta un regard de défi à l'adresse du commissaire, lequel, sans ciller, se passa la main sur la joue et, sentant ici et là de petites touffes de poils, se dit que, décidément, il avait horreur des rasoirs électriques.

« Au commissariat central », dit encore laconiquement Linder à son interlocutrice, avant de la remercier et de reposer l'écouteur.

Ohayon répéta la question qu'il lui avait déjà posée.

« Vous voulez un alibi, comme dans les romans policiers ? » marmonna Linder.

Il sortit un paquet de cigarettes et, sans en proposer au commissaire, en alluma une.

« J'ai tout mis par écrit hier. C'est vous-même qui l'aviez demandé », protesta-t-il.

Ohayon resta de marbre.

« Vendredi soir, nous avions des amis à dîner. Je ne suis pas sorti un seul instant ; dans la famille, c'est moi le cuisinier. Ils sont partis vers deux heures du matin. Deux heures trop tard, à mon gré. Ce n'étaient même pas des gens intéressants, des collègues de ma femme. »

Ohayon lui demanda de préciser leurs noms et leur adresse, notant tout très soigneusement. On ne pouvait pas toujours se fier aux magnétophones.

« Et qu'est-ce que vous aviez préparé ? »

Linder écarquilla les yeux, d'abord incrédule puis indigné, mais Ohayon maintint sa question.

« En entrée, des tomates farcies. Ensuite, du gigot d'agneau avec du riz aux pignons. De la salade verte... Dois-je continuer ? »

Ohayon, qui inscrivait chaque détail sans cesser de l'observer, lui fit signe de poursuivre.

« Salade de fruit pour le dessert, café et gâteau, naturellement. Vous voulez savoir quel vin, aussi ?

— Inutile, répondit Ohayon sans relever le sarcasme. Et après, quand vos invités sont partis ? »

— Après, il était tard. Daniel n'arrivait pas à s'endormir. Il doit couver quelque chose. Daniel, c'est mon fils. Il a quatre ans. Le lendemain matin, c'est moi qui me suis occupé de lui — nous le faisons à tour de rôle, ma femme et moi — et je l'ai gardé jusqu'à dix heures. Dalia, ma femme, en a profité pour faire la grasse matinée. Elle n'a jamais d'insomnies, elle.

— Êtes-vous sorti avec l'enfant ? demanda Ohayon, comme si la question figurait sur la feuille qu'il avait devant lui.

— Où peut-on aller à six heures du matin ? Nous avons joué dans sa chambre, lu des histoires, pris le petit déjeuner. Ensuite, nous sommes descendus dans la cour. Il faisait froid. »

Une fois encore, il évoqua ses maux de dos, lesquels, en l'occurrence, le gênaient pour lancer le ballon, et décrivit minutieusement la façon dont il s'était assis sur un tronc d'arbre et avait joué avec son fils.

Toute trace d'animosité avait disparu de sa voix. De nouveau, il entrait dans des détails que personne ne lui demandait, s'exprimant avec humour et chaleur, comme s'il souhaitait se montrer aussi coopératif et obligeant que possible.

Un jour, au café du coin, le psychologue de la police avait expliqué à Ohayon que, comme Raskolnikov, certains individus souffraient d'un puissant sentiment de culpabilité et se conduisaient comme des coupables, même si, eux, n'avaient commis aucun crime. En fait, ils avaient un besoin maladif de plaire. Finalement, les psychanalystes sont des gens comme tout le monde, pensa Ohayon. Leur métier ne leur confère pas une parfaite maîtrise de soi ni une connaissance absolue de ce qui les pousse à agir. En dehors de leurs heures de travail, ils n'en mènent pas plus large que n'importe quel autre témoin.

Interrompant Linder qui s'était mis à discourir en termes généraux sur les relations parents-enfants, il demanda :

« Quelqu'un vous a-t-il vu dans la cour avec votre fils ?

— Il n'y a que quatre appartements dans l'immeuble. Il est possible qu'un voisin nous ait aperçus de sa fenêtre.

— Excusez-moi, je reviens dans un instant », dit alors le commissaire en se levant.

Il trouva Tsila dans le bureau contigu — c'est là qu'ils avaient l'habitude de se réunir le matin —, lui donna le numéro de la ligne directe de la femme de Linder au musée d'Israël où celle-ci travaillait, et lui demanda de vérifier son emploi du temps entre le vendredi soir et le samedi matin.

« Tiens, voilà la version du mari. Après, tu iras interroger les voisins. Arrange-toi pour trouver une voiture, car je tiens à ce que tu les voies avant qu'il ne rentre chez lui. »

Il retourna dans son bureau. Linder n'avait pas bougé et regardait dans le vide.

« Comment qualifieriez-vous vos relations avec le Dr Neidorf ? » demanda-t-il après avoir repris sa place.

Linder se fit plus hésitant, pesant ses mots avec soin. Visiblement, c'était un sujet sur lequel il avait souvent médité, sans parvenir à une conclusion satisfaisante. Finalement, il reconnut qu'il ne faisait pas partie de ses admirateurs.

« Et que pensez-vous du fait qu'elle était considérée comme la mieux placée pour succéder au professeur Hildesheimer à la tête de la commission de formation ? »

Linder éclata de rire et félicita le commissaire pour sa perspicacité. Toutefois, il n'y avait pas de quoi fouetter un chat. Certes, la commission de formation était une instance très importante — ses membres fixaient la politique de l'Institut et édictaient ses règles de fonctionnement. Mais de là à commettre un meurtre pour en prendre la direction…

« D'ailleurs, ajouta-t-il soudain plus sérieux, avec ou sans Neidorf, personne ne proposera jamais ma candidature.

— Pourquoi donc ? » demanda Ohayon qui avait perçu une pointe d'amertume.

Linder prit une profonde inspiration, puis poussa un soupir. Cela tenait à des raisons internes, strictement professionnelles, qu'il était difficile d'expliquer. Ohayon, qui pouvait maintenant prévoir les réactions de Linder, se tut. Et, en effet, celui-ci, incapable de supporter le silence, se mit à lui exposer en long et en large « les divergences de vue fondamentales » qui le séparaient, lui « l'enfant terrible », des « piliers de l'Institut », comme il les qualifiait ironiquement.

Puis, jetant de nouveau un regard sur sa montre, il fit observer que les patients n'appréciaient pas les séances annulées au dernier moment :

« C'est une source de stress et d'angoisses inutiles.

— Je regrette, mais on n'a pas toujours le choix, dit Ohayon, surpris de se sentir quelque peu amadoué. Et si nous revenions au moment où votre revolver a disparu ? »

Linder s'empressa de le corriger :

« En aucun cas, je ne suis en mesure de vous indiquer un moment précis. Tout ce que je peux vous assurer, c'est que, la nuit précédant la fête, ce revolver se trouvait dans mon tiroir et que, jusqu'à hier soir, je ne l'ai pas ouvert. »

À la demande du commissaire, il traça un plan de son appartement et lui montra l'emplacement de sa chambre.

« Qui savait que vous possédiez un revolver ? » s'enquit Ohayon en reprenant son stylo, pour le reposer aussitôt en entendant cette réponse :

« Désolé pour vous, commissaire, tout le monde ! »

Le considérant comme un objet d'art, il aimait l'exhiber devant ses amis et ne se lassait pas de raconter les circonstances dans lesquelles il l'avait acquis.

Ohayon lui demanda alors la liste des invités à cette soirée.

« C'était une soirée un peu spéciale... », commença par dire Linder.

Ohayon sentit ses muscles se raidir.

« Après le vote qui suit la présentation d'un cas par un candidat, il est d'usage de marquer le coup. En général, c'est le dernier admis qui organise une fête en l'honneur du nouveau membre, lequel choisit ses invités. En fait, outre ceux de sa promotion, il convie pratiquement tout l'Institut. »

Cette fois, cependant, le candidat précédent étant trop petitement logé pour accueillir autant de monde, Linder, qui se sentait très lié à cette promotion et surtout à Tami, avait proposé de s'en charger. Chacun s'efforçait de venir : la popularité d'un candidat se mesurait au nombre des participants. Oui, il venait parfois des personnes extérieures à l'Institut, mais pas beaucoup, uniquement des amis très proches. Ce soir-là, il n'y en avait qu'un seul, Yoav, un ami d'enfance de Tami. En fait, c'était sur les conseils de Yoav que Tami s'était adressée à Linder pour une supervision. Et par une étrange coïncidence, il se trouvait que c'était justement Yoav qui lui avait acheté le revolver en 1967. Toutefois, mis à part son amitié pour Tami et pour lui, Yoav n'entretenait aucune relation avec l'Institut.

« Il pense que tout ça c'est de la foutaise, conclut Linder avec un sourire en coin.

— Puis-je vous demander à qui vous avez téléphoné hier de l'Institut ?

— À lui, en effet, reconnut Linder. Pour me changer les idées après la conférence et la réunion de la commission de formation, je lui avais proposé qu'on déjeune ensemble... une bière et un hot-dog, mais étant donné les circonstances, j'ai dû me décommander... Dites, commissaire, vous êtes rudement dangereux. Vous vous souvenez de tout !

— Et vous, Dr Linder, vous arrive-t-il d'oublier ce que vous raconte un patient des traumatismes qu'il a vécus dans son existence ?

— Tiens, je n'y avais jamais pensé ; après tout, c'est vrai qu'il existe une parenté entre une enquête policière et une analyse », dit Linder en riant de bon cœur.

Reprenant son stylo, Ohayon lui rappela qu'il lui avait demandé le nom des personnes qui avaient assisté à la soirée.

« Si vous y tenez, je peux faire un effort de mémoire, mais c'est inutile, car j'ai la liste complète à mon cabinet. Dès que vous me permettrez d'y retourner, je me ferai un plaisir de la mettre à votre disposition, répliqua Linder sur un ton sarcastique.

— Comment se fait-il que vous ayez une liste ? demanda Ohayon soupçonneux. Il n'est pas courant d'en dresser une pour une soirée.

— Ah, mais ce n'était pas une soirée comme les autres, même si, à la fin, on a aussi dansé. C'était plutôt une sorte de rencontre entre collègues de travail. Tami m'avait dicté les noms de ceux qu'elle souhaitait inviter.

— Venez, dit Ohayon en se levant, vous allez m'accompagner pour identifier le revolver. Naturellement, je ne pourrai pas vous le rendre.

— Pièce à conviction ? » demanda ingénument Linder.

Décidément, ce type avait aussi un côté sympathique, pensa Ohayon.

« Ensuite, nous irons à votre cabinet pour voir cette liste. »

Linder monta dans la voiture de police du commissaire, rempli d'excitation : rien ne lui plaisait autant, dit-il, que de « choquer le bourgeois ».

Son cabinet était situé dans une rue tranquille de Rehavia, bordée d'arbres. Ohayon imaginait déjà la façon dont il était agencé. Quant à Linder, qui n'en revenait pas que le revolver retrouvé par la police fût bien le sien, il n'en finissait pas de s'extasier devant les « voies impénétrables du Seigneur ».

Sur la porte, ils trouvèrent le mot que Linder avait dicté par téléphone à son associée. Questionné sur celle-ci, il expliqua au commissaire qu'elle était une candidate en fin d'études, la commission de formation devant très prochainement se prononcer sur son admission. De tous les membres de l'Institut, il était le seul à ne pas tenir compte des différences de statut. Ainsi, il ne voyait rien de mal à partager son cabinet avec un jeune sur le point d'entrer dans la profession.

« Bien sûr, s'empressa-t-il d'ajouter, j'ai attendu qu'elle ait terminé son contrôle avec moi. D'ailleurs, je ne vois pas ce qu'il pourrait y avoir de répréhensible à nouer d'étroites relations avec les candidats qu'on supervise. Surtout quand il s'agit de candidates et qu'elles sont aussi jolies que celle-là.

— Et aussi avec des patients ?

— Ça, c'est une autre histoire, même si, sur ce point, je ne suis pas non plus tout à fait dans la norme, selon les critères d'Hildesheimer », rétorqua-t-il avec une pointe de provocation.

Ils s'assirent dans les deux fauteuils que séparait l'inévitable table basse avec boîte de mouchoirs en papier et cendrier. Dans un coin se trouvaient le divan, un tapis de caoutchouc déroulé à ses pieds, et, derrière, le fauteuil du psychanalyste. Des tableaux aux couleurs ternes ornaient les murs ; le bureau était en bois massif et sombre.

On dirait que les règles d'agencement des cabinets sont inscrites dans les statuts de la profession, pensa Ohayon. À croire que les analystes ne peuvent exprimer leurs différences de tempérament qu'à travers le choix des couleurs. Ici, le divan était recouvert d'une pièce de tissu noir. L'idée qu'il pût exister dans le pays cent cinquante cabinets quasiment identiques à celui-ci le fit sourire. Il fit part de sa réflexion à Linder, qui revenait de la cuisine, avec deux tasses de café. Celui-ci éclata de rire — il avait un rire franc et sonore.

«Je ne vous conseille pas de faire ce genre de commentaires devant mes collègues. Ils n'apprécieraient pas. Certes, ils ont le sens de l'humour, mais il y a des choses sur lesquelles on ne plaisante pas.»

Après avoir refermé la porte d'une légère poussée du pied, il déposa les cafés sur la table basse, se dirigea vers son bureau, se mit à fouiller dans l'un des tiroirs et en sortit deux feuilles de papier froissées recouvertes d'une ample écriture brouillonne.

«C'est vrai, tous les cabinets se ressemblent, poursuivit-il en reprenant son sérieux. Mais le travail qu'on y fait aussi. L'analysant doit s'allonger sur un divan; il faut donc un divan, et un fauteuil pour l'analyste. Comme les psychanalystes pratiquent également la psychothérapie, ils ont besoin de deux autres fauteuils. Et comme presque tous les patients, un jour ou l'autre, ne peuvent s'empêcher de verser des larmes, les mouchoirs en papier sont bien utiles. C'est vrai, je n'y avais jamais pensé, mais j'avoue que c'est drôle.»

Retrouvant lui aussi son sérieux, Ohayon demanda à Linder s'il pouvait lui fournir le nom de tous ceux qui étaient venus chez lui au cours des deux dernières semaines.

«Rien de plus facile. Jusqu'à vendredi soir, personne ne nous a rendu visite: Daniel avait les oreillons. Même ceux qui les ont déjà eus avaient peur de les attraper.»

Ohayon parcourut la liste des invités: près de la moitié des noms étaient cochés. C'était ceux qui avaient confirmé leur venue, expliqua Linder, et à côté de leur nom était inscrit ce qu'ils avaient proposé d'apporter pour le buffet.

« D'après ce que je vois, plus de la moitié des personnes invitées ne sont pas venues.

— Effectivement. Ceux qui habitent Haïfa ne se déplacent pas et ceux de Tel Aviv ne viennent que pour les candidats de leur promotion. Et puis, nous avons quelques membres très âgés qui déclinent systématiquement toutes les invitations, mais que nous prévenons par courtoisie. Hildesheimer, lui, ne vient que s'il est sûr qu'il n'y aura pas de patient ou de candidat à lui parmi les invités — ce qui n'arrive jamais. Quant à Eva, elle se trouvait à l'étranger, de même qu'un certain nombre d'autres, trop contents d'assister à un vague congrès fin mars, juste à temps pour en déduire les frais de leurs impôts de l'année. Néanmoins, il y avait quarante personnes à la soirée, ce qui est tout à fait honorable.

— Parmi elles, y en avait-il qui savaient où vous rangiez votre revolver ?

— Sans doute, mais qu'est-ce que cela prouve ? » répondit Linder visiblement embarrassé.

Ohayon garda le silence et patienta.

« Bon, d'accord. Yoav connaissait l'endroit où je le rangeais. Mais il n'avait pas besoin d'attendre cette soirée : il est toujours fourré chez nous. Quant aux autres, il se peut que j'en aie parlé devant eux : comment voulez-vous que je me souvienne de tout ce que je dis ? »

Il alluma une cigarette, eut un frisson et se leva pour brancher le radiateur électrique. Il faisait un froid glacial.

Se souvenait-il si, à un moment ou à un autre, des invités avaient quitté le salon ?

« Il y avait des gens partout, tout au long de la soirée. Les manteaux étaient dans la chambre à coucher ; alors, forcément, c'était le défilé. Tami, et d'autres après elle, ont voulu voir Daniel qui dormait dans notre lit. Ce n'était pas le genre de fête où les couples vont s'isoler dans un coin.

— Vos invités avaient-ils tous de bonnes relations avec le Dr Neidorf? »

Linder ouvrit la bouche, se ravisa, but une gorgée de café et se pencha sur la liste que le commissaire lui tendait :

« Je sais beaucoup de choses sur tous ces gens, avec qui les candidats font leur analyse, avec qui ils sont en contrôle, mais à mon avis, cela ne signifie rien. Aucun d'eux n'aurait pu assassiner Eva Neidorf. Et d'abord, quel mobile auraient-ils eu ?

« Je vois que vous ne saisissez pas bien, commissaire, poursuivit-il, mû par une soudaine passion. Pour eux, cette femme était la perfection même. Ils ne toléraient pas qu'on émette la moindre critique à son encontre. Ils ne me permettaient même pas de faire de l'humour à ses dépens. Jamais ils ne s'en seraient pris physiquement à elle. Ce ne sont pas des psychotiques, des malades mentaux, avec qui, disons, tout peut arriver. Ce sont des gens sains d'esprit qui s'interrogent sur eux-mêmes et ont entrepris de se faire analyser. Tous suivent une analyse : c'est une condition *sine qua non* pour entrer dans la profession. »

De l'autre côté de la cloison se firent entendre des voix étouffées, des bruits de pas, puis le grincement d'une porte qui s'ouvre et se referme. C'était Dina qui raccompagnait un patient, expliqua Linder ; le suivant n'allait sans doute pas tarder à arriver. La sonnette retentit. De nouveau des bruits de pas, un grincement, puis le silence total.

« Dr Linder, permettez-moi de penser que même des individus que nous tenons pour sains d'esprit peuvent nous réserver des surprises. D'autre part — mais vous le savez sans doute mieux que moi — ceux qui, par leurs qualités, se distinguent de la masse sont parfois la cible d'agressions. Malheureusement, cette fois, nous avons affaire à un meurtre. C'est pourquoi je vous demanderais instamment votre aide. »

Linder fumait en silence. Les cernes autour de ses yeux faisaient ressortir la pâleur de son visage. Il tira un mouchoir en papier de la boîte et essuya les gouttes de sueur qui perlaient sur son front.

« Par exemple, j'aimerais que vous m'aidiez à reconstituer l'emploi du temps du Dr Neidorf, ses heures de consultation, ses heures de contrôle. Ne pensez pas pour l'instant à d'éventuels suspects, à ceux que vous risqueriez de trahir. Ne considérez que son emploi du temps, ses patients et ses candidats en contrôle. D'accord ? »

Linder se racla la gorge, voulut parler, se racla encore une fois la gorge et déclara finalement d'une voix rauque :

« Comme vous voudrez, mais je ne suis pas sûr de tous les connaître. » Puis, comme s'il avait eu une illumination, il s'écria : « Mais vous trouverez tout cela dans son agenda et dans ses notes. Pourquoi perdre votre temps à jouer à la devinette avec moi ?

— De toute façon, j'aurais fait appel à vous pour en savoir davantage sur ces personnes. Les notes ne sont que des notes, toujours trop succinctes », répliqua Ohayon en se gardant bien de faire allusion à sa visite infructueuse au domicile de la victime.

Avec un soupir, Linder sortit une feuille de papier quadrillé d'un tiroir, la tendit au commissaire et invita celui-ci à venir s'asseoir près du bureau.

« Le mieux serait de dessiner un planning avec les jours. Ce n'était un secret pour personne, Eva était surchargée de travail. Elle consultait huit ou neuf heures par jour, sauf le mardi — car l'après-midi elle enseignait à l'Institut — et le vendredi. Ces deux jours-là, elle ne donnait que six heures de consultation. »

Avec l'application d'un écolier, Ohayon traça un

tableau indiquant les jours et les heures, puis, la joue appuyée sur la main, attendit.

« Bon, commençons par les contrôles. Une heure par semaine pour chaque candidat. Je ne sais pas exactement quel jour ni à quelle heure elle les recevait, mais ce n'est pas très important. Tout d'abord il y avait Dina, même si elle avait quasiment terminé sa supervision. Hier, après la conférence, la commission de formation devait discuter de sa présentation de cas. De la sienne et de celle d'un autre candidat de sa promotion. Attendez, son nom m'échappe... »

Linder sortit une mince brochure d'un autre tiroir et se mit à la parcourir rapidement du doigt. Ohayon tendit le cou : c'était le répertoire des candidats et des membres de l'Institut, le même que celui qu'il avait vu la veille chez Eva Neidorf.

« Ah voilà : Dr Guiora Biham », dit Linder.

Puis, s'aidant toujours de sa liste, il épela d'autres noms qu'Ohayon inscrivit soigneusement dans le tableau. Les candidats en contrôle étaient au nombre de six.

« C'est énorme ! » s'exclama Linder, de nouveau avec une pointe d'amertume.

Ohayon le pria de s'expliquer.

« Regardez. Elle abat — enfin, elle abattait — quarante-six heures de travail par semaine. De cela, je suis sûr. Huit heures le dimanche, neuf le lundi, six le mardi, neuf le mercredi, huit le jeudi et six le vendredi. Faites le compte. Elle prenait toujours une pause entre treize et seize heures, sauf le mardi et le vendredi où elle recevait sans interruption. Six contrôles pour quarante-six heures, cela ne laisse pas beaucoup de temps pour les analyses qui, elles, prennent chacune quatre heures par semaine, ni pour les psychothérapies, deux heures par semaine. »

Sous la dictée de Linder, Ohayon remplissait le tableau de sa belle écriture régulière. Huit analyses, huit noms inscrits quatre fois, tous des candidats à l'Institut. Il restait huit cases vides.

« Bon, sur les huit heures qui restent, elle avait peut-être en analyse quelqu'un d'extérieur, mais cela m'étonnerait : sa liste d'attente était de deux ans. Comme il n'y a que cinq analystes didacticiens à Jérusalem, elle donnait toujours la priorité aux candidats : si on leur posait des conditions rigoureuses, affirmait-elle, il était normal de leur donner aussi la possibilité de les remplir. C'était elle tout craché ! La droiture incarnée ! »

Ohayon s'abstint de tout commentaire. Le meilleur moyen d'obtenir des informations de Linder était tout simplement de se taire. Linder se chargeait de combler les moments de silence.

« Donc, j'imagine que les huit heures restantes étaient consacrées à des psychothérapies. Les analystes orthodoxes conseillent deux séances par semaine, les autres une seulement. Devinez à quelle catégorie appartenait le Dr Neidorf — vous avez droit à trois réponses. »

Plus le tableau se remplissait, plus Linder semblait de mauvaise humeur. La moue boudeuse, il ne cessait de tambouriner sur sa brochure.

« Et vous, Dr Linder, combien d'heures travaillez-vous ? demanda Ohayon avec le plus de diplomatie possible.

— Autant, sinon davantage. Environ quarante-huit heures par semaine. Mais je n'ai qu'un seul analysant de l'Institut, dit-il avant d'ajouter, comme s'il voulait prévenir la question suivante : je ne suis pas analyste didacticien. Si un candidat désire faire son analyse didactique avec moi, il doit obtenir une dérogation spéciale auprès de la commission de formation. »

Ohayon n'insista pas, mais se promit de chercher à savoir pourquoi Linder n'était pas en faveur à l'Institut. Il pouvait déjà avancer une ou deux hypothèses. Il y avait quelque chose de si puéril et de si vulnérable chez cet homme qu'il était difficile de l'imaginer calmement assis derrière un divan en train d'écouter des patients. Mais sans doute y avait-il aussi d'autres raisons, plus profondes, comme le lui avait laissé entendre Hildesheimer.

« Bref, reprit Linder d'une voix plus ferme, Eva était une analyste didacticienne, une enseignante, une contrôleuse, tout ce que vous voudrez ! Et elle était si demandée que certains candidats préféraient attendre avant de prendre un patient, plutôt que d'être supervisé par quelqu'un d'autre. C'est pourquoi je ne peux pas croire qu'elle avait en analyse une personne extérieure à l'Institut. Et comme je connais tous ceux de l'Institut qui était en analyse avec elle, les huit heures restantes étaient forcément des séances de psychothérapie destinées à des gens extérieurs. Toutefois, je ne pourrais pas vous dire qui ils sont. »

Ohayon plia en deux la feuille de papier quadrillée, puis, comme s'il lui venait subitement une idée, la déplia et l'étala sur le bureau. Le Dr Linder avait-il quelque chose à signaler concernant les relations entre ces personnes et le Dr Neidorf ?

« Et comment ! Ils auraient baisé le sol sous ses pieds. Personnellement, je trouve ça répugnant. Vous allez me dire que je suis jaloux. N'empêche, c'est répugnant. Cette femme leur paraissait encore plus extraordinaire qu'Ernst ; or, croyez-moi, des hommes comme Ernst, on n'en fait plus. »

Ohayon mit quelques secondes à saisir qu'il parlait d'Hildesheimer. Il contempla avec curiosité Linder qui semblait absorbé dans ses pensées.

« Mais, au-delà de ma jalousie, que je ne nie pas, je dois ajouter qu'il y a chez Ernst une candeur, une générosité et une bienveillance qui faisaient totalement défaut à Eva. Comprenez-moi bien, poursuivit-il, les yeux fixés sur le mur devant lui, non seulement elle était dépourvue d'humour, mais elle ne supportait pas tout ce qui déviait un tant soit peu de la norme.

— Comment expliquez-vous, Dr Linder, qu'elle ait pu être une grande analyste et une contrôleuse hautement appréciée, si elle manquait à ce point d'indulgence ? demanda Ohayon comme s'il ne contestait nullement le jugement de Linder et cherchait simplement à percer un paradoxe.

— Ah, je vois que vous êtes subtil. C'est vrai, on ne peut pas faire du bon travail dans notre métier sans un peu d'indulgence et de souplesse. Toutefois, je ne pensais pas à ses patients ou à ses candidats ; avec eux, elle savait se montrer compréhensive : c'est ce que tous affirmaient et c'est aussi ce qui ressortait des exemples qu'elle donnait dans ses conférences. Je pensais à autre chose, de plus difficile à définir. En tant qu'analystes, poursuivit-il en levant les yeux vers le commissaire, nous avons toutes sortes de moyens pour contourner nos handicaps. Nous sommes protégés par la situation analytique ; nous savons combien le patient est fragile. Il vient nous voir pour nous demander notre aide ; ce qui est parfois aussi le cas des supervisés. Eva considérait ses patients et ses élèves comme lui appartenant. Dans ce cadre, elle était prête à tout leur pardonner, mais autrement, elle était impitoyable. Tenez, vous n'avez qu'à prendre le sujet qu'elle avait choisi pour sa conférence de samedi ; tout y est. »

Ohayon observait Linder ; il pensait avoir compris. Tant de franchise et de spontanéité exerçaient certainement un grand pouvoir de séduction, et pas seulement auprès des femmes. Mais visiblement Eva Neidorf y était insensible, de même qu'Hildesheimer.

« Outre l'admiration qu'ils lui vouaient, voyez-vous quelque chose à ajouter ?

— Non, rien de particulier. Elle gardait ses distances.

— Et en dehors de l'Institut, avait-elle des amis ? Une liaison ? »

Après la mort de son mari, elle n'avait pas eu, pensait-il, d'autres hommes dans sa vie. Elle était comme ces fleurs qui portent un écriteau : « Défense de toucher. » C'était un genre de beauté froide, désexualisée, pas vraiment sa tasse de thé. Il ignorait qui elle fréquentait en dehors de son travail. De l'Institut, il pouvait citer Hildesheimer. Et peut-être Nehama Sold, une des membres de la commission de formation. Et puis Voller qui, avant qu'elle ne se marie, avait été fou amoureux d'elle.

« Le pauvre, il ne s'en est jamais complètement remis », ajouta-t-il avec un sourire narquois.

Ohayon se souvint de Daniel Voller, qui faisait aussi partie de la commission de formation. Il faudra que je leur parle, à tous les deux, pensa-t-il. La pièce était enfumée et le radiateur électrique diffusait une chaleur désagréable. Il avait mal à la tête et se sentait courbatu, probablement à cause de la fatigue qu'il avait accumulée. Il n'avait qu'une envie : rentrer chez lui et se coucher. Néanmoins, il se redressa sur son siège, secoua énergiquement la tête comme s'il sortait de la douche et brancha la conversation sur le contenu de la conférence.

« À quoi bon spéculer ? répliqua Linder. Des exemplaires dactylographiés doivent circuler un peu partout. Vous pouvez la lire vous-même, et si certaines choses vous échappent, commissaire, je me ferai un plaisir de vous les expliquer... à condition de les avoir moi-même comprises. Ernst en recevait toujours une copie à l'avance, au cas où il aurait eu des remarques à formuler. Quant à moi, si vous voulez savoir, je n'ai pas eu droit à la primeur. Je n'étais pas dans ses petits papiers, comme on dit. »

Ohayon voulut apporter une précision au sujet de

cette conférence et cherchait la meilleure façon de le faire, quand à nouveau se firent entendre des bruits de pas dans le couloir. Sans demander son avis au commissaire, Linder se leva et alla ouvrir la porte. Une bouffée d'air froid pénétra dans la pièce et la belle Dina apparut sur le seuil.

Quand Linder lui présenta le commissaire, une ombre d'inquiétude passa sur son visage. Ohayon y était habitué, c'était fréquent chez les gens qu'il rencontrait à titre professionnel.

« Enchantée », fit-elle, avant de jeter un regard interrogateur à Linder, lequel lui expliqua — sans toutefois souffler mot de son revolver — que le commissaire Ohayon l'avait prié de l'aider dans son enquête.

Pourquoi n'ai-je pas pris le temps de me raser convenablement ? se dit Ohayon, un peu contrarié, tandis qu'il observait la jeune femme. Elle portait une robe rouge, vaporeuse, peut-être un peu légère pour la saison, mais dont, indiscutablement, la couleur s'accordait à merveille avec son teint clair et ses yeux gris pâle. Ses cheveux noirs, coupés au carré, rehaussaient la blancheur et la fragilité de son cou. Elle avait des pommettes saillantes, une bouche pulpeuse et, n'eût été ses chevilles épaisses et ses mains aux doigts courts et négligés (elle se rongeait les ongles), elle aurait été parfaite.

Elle est vraiment superbe, pensa-t-il en s'efforçant de garder un visage impassible. En général, il y réussissait remarquablement bien. C'est du moins ce qu'affirmait Tsila, qui prétendait qu'il aurait pu gagner des millions au poker.

« Dina Silver est la candidate supervisée par le Dr Neidorf dont je vous ai parlé tout à l'heure, continua Linder en se tournant vers lui, celle dont la commission devait autoriser la présentation de cas, samedi, après la conférence... »

Il s'interrompit, montrant à présent des signes d'extrême nervosité.

« En avez-vous terminé avec moi, commissaire ?

— Presque, répondit Ohayon, avant d'inviter Dina à se joindre à eux.

— Mon prochain patient va arriver d'une minute à l'autre », dit celle-ci d'une voix à peine audible.

Le commissaire insista.

Elle s'assit sur le divan et croisa les jambes. Dommage qu'elle ne porte pas des bottines, pensa Ohayon. Des chaussures, même à talons hauts, ne peuvent remédier à ce léger défaut.

« Donc, vous étiez en contrôle avec le Dr Neidorf ?

— En effet, depuis quatre ans. Nous avions d'excellentes relations. J'ai beaucoup appris auprès d'elle. C'était une femme en tout point admirable. »

Elle parlait lentement, en détachant chaque syllabe, mais sa voix ne trahissait pas la moindre émotion. Linder semblait, lui aussi, avoir remarqué la façon étrange dont elle s'exprimait, sans pour autant paraître vraiment étonné.

« J'étais sur le point de terminer mon contrôle avec elle, dans la mesure, bien entendu, où la commission de formation se serait prononcée favorablement sur ma présentation de cas.

— Dans la mesure ? Ce n'était donc pas certain ? demanda Ohayon.

— Ce n'est jamais certain, répliqua Dina.

— Tu es trop modeste », la rabroua Linder.

D'après lui, cela ne faisait aucun doute. Tout le monde appréciait son travail. Il en savait quelque chose, puisque lui aussi avait été l'un de ses contrôleurs.

« Même si on n'a pas de raison objective de s'inquiéter, rétorqua Dina en croisant les mains, on est toujours tendu quand on attend d'être fixé sur son sort.

— Pouvez-vous nous accorder encore un moment ?

demanda Ohayon en la voyant jeter un regard sur sa montre.

— Oui, mais lorsqu'on sonnera à la porte, je serai obligée de vous quitter. »

Il lui tendit alors l'emploi du temps qu'il avait reconstitué avec Linder.

« À votre connaissance, le Dr Neidorf avait-elle d'autres personnes en analyse, outre celles qui figurent sur cette liste ? »

Sa main tremblait tellement qu'elle dut poser la feuille sur ses genoux. Après l'avoir soigneusement examinée, elle se tourna vers Linder :

« Tu savais, toi, qu'elle travaillait tant ? »

Linder hocha la tête. Oui, il était au courant. Eva s'en plaignait suffisamment mais, d'un autre côté, elle était incapable de résister aux pressions.

« Quel genre de pressions ? s'enquit le commissaire.

— Un psychanalyste qui jouit d'une certaine notoriété est sans cesse sollicité. Ses collègues, ses amis lui envoient des patients, le pressent d'accepter tel ou tel cas particulier. Il est souvent très difficile de refuser. »

Dina Silver se pencha à nouveau vers la feuille posée sur ses genoux. Elle-même, finit-elle par déclarer, avait recommandé quelqu'un, une femme, auprès du Dr Neidorf pour une psychothérapie.

« Je sais qu'elle voit Eva... enfin, qu'elle la voyait deux heures par semaine, mais je ne peux pas vous donner son nom sans son accord. »

Soudain, la sonnette retentit ; elle se leva d'un bond, assura le commissaire qu'il pourrait la joindre plus tard s'il le souhaitait, et sortit précipitamment.

De nouveau, se firent entendre des bruits de pas, le grincement de la porte d'entrée, des voix étouffées. Puis un long silence s'instaura : Linder, dont l'humeur avait changé du tout au tout, se taisait, perdu dans la contemplation du petit tapis au pied du divan.

« Quelque chose vous tracasse ? » dut répéter Ohayon.

Linder sursauta.

« Non, non, pas du tout. »

Linder et Neidorf, on ne peut imaginer deux tempéraments plus éloignés l'un de l'autre, songea Ohayon.

« J'imagine que chaque contrôleur a sa propre manière de faire. Est-ce que cela ne pose pas un problème aux candidats ?

— Ce n'est pas qu'une question de manière de faire, mais de caractère, de vision du monde. Pour les candidats, cette situation présente des inconvénients, mais aussi des avantages. Dina s'en tirait fort bien. Je suis sûr qu'elle remettait à Eva des comptes rendus beaucoup plus détaillés qu'à moi. Mais peut-être devrais-je vous dire ce qu'est un compte rendu ?

— En effet.

— Une fois par semaine, chaque candidat doit présenter à son contrôleur une sorte de résumé des quatre dernières séances d'analyse qu'il a eues avec son patient. Personnellement, je ne connais pas de pire corvée que la rédaction de ces comptes rendus après une journée de consultations. C'est pourquoi je suis prêt à accepter que, de temps en temps, un candidat se contente de jeter quelques notes sur le papier ou même n'écrive rien du tout. Un jour, Dina s'est présentée chez Eva sans avoir rien préparé, ce qui lui a valu un long discours sur les raisons inconscientes de ce soi-disant acte manqué. Quand Dina m'a rapporté cet incident, je n'ai pas pu m'empêcher de la féliciter : pour le même prix, elle avait eu une séance de contrôle et une séance d'analyse. Néanmoins, je ne crois pas qu'elle ait jamais osé recommencer.

— Vous êtes très lié avec Dina Silver ? En tant qu'analyste, elle a adopté votre "style" ? »

Linder réfléchit longuement avant de répondre.

« Depuis quelque temps, je dois avouer que nos rapports ont changé. Au début, quand elle avait des soucis professionnels ou même personnels, elle se confiait volontiers à moi. Maintenant, c'est beaucoup plus rare ; j'ai l'impression que nous ne sommes plus aussi proches. Il faut croire qu'elle a mûri et veut désormais voler de ses propres ailes », conclut-il avec un triste sourire.

Sans doute n'est-ce pas la seule raison, pensa Ohayon. Peut-être a-t-elle changé de camp et choisi celui d'Eva Neidorf.

Sur la liste des invités à la fête organisée pour Tami, le nom de Dina Silver était suivi de la mention « caviar d'aubergine » notée au crayon d'une petite écriture serrée, différente de celle de Linder.

« Oui, répondit Linder à la question du commissaire, Dina est venue à cette soirée, avec le plat qu'elle avait promis d'apporter. »

Non, il ne se rappelait plus si elle était entrée dans la chambre à coucher. Mais si, bien sûr : le manteau. Il l'avait aidée à s'en défaire avant d'aller le porter dans la chambre, mais il ne se souvenait pas le lui avoir ramené.

« Si vous me permettez, commissaire, je crois que vous faites fausse route. Un être aussi fragile, assassiner de sang-froid ? Et puis, je ne vois pas quel mobile elle aurait pu avoir.

— Savez-vous où elle était vendredi soir et samedi matin ?

— Non, je l'ignore. Samedi matin, elle a sans doute pris son petit déjeuner au soleil, dans son grand jardin. Elle a épousé un homme riche, très riche. D'ailleurs, je me demande si ce n'était pas un peu pour son argent. Elle aime vivre dans le luxe. Son mari est juge, le genre archiréactionnaire. Peut-être avez-vous entendu parler de lui ? »

Non seulement Ohayon en avait entendu parler, mais il le connaissait. Un homme petit, sec, imbu de sa personne et, en effet, aux idées très réactionnaires. L'un des juges les plus sévères qu'il eût jamais rencontrés. Il se figurait mal cette superbe créature au lit avec celui que tout le monde surnommait « le Marteau », à cause des coups redoublés dont il frappait son pupitre au moindre murmure dans la salle d'audience. Il doit avoir au moins dix ans de plus qu'elle, supputa Ohayon.

« Quel âge a-t-elle ? » demanda-t-il sans essayer de cacher sa curiosité.

Linder eut un large sourire :

« Ah, je vois que vous aussi, elle vous intéresse. Vous n'êtes pas le seul, commissaire. Elle a eu trente-sept ans le mois dernier. À part l'argent, je n'arrive pas à comprendre ce qu'elle fait avec ce pisse-vinaigre. Mais je ne l'ai jamais eue en analyse et ce n'est pas un sujet qu'elle aborde avec moi. » Et d'ajouter, sans que la question lui ait été posée : « Elle a fait son analyse avec le grand Ernst en personne. »

Il consulta alors sa montre : il était presque midi ; il devait absolument aller chercher son fils à la maternelle.

Le regard morne, il se leva, débrancha le radiateur, rapporta les tasses à la cuisine et sortit avec Ohayon.

Trop absorbé dans ses pensées, il ne se rendit même pas compte qu'au lieu de filer tout droit vers l'Esplanade russe, le commissaire avait fait un détour par le domicile d'Hildesheimer. La camionnette Peugeot était rangée le long du trottoir d'en face ; un des policiers se tenait près du capot ouvert ; l'autre était à son poste d'observation, derrière la vitre.

CHAPITRE IX

À peine Joe Linder fut-il descendu de voiture que la radio du commissaire se mit à crépiter. Le grand chef le réclamait à cor et à cri, il l'attendait dans son bureau, où une réunion avait été convoquée. Et, d'ailleurs, où se trouvait-il ?

« En bas. J'arrive dans moins de trois secondes », répondit Ohayon en se garant près de la cathédrale russe orthodoxe, dont les dômes verts et la croix d'or lui semblaient pâlir à mesure que s'amenuisaient les espoirs des familles arabes accroupies au pied de la grille qui entourait cette église et le Palais de justice.

Il grimpa quatre à quatre l'escalier qui conduisait au bureau du commissaire divisionnaire, le plus spacieux de tout le bâtiment. Avant d'y pénétrer, il s'arrêta un instant devant la secrétaire et lui souleva la main d'un geste si grandiloquent que celle-ci crut qu'il allait y déposer un baiser. Bien que ce ne fût pas son intention première, il se pencha pour l'honorer d'un baisemain, ajoutant quelques mots sympathiques sur la couleur audacieuse de son nouveau rouge à ongles. Un parfum de salon de coiffure lui picota les narines. On se croirait dans un film de James Bond, ironisa-t-il en son for intérieur. Toujours est-il qu'il mettait un soin particulier à être en bons termes avec les secrétaires. Même les filles du Central avaient un faible pour lui. Avec elles, il n'avait pas besoin de mentir ni de se répandre en vaines promesses, seulement d'être prévenant et d'écouter leurs histoires d'une oreille suffisamment attentive pour s'en souvenir d'une fois à l'autre. Il se conduisait envers elles de façon quelque peu paternaliste ; sans très bien savoir pourquoi, il lui arrivait parfois de les plaindre. Il n'y avait rien de calculé dans son attitude — se montrer obligeant lui était naturel —, même si, bien entendu, il en retirait certains avantages non négligeables.

« Tenez, je l'ai mise de côté pour vous, de la part d'Elie Bahar », dit Guila, la secrétaire du commissaire divisionnaire, en lui tendant une grande enveloppe brune.

Ohayon l'ouvrit et en retira le rapport de l'Institut médico-légal, ainsi qu'un résumé, rédigé par Elie, des premières constatations effectuées par l'Identité judiciaire.

« Vous avez encore deux minutes. Il est au téléphone. Vous pouvez vous asseoir là, si vous voulez », dit-elle en soulevant une pile de dossiers qui encombrait la chaise près de son bureau.

Le rapport renfermait tout ce qu'il s'attendait à y trouver : une photo de la victime assise dans le fauteuil où on l'avait découverte, un croquis montrant sa position, un agrandissement de la blessure, une description de l'angle de tir et de la trajectoire de la balle. Il feuilleta rapidement le compte rendu du médecin légiste : à en juger d'après les restes de petit déjeuner trouvés dans l'estomac, la mort remontait à samedi matin, entre sept et neuf heures. Ohayon détestait ces analyses du contenu de l'appareil digestif censées révéler l'heure exacte du décès. D'ailleurs, il n'était pas vraiment convaincu de leur fiabilité. La température de la pièce ainsi que la position du corps avaient été prises en compte. La suite des conclusions était rédigée dans un jargon médical sur lequel il évitait généralement de s'attarder ; de nombreuses remarques concernaient la distance à laquelle le coup de feu avait été tiré.

Les autres renseignements en provenance de l'Identité judiciaire paraissaient avoir été pris sous la dictée. Aucune empreinte digitale identifiable n'avait été relevée sur le corps de la victime ; toutefois, une joue et une main portaient des marques de gants. Certains détails laissaient penser à une mise en scène : le cadavre avait sans doute été transporté de la porte jusqu'au fauteuil, puis placé dans la position où on l'avait découvert; cependant, aucune traînée de sang n'avait été décelée. Un fil de couleur bleu, peut-être arraché à un vêtement, avait été ramassé à côté de la victime, dans la pièce elle-même. Des adverbes tels que « probablement », « sans doute », « vraisemblablement » émaillaient chaque phrase. Bien entendu, rien ne permettait d'affirmer que ce fil avait un quelconque rapport avec le meurtre. Le ménage n'était fait qu'une fois par semaine à l'Institut, le mercredi. Toutes les poignées de porte étaient couvertes d'empreintes. Les indices relevés dans les différentes pièces pouvaient appartenir à n'importe qui.

Les marques de rouge à lèvres sur la tasse contenant un fond de café et retrouvée dans l'évier provenaient de la victime.

Selon toutes les apparences, l'arme appartenait au Dr Joe Linder. En effet, la balle extraite du corps semblait, à première vue, identique à celle qui avait été retirée du mur à l'hôpital Margoa, ainsi qu'aux autres restées dans le chargeur.

Ohayon pénétra dans le bureau du commissaire divisionnaire. Assis à son immense table de travail, Arié Lévy était plongé dans l'examen du même rapport et de diverses photographies prises sur le lieu du crime. Sans un mot, il commença à passer les clichés à Ohayon, qui s'était assis en face de lui. Emmanuel Shorer, directeur des Affaires criminelles et supérieur immédiat d'Ohayon, entra, s'installa sur une chaise et se mit, lui aussi, à étudier le dossier contenu dans l'enveloppe brune que son subordonné venait de lui remettre.

Le commissaire principal Shorer était sur le point d'obtenir une promotion. Le bruit courait que la nouvelle serait officiellement annoncée dans les deux mois. Ohayon était le mieux placé pour lui succéder, murmurait-on aussi dans les couloirs. Dès le début de leur collaboration, les deux hommes avaient noué des relations d'amitié et de respect mutuel. Ohayon éprouvait de l'affection et de l'admiration pour Shorer, malgré le langage caustique de celui-ci et ses manières brusques. « Sous cette carapace se cache un homme d'une grande sensibilité, avait-il un jour rétorqué à Tsila, qui se plaignait de sa rudesse. Un peu de patience. Toi aussi, tu finiras par t'en apercevoir. »

Lui-même avait eu l'occasion, huit ans plus tôt, d'apprécier les qualités humaines de son patron. C'était lors de sa première enquête. À peine débarqué dans l'équipe que dirigeait Shorer, il avait omis de vérifier un alibi et était tombé dans le piège que lui tendait un suspect. Son erreur avait sérieusement perturbé la suite de leurs investigations. Shorer avait eu une longue et franche discussion avec lui.

« Certes, il y a des moments dans la vie où il vaut mieux faire confiance à son prochain et ne pas se montrer d'une prudence excessive, avait-il déclaré à son jeune inspecteur. Toutefois, il faut aussi savoir faire le partage entre les devoirs du métier et ses propres inclinations. Parfois, nous sommes obligés d'agir en totale contradiction avec nos tendances naturelles et, justement, de vérifier avec un soin tout particulier ce que nous sommes portés à croire dur comme fer. »

Il ne l'avait même pas réprimandé, se contentant de lui décrire avec patience le long chemin à parcourir pour faire aboutir une enquête criminelle. Combien de moments difficiles ils avaient passés ensemble depuis ! Combien de jours et de nuits blanches ! Chaque fois, ils se découvraient des centres d'intérêt communs et bavardaient volontiers ensemble.

Emmanuel Shorer le traitait avec une sorte de bienveillance paternelle qui avait le don d'agacer les autres inspecteurs, mais ceux-ci avaient fini par se faire une raison. Ohayon regrettait de devoir le perdre, bien que son départ lui laissât espérer un avancement.

En revanche, ses relations avec le commissaire divisionnaire étaient plutôt tendues. Sans savoir pourquoi, il se sentait toujours sur la défensive. Chacune de leur rencontre le mettait mal à l'aise et en colère contre lui-même. Il avait perpétuellement l'impression de devoir se justifier. Or, il allait bientôt travailler directement sous les ordres d'Arié Lévy et, dans ce climat, les heurts risquaient d'être fréquents. Raison de plus pour regretter le départ de Shorer.

Ohayon retira une cigarette du paquet qu'il avait posé sur le bord du bureau et l'alluma.

D'une voix calme et assurée, il commença par résumer les événements de la matinée du samedi, puis décrivit l'organisation de l'Institut, son système de relations hiérarchiques et les quelques subtilités qu'il avait réussi à en saisir. Il expliqua ce qu'était un « candidat », une « analyse didactique », un « contrôle », et s'étendit un peu plus longuement sur les activités du samedi. Il parla d'Hildesheimer et de Linder, ainsi que de la commission de formation, « une instance tout à la fois législative et exécutive », dont les membres lui paraissaient détenir la réalité du pouvoir. Ensuite, il raconta de quelle étrange façon le revolver avait été retrouvé à l'hôpital.

« Quand comptez-vous interroger ce Tobol, ce Dr Baum, bref quelqu'un qui puisse nous apprendre comment l'arme a atterri là-bas ? l'interrompit brutalement le commissaire divisionnaire. Et d'ailleurs, pourquoi ne vous êtes-vous pas immédiatement rendu sur place ? »

Ohayon relata alors son entrevue avec Hillel

Zehavi à Tel Aviv, la conversation qu'il avait eue avec Hildesheimer, leur visite au domicile d'Eva Neidorf.

« Notre difficulté majeure réside dans le type de population concernée », conclut-il, après avoir décrit leurs vaines recherches d'une copie dactylographiée de la conférence que s'apprêtait à donner la victime.

« Bah, on les connaît, ces gens-là », rétorqua Lévy avec condescendance.

Et, tout en pianotant sur son bureau, il rappela le cas de cet avocat qui avait tué sa maîtresse mais avait fini par passer aux aveux, ainsi que d'autres affaires similaires qui avaient défrayé la chronique au cours des dernières années.

« Quoique, se ravisa-t-il, je crains que cette fois, il ne faille s'attendre à quelques innovations en matière d'entourloupes. Après tout, ce sont des psy, des spécialistes de la manipulation. Soyez prudent, Ohayon, ne vous laissez pas mener en bateau.

— Excusez-moi, mais je ne pensais pas à leur statut socio-professionnel ; plutôt au fait qu'il s'agit d'un milieu très fermé, régi par ses propres lois et de subtils rapports de forces. Je pensais aussi aux patients, aux candidats en contrôle : allez savoir ce qui se dit pendant les séances. Tout se passe sans témoin. Une chose est sûre, cependant : ce meurtre a été commis par une personne que la victime connaissait bien. Pas nécessairement quelqu'un de l'Institut, encore que ce ne soit pas à exclure ; en tous cas, quelqu'un qui suivait une thérapie ou était en contrôle avec elle. Or, comme par un fait exprès, le texte de sa conférence, la liste de ses patients, son agenda et même les notes qu'elle prenait après ses consultations et dont Hildesheimer m'a assuré qu'elle les conservait chez elle, dans un endroit qu'il m'a d'ailleurs indiqué, demeurent introuvables. Bref, tout ce qui aurait pu nous renseigner sur les gens qu'elle voyait en tant qu'analyste s'est volatilisé.

— Il y a un détail que j'aimerais comprendre, intervint Shorer qui, jusque-là, s'était tu. Tu dis que la clé de la villa ne se trouvait plus dans le trousseau et pourtant il y a eu effraction. Comment expliques-tu cela ?

— Je ne me l'explique pas encore, admit Ohayon, en fixant Arié Lévy droit dans les yeux.

— Une clé et une effraction, répéta Shorer sur un ton songeur. Ou bien nous avons affaire à deux personnes différentes ou bien on cherche à nous embrouiller. J'opterais plutôt pour la première hypothèse. Autre chose : à supposer que cette clé ait été subtilisée à l'Institut, pourquoi ne pas avoir emporté tout le trousseau ? Pour ne pas nous mettre la puce à l'oreille ? En effet, si tu n'avais pas remarqué de clés dans le sac de la victime ou à proximité, tu aurais immédiatement mis son domicile sous surveillance. Je me trompe ? »

Ohayon rappela que ce n'était pas lui qui les avait trouvées, qu'Hildesheimer les lui avait remises le soir, quand il s'était rendu chez lui.

Lévy montra moins d'indulgence que Shorer :

« Raison de plus ! Vous auriez dû tout de suite envoyer des hommes garder la villa. Apparemment, un individu, le même qui l'a tuée et a pris la clé, s'est directement rendu chez elle et a trouvé les papiers qu'il cherchait. C'est pourtant élémentaire ! Où aviez-vous la tête ? Laisser la maison d'une victime sans surveillance alors que ses clés ont disparu ! Non, vraiment, cela me dépasse ! Et ensuite, si je comprends bien, quelqu'un d'autre s'est introduit chez elle par effraction, quelqu'un qui cherchait aussi quelque chose mais qui n'aurait pas pu entrer si vous aviez fait convenablement votre travail. »

Ohayon essaya de se défendre : sur le moment, il avait concentré toutes ses recherches sur le lieu du crime, sans penser aux clés, au texte de la conférence ou à quoi que ce soit d'autre. En outre, à cause des journalistes et de la cohue, il régnait la plus extrême confusion à l'Institut.

« Oui, et puis un policier de l'Identité judiciaire aurait pu y songer, renchérit Shorer, espérant ainsi détourner les foudres du commissaire divisionnaire pour qui, visiblement, Ohayon, en tant que chef de l'équipe chargée de l'enquête, portait l'entière responsabilité de cette négligence. La question que je me pose, poursuivit-il en changeant carrément de sujet, c'est pourquoi l'avoir assassinée à l'Institut et pas chez elle ?

— Exactement, s'exclama Ohayon. Tout ce que je vous ai raconté à propos de cet Institut et de ses règles de fonctionnement plutôt compliquées, c'était pour vous montrer qu'il s'agissait forcément de quelqu'un qu'elle ne désirait pas recevoir chez elle, à la maison.

— Admettons, concéda Shorer dubitatif. Mais, si je t'ai bien suivi, elle avait un cabinet de consultation dans sa villa. Pourquoi pas là ?

— En tout cas, il ne fait pas de doute que c'est elle qui a choisi le lieu du rendez-vous, répondit Ohayon, sans saisir où son supérieur voulait en venir.

— Peut-être, mais l'Institut me semble un endroit bien risqué pour y commettre un crime prémédité. Prends ce Gold, par exemple, qui est venu arranger la salle pour la conférence. Il aurait très bien pu arriver un peu plus tôt et tomber sur l'assassin. Or, il est clair que ce meurtre a été longuement préparé : cela fait des semaines que le revolver a été volé. En général, celui qui vole une arme monte son coup plus soigneusement.

— Oui, mais vous oubliez qu'Eva Neidorf n'est revenue en Israël que la veille. Sans doute l'assassin n'avait-il plus le choix.

— Justement, je n'oublie pas, dit Shorer en posant

ses mains à plat sur le bureau. Nous y sommes : pour la tuer à l'endroit et au moment où il l'a fait, l'assassin devait avoir une raison urgente, par exemple, empêcher à tout prix sa victime de dire ou de faire quelque chose. À mon avis, c'est dans cette direction qu'il nous faut chercher le mobile. »

Ohayon approuva d'un hochement de tête. Le commissaire divisionnaire posa son regard sur l'un, puis sur l'autre et, soudain, la lumière sembla se faire dans son esprit.

« Autrement dit, vous pensez que nous devons concentrer nos recherches sur cette conférence ? » demanda-t-il, sceptique.

Ohayon et Shorer opinèrent du chef.

« Le problème, soupira Ohayon, c'est que personne ne semble savoir ce qu'il y avait dedans. Et reste encore à trouver le nom de ses patients.

— Si cette femme était aussi honnête qu'on te l'a dit, fit remarquer Shorer en mâchonnant distraitement une allumette, elle devait certainement avoir un comptable qui s'occupait de ses affaires et, donc, qui possède des doubles de tous ses reçus ou autres justificatifs. Avec ça, on devrait pouvoir reconstituer la liste des gens qu'elle soignait. »

Ohayon lui décocha un sourire. C'était une idée à laquelle il n'avait pas songé. Après un instant de réflexion, il annonça qu'il irait voir le comptable aussitôt après son entrevue avec la fille de la victime qui devait arriver de Chicago le jour même.

« Alors, vous pensez vraiment que cette conférence constituait un danger pour quelqu'un ? insista Lévy, avant de décrocher son téléphone et de prier Guila de leur apporter du café.

— Oui, je le pense, affirma Ohayon. Mais il se peut aussi qu'Eva Neidorf ait détenu des informations compromettantes sur quelqu'un qui a voulu en empêcher la divulgation.

— L'un n'exclut pas l'autre. Elle s'apprêtait peut-être à révéler certains secrets dans sa conférence, dit Shorer, qui s'était mis à briser des allumettes en deux.

— Excusez-moi d'insister, monsieur l'intellectuel. Vous voulez dire qu'on peut d'emblée écarter les mobiles habituels — l'argent, l'amour —, comme ça, d'une pichenette ? » s'étonna le commissaire divisionnaire.

Guila entra et déposa sur le bureau un plateau en plastique avec trois cafés. Seul Ohayon prit la peine de lui sourire et de la remercier d'un clin d'œil discret. Les deux autres se servirent sans lui adresser un regard.

« Je n'en suis pas encore tout à fait sûr, mais c'est mon impression », répondit Ohayon après un instant d'hésitation.

Il s'était remis à pleuvoir ; de grosses gouttes venaient s'écraser contre les vitres.

« Vous savez, ce ne serait pas la première fois que tout pointe merveilleusement dans une direction, alors que...

— C'est bien pourquoi je me suis étendu un peu longuement sur l'Institut et ses règles très particulières. Jamais elle n'y aurait donné rendez-vous à quelqu'un qui n'en fait pas partie. Pas un samedi matin et certainement pas juste avant de donner une conférence. Nous avons soigneusement vérifié : il n'y avait aucune trace d'effraction. Ou bien elle est allée elle-même ouvrir, ou bien la personne en question avait une clé. Sans parler du revolver, de la soirée, etc. Tous les éléments convergent. »

Pour une fois, le commissaire divisionnaire ne paraissait pas vexé qu'on lui eût coupé la parole. La discussion se déroulait à présent sur un ton paisible, chacun poursuivant le fil de ses pensées. Ohayon se sentait exténué ; Shorer avait l'air plutôt déprimé ; quant à Lévy, il semblait régler son humeur sur la leur. C'est peut-être la pluie, se dit Ohayon, heureux de constater que l'atmosphère était plus détendue que d'habitude.

« Et ce Linder ? On a vérifié son alibi ? » s'enquit Lévy.

Mais juste à ce moment apparurent Dani Balilti, l'officier des renseignements affecté à l'équipe, et Guil Kaplan, un jeune blond fraîchement nommé au poste de porte-parole de la police de Jérusalem. Eux aussi avaient les traits tirés. Guila surgit derrière eux avec deux autres verres remplis de café.

« Les journalistes n'arrêtent pas de m'assaillir de questions sur les "derniers développements de l'enquête", commença aussitôt à se plaindre Kaplan en triturant sa moustache. Pas moyen de m'en dépêtrer. Ils en savent déjà pas mal et ne cessent de harceler les gens — qui, pour une fois, je dois le reconnaître, se refusent à toute déclaration et ne veulent aucune publicité.

— Vous seriez arrivé à l'heure à la réunion, que vous auriez peut-être compris pourquoi, remarqua sèchement Arié Lévy.

— Si Guil est arrivé en retard, c'est à cause des reporters qui ne voulaient pas le lâcher, intervint Balilti en prenant la défense du porte-parole. Nous sommes à leur merci : il ne tient qu'à leur bonne volonté de ne pas divulguer l'identité de la victime. Ce n'est pas le moment de nous les mettre à dos. »

À l'intention des deux nouveaux venus, Ohayon résuma brièvement les principales données de la situation : les patients, le mode de fonctionnement de l'Institut et la nécessité d'une absolue discrétion. À Balilti, qui voulait savoir ce qu'il en était de Linder et du revolver, il répondit que le propriétaire de l'arme qui avait apparemment servi à tuer Eva Neidorf avait un alibi.

« En ce qui me concerne » — l'officier des renseignements s'interrompit pour boire une gorgée de café, fit une grimace et poursuivit — « c'est bien la première fois de ma carrière que je vois ça : tous les gens impliqués dans cette affaire, tous ces zozos dont Tsila m'a fourni les noms, sont parfaitement inconnus de nos services. Tous sans exception ! Quelques permis de port d'arme, mais pas le moindre antécédent, pas même des infractions au code de la route. Rien ! Je n'ai trouvé qu'une plainte devant un tribunal civil : l'un d'eux a acheté une maison et entamé des poursuites contre le vendeur. À part ça, le néant. S'il y a tant d'honnêtes gens dans ce pays, je me demande bien pourquoi la police travaille aussi dur ! »

Balilti termina son café et essuya ses lèvres charnues du dos de la main. Puis il se leva, remonta son pantalon sur sa petite bedaine, rentra sa chemise dans sa ceinture et se rassit en aplatissant soigneusement une mèche de cheveux sur sa calvitie naissante.

« Je ne vous dis pas le mal que je me suis donné », soupira-t-il en croisant les bras.

Un léger dégoût se peignit sur le visage du commissaire divisionnaire :

« Qu'avez-vous réuni sur Linder ?

— Dès que j'ai été informé que l'arme lui appartenait, j'ai ouvert une enquête complète sur son compte : date de naissance, année où il a émigré de Hollande, adresse de sa clinique, adresse de son domicile privé, nom de sa première femme, fréquentations — bref, le grand jeu… pour des prunes. Son meilleur ami, vous voulez savoir qui c'est ? Un certain Yoav Alon. Colonel Alon, gouverneur militaire de la région d'Edom. Rien que ça ! Et pas un de ces psy ne milite politiquement. Ni pour la droite, ni pour la gauche.

— Dans ces conditions, il va falloir examiner à la loupe l'alibi de tout le monde, de Linder, bien sûr, de ceux qui étaient à sa soirée, de ceux qui n'y étaient pas, de toutes les personnes qui avaient, de près ou de loin, un rapport avec la victime. Ça risque de prendre des années, dit Shorer en jetant des débris d'allumettes dans la corbeille, sous le bureau.

— Des années ? Il n'en est pas question ! s'écria Lévy, qui se contenait difficilement. Et vous, continua-t-il en se tournant vivement vers Ohayon, arrêtez de me bassiner avec vos salades sur les subtilités du milieu, la psychologie des membres de l'Institut. Moi aussi, j'ai des comptes à rendre à mes supérieurs. Sans parler des journaux qui s'empresseront d'en faire des gorges chaudes. Alors cessez de jouer les professeurs ; on n'est pas à l'Université ici, compris ? »

C'est presque avec soulagement qu'Ohayon écouta la tirade d'Arié Lévy. La dernière remarque, que le commissaire divisionnaire ne ratait jamais une occasion de placer, signalait la fin imminente de la réunion.

« Bon, dit-il après un bref silence ; pour l'instant je ne vois pas ce que je peux faire d'autre que d'aller chez le comptable de la victime, retourner à l'hôpital Margoa et commencer les fastidieux interrogatoires systématiques. Dès que j'aurai des suspects, je demanderai des autorisations de filatures et d'écoutes téléphoniques. En attendant, j'aurai besoin d'hommes pour assurer la protection d'Hildesheimer. »

Arié Lévy se leva, repoussa sa chaise et demanda sur la ligne intérieure qu'on lui dépêche le chef de service des investigations. La réunion allait continuer, déclara-t-il, jusqu'à ce que surgissent d'autres idées.

« Ce Linder, quel mobile aurait-il pu avoir ? demanda l'officier des renseignements. Ça vaut aussi pour les autres, d'ailleurs. »

Ohayon évoqua l'amertume que Linder éprouvait vis-à-vis de son métier, de ses collègues, mais le porte-parole objecta que ce genre de sentiments ne constituait pas un motif suffisant pour commettre un meurtre. Ohayon acquiesça ; jusqu'à présent, expliqua-t-il, il n'avait pas décelé des sources plus sérieuses de conflit.

« Et Eva Neidorf, que pouvez-vous nous dire sur elle ? » demanda le commissaire divisionnaire en s'adressant à Dani Balilti, lequel se mit à fureter dans ses notes.

Il pouvait leur dire où elle était née, le lycée qu'elle avait fréquenté à Tel Aviv, dans quelle arme elle avait fait son service militaire, qui elle avait épousé, combien d'enfants elle avait eus, de quoi elle bavardait avec ses voisins, quel train de vie elle menait et, *last but not least*, qu'elle n'avait apparemment jamais eu d'aventures extra-conjugales. Personne ne s'inquiéta de savoir d'où il tenait tous ces renseignements.

Ohayon ne put s'empêcher de se féliciter : il avait dans son équipe le meilleur officier des renseignements de toute l'histoire de la police. Dès le début, Balilti était devenu une légende. Sentant à nouveau sa fatigue, il se souvint que cela faisait vingt-quatre heures qu'il n'était pas rentré chez lui, n'avait pas mangé un vrai repas et ne s'était pas changé.

« Excusez-moi, mais une longue journée m'attend, dit-il. Il faut absolument que je passe chez moi d'abord. »

Le commissaire divisionnaire l'autorisa à se retirer. Shorer le raccompagna dans le couloir et, lui donnant une tape amicale sur l'épaule, tenta de le réconforter :

« Tu te souviens du meurtre de la militante communiste ? Comme on pataugeait au début ? Tu ne croyais pas qu'on y arriverait, et pourtant... Ah, il y a autre chose que je voulais te dire. Bon anniversaire, commissaire Ohayon. Ça te fait combien maintenant ?

— Trente-huit», répondit Ohayon un peu gêné. Il avait complètement oublié. Il ne se souvenait même plus qu'on était dimanche.

«Alors, un petit sourire, le rabroua Shorer. Tu as toute la vie devant toi. À ton âge, qu'est-ce qu'on en connaît ? Crois-en un vieux renard comme moi qui a passé la quarantaine depuis belle lurette.»

Ohayon souriait encore quand il ouvrit la porte de son bureau. Sur la table, il trouva une rose rouge dans un verre en plastique, accompagné d'un petit mot : «Vous pouvez me joindre chez moi. J'essaie de rattraper un peu de sommeil. Joyeux anniversaire. Je vous dirai de vive voix ce que j'ai récolté auprès de la femme et des voisins. Tout est confirmé. Il est réglo.» C'était l'écriture de Tsila.

Devant chez lui, il n'y avait pas une place de libre et bien qu'il courût de sa voiture jusqu'à sa porte, il arriva trempé. Son appartement se trouvait en dessous du rez-de-chaussée, mais ce n'était pas un sous-sol. L'immeuble se dressait sur une colline de Givat Mordechaï, de sorte que l'étage inférieur était clair, aéré et jouissait, comme les autres, d'une vue imprenable sur des collines verdoyantes et des maisons dans le lointain.

Dès qu'il ouvrit, il eut la nette sensation d'une présence. Sans bruit, il referma la porte, pénétra à l'intérieur et balaya du regard son living, le grand fauteuil bleu, le canapé, le téléphone, la bibliothèque, le tapis à rayures. Personne. Il entra alors dans sa chambre et découvrit Youval allongé sur le lit, les chaussures dépassant sur le côté. Le garçon semblait dormir, mais Ohayon, qui savait combien son fils avait le sommeil léger, ne fut pas dupe. Il s'assit à côté de lui, caressa ses cheveux bouclés, remarqua les quelques poils de barbe qui poussaient sur son menton. Rien à faire, le gosse grandit, pensa-t-il, et comme si une preuve supplémentaire avait été nécessaire, une voix rocailleuse monta des profondeurs de l'oreiller, la voix en pleine mue d'un garçon tout juste entré dans l'adolescence.

« Ça ne suffit pas de donner sa clé, dit Youval, les yeux encore fermés. Il faut aussi être de temps en temps chez soi. Quel père je me paye !

— Quel père ? J'aimerais bien savoir », soupira Ohayon, qui connaissait d'avance la réponse.

Il commença à se déshabiller. Son fils l'observait sans rien dire.

« Écoute, Youval, j'ai eu une dure journée. Et hier aussi. Sois sympa avec moi.

— Je voulais seulement te faire une surprise. Je t'ai même acheté un cadeau d'anniversaire. C'est bien aujourd'hui, non ? dit le gamin en s'asseyant sur le lit. Je croyais qu'on devait passer la soirée ensemble, hier. Tu avais promis de m'appeler.

— Je suis très heureux que tu sois venu, vraiment. Merci pour le cadeau et désolé pour hier soir. Le fait est que j'ai eu un imprévu ; je n'ai même pas pu téléphoner », dit Ohayon, tout en regrettant chaque parole qui sortait de sa bouche.

Ce n'était pas cela, il le savait, que Youval attendait de lui, mais le froid, la faim, l'épuisement l'avaient mis dans une humeur irritable.

« Tu pourrais au moins me dire la vérité, que tu as complètement oublié, rétorqua Youval, visiblement blessé. Qu'est-ce que ça veut dire "je n'ai pas pu" ? Quand on veut, on peut. »

La phrase était rituelle et tous deux en connaissaient la source. Ohayon éclata de rire ; le garçon esquissa un sourire.

« Tu vois, les formules de ta mère sont parfois utiles », lança Ohayon en se dirigeant vers la salle de bain.

Youval se leva et resta dans le couloir pendant que son père se douchait.

« Entre, si tu veux », lui cria Ohayon en refermant le robinet.

Aussitôt, le garçon vint s'asseoir sur le rebord de la baignoire et se pencha en avant pour voir son père devant le miroir, tandis qu'il se rasait. De temps en temps, celui-ci soulevait un coin de la grande serviette de bain qui l'enveloppait pour enlever la buée.

« À propos, comment va-t-elle ? demanda Ohayon, étonné de s'entendre poser cette question, car, en général, il s'abstenait de parler de son ex-femme avec son fils.

— Ça va, répondit Youval sans trahir sa surprise, à supposer qu'il en eût. Elle a décidé de partir en vacances. À l'étranger. Pour cinq semaines. Dis, je pourrais rester ici, avec toi ?

— À ton avis ? » dit Ohayon en prélevant un reste de mousse à raser de sa joue pour en barbouiller le bout du nez de son fils.

Celui-ci rougit et s'essuya.

« Ce serait quand, exactement ? demanda Ohayon en se tamponnant le visage.

— En avril.

— En avril ? Mais alors elle ne sera pas là pour le Séder de Pâque.

— Ben non.

— Et ton grand-père, qu'est-ce qu'il en dit ? »

Il regretta ses paroles avant même de les avoir prononcées.

« Il casque. Tu sais comment ça se passe », soupira Youval.

Ohayon, qui était bien placé pour le savoir, se tut et finit de se sécher.

Le repas du Séder chez son ex-beau-père était le genre d'expérience difficilement oubliable. Youzek et sa femme Fela, qui habitaient Neve Avivim, une banlieue de nouveaux riches, sortaient le cristal du buffet vitré et se mettaient en quatre pour trouver des invités. Bien entendu, chaque année, leur fille Nira était obligée d'y assister, avec son fils et son mari. Pendant tout son mariage, Ohayon n'avait pu passer un seul Séder avec sa mère. Les pressions étaient trop fortes. Nira l'envoyait s'expliquer avec son père, lequel, l'air de dire : « Après tout ce que j'ai fait pour toi depuis si longtemps, tu pourrais au moins m'accorder cette petite faveur », déclarait invariablement : « Michaël, tu sais bien que nous n'avons personne d'autre que vous trois. Tu ne vas quand même pas me laisser seul avec Fela. » Et c'est ainsi qu'il se retrouvait chaque année à la table du Séder de ses beaux-parents, à manger le même menu — bouillon de poule, carpe farcie et autres spécialités auxquelles, en six ans de mariage, il avait fini par s'habituer.

Six ans de mariage, un mariage qui n'avait eu lieu qu'à cause du « qu'en dira-t-on ». Un jour, n'y tenant plus, il avait explosé : « Si vous aviez peur pour la santé de votre fille, vous auriez pu l'aider à élever seule son enfant ; mais si vous teniez tant à votre réputation, il fallait la laisser se faire avorter. Mais non, vous n'arrêtiez pas de répéter que Nira était ce que vous aviez de plus cher au monde, que vous ne pourriez supporter un tel déshonneur. Il vous fallait le beurre et l'argent du beurre. Vous lui avez interdit de se faire avorter et j'ai dû l'épouser. »

Même à présent, huit ans après son divorce, le souvenir de ce lamentable chantage auquel il avait eu la faiblesse de céder le remplissait de fureur.

Youzek, un petit homme replet aux yeux perçants, était trop malin pour tenter de l'acheter avec de l'argent ou des promesses d'association dans ses affaires. Ils s'étaient rencontrés à Ramat Gan, dans un café en face de la bourse aux diamants. Une odeur de chocolat provenant de l'usine de confiserie Elite embaumait toute la rue. « Je sais que vous êtes un garçon bien, responsable, que vous éprouvez de l'affection pour notre Nira, l'être qui nous est le plus cher au monde, etc., etc. » Après cette entrevue, le mariage était une affaire entendue. Ohayon n'avait su résister à leurs manœuvres de persuasion, surtout celles de Youzek. Quand il avait essayé de leur faire comprendre que Nira et lui n'étaient pas amoureux l'un de l'autre, celui-ci avait rétorqué avec dédain : « Amoureux, chmamoureux, la vie conjugale n'est qu'une suite d'habitudes et de compromis. Les serments d'amour ne durent qu'un temps. Croyez-moi, je sais de quoi je parle. » Bien qu'il ne le crût pas et qu'à vingt-quatre ans il sût déjà qu'il existait d'autres modèles de couple que Youzek et Fela, le mariage avait eu lieu sans tarder. Il se revoyait encore, lui l'étudiant d'origine marocaine en deuxième année d'université, se tenant gauchement à côté de Nira, la fille unique d'un riche diamantaire, dans les salons ouverts sur la mer de l'hôtel Hilton à Tel Aviv.

Ils avaient même essayé de le convaincre de changer de nom de famille, mais quand il avait invoqué la mémoire de son père, ils s'étaient tus, un peu honteux. À leurs connaissances, proches ou lointaines, ils le présentaient comme un gendre plein d'avenir, un futur professeur. Quand la liste des reçus aux examens de licence avait paru dans le journal avec son nom : « Ohayon, Michaël, Histoire (avec mention) », ils l'avaient soigneusement découpée. Toutefois, quand il avait obtenu sa maîtrise, ils s'en étaient dispensés, bien que son nom figurât parmi les trois premiers. À l'époque, il était déjà question de divorce.

Ohayon s'approcha de Youval, dont la venue au monde avait été la cause de toutes ces souffrances, et lui caressa la tête :

« Ainsi, tu t'es souvenu de mon anniversaire ? Et tu m'as même apporté un cadeau ? Tu me le donnes ou je suis puni ? »

Dissimulant mal sa fierté, le garçon lui tendit un paquet. Il l'ouvrit avec curiosité. C'était le dernier roman de John Le Carré, *La Petite Joueuse de tam-*

bour; sur la page de garde, une main enfantine avait inscrit : « À mon papa, le grand joueur de tambour. Ton fils, le petit tambour. »

Ce gosse est trop sentimental, songea Ohayon pour la énième fois.

« Un jour, tu as dit que tu aimais cet auteur. Alors j'ai pensé que cela te ferait plaisir », dit Youval un peu anxieux.

Ému, Ohayon posa le livre sur le canapé du salon, ébouriffa les cheveux de son fils, lui passa la main sur la joue et le prit dans ses bras. Lui revint alors le souvenir des dessins que Youval, petit, dessinait à son intention et des mystérieux collages sur lesquels il s'appliquait pendant des jours.

Avec précaution, il l'interrogea sur la dédicace.

« Tu comprendras quand tu auras lu le bouquin, déclara Youval, très sérieux.

— Ce n'était pas trop difficile pour toi ?

— Un peu, au début. Enfin, jusqu'à ce que je rentre dedans. Mais si tu fais allusion à mon âge, non, ce n'était pas du tout difficile. »

La voix du garçon se cassa ; il haussa les épaules, rougit et se tut. Feignant de ne rien remarquer, Ohayon ouvrit le livre et commença à le parcourir. Les gestes gauches de son fils, sa voix rebelle éveillaient en lui un puissant désir de le serrer contre lui, de lui assurer que cela passerait, que lui aussi, à son âge, était maladroit, boutonneux, en proie à d'étranges émois. Cependant, l'enfant avait son amour-propre et le mieux était encore de faire comme s'il ne se rendait pas compte que sa voix muait, que son corps se transformait.

Une femme avec qui il avait eu une brève liaison la dernière année de son mariage lui avait un jour reproché son manque de spontanéité, ses attitudes soigneusement calculées. Quand il lui avait demandé ce qu'elle entendait par là, elle n'avait pu que répondre qu'il se conduisait toujours comme s'il supputait à l'avance ce que les autres attendaient de lui.

Sur le coup, ces paroles l'avaient blessé. Pourtant, il s'en souvenait souvent, surtout quand des gens levaient vers lui des yeux étonnés et demandaient, parfois silencieusement : « Comment avez-vous deviné ? » Rien ne lui procurait plus de bonheur qu'un regard rempli de gratitude et d'émerveillement.

Plus jeune, Youval le regardait parfois ainsi. Toutefois, depuis quelque temps, il avait tendance à se montrer soupçonneux. Quand il croisait le regard de son père, il baissait vivement les yeux. Et puis, il lui faisait des scènes, typiques de la puberté. Récemment, Youval l'avait traité d'hypocrite. Après, il s'était excusé, mais Ohayon avait bien compris que son fils lui reprochait la même chose que cette femme, dont il avait à présent oublié le nom.

Le téléphone sonna. Youval se rembrunit, décrocha et, sans un mot, passa l'écouteur à son père. Tout en s'en saisissant, celui-ci essaya de garder, de son autre main, un contact physique avec son fils. Mais le garçon s'esquiva et alla s'allonger sur le canapé, les yeux désespérément fixés au plafond.

« Non, dit Ohayon, vous ne me dérangez pas ; je suis ici tout à fait par hasard.

— Je vous appelle d'une cabine publique à Rehavia, dit Shimon Cohen, l'un des policiers chargés de la protection d'Hildesheimer. Avant l'arrivée de la relève, je voulais seulement vous informer que nous n'avons rien noté de suspect. J'ai aussi prévenu le Central.

— Rien du tout ?

— Il y a eu beaucoup de mouvement toute la matinée. Des gens qui venaient à intervalles d'une heure, mais je crois comprendre que c'est normal. Je viens de le voir, lui, en pleine forme ; il bavardait avec une superbe nana.

— Une superbe nana ?! répéta Ohayon qui n'arrivait pas à associer cette vision avec l'idée qu'il se faisait du Dr Hildesheimer.

— Oui, elle se promenait tranquillement dans la rue, s'arrêtant de temps en temps devant l'immeuble. Le vieux est sorti pour aller acheter du pain et, en revenant, hop, il tombe sur elle. Ça s'est passé il y a quelques minutes à peine. Un sacré morceau ! Elle est brune et portait une robe rouge. »

Le vacarme d'un autobus qui passait près de la cabine se fit entendre sur la ligne.

« Il l'a fait entrer chez lui ?

— Non.

— Il s'est aperçu de quelque chose ?

— Qui ça ? Le vieux ? Ça m'étonnerait. Il marche les yeux rivés au sol ; il a même failli rentrer dans un arbre. Il ne s'est rendu compte de sa présence qu'au moment où elle l'a accosté. On n'a pas pu entendre ce qu'ils se disaient ; on était trop loin. En tout cas, il est bien vivant, et personne n'a essayé de lui sauter dessus. »

Comme Ohayon se taisait, le policier reprit :

« Bon, nous, on plie bagages. On se voit demain, n'est-ce pas ? »

Ohayon confirma et raccrocha. Il était quatre heures de l'après-midi. Si l'avion en provenance de New York n'avait pas eu de retard, Nava, la fille d'Eva Neidorf, devait être arrivée à l'aéroport de Lod depuis une heure. Il se tourna vers son fils, qui était toujours affalé sur le canapé, les yeux mi-clos.

« Écoute Youval, j'ai une ou deux choses à régler. Après, on ira au cinéma. Cela te dit ? »

Le garçon haussa les épaules en affectant l'indifférence, mais Ohayon ne s'y laissa pas prendre.

« Alors, c'est d'accord. Encore un coup de fil et j'y vais. Je serai de retour vers huit heures. À quelle heure tu as cours, demain matin ?

— Sept heures vingt, une heure plus tôt que d'habitude », marmonna Youval.

Il faisait ses études au lycée que son père avait fréquenté dans sa jeunesse. Depuis, presque tous les professeurs avaient changé, mais Ohayon gardait un souvenir ému de cet établissement de Bayit Ve-Gan où il avait passé six ans comme interne et auquel il attribuait une bonne part de sa réussite dans la vie.

« J'ai math en première heure, reprit Youval. Avec ce temps de chien, même les internes arrivent en retard. Et eux habitent sur place ! »

Un tiers des élèves de cette école étaient des internes, soigneusement sélectionnés parmi les meilleurs éléments de tout le pays. Aux généreux bienfaiteurs américains qui venaient en visite, ils étaient présentés comme « des enfants doués issus de familles défavorisées ».

« Tu as des devoirs pour demain ? » s'enquit Ohayon en composant le numéro de l'hôpital Margoa.

La standardiste, à qui il avait demandé de lui passer le Dr Baum, l'empêcha d'entendre la réponse de son fils. Le médecin promit au commissaire qu'il l'attendrait dans son bureau.

Youval se redressa et demanda à son père s'il pouvait l'accompagner. Sa voix s'était faite si implorante, si enfantine, qu'Ohayon ressentit la même tristesse que le jour où il l'avait laissé à la maternelle pour la première fois. Il lui expliqua que c'était impossible, mais lui jura qu'il serait de retour pour huit heures.

« D'ici là, tu pourras finir tes devoirs. Je sais, pour y être passé, qu'ils en donnent des tonnes, pas vrai ? »

Youval hocha la tête avec résignation.

« Tu es sûr que tu réussiras à revenir pour huit heures ? »

Ses yeux clairs aux longs cils en disaient long sur ses doutes.

« Toujours prêt ! » répliqua Ohayon en faisant le salut scout.

Youval sourit faiblement.

Le commissaire Ohayon ne réussit pas à être de retour pour huit heures. Youval l'accueillit en pointant un index sur sa montre :

« Pour le ciné, c'est foutu.

— Mais non, on y arrivera », le rassura Ohayon en l'entraînant promptement vers sa voiture.

Ils eurent encore le temps d'acheter un énorme sachet de pop-corn et entrèrent dans la salle juste au moment où commençait le film de science-fiction que son fils mourait d'envie de voir : *Alien*.

Une fois Youval installé, il put enfin se détendre, mais pas au point de s'endormir : son corps était tout endolori, son esprit en charpie et sa visite à Margoa l'avait passablement ébranlé. Le Dr Baum avait consenti à le laisser voir Tobol, mais comme il l'avait prévenu, ni l'un ni l'autre n'avaient réussi à en tirer une parole. C'était la première fois qu'il pénétrait dans un hôpital psychiatrique. Assis au chevet de ce malade étrangement muet et recroquevillé sur lui-même, il avait, comme d'habitude, conservé sa parfaite impassibilité. Hanté par cette image de la folie, il rata les quinze premières minutes du film.

Dvora, l'infirmière, avait commencé par déclarer avec force qu'elle n'arrivait pas à comprendre comment Tobol avait pu se procurer un revolver. Tandis qu'il la priait instamment de faire un effort pour se rappeler les faits et gestes du malade durant la matinée du samedi, Baum, qui était assis avec eux et n'arrêtait pas de tirer sur sa moustache, émit soudain l'idée que Tobol avait sans doute rencontré Ali, le jardinier de l'hôpital.

Intrigué, Ohayon s'enquit de la nature des relations qu'entretenait cet employé avec les patients. Baum ne tarit pas d'éloges à son égard. Non, il ignorait où l'on pouvait le trouver ; il savait seulement qu'il habitait à Dehaïsha. Ohayon frémit en pensant aux terribles conditions dans lesquelles vivaient les Palestiniens dans ce camp de réfugiés situé à moins d'une demi-heure de route de Jérusalem. En revanche, lui affirmèrent-ils, le directeur du personnel pourrait certainement le renseigner ; malheureusement, il n'était plus là ; il terminait sa journée à trois heures. Oui, on pouvait le joindre chez lui. Au téléphone, le directeur s'excusa : il n'avait pas en tête les renseignements demandés.

« Pas même son nom de famille ? demanda Ohayon avec impatience.

— J'ai tout dans mes dossiers, mais je regrette, je ne peux pas venir maintenant. Je suis seul chez moi, avec mon bébé. »

Non, à cette heure, personne d'autre ne pouvait avoir accès à ces dossiers. Non, il ne pouvait pas sortir avec la petite par un temps pareil. Oui, Ali travaillait le samedi. Le directeur prit un ton agressif : c'était un arrangement purement intérieur à l'établissement qui ne regardait personne. Ali avait congé le dimanche ; lundi, il serait à son travail. Était-ce si pressé ?

Par égard pour le Dr Baum et l'infirmière, Ohayon garda son calme et poursuivit d'un ton courtois. Oui, dit le directeur, il pensait pouvoir venir plus tard, quand sa femme rentrerait à la maison, dans environ deux heures.

Après avoir raccroché, Ohayon les interrogea sur le Dr Neidorf. Non, ni le Dr Baum ni Dvora l'infirmière n'avaient de contact avec l'Institut. Ils connaissaient le Dr Neidorf parce qu'elle avait travaillé à l'hôpital et au dispensaire de jour comme psychologue clinicienne, mais seulement de manière très superficielle.

Néanmoins, au détour de la conversation, Ohayon crut comprendre que Baum connaissait effectivement quelqu'un de l'hôpital qui entretenait des rapports plus étroits avec la victime. Il leur expliqua alors combien chaque détail, même le plus insignifiant en apparence, pouvait avoir de l'importance pour la suite de son enquête. L'infirmière lança un regard lourd de sous-entendus au Dr Baum, lequel finit par se résigner et relata par le menu sa journée du samedi. Entre autres, il raconta dans quelles circonstances la jeune psychiatre de garde avait eu un évanouissement et comment il avait découvert qu'elle suivait une analyse avec le Dr Neidorf. Il nota le numéro de téléphone du Dr Hedva Tamari sur une ordonnance, qu'Ohayon glissa dans sa poche.

À cet instant, surgit le directeur du personnel, un homme à lunettes, maigre et passablement nerveux. Il n'avait qu'une demi-heure à consacrer au commissaire. Ne voulant pas retarder les investigations de la police, d'autant plus qu'il se sentait responsable d'Ali qui travaillait le samedi sur son autorisation, il s'était arrangé pour déposer son bébé chez une voisine. Il espérait que le jardinier n'avait rien fait de mal.

La lecture des dossiers leur apprit que ce dernier s'appelait Abou Moustapha de nom de famille, rien de plus. De nouveau, le directeur expliqua pourquoi il l'avait autorisé à changer son jour de congé. Ali serait là sans faute le lendemain, lundi, à la première heure. Oui, dès qu'il arriverait, ils préviendraient le commissaire. Oui, ils ne manqueraient pas de le tenir informé de tout ce qui pourrait venir à leur attention. Si l'un des malades se mettait à parler, dit Dvora, elle téléphonerait sur-le-champ au numéro qu'il lui avait donné. Baum fit part de ses doutes. Tous deux se permirent de recommander au commissaire de ne pas se présenter à l'hôpital en uniforme. « Cela risque d'agiter inutilement les malades », précisa Baum en portant la main à son pansement qui dépassait de son col roulé noir. Le médecin le raccompagna jusqu'à la sortie. Dehors, la pluie tombait dru et il faisait déjà nuit.

Nava Neidorf-Zehavi était bien arrivée, mais son bébé n'avait pas cessé de hurler durant tout le voyage de Chicago à New York, puis de New York à Lod. Elle était abrutie de fatigue. Hillel, son mari, préférait ne pas la déranger dans son sommeil. Si le commissaire voulait bien, il pourrait s'entretenir avec elle après les obsèques.

Avant de raccrocher, il avait encore demandé à Hillel les coordonnées du comptable d'Eva Neidorf. N'ayant pas obtenu de réponse du cabinet Zeligman et Zeligman, il avait composé un numéro personnel. L'un des deux Zeligman lui avait répondu qu'il s'apprêtait à sortir. Néanmoins, il lui avait promis de préparer le dossier dès le lendemain matin, en arrivant au bureau.

Après avoir ainsi passé en revue les dernières heures de son après-midi, Ohayon allongea les jambes et jeta un coup d'œil furtif sur son fils. Le corps tendu, Youval regardait l'écran, littéralement fasciné. Il n'avait pas touché au sachet de pop-corn posé sur ses genoux. Ohayon essaya de concentrer son attention sur le film et, très vite, se retrouva happé par l'intrigue : sept terriens en voyage dans l'espace avaient découvert la présence, à bord de leur vaisseau, d'un huitième passager, d'un être venu d'ailleurs. En fait, cette monstrueuse créature était une force du mal capable de changer de forme à volonté. L'un après l'autre, elle éliminait les hommes, impuissants à se défendre contre un ennemi insaisissable.

Son espoir de passer l'heure suivante à somnoler s'évanouit. D'habitude, les films de science-fiction l'ennuyaient. Comme il l'avait un jour expliqué à Youval en riant, le passé le passionnait davantage que l'avenir. Mais la terreur que lui inspirait ce film — sans doute la fatigue y était-elle pour beaucoup — le ramenait sans cesse aux événements des deux derniers jours. Tandis qu'il observait la suspicion et la panique s'emparer des sept voyageurs dans leur vaisseau spatial, il ne pouvait s'empêcher de songer à ce qu'avait déclaré Hildesheimer à la fin de la réunion de la commission de formation : « Comment continuer à travailler ici ensemble, sans savoir qui, parmi nous, est capable de commettre un meurtre ? Cette affaire doit être résolue au plus vite ; trop de gens dépendent de nous. »

En sortant du cinéma, Youval lui demanda si le film lui avait plu.

« Je n'ai jamais eu aussi peur », répondit-il sans réfléchir.

Avant qu'il n'ait eu le temps de nuancer son propos, une expression de ravissement illumina le visage de son fils.

« Et encore, ce n'est pas le pire ! » s'exclama Youval.

CHAPITRE X

« On ne parle que de toi dans le journal, et je sais même sur quelle affaire tu enquêtes », dit Youval en se levant.

Il termina son café debout, rangea dans son cartable le sandwich au fromage que lui tendait son père et annonça qu'il était prêt. Ohayon déposa la vaisselle du petit déjeuner dans l'évier. Il était sept heures du matin ; son fils devait être au lycée dans vingt minutes.

« À cette heure-ci, il n'y a pas encore trop de circulation. Si nous partons tout de suite, tu arriveras même en avance.

— Je sais que tu n'aimes pas qu'on t'interroge sur ton travail, dit Youval la mine sérieuse, mais je voulais juste te demander : qu'est-ce que c'est, un "psychanalyste" ? »

Le garçon avait prononcé ce mot laborieusement, en butant sur chaque syllabe. Ohayon ramassa ses clés, son paquet de cigarettes, son portefeuille, les enfourna dans la poche de son blouson et dit avec un sourire :

« C'est comme un psychologue. Quand nous nous sommes séparés, ta mère et moi — tu étais encore petit —, nous t'avons emmené voir une dame, dans un centre de psychothérapie pour enfants. Une grande bâtisse qui faisait le coin, à Katamon. Elle avait toutes sortes de jouets et tu parlais avec elle. Tu te souviens ?

— Et comment ! fit Youval avec une grimace. À l'époque, vous m'aviez dit que je devais y aller à cause de Tsipora, ma maîtresse, mais moi, je détestais ça.

— La psychanalyse, c'est un peu pareil, sauf que les consultations sont plus fréquentes et, bien sûr, les adultes ne jouent pas avec des jouets. Il y a des gens pour qui c'est nécessaire.

— À mon avis, ce sont des conneries », répliqua Youval d'un air méprisant.

Ohayon sourit avec indulgence et ouvrit la porte d'entrée. Tous deux relevèrent le col de leur blouson. Il ne pleuvait pas, mais il faisait un froid glacial. Le vent soufflait par violentes rafales entre les hautes tours de Givat Mordechaï et semblait se renforcer à mesure qu'ils roulaient vers Bayit Ve-Gan.

« De la grisaille en perspective », commenta-t-il, morose.

Il réfléchissait déjà à la journée qui l'attendait. Toutefois, avant que son fils ne descende de voiture, il insista pour l'embrasser et lui caresser la joue. En général, il se faisait rabrouer : « Arrête, papa, je ne suis plus un bébé », répétait déjà le gamin à trois ans. Mais ce matin-là, Youval se laissa faire. Ohayon le regarda s'éloigner et rejoindre une fille de son âge qui marchait d'un pas nonchalant vers le portail de l'école. Elle avait de longues jambes et portait une queue de cheval. Youval lui souriait. Ce sourire, qu'il ne voyait plus que de profil, l'emplit de bonheur, mais il ne put s'empêcher d'éprouver un pincement au cœur : bientôt, son fils lui échapperait. Cette petite scène ne le quitta pas jusqu'à son arrivée à l'hôpital Margoa.

Le Dr Baum le guettait à l'entrée, près de la loge du gardien.

« Le jardinier sera là d'une minute à l'autre », lui annonça ce dernier.

Il était huit heures moins le quart. Arrivé sur ces entrefaites, le directeur du personnel consulta sa montre et déclara qu'Ali n'était jamais en retard.

« Quel que soit le temps, il pointe à huit heures pile », affirma-t-il.

Cependant, Ohayon eut comme le pressentiment que, cette fois, le jardinier faillirait à sa ponctualité.

Ils décidèrent de patienter à l'intérieur de la loge, près du petit radiateur. À huit heures et demie, le commissaire Ohayon déclara qu'il avait un autre rendez-vous et ne pouvait s'attarder plus longtemps. Si d'aventure le jardinier se montrait, qu'on veuille bien l'appeler à son bureau, et s'il n'était pas là, on pouvait laisser un message au Central.

« Quand il se présentera, comportez-vous comme d'habitude, ajouta-t-il, et, surtout, pas un mot sur ce qui s'est passé hier, après son départ. »

Tsila et Elie Bahar l'attendaient déjà dans son bureau. Il eut la nette impression de les déranger. Assise à une extrémité de la table, Tsila tordait des trombones qu'elle pêchait un à un dans un cendrier propre. Elie avait l'air préoccupé. Il lança un « bonjour » auquel il lui fut répondu mollement, prit son téléphone et demanda à la standardiste de le mettre en communication avec la police de Bethléem.

Un brigadier arabe décrocha et lui passa l'officier de permanence. Celui-ci semblait ravi d'entendre sa voix.

« Ohayon ! Comment ça va, mon vieux ? Aura-t-on le plaisir de te voir par ici, un de ces quatre ? Cela fait un bail que tu n'es pas venu nous rendre une petite visite. Y a-t-il quelque chose que je puisse faire pour toi ? Tu n'as qu'à dire... »

Sacrifiant aux rites d'usage, Ohayon s'enquit d'abord de la santé de sa femme et de ses enfants, s'intéressa au petit dernier et à sa pneumonie. Il imaginait sans mal le visage épanoui et la grosse bedaine d'Itzik Guidoni, dont la jovialité était proverbiale.

« Tu peux mettre le finjan sur le feu, plaisanta Ohayon, je m'invite pour un café turc, un vrai. »

Des exclamations de joie fusèrent dans le récepteur.

« Mais d'abord, poursuivit-il en reprenant son sérieux, il faut que tu me trouves un certain Ali Abou Moustapha ; il habite à Dehaïsha.

— Tu n'as pas d'autres renseignements sur lui ? demanda Guidoni, en prenant lui aussi un ton grave. Tu sais, Abou Moustapha, c'est comme chez nous Cohen ou Lévy.

— Oui, je me doute que ce ne sera pas simple. Il est employé comme jardinier à l'hôpital Margoa. Vingt-cinq ans environ, les cheveux frisés, pas très grand. »

Après un silence, Guidoni soupira :

« On va essayer. Ça risque de prendre du temps ; notre café devra attendre. Crois-moi, ce matin, j'ai tout sauf envie de m'aventurer dans Dehaïsha. Mais qu'est-ce que je ne ferais pas pour toi ! Si on l'attrape, on te le met au chaud ?

— Oui, et préviens-moi immédiatement. Si je ne suis pas là, essaie de me joindre par le Central. Ils sauront où me trouver. En tout cas, je compte sur un vrai café turc, encore aujourd'hui», dit Ohayon avant de reposer le téléphone.

Avec son corps mince enveloppé dans un imperméable d'homme, ses cheveux courts et son visage sans maquillage, Tsila avait une allure de jeune garçon. Elie, lui, n'était pas rasé.

«Mais qu'est-ce qui vous arrive ce matin?» demanda Ohayon.

Ne recevant pour toute réponse que des marmonnements invoquant la fatigue, il s'énerva:

«Ça suffit! Ce n'est pas le moment d'avoir des états d'âme. Une tonne de travail nous attend. Allez, venez au briefing.»

Dans la pièce voisine, Balilti, l'officier des renseignements, les attendait en compagnie d'un inspecteur, Raphi Cohen, lequel annonça aussitôt en bâillant qu'il venait d'être détaché pour faire partie de l'équipe mais que, vu l'heure matinale, il n'était pas encore opérationnel.

«Vous me donnerez les détails plus tard, dit-il. J'ai vu Shorer hier. Je sais à peu près de quoi il s'agit.»

Le briefing dura une heure; à neuf heures et demie les tâches étaient réparties. L'essentiel de la réunion avait été consacré au rapport que Tsila avait rédigé après s'être entretenue avec Dalia Linder puis avec les voisins — l'un d'eux avait été réveillé par le bruit lorsque Joe Linder et son fils étaient descendus jouer dans la cour.

Ils avaient tous l'air épuisé et sortaient à tour de rôle refaire le plein de café. Ohayon fit une allusion à *Alien*, mais comme personne n'avait vu le film, il n'insista pas. Tsila, qui était en contact avec les hommes chargés de la protection d'Hildesheimer, fit savoir que ceux-ci n'avaient rien à signaler, mise à part la brève rencontre entre le Professeur et Dina Silver.

Finalement, il fut décidé qu'Elie Bahar se rendrait au cabinet de l'expert-comptable, que Balilti s'efforcerait de rassembler le maximum de renseignements sur Ali Abou Moustapha auprès du gouvernement militaire des Territoires, que Raphi irait faire un tour du côté de l'Identité judiciaire et que Tsila contacterait tous les invités à la soirée de Linder, afin qu'ils se présentent au commissariat.

« Bon, conclut Ohayon. Au boulot ! Nous avons moins de trois heures jusqu'à l'enterrement. Toi, Elie, file tout de suite chez Zeligman et Zeligman — voici l'adresse — et ramène-nous le dossier de Neidorf. J'espère qu'avec ses carnets de reçus nous arriverons encore ce matin à dresser une liste de ses patients et de ses supervisés. Ils sont prévenus, mais avant de te présenter là-bas, tu ferais mieux de te raser : tu as l'air d'un repris de justice en cavale. La Renault est garée à l'entrée de la rue Yaffo. Tu trouveras facilement. »

Elie prit les clés de voiture que lui tendait Ohayon et sortit sans desserrer les dents.

Tsila suivit le commissaire dans son bureau, se laissa tomber sur une chaise et se remit à martyriser des trombones.

« Alors, toujours de mauvaise humeur ? demanda Ohayon, intrigué. Ne me dis pas que c'est le surmenage. Je vois bien qu'il y a autre chose... Tu préfères ne pas en parler ? »

Les larmes aux yeux, la jeune femme secoua la tête.

« Bon, comme tu voudras, soupira Ohayon en poussant vers elle une liste de noms, le travail te changera les idées. »

De nouveau, il se demanda ce qu'il y avait entre elle et Elie. Il n'avait jamais surpris un geste ou une attitude qui pût l'éclairer, mais de temps en temps l'atmosphère semblait tendue et il avait parfois l'impression de les interrompre au beau milieu d'une sérieuse explication. Sans doute se voyaient-ils en dehors des heures de travail ; toutefois, rien n'avait jamais été dit ouvertement.

Tsila se moucha et essuya ses larmes.

« C'est quoi, ces noms ? Qu'est-ce que je suis censée en faire ?

— Ce sont les gens qui étaient chez Linder le soir où son revolver a peut-être été dérobé, répondit Ohayon, passablement agacé. Quarante personnes à convoquer aux fins d'interrogatoire. Je veux savoir où ils étaient et ce qu'ils ont fait le matin du crime. Elie, toi et moi, plus deux autres : à cinq, nous ne serons pas de trop. Si seulement on pouvait arrêter de garder l'immeuble d'Hildesheimer, cela nous ferait des bras en plus. Allez, remue-toi. Et quand tu en auras fini avec ceux-là, ce sera le tour des patients et des candidats en contrôle qui ne sont pas venus à cette soirée. Mais pour ça, il faut attendre qu'Elie revienne de chez le comptable. »

Tsila l'écoutait sans cesser de renifler.

« Crois-moi, poursuivit-il en se radoucissant, il n'existe pas de meilleur remède que le travail. Le boulot chasse les soucis, c'est bien connu. Quand tu repasseras me voir d'ici une heure — viens même si tu n'as pas terminé, nous devons nous organiser pour l'enterrement — je suis sûr que tu ne te reconnaîtras plus. »

Et sur le ton qu'il utilisait pour s'adresser à son fils quand celui-ci était triste et renfrogné, il murmura :

« Alors, tu seras redevenue la meilleure coordinatrice de toute la police de Jérusalem. »

Tsila plia la feuille en quatre, dégagea son épaule où le commissaire avait posé la main, ramassa son grand sac et sortit. Ohayon réfléchit un instant, puis se précipita sur le téléphone et composa le numéro de Dina Silver. Une personne se présentant comme la femme de ménage lui répondit. Elle ne savait rien. Ses patrons étaient sortis. On pouvait téléphoner à Madame à son travail, mais seulement, le prévint-elle comme si elle-même s'était déjà fait sermonner, pendant les dix minutes qui précédaient chaque heure. Ohayon nota le numéro. Il était neuf heures quarante-cinq : dans cinq minutes, il pourrait appeler. Il quitta son bureau et entra dans celui d'Emmanuel Shorer, qui se trouvait juste à côté et n'était guère plus grand que le sien. Assis derrière sa table encombrée de paperasse, son supérieur tenait à la main une énorme chope remplie de café. En apercevant Ohayon, son visage s'illumina.

« Quoi de neuf ? » demanda-t-il en indiquant la chaise en face de lui.

Ohayon resta debout.

« Rien. Bahar est parti chez le comptable ; Tsila téléphone à une liste de personnes que nous voulons interroger ; et les obsèques ont lieu aujourd'hui, à treize heures. J'aurai besoin d'un photographe et de deux hommes pour une éventuelle filature. Je ne peux pas y arriver avec seulement trois inspecteurs et un officier des renseignements. Quant au vieil Hildesheimer, mieux vaut prolonger les mesures de protection. Imaginez que quelqu'un essaie justement de le coincer à l'enterrement.

— D'accord, on va te trouver ce qu'il faut. Pour treize heures, tu dis ? Trois hommes, photographe compris. À mon avis, cela devrait te suffire. Si jamais tu as besoin de renforts, préviens-moi, je t'arrangerai ça. Pourquoi regardes-tu sans cesse ta montre ?

— Je dois donner un coup de fil à moins dix. »

Ohayon sourit. Il pensait à Winnie-l'ourson et aux histoires qu'il lisait autrefois à Youval. À cet instant précis, il avait l'étrange sensation d'être Hi-han, le petit âne.

« Ah, je ne vous ai pas raconté, à propos du jardinier... » Il mit Shorer au courant et conclut par ses mots : « J'ai un drôle de pressentiment, comme s'il allait se passer quelque chose. Je ne sais pas trop bien quoi... Vous voyez ce que je veux dire ?

— Pas du tout.

— Tant pis. En attendant, je compte sur trois hommes et une voiture supplémentaire pour Raphi, le temps de l'enterrement. »

Shorer lui fit signe de ne pas s'inquiéter. Avant de regagner son bureau, Ohayon fit un arrêt au « coin café », situé dans un renfoncement du couloir.

À dix heures moins cinq il allait composer le numéro de Dina Silver, lorsque la sonnerie retentit. Il n'eut pas le temps de demander à Elie Bahar de le rappeler plus tard, que son inspecteur, au comble de l'affolement, hurla dans le téléphone :

« Patron, il n'y a plus de dossier ! Un type est déjà passé le prendre. Vous n'avez pas envoyé quelqu'un d'autre, n'est-ce pas ?

— Comment ça, quelqu'un d'autre ? De quoi tu parles ? » s'écria Ohayon en sentant ses mains devenir moites.

Il les essuya l'une après l'autre sur son pantalon et frotta une allumette.

« Du dossier, patron. Le comptable affirme qu'un policier s'est présenté ce matin, a réclamé le dossier et a même signé un récépissé en bonne et due forme !

— Pas si vite. Reprends depuis le début, dit Ohayon en tirant une longue bouffée de sa première cigarette de la journée. Tu m'appelles de chez Zeligman et Zeligman, rue Shamaï, c'est ça ?

— Oui. Zeligman et Zeligman, cabinet d'expert comptable, 17, rue Shamaï. Monsieur Zeligman est à mes côtés. Le dossier s'est envolé. Vous pouvez venir constater par vous-même. Un type qui prétendait être de la police a débarqué ici à huit heures et demie, a signé un bout de papier et est reparti avec le dossier sous le bras.

— Surtout, ne bouge pas. J'arrive. »

Il se précipita dans le bureau de Shorer. Non, répondit celui-ci interloqué, bien sûr qu'il n'avait envoyé personne chez Zeligman et Zeligman. Et d'abord, qu'est-ce que c'était que cette histoire? Ohayon lui expliqua ce qui venait de se produire, descendit en trombe les escaliers et se mit à courir à toutes jambes. Il fendit la foule qui encombrait les trottoirs de la rue Yaffo, faillit renverser l'aveugle qui mendiait place de Sion, remonta la rue Ben Yehouda et tourna à gauche, juste avant le café Atara. Devant la porte de l'immeuble, il s'arrêta pour reprendre son souffle. Il avait les poumons en feu et les jambes qui flageolaient. Les gens de l'Institut auraient sans doute résumé son état d'un seul mot: la panique.

Pâle et nerveux, Zeligman père accueillit le commissaire la tête baissée.

« Mais nous avions convenu que quelqu'un des services de Monsieur le commissaire viendrait le chercher. Comment pouvions-nous deviner que cet homme n'était pas de la police? Voici Zmira. Monsieur le commissaire peut l'interroger. C'est elle qui lui a fait signer le récépissé. »

Après s'être confondu en excuses, le vieux comptable, qui parlait avec un fort accent polonais, passa à l'attaque, visiblement déterminé à prouver sa parfaite innocence. Ohayon, qui n'arrivait pas à placer un mot, avait l'impression de se retrouver en face de Youzek, le père de son ex-femme. Même leur accent était identique: comme lui, le comptable mouillait les voyelles. Si ça continue, c'est moi qui vais devoir lui présenter des excuses, se dit-il furieux. Mais je l'aurai au tournant. Tous les mêmes, ma parole!

Debout dans un coin, le visage contracté, Elie Bahar compulsait fébrilement les dossiers d'imposition d'Eva Neidorf des quatre années précédentes, malgré les protestations de Zeligman fils qui s'évertuait à lui expliquer qu'il n'y trouverait que des doubles de déclarations d'impôts mais pas de carnets de reçus. Vêtue d'un jeans moulant et d'un pull tout aussi suggestif, Zmira, la jeune secrétaire, faisait craquer les articulations de ses doigts aux ongles peints en rouge vif. De temps en temps, surgissait entre ses dents le chewing-gum rose qu'elle ne cessait de mâcher. D'une main tremblante, elle tendit le récépissé au commissaire. « Je, soussigné, déclare avoir reçu du cabinet Zeligman et Zeligman le dossier d'imposition d'Eva Neidorf et m'engage par la présente à le restituer dans son intégralité au cabinet susnommé. Signé... » Suivait un gribouillis indéchiffrable.

Ohayon fourra le bout de papier dans la poche de son blouson. Pour la énième fois, Zeligman père répéta que s'il avait été là, ce ne serait pas arrivé. Jamais il n'avait eu d'ennuis avec la police. En bon et honnête citoyen, il avait lui-même pris la peine, la veille, de sortir le dossier et de téléphoner le matin de bonne heure à Zmira, afin qu'elle se rende plus tôt que d'habitude au bureau et remette le dossier au policier qui se présenterait.

« Et pourquoi n'étiez-vous pas là vous-même ? demanda soudain Elie Bahar en levant les yeux vers lui.

— J'avais un rendez-vous à l'hôtel des impôts. Un problème urgent à régler pour l'un de mes clients. Mon fils, lui, vient toujours plus tard. Mais il travaille aussi plus tard. Vous savez, ce n'est pas facile, quand on habite Mevasseret, d'arriver jusqu'ici, le matin », dit-il en regardant son rejeton.

Celui-ci s'approcha et posa un bras sur les épaules du vieil homme :

« Calme-toi, papa, calme-toi. Ce n'est pas ta faute. »

Non, pensa Ohayon, ce n'est pas sa faute, mais à quoi ça m'avance ? Il entendait déjà Arié Lévy le rappeler à l'ordre : « Où vous croyez-vous ? À l'université ? » Etc., etc. Il imaginait aussi les regards furtifs et les sourires en coin de ses ennemis, de tous ceux qui convoitaient le poste auquel on le destinait : directeur des Affaires criminelles de Jérusalem. Sans compter les membres de la commission de formation de l'Institut qui ne semblaient pas avoir une haute opinion de ses capacités.

Les faits étaient simples : à huit heures du matin, le dossier était prêt, et à huit heures et demie (juste au moment où il quittait l'hôpital et aurait pu lui-même faire un saut jusqu'ici, se dit-il rageusement), un homme d'une trentaine d'années, assez grand, portant une moustache et vêtu d'un uniforme de l'armée s'était présenté au cabinet d'expert-comptable.

« Il avait une parka qui lui descendait jusqu'aux genoux, une parka militaire, et des pantalons kaki, répéta Zmira. Il portait aussi des gants en cuir noir. »

Ohayon eut beau la presser de questions, il ne réussit pas à en tirer davantage.

« J'ai déjà tout raconté à votre collègue », gémit-elle en désignant Elie.

L'inspecteur fronça les sourcils et déclara d'un ton menaçant :

« Eh bien, maintenant, vous allez recommencer.

— À cause de la parka, je n'ai pas pu voir son grade. En plus, il portait des lunettes noires, très foncées, qui lui masquaient la moitié du visage. Je ne me souviens de rien d'autre, sur la tête de ma mère », dit-elle en retirant son chewing-gum de la bouche et en éclatant en sanglots.

Personne ne se dérangea pour aller la réconforter. Ohayon s'était assis dans un fauteuil en osier. En face de lui, derrière son bureau, Zeligman tripotait son nœud de cravate et s'épongeait le front. De temps à autre, il levait les yeux vers le mur où des diplômes, magnifiquement encadrés, attestaient sa qualité d'expert-comptable agréé et de commissaire aux comptes.

Un superbe vase vénitien trônait sur le bureau. Ohayon sentait monter en lui une envie irrésistible de s'en saisir et de le jeter à terre dans un grand fracas de verre brisé, mais il se contint. Il n'avait personne sur qui passer sa colère. De guerre lasse, Elie Bahar referma les dossiers :

« Il n'y a rien dedans, dit-il, que des relevés bancaires.

— Des relevés bancaires, répéta Ohayon. Monsieur Zeligman, avez-vous les numéros de tous les comptes en banque de la défunte ?

— Certainement, dit celui-ci en rajustant sa cravate. Mme Neidorf avait un compte courant et d'autres comptes inactifs. Monsieur le commissaire est-il aussi intéressé par ses placements en bourse, ses comptes de société ?

— Tous ses comptes m'intéressent. Surtout ceux où elle déposait les honoraires que lui versaient ses patients.

— Aucun problème. J'ai justement un chèque postdaté qu'elle m'avait remis pour payer ses impôts le mois prochain. Elle avait choisi la mensualisation. Elle n'aimait pas s'occuper de ces choses-là. Le Dr Neidorf avait en nous une confiance absolue. Si monsieur le commissaire veut bien regarder... »

Il ouvrit un tiroir, se pencha en avant, remua des papiers et finit par en extraire une chemise en carton dans laquelle se trouvait un carnet de chèques qu'il tendit à Ohayon. Émis par la Banque Discount et domicilié dans une succursale de la Colonie allemande, le carnet contenait deux chèques signés, l'un destiné à la perception des impôts sur le revenu, l'autre aux services de recouvrement de la TVA. Tous deux portaient la date du 15 avril.

Le Dr Neidorf n'avait pas encore reçu son décompte pour l'année fiscale à venir, s'empressa d'expliquer Zeligman. Aussi n'avait-il que deux chèques de prêts. Mais chaque année en avril, elle lui confiait un carnet de chèque entier, signé à l'avance.

« Tenez, regardez les talons. Tous les versements ont été effectués en temps et en heure. »

Tiens, nous sommes passés au « vous », pensa Ohayon. C'est donc que nous n'avons plus peur. Et, de nouveau, il se souvint de son ex-beau-père, qui commençait par donner de la troisième personne de politesse et, seulement ensuite, passait à un mode d'adresse moins emprunté.

« On ferait peut-être bien d'emporter les vieux dossiers, suggéra Elie Bahar.

— Prends-les tous. Au moins, chez nous, ils seront en sûreté », répondit sèchement Ohayon.

Zeligman fils voulut dire quelque chose, mais s'abstint.

« Donnez donc à Monsieur une grande enveloppe », dit le père en se tournant vers Zmira.

Tout en y rangeant les documents, Ohayon formula son ultime question :

« Monsieur Zeligman, je vous demanderais de bien réfléchir et de me répondre en toute honnêteté : soyez sans crainte, nous ne sommes pas des agents du fisc. »

Instinctivement, Zeligman se remit à tripoter sa cravate. Indigné, son fils allait protester, mais le commissaire leva la main :

« Ma question concerne les reçus. Êtes-vous sûr qu'elle enregistrait tout, qu'elle donnait des reçus à tous ses patients ? »

Ohayon crut que le vieux allait avoir une crise d'apoplexie. Ce n'était plus sa bonne foi qui était en jeu, mais l'honneur d'une dame.

« Cher monsieur, s'écria-t-il, le visage cramoisi, je ne sais pas à quel genre d'individus vous avez affaire en général. Excusez-moi, mais je vois bien que vous ne connaissiez pas le Dr Eva Neidorf. À titre strictement confidentiel, je peux même vous avouer que je lui avais plus d'une fois suggéré de réduire son activité. Elle était si scrupuleuse dans ses déclarations d'impôts qu'elle n'avait aucun intérêt à travailler autant. Chaque fois, elle me promettait d'y réfléchir, mais je puis vous assurer qu'elle n'aurait jamais perçu des honoraires sans remettre un reçu. "Monsieur Zeligman, disait-elle — elle avait beaucoup de respect pour moi —, monsieur Zeligman, dans une profession comme la mienne, on se doit d'être intègre. Je ne peux pas me conduire comme un vulgaire boutiquier." Je puis vous jurer qu'elle donnait toujours un reçu, qu'elle en gardait un double et déclarait absolument tout. Croyez-moi, j'ai beaucoup de clients, je sais de quoi je parle. »

Si Ohayon fut convaincu par ce plaidoyer, il ne le montra pas. Dans l'ascenseur brinquebalant qui les ramenait en bas, il résuma d'une formule l'impression que lui avait faite Zeligman : « poseur de mes deux ». Les yeux exorbités, Zmira les dévisageait tour à tour avec effarement. Ils perdirent de longues minutes à tenter de la rassurer : elle n'avait rien fait de mal et n'avait donc rien à craindre. « C'est la routine, la procédure habituelle », lui répétait Elie, tandis qu'ils regagnaient l'Esplanade russe.

L'inspecteur la conduisit d'abord chez le spécialiste des portraits-robots puis enregistra sa déposition. L'homme avait-il un accent, une façon particulière de s'exprimer ? Non, elle pensait que c'était un Ashkénaze. En tout cas, il ne parlait pas avec un accent sépharade. Oui, elle serait capable d'identifier sa voix et peut-être même sa tête, si jamais elle le revoyait. Une heure plus tard, Elie rapportait ces propos à son patron.

Il y a quand même un ou deux éléments positifs, se dit Ohayon pour tenter de se consoler. Ainsi, à onze heures et demie, au moment où il était entré dans son bureau, il avait entendu Tsila s'exclamer au téléphone : « Justement, le voilà qui arrive. » Elle était assise à sa place à lui et griffonnait sur un bloc-notes. Il avait pris l'appareil. C'était Guidoni : « Nous avons retrouvé Ali Abou Moustapha. Avoue que nous n'avons pas perdu de temps. Ça sert d'être l'ami du Moukhtar ! » Il lui avait dit qu'il passerait vers seize heures. Lorsque Guidoni avait protesté : « Mais le café va être froid », il avait lancé une blague un peu tordue pour masquer sa contrariété.

À midi moins dix, il téléphona au cabinet de Dina Silver. Pas de réponse. Quelques minutes plus tard, il essaya de nouveau.

« Allô, répondit une voix grave et essoufflée.

— Je voudrais parler à Dina Silver.

— C'est elle-même. »

Non, elle ne pouvait pas le voir aujourd'hui. Elle devait se rendre aux obsèques et, ensuite, elle avait des rendez-vous jusque vers vingt et une heures.

« Et alors, quel est le problème ? rétorqua-t-il, les yeux posés sur Tsila qui tendait l'oreille.

— Quoi ? vous voulez dire plus tard, chez moi ? demanda-t-elle après un instant d'hésitation.

— Non. Ici, au commissariat, après l'enterrement.

— Mais je ne peux pas. Je reçois des patients à partir de quinze heures, dit-elle nerveusement en scandant chaque mot. Vous travaillez même le soir ?

— Vingt-quatre heures sur vingt-quatre, s'il le faut », répliqua-t-il en souriant intérieurement.

Il imaginait son joli visage troublé par l'inquiétude.

« Si je vous communique par téléphone les coordonnées de la patiente que j'ai recommandée à Eva Neidorf, cela nous éviterait un dérangement, reprit-elle après un silence.

— En effet, si vraiment vous ne voulez pas venir après vos consultations. »

Il ne pouvait pas lui demander, comme à Linder, d'annuler ses rendez-vous. D'abord, il n'avait pas le prétexte du revolver ; de plus, après les obsèques il devait rencontrer la famille de la victime et n'était pas sûr de pouvoir se libérer avant vingt et une heures. Finalement, il la pria de se présenter au commissariat le lendemain matin.

« À quelle heure ? »

De nouveau, il perçut une certaine nervosité dans sa voix.

« À neuf heures, dit-il après un rapide calcul, mais soyez gentille, libérez votre matinée, si c'est possible. »

Sachant que c'était beaucoup demander, il fut surpris de ne pas entendre de protestations. Il lui indiqua comment arriver jusqu'à son bureau. Sous sa dictée, elle nota ses instructions, sans mot dire.

« Je vous ai cherché partout, dit Tsila quand il eut raccroché. Vous aviez tous disparu. Que s'est-il passé ? »

Ohayon lui raconta brièvement sa visite chez le comptable, en s'efforçant de prendre un air détaché.

« Comment va-t-on faire maintenant ? s'exclama-t-elle sombrement. On ne peut quand même pas passer une annonce dans le journal pour demander à toutes les personnes qui étaient en traitement chez le Dr Neidorf de se présenter au commissariat le plus proche !

— Ce n'est pas seulement cela. Il y a un type décidé à nous empêcher de découvrir quelque chose et, ce matin, il n'a pas hésité à prendre d'énormes risques. Heureusement, ce n'est pas le genre d'informations qui peut rester longtemps dissimulé. Nous ne sommes plus à l'époque du troc et des paiements en nature. Les banques ne sont pas faites pour les chiens. »

Elie arriva pour les prévenir qu'ils devaient bientôt songer à partir aux obsèques. Toutefois, ayant entendu la dernière remarque du commissaire, il demanda, tout émoustillé :

« Dites donc, patron, vous croyez qu'on pourra lui mettre le grappin dessus grâce aux comptes en banque ?

— Tu as tout compris, répliqua Ohayon. Écoutez. Dans l'emploi du temps d'Eva Neidorf, il y a un trou de huit heures. Pour six d'entre elles, nous avons déjà découvert à quoi elle les employait : quatre heures par semaine, elle avait en analyse ce médecin de Margoa, Hedva Tamari, qui a déposé sa candidature à l'Institut mais n'a pas encore obtenu de réponse, et deux heures par semaine elle recevait une autre patiente ; je ne connais pas encore son identité, mais Dina Silver, la femme que je viens d'avoir au téléphone, me la communiquera demain matin. Ne restent que deux heures. Quand nous aurons interrogé tous ceux qui figurent sur notre liste et que nous saurons quels jours et à quelles heures ils voyaient Neidorf, il sera facile de les caser dans son emploi du temps. Et en épluchant tous ses comptes en banque, j'espère — je touche du bois — que nous découvrirons aussi le nom de ce mystérieux patient. Après ce qui s'est passé ce matin, je présume que c'est un homme.

— Ils sont peut-être deux, dit Elie en ouvrant l'enveloppe brune. Qui sait ? L'un qui entre chez elle par effraction, l'autre qui vole ses documents comptables...

— Mais alors, qu'est-ce qu'on attend pour demander un mandat de perquisition ? s'exclama Tsila, tout excitée. On ne peut pas débarquer à la banque comme des fleurs.

— Il est presque une heure, dit Ohayon. Le rabbin ne nous attendra pas. Après l'enterrement, je dois aller à Bethléem. Toi, Elie, tu viendras avec moi ; et toi, Tsila tu commenceras à recueillir les dépositions. Après cela, je dois rencontrer la famille : on verra bien ce qui en sortira. Le reste attendra demain. Les journées n'ont que vingt-quatre heures. Ah, Elie, quand nous reviendrons de Bethléem, j'aimerais que tu te mettes également à interroger les gens qui étaient à la soirée de Linder. Autre chose, Tsila :

débrouille-toi pour savoir combien de comptes en banque elle possédait, surtout ceux où elle déposait ses honoraires. Après quelques jours, la banque renvoie les chèques aux établissements émetteurs qui les classent dans leurs archives. »

Soudain un brusque accès de colère le prit :

« Il va nous en faire baver, ce coco, mais on finira par le coincer. Elie, rends-moi un service. Apporte ce récépissé à l'Identité judiciaire. Peut-être qu'ils arriveront à tirer quelque chose de cette signature. Nous allons partir ensemble à l'enterrement. Toi, Tsila, attrape le photographe et les deux inspecteurs que Shorer doit nous envoyer en renfort et dis-leur de s'y rendre de leur côté. Je préfère qu'on ne s'aperçoive pas tout de suite qu'ils sont de la police. À mon avis, ce doit être Raphi Cohen et Méni Ezra, mais il vaut mieux s'en assurer. »

Resté seul, il examina de nouveau la liste que Tsila avait photocopiée en cinq exemplaires et posée sous la lampe du bureau. De son ample écriture, elle avait inscrit les noms par ordre alphabétique. Le premier, Dr Guiora Biham, ne figurait ni sur la liste des patients d'Eva Neidorf, ni sur celle de ses candidats en contrôle. Il travaillait à l'hôpital Kfar Shaül. Son nom était coché, ce qui signifiait probablement que Tsila avait réussi à le joindre et fixé avec lui l'heure de son interrogatoire. Aucun candidat de cet Institut ne songerait à dissimuler qu'il était suivi par la victime, pensa Ohayon. Le type en uniforme qui a subtilisé le dossier chez le comptable doit donc être quelqu'un de l'extérieur, mais quelqu'un qui la connaissait suffisamment pour savoir comment s'y prendre. Il fit part de ces réflexions à Elie qui revenait de l'Identité judiciaire où il avait laissé le récépissé entre les mains de l'expert en écriture.

Elie lâcha un juron :

« Mais qu'est-ce qu'elle fiche ? Il faut se magner ! »

Juste à cet instant, Tsila apparut et les informa que les autres étaient déjà en route ; ils auraient une photographe, et aussi Méni Ezra.

« Au moins, il est sympa, lui ! » lança-t-elle.

Feignant de ne pas entendre cette remarque qui lui était manifestement destinée, Elie les précéda dans le couloir. En passant devant le bureau de Shorer, Ohayon risqua un œil à l'intérieur. Toujours installé derrière sa montagne de papiers, celui-ci releva la tête :

« Du nouveau ? »

Ohayon lui expliqua en deux mots.

« Cela va nous retarder, soupira Shorer. Avec les banques, c'est toujours compliqué ; elles font des tas d'histoires. En outre, je ne vois pas comment on pourra cacher cette tuile à Lévy. Je n'ai pas besoin de te dire le raffut qu'il va faire.

— Je sais et je n'ai d'ailleurs aucune intention de cacher quoi que ce soit à qui que ce soit. Ça vous dit de venir à un enterrement ? »

Shorer secoua vigoureusement la tête :

« Aller dans les cimetières porte malheur. Je n'y vais que lorsque je ne peux pas faire autrement. Quand tu auras de meilleures distractions à me proposer, préviens-moi. »

Ohayon haussa les épaules et jeta un regard dans le couloir. Tsila et Elie l'attendaient patiemment tout au bout, sur le palier.

« Qu'est-ce qui se passe ? Tu as besoin d'une nounou, maintenant ? rugit Shorer soudain hors de lui. Mais, bon Dieu, qu'est-ce que tu as ? Ce n'est pas parce que tu as fait deux conneries qu'il faut que tu t'effondres. Je me démène pour toi, je chante tes louanges au monde entier. On te prend pour le Messie, le gars capable de faire des miracles. Tu n'as pas intérêt à me faire passer pour un menteur, compris ? Encore un coup comme ça, et je te jure que tu le sentiras passer. Arrête de faire cette tête de chien battu. Du nerf, mon vieux ! »

Ohayon referma la porte et rejoignit ses deux inspecteurs. Je ne l'ai pas volé, mais quand même il y va un peu fort, se dit-il tandis qu'il faisait démarrer sa voiture.

Chaque fois qu'il devait se rendre à la maison mortuaire de Sanhédriya, il se demandait combien de temps il mettrait pour passer tous ces feux rouges de la rue Bar Ilan, réduit à ronger son frein en regardant déambuler ces Juifs ultra-orthodoxes, les hommes avec leur caftan noir, leurs papillotes et leur streimel, les femmes toujours enceintes qui traversaient sans se presser.

Tsila était assise à côté de lui, Elie sur la banquette arrière. Le ciel s'était obscurci, mais il ne pleuvait pas. Ils roulèrent sans échanger une parole. Arrivé à Sanhédriya, Ohayon se gara, donna les clés à Tsila et se fondit dans la foule.

Comme dans un ballet bien réglé, ses deux inspecteurs disparurent à leur tour, chacun de leur côté. Seule la Renault, avec sa plaque d'immatriculation de la police, resta au milieu des voitures appartenant aux membres de l'Institut.

CHAPITRE XI

Protégeant la flamme dans le creux de sa main, Ohayon alluma une cigarette. Le lieu était mal choisi, mais il ne pouvait s'en empêcher. Posté en haut du large escalier de la maison mortuaire, il observait les amis et les proches de la défunte venus en grand nombre lui rendre un dernier hommage. Tsila était déjà à l'intérieur. Dieu sait s'il en avait vu des cadavres dans sa vie ; pourtant, il avait horreur de ce genre de cérémonie. Le moment où la dépouille, enveloppée d'un simple linceul, était descendue en terre lui était particulièrement pénible. Il pensait alors avec envie aux splendides sarcophages romains, aux innombrables autres façons que les hommes avaient inventées au cours de leur histoire pour se séparer de leurs morts. Tout mais pas ce brancard et cet horrible linceul.

Linder, accompagné d'une femme, passa devant lui. À la façon dont celle-ci lui tenait le bras, il comprit que c'était son épouse. L'air absent, l'analyste leva les yeux : seul un bref éclair d'inquiétude indiqua qu'il l'avait reconnu.

En manteau de fourrure, un foulard noir autour du cou, Dina Silver montait les marches, en compagnie d'un homme encore jeune, au crâne dégarni et portant un bouc. Avec soulagement, il aperçut la photographe de la police, habillée en civil, appareil en bandoulière et badge de journaliste épinglé au revers de son imper. Discrètement, celle-ci lui adressa un signe de reconnaissance et braqua son objectif sur le couple. Pourvu qu'elle puisse prendre tout le monde, se dit Ohayon, tout en se rendant compte que ce serait impossible. Agglutinés en bas de l'escalier, il y avait aussi de vrais journalistes, accompagnés de vrais photographes qui mitraillaient la foule.

Le dos voûté, la tête penchée en avant, le visage caché par un feutre sombre, le vieil Hildesheimer gravissait pesamment les marches, soutenu par Rosenfeld, dont la bouche avait l'air étrangement nue sans son éternel cigare. Les gens s'avançaient à pas lents, emmitouflés dans de gros manteaux d'hiver. Depuis l'orage qui s'était abattu samedi soir sur Jérusalem, il faisait un froid pénétrant.

De nombreux visages lui étaient familiers. Outre les membres de l'Institut, il reconnut plusieurs personnes qu'il avait côtoyées à l'université. Le gratin, pensa-t-il, l'élite de la ville. Ce qu'on appelle un bel enterrement, plein de gravité et d'émotion.

Toutefois, quelque chose dans l'atmosphère semblait ébranler l'assurance de ces dignes représentants de la respectabilité bourgeoise. Eva Neidorf n'était pas morte de maladie, de vieillesse ou dans un accident. À la douleur et au chagrin venaient se mêler la crainte, l'indignation et, pour certains, la fureur.

Lizzie Sternfeld, dont il n'avait pas oublié la crise de larmes le samedi à l'Institut, apparut soutenue par deux jeunes gens. Elle ne pleurait plus, mais ses lèvres étaient figées dans un rictus de colère et d'effroi. Apparemment, elle savait désormais à quoi s'en tenir. Tel un grand oiseau noir, elle scrutait avec suspicion les gens alentour. Elle aussi s'est mise en quête du huitième passager, se dit Ohayon en repensant à *Alien*. Ils ont tous l'air si honnêtes, des modèles de vertu ! Qui songerait à chercher un assassin parmi eux ? Et pourtant, ils ont peur et s'épient avec méfiance.

La salle funéraire était pleine à craquer. Les derniers arrivés se tenaient debout sur le seuil. Brusquement le silence se fit, ponctué de quelques sanglots. La cérémonie commençait. Un homme, dont Ohayon ne reconnut pas la voix, prononça l'oraison funèbre ; de là où il se trouvait, les mots lui parvenaient indistincts.

Puis le chantre psalmodia une prière et, de nouveau, il y eut un silence. La cérémonie était terminée. Parmi les six hommes qui portaient le brancard où reposait la dépouille mortelle de la défunte, Ohayon reconnut Gold et Rosenfeld. Les contours du corps, visibles sous le linceul, lui glacèrent le sang.

Venait ensuite la famille : Hillel, le gendre, soutenant une jeune femme, vraisemblablement Nava, la fille d'Eva Neidorf. À côté de lui s'avançait un jeune homme dont la ressemblance avec la victime ne laissait aucun doute sur son identité. Hildesheimer, dont le visage n'était plus caché par son chapeau, avait pris l'autre bras de Nava. Il passa tout près d'Ohayon. Des larmes coulaient le long de ses joues. Tsila se tenait juste derrière, précédant un long cortège d'hommes et de femmes serrés les uns contre les autres, les yeux encore humides. Le ciel était gris, comme s'il s'apprêtait à pleuvoir, et un vent glacial s'était remis à souffler. Des bruits de moteurs de voiture commencèrent à emplir la rue. Toujours au bras du même homme au crâne dégarni qui portait un bouc, Dina Silver descendit les marches. Soudain, de l'autre côté de l'escalier, légèrement en contrebas, Ohayon aperçut un tout jeune homme, adossé contre la rampe, qui les fixait intensément. Un instant, il crut qu'il allait se jeter sur eux.

Il ne fait pas partie de cette foule, pensa Ohayon, sentant confusément qu'il y avait en lui quelque chose de différent. Dina Silver ralentit, se retourna — une fraction de seconde, son regard croisa celui du jeune homme — et accéléra le pas. Intrigué, l'homme à ses côtés lança un coup d'œil en arrière, puis la rattrapa. S'est-elle rendu compte de ma présence ? se demanda Ohayon, qui ne lâchait pas des yeux ce « jouvenceau » d'une beauté à couper le souffle, espérant qu'il n'avait pas échappé à la photographe. Dès le moment où il l'avait aperçu, un sentiment de catastrophe imminente s'était emparé de lui.

Même quelqu'un d'insensible à la beauté ne pouvait pas ne pas être frappé par la délicatesse de ce visage qu'encadrait la capuche d'un duffel-coat, par ces joues creuses qui lui conféraient une sorte de qualité spirituelle, par ces yeux en amandes d'un bleu d'azur au regard éperdu, mais aussi par la sensualité qui émanait de ses lèvres pleines et de ces boucles blondes retombant négligemment sur le front. À le contempler ainsi, Ohayon ne put s'empêcher de penser à certaines statues d'éphèbes grecs, mais surtout au personnage de Tadzio dans *Mort à Venise*. Il ne devait pas avoir plus de vingt ans.

Surgissant enfin de la salle funéraire, la photographe de la police dirigea son appareil vers le jeune homme, appuya sur le déclic et le dépassa, sans qu'il réagisse. À son tour, Ohayon descendit l'escalier. Le garçon était toujours là, exactement dans la même position.

En bas sur le trottoir, l'attendait Raphi Cohen, l'air de dire : « Et maintenant ? »

« Tu vois ce beau gosse en duffel-coat appuyé contre la rampe ? Ne le quitte pas d'une semelle. »

L'inspecteur agita la main d'un geste interrogateur.

« Je ne sais pas encore, murmura Ohayon. Pour l'instant, contente-toi de le filer et essaie de découvrir qui c'est. »

Raphi Cohen plissa le front, baissa la tête et fit quelques pas en direction du jeune homme. Bien qu'il eût confiance dans ses qualités de limier, Ohayon retint son souffle, comme un chasseur qui craint que son partenaire ne fasse involontairement fuir le gibier. J'aurais peut-être mieux fait de m'en charger moi-même, mais on ne peut pas être partout à la fois, soupira-t-il en regagnant le parking.

Tsila était déjà au volant. Vers qui se dirigent leurs soupçons ? se demanda-t-il en prenant place à côté d'elle. À l'évidence, tous pensent que l'un d'eux est peut-être l'assassin. Comment supportent-ils cette méfiance réciproque ? Comment peuvent-ils rouler dans une même voiture et partager la même douleur, sans savoir qui c'est ? Finalement, il posa cette question à haute voix. Tsila, qui avait rejoint la longue file de voitures, fut la première à proposer une explication.

« En fait, dit-elle en choisissant ses mots, nous

avons tous des mécanismes de défense. Chacun élimine d'office la possibilité que l'assassin soit l'une des personnes qui lui sont chères ou qu'il croit au-dessus de tout soupçon.

— Personnellement, fit remarquer Elie installé à l'arrière, les collègues d'Eva Neidorf m'ont paru accablés de chagrin, plutôt que rongés par les soupçons. Peut-être n'ont-ils pas encore vraiment compris la situation. Et puis, à un enterrement, on a autre chose à faire qu'à jouer au détective !

— Sans doute, rétorqua Ohayon en allumant une cigarette, mais en ce qui me concerne, j'ai surtout été frappé par la frayeur et l'indignation qu'ils semblaient éprouver. »

Le silence se fit. Ils avaient pris la route qui serpentait entre les collines jusqu'au cimetière de Givat Shaül. Une petite pluie fine s'était mise à tomber. Tsila actionna les essuie-glaces ; leur grincement aigu sur le pare-brise trop sec donna la chair de poule au commissaire. Tsila les arrêta ; aussitôt le pare-brise se recouvrit de fines gouttelettes.

« Comment voulez-vous que je conduise sur cette chaussée glissante, si je ne vois rien ! » fit-elle en les remettant en marche.

Quelques centaines de mètres les séparaient du cimetière, lorsqu'Ohayon mentionna le jeune homme et le leur décrivit de telle façon que Tsila s'étonna tout haut de ne pas l'avoir remarqué.

Après un nouveau silence, Elie souleva la question de leur visite à Bethléem. Ne valait-il pas mieux ordonner le transfert du jardinier à Jérusalem et l'interroger au commissariat central ? D'ailleurs, était-il vraiment nécessaire qu'ils y aillent tous les deux ?

« Pour conduire un interrogatoire, il faut parler couramment la langue et être précis », répondit Ohayon qui craignait de s'embrouiller entre le dialecte marocain et le dialecte palestinien.

Mais Elie insista.

« Justement, je peux y aller seul ; ça vous libérera. À deux, c'est une perte de temps.

— Peut-être, mais je ne voudrais pas décevoir Guidoni. Il m'attend pour un café.

— Vraiment ! Ça, c'est une bonne raison », lâcha Tsila d'un ton moqueur.

Les deux inspecteurs n'osèrent pas en dire davantage. Bien que leur patron ne cherchât pas à garder ses distances avec ses subordonnés, ceux-ci connaissaient parfaitement les limites à ne pas franchir.

Tsila se gara le plus près possible de l'entrée du cimetière. Le temps qu'ils rejoignent les autres près de la fosse, il pleuvait des cordes. Personne n'avait de parapluie, comme si tous avaient préféré les laisser dans leur voiture et s'abandonner à l'inclémence du ciel. Les gouttes se mêlaient aux larmes. Les gens semblaient enveloppés dans un gros nuage gris. Bien qu'il fût encore tôt dans l'après-midi, il faisait presque nuit. Tout autour s'alignaient des tombes, certaines encore fraîches, d'autres surmontées d'une stèle. Ohayon pensa à sa mère, qui reposait dans les dunes de Holon, à sa voix chaude et douce. Non loin de lui se tenait Hildesheimer, le visage grave et tendu, les yeux fixés droit devant lui. Dans un silence absolu, le fils d'Eva Neidorf récita le kaddish, la prière des morts.

Soudain, un cri terrible déchira l'air. Ohayon mit quelques secondes avant de reconnaître le mot « maman ». Personne ne bougea ; seule la pluie continuait à marteler sans répit le sol. Puis, chacun alla déposer quelques cailloux sur la tombe. Selon une coutume propre aux Juifs de Jérusalem, les hommes se placèrent sur deux rangs et le fils de la défunte passa au milieu d'eux, tandis que les femmes attendaient sur le côté. Certaines s'étaient rapprochées de Nava restée près de la tombe de sa mère pour se recueillir. Une femme qu'Ohayon ne connaissait pas la tenait par l'épaule. Pataugeant dans la boue, la foule se mit à regagner la sortie. Personne ne s'adressait à son voisin, personne ne proférait un mot. Quelques-uns vinrent toucher le bras de Nava ; d'autres observaient Hildesheimer, mais de loin. Linder s'approcha et lui offrit son bras. Appuyé dessus, le vieil homme rejoignit d'un pas pesant l'une des voitures. Rosenfeld, qui les suivait, s'assit à la place du conducteur. Installé à l'arrière, se trouvait déjà Daniel Voller, l'un des membres de la commission.

Tsila attendait, prête à démarrer. Elie faisait une tête renfrognée. Ohayon ferma sa portière et s'éclaircit la voix.

« Bon, qu'est-ce que tu veux ? Qu'on le fasse amener ici ? »

Elie fit signe que oui et frissonna. Leurs vêtements répandaient une odeur de laine mouillée. Malgré la pluie battante, Ohayon baissa la vitre, puis, se penchant vers la radio, il demanda au Central d'appeler Bethléem pour prier Guidoni d'envoyer le « paquet ». Ils entraient en ville, lorsqu'une voix dans la radio se fit entendre :

« Guidoni voudrait savoir si ses hommes doivent eux-mêmes se charger de la livraison ?

— Oui, ça m'arrangerait », répondit Ohayon.

Un soupir de soulagement monta de la banquette arrière ; Tsila sourit. Ohayon haussa les épaules et alluma une cigarette. La pluie tombait toujours sans discontinuer.

« Ce genre d'interrogatoire peut prendre des heures, dit Elie, comme s'il voulait s'excuser. Être coincé à Bethléem par un temps pareil... »

Il laissa sa phrase en suspens. Tsila arrêta la voiture près d'un de leurs restaurants favoris, un grill situé dans le marché de Mahané Yehouda, à deux pas de la rue Aggrippas. Et lorsqu'elle déclara : « Les enterrements, ça creuse », personne ne lui chercha querelle.

Comme elle en avait fait le pari en s'attaquant avec fougue à sa grillade mixte copieusement servie, quand ils arrivèrent à l'Esplanade russe, Ali Abou Moustapha les y attendait sous bonne garde. Ohayon fumait cigarette sur cigarette. Passer sans transition du cimetière au restaurant, du recueillement aux bavardages incessants de Tsila et au mutisme d'Elie qui tirait du nez devant son assiette lui avait mis les nerfs à fleur de peau — sans parler de la perspective de cet interrogatoire.

« Imaginez ce qu'on aurait entendu si on avait coffré un colon juif de Bethléem ou des environs ! » s'était exclamée Tsila en manœuvrant adroitement dans le parking.

Ils libérèrent le brigadier qui montait la garde. Tassé sur sa chaise, les bras ballants, Ali Abou Moustapha avait l'expression résignée de celui qui sait que la partie est perdue d'avance. Tandis qu'Elie lui demandait de décliner son identité, Ohayon alla s'asseoir à l'autre bout de la pièce. Le jeune Arabe, qui cherchait à deviner lequel des deux policiers était le plus haut gradé, les observait à la dérobée. Finalement, son regard s'arrêta sur Elie.

« Pourquoi ne t'es-tu pas rendu à ton travail aujourd'hui ? »

Silence.

Elie revint à la charge. Ohayon, qui comprenait l'arabe mais craignait qu'une nuance ne lui échappe à cause des différences d'accent et de vocabulaire, scrutait attentivement le jardinier. Finalement, celui-ci, la main sur le front, déclara qu'il était malade, qu'il s'était senti fiévreux toute la nuit.

« C'est parce que je suis absent de mon travail que vous m'avez arrêté ? » demanda-t-il après une brève hésitation.

Son ton n'avait rien d'ironique. Il exprimait seulement le fatalisme de ceux qui ont fini par s'habituer à l'idée qu'ils pouvaient être arrêtés pour tout et n'importe quoi. Elie lui expliqua qu'il n'était pas là pour des motifs politiques, mais dans le cadre d'une affaire de meurtre.

« De meurtre ! » s'écria Ali en se redressant avec stupeur et indignation, avant de se lancer dans une longue tirade qui pouvait se résumer en une phrase : il ignorait ce dont les policiers voulaient parler.

Les murs de la pièce où ils se trouvaient, au deuxième étage du département des investigations, étaient d'un jaune pisseux, et la fenêtre donnait sur une étroite cour intérieure. Pour tout mobilier, il y avait une table grise et trois chaises, grises elles aussi. Toujours la même atmosphère déprimante, pensa Ohayon.

« Alors, comme ça, tu travailles le samedi ? » dit Elie qui s'était mis à dessiner des petits cubes sur la feuille posée devant lui.

Le jeune Arabe sursauta : il n'avait rien à se reprocher, il travaillait le samedi pour des raisons religieuses ; le directeur du personnel était au courant ; il avait reçu cette autorisation spéciale, justement parce qu'il était un bon employé et qu'on lui faisait confiance.

« Et peut-on savoir quelles raisons religieuses poussent un musulman à choisir le dimanche pour jour de congé ? » s'enquit Elie en levant les yeux de sa feuille.

Les habitants de Dehaïsha étant pour la plupart musulmans, avait-il expliqué plus tard à Ohayon, il n'avait pas pris de gros risques en posant cette question.

« Presque tous mes amis travaillent le samedi, alors ce n'est que le dimanche qu'on peut se voir et s'amuser un peu », balbutia le jardinier dont le teint avait viré au gris.

La réponse était convaincante. Toutefois, Elie eut un regard sceptique et lui demanda brusquement depuis combien de temps son frère était en prison.

Tremblant de tous ses membres, Ali s'efforça de le disculper : rien ne justifiait sa mise en détention administrative.

« Ce n'est pas pour critiquer les autorités, mais mon frère est encore jeune et inconscient. À force de parler à tort et à travers, il a été arrêté pour trouble de l'ordre public et incitation à la révolte, lui qui ne sait même pas lancer une pierre. Quant à moi, je vous jure que je n'ai rien fait de mal.

— Alors, pourquoi ne pas nous parler du revolver ? dit Elie d'un ton détaché, comme s'il l'invitait à décrire le village où il était né. Si tu n'as rien fait, si tu es aussi innocent que tu le prétends, pourquoi ne pas avoir apporté le revolver à la police ? »

Elie avait pris un air si candide, si ingénu, qu'Ohayon en eut froid dans le dos. Le jeune jardinier, qui transpirait maintenant à grosses gouttes, s'essuya le front.

« Quel revolver ? bredouilla-t-il.

— Celui que tu as trouvé à l'hôpital, dit Elie comme s'il énonçait une évidence. Celui que tu as essayé de planquer pour le refiler à tes amis de Dehaïsha. Je me trompe ?

— Je vous jure que je n'avais aucune intention d'en faire quoi que ce soit. J'avais peur de m'attirer des ennuis, c'est tout », s'exclama Ali avec véhémence.

Puis, de nouveau il se tassa sur sa chaise et dévisagea Elie comme si celui-ci possédait un pouvoir surnaturel de divination. Ohayon retint son souffle. Il savait tout autant que son inspecteur que cette arme n'aurait jamais été retrouvée aussi rapidement si le jardinier avait vraiment eu l'intention de s'en servir.

Comme on s'adresse à un enfant, Elie lui redemanda pourquoi il n'avait pas apporté le revolver aux autorités. C'est alors qu'Ali se mit à raconter sa matinée du samedi, depuis le moment où il avait aperçu « cette chose » briller dans un buisson, jusqu'à celui où Tobol l'avait ramassée. Il parlait d'une voix monocorde ; visiblement, il s'était rendu compte qu'il ne pouvait plus longtemps cacher la vérité, qu'il était même inutile d'essayer.

« Et les voitures de police qui passaient dans la rue, devant l'hôpital, tu ne les as pas remarquées ?

— Si, bien sûr, répondit Ali. C'est justement pour ça que je me suis efforcé d'attirer Tobol. Je pensais... »

Sa voix se noua. Elie n'insista pas : ce que le jeune Arabe avait pensé était tellement clair qu'il aurait pu terminer sa phrase à sa place. Toutefois, Ohayon ne lâcha pas prise :

« Qu'est-ce que tu pensais ? »

Pour la première fois, Ali le regarda en face — avec crainte.

« Je pensais que si j'allais donner le revolver à la police, je serais aussitôt arrêté. »

Avec un étonnement feint qui le dégoûta lui-même, Ohayon s'enquit des raisons de ses appréhensions. Ali haussa les épaules :

« Mon frère se tenait tranquillement devant chez lui quand des soldats l'ont arrêté parce qu'une jeep avait reçu des pierres en traversant le camp. Il n'a même pas pu ouvrir la bouche, qu'ils l'ont embarqué. Moi non plus, je n'ai rien fait, mais qui m'aurait cru ? »

Elie écarta cette explication d'un revers de main.

« Nous ne sommes pas là pour discuter de ton frère, répliqua-t-il sèchement. Ceux qu'on arrête clament toujours leur innocence. Mais à ce que je sache, les pierres ne volent pas toutes seules. Ce qui nous intéresse pour l'instant, c'est l'heure précise à laquelle tu as trouvé ce revolver et de quoi il avait l'air. »

Elie nota soigneusement les réponses du jardinier.

« Et avant, tu n'as pas remarqué la présence de quelqu'un ou d'un véhicule dans les parages ? »

Jusqu'au moment où la « chose » avait attiré son

regard dans la dernière rangée de fleurs le long de la grille, expliqua Ali, il avait travaillé sans lever le nez des parterres de roses.

« Tu n'as vraiment rien vu d'insolite ce matin-là ? s'obstina Elie. Tâche de faire un effort de mémoire. »

L'inspecteur avait prononcé ces derniers mots sur un ton si rude, que lorsqu'il se leva de façon un peu brusque, le jeune Arabe eut un mouvement de recul et porta instinctivement la main à son visage pour se protéger. Voyant cependant que le policier ne s'approchait pas de lui, il baissa le bras.

« Non, je n'ai rien vu, que des cars de police et beaucoup d'autres voitures, mais seulement après avoir trouvé le revolver. Avant, j'étais trop loin de la grille. »

Elie jeta un regard interrogateur à son patron. Celui-ci leva les sourcils avec une expression qui signifiait clairement : « C'est bon. Nous n'en tirerons rien de plus. » Toutefois, Elie fit encore une dernière tentative :

« Qui as-tu vu, samedi matin, à l'hôpital ?

— Les deux médecins qui étaient de garde, dit Ali. Celui avec des moustaches et la jeune doctoresse aux cheveux bouclés ; Tobol, bien sûr, et plus tard, la grosse infirmière. Mais comme elle me fait peur, je m'arrange pour l'éviter, si bien qu'elle ne m'a pas vu.

— C'était à quel moment ? intervint Ohayon.

— J'ai vu les médecins en arrivant à huit heures, et Tobol dans le parc, juste après avoir trouvé le revolver. »

Sur ces mots, Ohayon alla chercher le brigadier qui se tenait derrière la porte et fit signe à Elie de le suivre dans le couloir.

Tous deux tombèrent d'accord pour penser qu'Ali leur avait dit la vérité.

« On le garde combien de temps ? demanda Elie.

— Fais-lui signer une déposition et promettre de

se tenir à carreau. Je ne tiens pas à le mettre sous les verrous sans raison valable, mais il n'a pas intérêt à s'évanouir dans la nature. »

De retour dans la pièce, Elie expliqua longuement au jeune Arabe, qui ouvrait des yeux ronds, qu'ils allaient le relâcher, à condition toutefois qu'il se montre obéissant. Ali signa sa déposition et promit de ne pas quitter Dehaïsha. Cependant, il refusait de retourner à son travail. Ohayon voulut savoir pourquoi. Il avait peur de se faire lyncher. Elie le rassura :

« À part le directeur du personnel, personne n'est au courant de ton rôle dans cette affaire. Quant à nous, nous aimerions que tu reprennes ton travail normalement et que tu observes tout ce qui se passe autour de toi. »

Ali hocha la tête mécaniquement.

« Alors demain, tu seras à l'hôpital ?

— Je ferai tout ce que vous voudrez. Quand est-ce que vous me libérez ?

— Aujourd'hui même. »

Soudain, un éclair de haine brilla dans les yeux du jeune Arabe : il venait de comprendre qu'il s'était fait avoir ; bien que libre, il était désormais à leur merci.

Il était six heures du soir quand ils en eurent terminé avec les formalités administratives et mis au point la déclaration que Guil Kaplan ferait à la presse. (Ohayon évitait autant que possible tout contact direct avec les journalistes ; la photo de lui qui, ce jour-là encore, s'étalait sur la dernière page des journaux, l'irritait profondément.) La pluie s'était arrêtée. Il avait maintenant rendez-vous avec la famille de la victime, à la Colonie allemande ; néanmoins, il décida de s'octroyer une pause : un café était toujours un bon prétexte pour remettre les choses à plus tard.

Mais Tsila n'entendait pas lui accorder le moindre répit.

« Il faut absolument qu'on s'occupe encore aujourd'hui d'obtenir un mandat du juge, dit-elle en fronçant les sourcils. Vous savez comment sont les directeurs de banques : ils nous soutiendront que nous n'avons pas le droit de fouiller dans les comptes de leurs clients. »

Ohayon soupira.

« Cette démarche doit être entourée de la plus grande discrétion. Il ne manquerait plus que la presse s'en empare », dit-il avec lassitude.

Tsila fulmina contre les obstacles que l'État de droit dressait devant le travail de la police.

« On ne peut pas faire un pas sans une autorisation de la justice, conclut-elle, indignée.

— N'exagère pas, répondit sévèrement Ohayon. Tu préférerais peut-être vivre dans un pays comme l'Argentine ? C'est le prix à payer pour la sauvegarde des libertés individuelles. »

Si seulement j'avais fait mettre la villa d'Eva Neidorf sous surveillance ! ne put-il s'empêcher de penser. Si, au moins, j'étais allé directement chez le comptable en sortant de Margoa, on se serait évité ces complications. Si, si et si...

Comme une flèche, Tsila partit demander à Shorer de l'aider à accélérer la procédure auprès du tribunal. Resté seul avec son café qui refroidissait, Ohayon se mit à contempler le mur et les volutes de fumée qui s'élevaient de sa cigarette. Avant même qu'il n'ait le temps de s'interroger sur son peu d'empressement à se rendre à son rendez-vous, le téléphone sonna, le blanc — un appel de l'extérieur.

« Bonjour ! » fit une voix enjouée à l'autre bout du fil.

Elle tombe toujours à pic, se dit Ohayon sans pouvoir réprimer un sourire. Comme si elle savait que je reviens juste d'un enterrement. Invariablement, les enterrements éveillaient chez lui un puissant désir de se blottir contre un corps de femme.

« Bonjour, répéta Maya.

— Je croyais que c'était fini entre nous », soupira-t-il.

Comme d'habitude, il s'était exprimé avec si peu de conviction qu'elle comprit tout de suite qu'elle avait gagné. Cela faisait cinq ans qu'il essayait en vain de rompre avec elle. Dès le début, il avait été clair qu'ils ne pourraient pas vivre ensemble. En effet, lors de leur première rencontre, elle l'avait prévenu, avec cette absolue franchise qui caractériserait ensuite leurs relations, qu'elle ne quitterait jamais son mari. « Pour ce qui est du divorce, je suis comme ces catholiques de la vieille école, avait-elle déclaré mot pour mot. N'essaie pas de comprendre ; c'est comme ça. »

Sur le moment, cette mise en garde l'avait plutôt rassuré. Peu à peu, cependant, son sentiment de liberté avait cédé la place à la souffrance et au regret ; leurs trop brèves rencontres, l'impossibilité de passer ensemble une journée et une nuit entières avaient fait naître en lui un profond sentiment d'échec. Finalement, leur séparation était devenue inévitable. Il la supportait en s'abrutissant de travail. Mais Maya, qui avait annoncé la couleur à l'avance, ne se gênait pas pour le relancer et, à tous les coups, elle parvenait à ses fins.

Ils en étaient à leur neuvième tentative de rupture, la plus longue de toutes. Un mois s'était écoulé sans qu'elle se manifeste.

« Tu me manques, dit-elle avec une touchante simplicité.

— Qu'allons-nous devenir ? murmura-t-il, comme si ce n'était pas lui qui avait déclaré que cette fois c'était fini, et pour de bon.

— Peu importe ; le principal, c'est que tu sois vivant et que tu m'aimes, répondit-elle avec entrain.

— Peut-être, mais qu'allons-nous faire de cet amour ? dit-il à demi résigné.

— Ce que nous pouvons. »

Il se souvint de son rire et de son regard irradié de lumière. La tentation était trop forte. De nouveau, leur séparation lui parut le résultat d'une volonté absurde de refuser les compromis.

« À la fin, je n'aurai pas d'autre choix que de quitter le pays.

— Oui, pour Cambridge. Ne t'inquiète pas, un jour ton rêve se réalisera, dit-elle avec impatience. Mais en attendant... »

Elle avait encore les clés de son appartement, et se proposait de venir chez lui le soir même.

Un instant, il sentit remonter en lui une vieille colère ; il eut envie de lui dire qu'il avait d'autres chats à fouetter, que d'autres femmes étaient entrées dans sa vie, mais le désir de la serrer dans ses bras, d'entendre ses rires, ses pleurs, ses gémissements fut plus fort. Et, de nouveau, il se demanda pourquoi il se morfondait dans la police, au lieu de reprendre ses études, pourquoi il ne se rendait pas, sur-le-champ, à l'université voir Porat, ce jeune assistant devenu depuis chef du département d'histoire.

Chaque fois qu'il les rencontrait, ses anciens professeurs s'efforçaient de le convaincre de revenir et de faire son doctorat.

Combien il avait haï Nira, huit ans plus tôt, lorsque, à cause d'elle, il avait dû renoncer à une bourse de Ph.D. que lui offrait Cambridge ! Aujourd'hui, il savait qu'il s'était trouvé à une croisée des chemins et qu'il n'était pas si simple, contrairement à ce qu'il pensait alors, de revenir en arrière.

Un jour, Schatz, son directeur de maîtrise, avait essayé de lui faire comprendre ce qui arrivait à un coureur qui abandonnait la course. Il avait refusé de le croire, persuadé que ses chances d'une brillante carrière universitaire ne dépendaient que de lui et de ses capacités intellectuelles. Si on lui avait proposé une bourse, avait-il soutenu, il n'y avait pas de raison qu'on ne lui en propose pas une autre d'ici un an ou deux, quand il aurait « réglé ses affaires ».

Schatz, un professeur d'origine hongroise qui l'aimait bien et voyait en lui son successeur, lui avait alors sévèrement reproché sa naïveté : chaque année, de nouveaux étudiants, plus jeunes et tout aussi doués, se mettaient sur les rangs. Une seconde chance ne se présenterait pas. Il lui avait alors expliqué qu'il avait un fils de six ans, dont il s'était occupé dès sa naissance et qui ne supporterait pas d'être séparé de son père, auquel il était très attaché. Schatz, qui lui aussi avait des enfants, s'était alors efforcé de trouver des solutions concrètes à ce problème délicat. Toutefois, incapable d'avouer que Nira était déterminée à se venger et refusait de laisser leur fils le rejoindre en Angleterre, ne fût-ce qu'un mois par an, il n'avait rien répliqué. « Si je ne pars pas avec toi à Cambridge, l'avait-elle menacé, si tu ne veux pas m'associer à ta brillante carrière universitaire, alors toi non plus, tu ne partiras pas. Et si tu t'entêtes, alors tu peux dire adieu à ton fils. »

Pour pouvoir bénéficier de cette bourse, il aurait dû soit rester avec Nira, qui ne supportait pas de le voir faire des projets d'avenir sans elle, soit renoncer à son fils. C'était trop cher payer. Leur mariage était devenu invivable. Quant à l'enfant, il l'aimait trop pour l'abandonner : quand Youval était bébé, c'était lui qui, la nuit, se levait pour le changer, qui stérilisait les biberons et le berçait durant des heures — à une époque où la libération de la femme n'avait pas chamboulé la vie des hommes, où ses camarades de cours se laissaient encore entretenir par leur épouse et s'arrangeaient pour ne pas faire d'enfant. Certes, Youzek avait proposé de les soutenir financièrement. Que n'aurait-il pas donné pour avoir un gendre bardé de diplômes ? S'il est pauvre et marocain, qu'au moins il soit professeur, rétorquait Ohayon en l'imitant, lorsque Nira le tannait d'accepter l'aide de ses parents.

Aujourd'hui, il se rendait compte qu'il s'était comporté comme un jeune sot. S'il avait accepté le concours financier de ses beaux-parents, leur vie à tous les deux aurait été plus facile. Qu'avait-il besoin de se fâcher chaque fois qu'elle se faisait offrir une nouvelle robe par ses parents ? Mais à l'époque, il avait des principes, des principes stupides qui n'avaient fait qu'envenimer leur vie commune. En réalité, leur union était d'avance vouée à l'échec. Il n'éprouvait pour Nira ni amour ni affection. Dès le début, il n'avait vu dans son ventre qui s'arrondissait au fil des mois que le prix qu'il devait payer pour avoir accompli son devoir. Il n'avait confié à personne le dégoût que lui inspirait cette situation. Même sa mère ne savait pas combien il était malheureux d'avoir épousé cette fille gâtée, cette unique héritière d'un couple de Polonais fortuné. À la naissance de Youval, cependant, elle l'avait vaguement deviné, connaissant trop bien les réactions du plus jeune de ses fils quand il souffrait : une froideur polie, un silence taciturne ponctué de brusques accès de colère.

Nira avait suggéré qu'ils aillent consulter un conseiller conjugal ; il avait préféré divorcer. Il croyait encore pouvoir rédiger sa thèse tout en travaillant à plein temps. On lui avait proposé un poste d'assistant à l'université, mais comme le salaire était insuffisant pour payer le loyer de son nouvel appartement et la pension alimentaire que Nira exigeait avec acharnement, il avait refusé et était entré dans la police. On l'avait d'abord envoyé suivre une formation d'enquêteur, puis un stage d'officier de police, et il avait fini par se retrouver à la Brigade criminelle, où il passait son temps à élucider des affaires de meurtre, tandis que son sujet de doctorat s'estompait inexorablement.

Aujourd'hui, quand on l'appelait en pleine nuit auprès d'un cadavre, l'étude des corporations au Moyen Âge lui paraissait soudain fade et dérisoire. À force de côtoyer la misère et la souffrance humaines, il n'était pas loin de penser qu'on n'avait pas tout à fait tort de reprocher aux intellectuels de s'enfermer dans une tour d'ivoire. S'il voulait vraiment se consacrer à son doctorat et réintégrer le milieu protégé de l'université, il devait quitter la police. Pourtant, il avait souvent l'impression que son désir de reprendre les études n'était que superficiel, que sa vraie place n'était pas dans le département d'histoire. Parfois, cependant, comme à ce moment précis, sa vie de policier lui semblait désespérément vide de sens, alors que les guildes, le Moyen Âge, le département d'histoire, la bibliothèque renfermaient peut-être une promesse de salut.

Il était six heures et demie quand il but la dernière goutte de son café, à présent complètement refroidi. S'arrachant à ces pensées moroses, il se leva péniblement de son siège pour enfin se rendre à son rendez-vous. La perspective de retourner dans cette élégante villa de la Colonie allemande, avec ses tableaux abstraits et ses murs d'un blanc immaculé, lui déplaisait souverainement. Toutefois, il pouvait difficilement convoquer la fille d'Eva Neidorf au commissariat central le jour des obsèques, d'autant plus qu'aucun soupçon ne pesait sur elle — personne n'avait d'alibi plus solide que le sien.

La porte s'ouvrit et Tsila, avec l'enthousiasme qui n'appartient qu'à ceux qui se donnent corps et âme à leur travail, lui annonça qu'ils avaient obtenu une entrevue avec le juge pour le lendemain.

« Shorer a fait jouer toutes ses relations, dit-elle fièrement, comme si le commissaire principal s'était uniquement démené pour ses beaux yeux. Pendant que vous serez chez les Neidorf, je vais essayer de contacter les invités à la soirée de Linder que je n'ai pas encore réussi à joindre. Méni est déjà en train de recueillir le témoignage d'un certain Rosenfeld, le premier sur la liste. Comme il a l'air débile avec son cigare, celui-là ! »

Ohayon se demanda avec étonnement d'où elle puisait tant d'énergie. Lui se sentait vieux, usé, et ne désirait qu'une chose : dormir.

Il releva le col de son blouson, sortit de son bureau et agita une main fatiguée en direction d'Elie qui, lui aussi, s'apprêtait à commencer les interrogatoires :

« N'oublie pas de remettre les dépositions que tu auras enregistrées à Tsila pour qu'elle les centralise. Et pendant que tu y es, convoque toute l'équipe pour un briefing demain matin.

— Ça roule, patron, mais pour ce qui est du briefing, je vais prévenir Tsila. C'est elle la coordinatrice, non ? C'est d'elle que je suis censé recevoir mes ordres. »

Ohayon s'abstint de tout commentaire ; il en avait par-dessus la tête de leurs enfantillages. Tout lui paraissait absurde et ridicule ; à la fin, ils ne trouveraient pas de coupable ; la victime se serait tout simplement suicidée et des anges auraient, comme par enchantement, fait disparaître le revolver. D'ailleurs, qui est-ce que cela intéressait ?

Mobilisant ce qui lui restait d'énergie, il repoussa la jeune et pétulante journaliste qui faisait le guet près de sa voiture, dans l'espoir d'obtenir une interview exclusive pour un magazine féminin.

« Juste quelques mots, l'implora-t-elle. Impossible de vous joindre par téléphone ; cela fait des heures que je vous attends ici.

— Je suis pressé, s'excusa-t-il poliment. Vous n'avez qu'à vous adresser au porte-parole de la police ; il vous fournira toutes les informations que vous souhaitez sur l'affaire.

— Mais ce n'est pas ce qui m'intéresse ! Je voudrais écrire un article sur vous. Un portrait fouillé.

Nos lectrices raffolent des super-flics. Je suis sûre qu'elles aimeraient connaître un homme aussi fascinant que vous.

— Désolé, dit-il en montant dans sa voiture, non sans jeter un regard appréciateur sur les longues jambes galbées de la jeune femme et s'imaginer, l'espace d'un instant, au lit avec elle. Tant que l'enquête est en cours, je ne suis pas autorisé à donner des interviews. Revenez me voir après, si vous êtes toujours intéressée.

— Dans combien de temps, d'après vous ? » dit-elle en actionnant son petit magnétophone.

Ohayon leva un index vers le plafond de sa voiture.

« C'est à Lui qu'il faut le demander », répliqua-t-il en mettant le contact.

Puis, afin d'éviter tout malentendu, il passa le bras par la portière et agita la main vers le ciel, avant de démarrer en trombe.

CHAPITRE XII

Assise sur le canapé, Nava Neidorf-Zehavi berçait son bébé contre son épaule en lui soutenant la tête d'une main. Avec une infinie douceur, son mari lui prit l'enfant des bras et alla le coucher dans une autre pièce. Jusqu'à cet instant, tous ses efforts pour séparer la mère de son petit s'étaient révélés vains.

« Elle s'accroche à lui comme si elle avait peur de le perdre, lui aussi. Elle est encore sous le choc ; je crains qu'elle ne soit pas en état de répondre à vos questions », l'avait averti Hillel quand il était venu lui ouvrir la porte.

Bien qu'elle l'eût accueilli avec courtoisie et

exprimé le désir d'aider la police dans son enquête, Nava n'avait montré qu'indifférence aux informations qu'il avait pu lui fournir, laissant le soin à son frère Nimrod de soutenir la conversation. En apprenant que quelqu'un s'était introduit dans la maison par effraction, celui-ci s'était emporté. Croyant que la police avait procédé à une fouille de la villa, il n'avait pas été surpris du désordre qui régnait dans le cabinet de consultation de sa mère, ni d'ailleurs du carreau cassé dans la cuisine.

Un rapide examen leur avait permis d'établir qu'aucun objet de valeur ni aucun tableau n'avait été volé. Quant aux bijoux, avait déclaré Hillel, ils devraient se rendre à la banque et vérifier ce qu'elle avait laissé dans son coffre. Ohayon avait consciencieusement noté par écrit toutes leurs hypothèses concernant cette effraction.

Une bonne heure s'était écoulée, lorsqu'il leur révéla que l'agenda et la liste des patients d'Eva Neidorf avaient disparu. À ce stade, il ne jugea pas utile d'évoquer la conférence. Hillel se leva d'un bond :

« Nava, tu entends ça ? s'écria-t-il en agitant les bras en tous sens. Est-ce que tu comprends ce que le commissaire vient de dire ? Ce n'est donc pas une coïncidence si... »

Devant l'expression horrifiée de sa femme, il se tut brusquement et alla la rejoindre sur le canapé.

« Durant son séjour à Chicago, le Dr Neidorf a-t-elle vu d'autres personnes en dehors de vous ? Réfléchissez bien. Même une rencontre qui peut vous paraître totalement anodine », demanda Ohayon.

Enfin, Nava sembla sortir de sa prostration :

« Oui... » commença-t-elle, pour aussitôt éclater en sanglots.

Hillel attendit un moment qu'elle se calme et se mit à raconter :

« Au retour, Eva a fait une escale de vingt-quatre

heures à Paris. C'est moi qui m'étais occupé de son billet d'avion. Toutefois, aux États-Unis, elle n'a vu personne d'autre que nous. En fait, elle avait entrepris ce voyage pour être aux côtés de Nava au moment de la naissance de notre premier enfant. Elle est arrivée deux jours avant l'accouchement. Nous ne savions plus où donner de la tête. Elle nous a aidés à préparer la chambre du bébé. Lorsque Nava a ressenti les premières contractions, nous sommes partis tous les trois à la clinique.» Il marqua une pause et caressa le bras de sa femme. «Le travail a duré des heures; Nava a beaucoup souffert. Elle est restée une semaine à la clinique. Tous les jours, nous allions lui rendre visite, Eva et moi. Nous en avons également profité pour terminer les préparatifs, acheter la layette et tout ce dont un bébé a besoin. Vous savez, aux États-Unis, ce n'est pas comme ici où les amis, les voisins vous donnent un coup de main, là-bas il faut se débrouiller tout seul. Le soir, Eva travaillait à la conférence qu'elle aurait dû prononcer samedi, si...»

Il regarda sa femme avec inquiétude. Nava s'était arrêtée de pleurer. Dans ses yeux rougis se lisait une intense colère. Soudain, Ohayon fut frappé de la ressemblance qui l'unissait à son jeune frère installé à l'autre bout du canapé; ce canapé clair où lui-même s'était assis le soir du crime. (Il y a seulement deux jours, s'étonna-t-il. Il lui semblait que cela faisait une éternité.)

«Vous voulez dire que... Non, je ne peux pas le croire», dit Nava qui semblait enfin comprendre. Elle déglutit et prit une profonde inspiration: «Vous voulez dire que la mort de ma mère aurait un rapport avec son travail?

— Ou peut-être avec sa conférence? s'exclama Nimrod comme si, à son tour, la lumière se faisait dans son esprit.

— Mes hommes ont fouillé l'Institut de fond en

comble. Ils n'ont pas trouvé trace de cette conférence, ni dans son sac ni ailleurs. Se pourrait-il qu'elle en ait oublié un exemplaire chez vous, à Chicago ? »

Nava et Hillel se regardèrent. Nimrod retint son souffle.

« Ça m'étonnerait, dit Hillel, Eva était une personne très ordonnée. Nous habitons dans une grande maison, un peu en dehors de la ville. Elle avait sa chambre, totalement indépendante. Ni Nava ni moi n'avons eu l'occasion de voir sa conférence, et s'il en existait des brouillons, la femme de ménage, qui vient tous les jours, les aura certainement jetés depuis son départ. »

Nimrod baissa la tête, consterné.

« À propos de cette escale à Paris, vous vouliez me dire quelque chose, je crois ? » reprit Ohayon.

Hillel retira ses lunettes et se frotta les yeux.

« Vers deux heures du matin, la veille du jour où Nava est rentrée de la clinique, j'ai trouvé Eva dans la cuisine. Tout d'abord, j'ai cru que, comme moi, elle n'arrivait pas à dormir, qu'elle était impatiente de voir sa fille revenir à la maison avec le bébé. Toutefois, dès que nous avons commencé à parler, j'ai compris que c'était sa conférence qui la tracassait. Elle regrettait de ne pouvoir consulter Hildesheimer sur un point particulier. Quand j'ai voulu savoir pourquoi elle ne lui avait pas écrit ou téléphoné, elle m'a répondu que ce n'était pas le genre de problème qu'on pouvait régler par lettre ou par téléphone et que, de toute façon, il était désormais trop tard. J'ai failli lui suggérer d'avancer son retour en Israël, mais j'ai eu peur qu'elle ne le prenne mal.

« Alors je lui ai demandé s'il n'y avait personne d'autre auprès de qui elle pouvait prendre conseil, poursuivit-il d'un air songeur, comme si les choses lui apparaissaient soudain sous un nouveau jour. “Bien sûr, m'a-t-elle répondu en ouvrant de grands yeux, comment n'y ai-je pas pensé ?" C'est ainsi que lui est venue l'idée de passer par Paris où vit l'une de ses amies, une analyste. Je ne me souviens plus de son nom, mais je dois l'avoir noté quelque part avec son numéro de téléphone. Eva l'a donc appelée et elles ont convenu d'un rendez-vous. Je ne comprends pas très bien le français, mais j'ai été surpris de voir à quel point elle le parlait couramment. »

Nava se remit à pleurer silencieusement ; de grosses larmes roulaient le long de ses joues. Elle les essuyait de la main, en reniflant. Hillel se leva et alla chercher une boîte de mouchoirs en papier dans la cuisine.

Ohayon ne savait plus trop que penser. À aucun moment Hildesheimer ne lui avait parlé d'une escale à Paris. Était-il au courant et le lui avait-il dissimulé ? Cela semblait invraisemblable. Se pouvait-il qu'Eva Neidorf ne lui ait rien dit ?

D'ailleurs, qu'est-ce que c'était que cette histoire d'escale à Paris ? N'était-elle pas rentrée par le même vol que son gendre ? Quand il avait interrogé Hillel le jour du crime, c'est bien ce qu'il avait cru comprendre : leur voyage en première classe, leur discussion préparatoire en vue du conseil d'administration, etc.

« Vous n'êtes donc pas revenus ensemble ? se borna-t-il, cependant, à demander.

— Bien sûr que si. Je vous l'ai même dit quand nous nous sommes vus samedi à l'hôpital.

— Mais alors, comment ? demanda Ohayon, déconcerté.

— Quoi, comment ? Nous nous sommes retrouvés à Paris, où je suis arrivé un jour après elle.

— Mais samedi, vous ne m'avez rien dit de cette escale. Pourquoi ?

— Est-ce que je sais ! Je pensais que vous le saviez, que c'était évident... Et puis, comment pouvais-je deviner que ce détail avait de l'importance ? »

Ohayon fit rapidement le point, pour lui-même : Eva Neidorf avait rencontré une collègue à Paris ; de là, et non de Chicago, elle avait pris l'avion avec son gendre pour Israël ; enfin, elle n'avait rien dit de ce rendez-vous à Hildesheimer.

Il pria Hillel de lui relater à nouveau leur voyage.

« Hier, commença celui-ci, devait avoir lieu la réunion annuelle du conseil d'administration, une réunion très importante. » Il jeta un regard vers sa femme et son beau-frère ; ceux-ci l'écoutaient attentivement. « Je devais y préparer Eva. Elle n'avait pas la moindre idée de ce qui allait s'y passer. Entre le bébé qui pleurait et la conférence qu'elle devait rédiger, nous n'avions pas trouvé le temps d'en discuter à la maison, nous disant chaque fois que nous le ferions pendant le voyage. J'ai pris un vol avec un arrêt à Paris et Eva est montée dans le même avion que moi. Tout était arrangé à l'avance ; je m'étais occupé des réservations. Ainsi, nous avons voyagé ensemble depuis Paris, où elle a effectivement rencontré son amie analyste. Quand je lui ai demandé comment s'était passée leur entrevue, elle m'a répondu que cela l'avait beaucoup aidée. Néanmoins, elle semblait encore un peu tendue. C'est tout ce que je peux vous dire. J'ignore de quoi devait traiter sa conférence et ce qui la préoccupait tant. »

Ohayon se tourna vers Nava. Celle-ci secoua la tête :

« Jusqu'à cet instant, je ne savais pas pourquoi ma mère avait décidé de passer par Paris ; je croyais que c'était seulement pour le plaisir. Toute à mon bébé, je ne m'étais même pas posé la question », dit-elle, les yeux à nouveau inondés de larmes.

Oui, elle connaissait cette psychanalyste française. Elle ne se rappelait plus son nom, un nom difficile à prononcer.

Nimrod, lui, s'en souvenait. « Catherine Louise

Duboisset », lança-t-il avec assurance, en détachant chaque syllabe. Manifestement, ce nom l'avait frappé.

C'est bien cela, confirmèrent Hillel et Nava. En fait, Nava l'avait rencontrée, bien des années auparavant, quand elle était venue en Israël pour un congrès et avait logé chez eux.

« Elle me paraissait très, très vieille avec ses cheveux tout blancs. Comme je ne connaissais ni le français ni l'anglais à l'époque, nous n'avons pas pu échanger une parole, dit-elle d'une voix à peine audible, entre deux sanglots.

— Elle n'était pas plus âgée que maman, la contredit Nimrod. Elles s'écrivaient régulièrement. Je le sais parce qu'à l'époque je faisais collection de timbres.

— C'était quand, “à l'époque” ? l'interrompit Ohayon qui commençait à perdre patience.

— La première fois que je l'ai vue, dit Nimrod après un rapide calcul, ce doit être il y a neuf ans. Depuis, elle est venue chez nous à deux autres reprises, toujours à l'occasion d'un congrès. Et la dernière fois, c'était il y a deux ans. Là encore, elle m'a apporté des timbres, mais je n'en faisais plus collection. J'étais déjà à l'armée. »

Hillel sortit quelques instants et revint en annonçant que le bébé dormait tranquillement, puis tendit au commissaire un papier sur lequel il avait inscrit le nom et le numéro de téléphone de l'analyste à Paris. Ohayon se tourna vers Nava :

« Votre mère était-elle très liée à cette Mme Duboisset ? »

Nimrod réagit le premier :

« Autant qu'elle pouvait l'être. Elle l'appelait Cathy. Je ne crois pas qu'elle avait des amies intimes. Ma mère n'était pas du genre à raconter sa vie. Néanmoins, je pense qu'elle aimait bien cette Française, un jour, elle m'a dit avoir beaucoup d'estime pour elle.

— Notre mère était en effet une personne réservée, expliqua Nava en regardant son frère avec indulgence, mais elle avait assurément des amies.

— Qui ? Donne-moi un exemple, un seul », la défia Nimrod, avant de se reprendre : « Bah, laisse tomber ; cela n'a pas d'importance.

— Je crains, au contraire, que cela en ait », dit Ohayon.

Nava ne broncha pas et Nimrod se referma sur lui-même.

« C'est vrai, Eva était très secrète, intervint Hillel. Personne ne connaissait sa vie privée. Toutefois, concernant cette Française, je l'entends encore dire : "C'est une amie à qui je peux me confier." Venant de sa part, cela m'avait frappé.

— Elle avait de bons rapports avec le professeur Hildesheimer ? » demanda Ohayon, qui continuait à s'étonner qu'Eva Neidorf n'ait rien dit de cette entrevue au vieil homme.

Pour la première fois depuis le début de l'entretien, tous trois eurent un sourire — même Nimrod.

« Vous le connaissez ? s'enquit celui-ci avec curiosité. C'est quelqu'un, ce type, hein ? »

Il avait un sourire enfantin et naïf.

« Personnellement, s'excusa Hillel, je ne l'ai rencontré qu'une ou deux fois, mais il m'a fait une forte impression, un monument, comme on dit.

— C'est... c'était son ami le plus proche, dit Nava, la voix altérée par l'émotion, tandis que des larmes lui montaient de nouveau aux yeux. Ils s'aimaient beaucoup. Pour moi, c'est comme s'il faisait partie de la famille. »

Sur quoi, elle rajusta le peignoir, trop grand pour elle, qui l'enveloppait.

Elle n'est pas très jolie, un visage plutôt ordinaire, pensa Ohayon, en se souvenant du cri déchirant qu'elle avait poussé devant la fosse. Ce ne devait pas toujours être facile d'avoir une mère aussi belle. Et

Eva Neidorf, elle si sensible à la beauté, que ressentait-elle devant cette fille au physique ingrat, aux cheveux raides tristement rabattus derrière les oreilles ?

« Le Dr Neidorf était-elle en bons termes avec les autres membres de l'Institut ? »

Chacun à leur manière, tous trois affirmèrent qu'elle faisait l'objet d'une admiration unanime.

« Si vous lui cherchez des ennemis, comme vous dites dans la police, déclara Hillel, des gens déterminés à lui nuire, vous n'en trouverez pas. Elle n'aurait jamais fait de mal à une mouche et personne n'avait de raison de lui causer du tort. »

Comprenant soudain la tragique ironie de sa réponse, il s'empressa d'ajouter, en réajustant ses lunettes :

« Jusqu'à ce jour, en tout cas, je ne pensais pas que quelqu'un pût lui vouloir du mal. »

Avec moultes précautions, Ohayon lui demanda s'ils accepteraient que la police perquisitionne leur domicile, à Chicago.

« Une perquisition ? Pour quoi faire ? Ah oui, pour retrouver une copie de sa conférence. À mon avis, ce sera peine perdue, mais si vous y tenez, je n'y vois pas d'inconvénient.

— Avait-elle donné son texte à dactylographier ?

— Non, nous avons une machine à écrire avec des caractères hébraïques. Elle rédigeait ses textes d'abord à la main, puis les tapait elle-même. »

Hillel communiqua son adresse au commissaire, non sans s'inquiéter de savoir si leur maison serait « encore entière » après le passage des enquêteurs. Ohayon lui en donna sa parole. Nava effilochait silencieusement son mouchoir en papier. Nimrod venait de se lever pour aller à la cuisine, lorsque la sonnette retentit.

« Qui ça peut-il bien être ? s'étonna Hillel. En

général, on ne rend pas une visite de condoléances le jour des obsèques. »

Nimrod alla ouvrir. Linder et Rosenfeld se tenaient, hésitants, sur le seuil.

« Rosencrantz et Guildenstern », annonça Nimrod en les introduisant dans le salon.

Seul Linder eut un sourire.

« Arrête, je t'en prie », dit Nava en lançant à son frère un regard noir.

Rosenfeld se planta un cigare entre les lèvres et l'alluma. Ohayon déclara qu'ils poursuivraient leur conversation à une autre occasion.

« Quand vous voulez, commissaire, nous sommes à votre disposition », répliqua Nimrod d'un ton sarcastique, en jetant un regard hostile vers Linder.

Ohayon ne se sentait pas à son aise. Il aurait préféré voir Linder et Rosenfeld dans les locaux du commissariat. D'un autre côté, il ne voulait pas leur donner l'impression de les fuir. Et puis, le temps de fumer une autre cigarette, il glanerait peut-être un renseignement intéressant. Il décida donc de rester encore un moment, avec toujours cette question qui lui trottait dans la tête : pourquoi Eva Neidorf n'avait-elle pas parlé de sa visite à Paris au vieil Hildesheimer ?

Visiblement, la présence du policier mettait les deux analystes tout aussi mal à l'aise. Linder avait pris place sur le canapé, à côté de Nava et l'entretenait à voix basse. « Désolé... je me sens fautif... » Ohayon, qui n'avait saisi que ces quelques mots, se demanda si Linder lui racontait l'histoire de son revolver. Silencieux jusque-là, Rosenfeld finit par ouvrir la bouche.

« Je reviens à l'instant de votre commissariat, où l'on a pris ma déposition. Je croyais que c'était vous qui étiez chargé de l'enquête », fit-il un peu vexé.

Ohayon essaya de se remémorer ce que Rosenfeld avait écrit dans la déclaration qu'il lui avait remise à la fin de la réunion de la commission de formation. Sans se souvenir exactement de ses faits et gestes le samedi matin et la veille au soir, il lui semblait que Rosenfeld avait un alibi. Outre la soirée chez Linder et les rapports qu'il entretenait avec la victime, Méni avait-il pensé à l'interroger à propos des somnifères qu'il fournissait à son collègue ? Pour le savoir, il devrait attendre que Tsila ait tapé à la machine les feuillets recouverts de pattes de mouche que Méni lui aurait remis : elle était la seule à pouvoir déchiffrer son écriture.

« Y a-t-il quelque chose que je puisse faire pour vous aider ? » demanda Rosenfeld, qui s'était tourné vers Hillel.

Ohayon écrasa alors sa cigarette dans le grand cendrier et prit congé. Hillel le raccompagna jusqu'à la grille.

« Je vous serais reconnaissant de me rapporter les propos des gens qui viendront vous rendre visite.

— Tout ? s'exclama Hillel.

— Non, pas tout. Uniquement ce qui vous paraîtra étrange. Une parole insolite, un comportement inhabituel. Mais pour ce qui est de la conférence, oui, tout, absolument tout.

— Vous nous mettez dans une position inconfortable, commissaire. Comment pourrions-nous espionner les collègues et les amis de ma belle-mère ? D'ailleurs, je ne sais pas si Nava et Nimrod sont en état de... »

Ohayon se retourna et balaya du regard la rue Lloyd George : un peu plus bas stationnait un véhicule de police, une camionnette Peugeot. Heureusement qu'ils ne savent pas que la villa est surveillée, ni que leur téléphone sera placé sur écoutes durant les sept jours de deuil, pensa-t-il.

Hillel s'était approché du réverbère, celui-là même à la lueur duquel le policier avait forcé la porte de la villa deux nuits plus tôt. Encore un détail que le gendre ignorait.

« Nava est très fragile, poursuivait celui-ci en s'efforçant de capter le regard du commissaire, qui le dépassait d'une bonne tête. Rien que de penser qu'un de nos visiteurs est peut-être le... »

Soudain, il se tut. Une B.M.W. bleue venait de s'arrêter à côté d'eux. Dina Silver en descendit. Le visage blanc comme de la craie, des reflets bleutés dans les cheveux, elle avait l'air d'un spectre sous ce réverbère.

« Je n'ai pas pu attendre jusqu'à demain, dit-elle en serrant la main à Hillel. Il fallait que je vienne ce soir. Puis-je entrer ?

— Je vous en prie ; vous n'êtes d'ailleurs pas la première », répondit Hillel.

Elle fit un signe de tête au commissaire et, de sa démarche gracieuse, remonta l'allée qui conduisait à la porte d'entrée.

Encore une journée de passée, constata Ohayon en faisant démarrer sa voiture. Aussitôt, sa radio se mit à grésiller : Raphi le cherchait ; c'était urgent. Il consulta sa montre : peut-être que Maya était déjà chez lui, à l'attendre.

« Je rentre à la maison. Dites à Raphi de m'appeler chez moi. »

Il faisait demi-tour, lorsqu'il vit une longue silhouette en duffel-coat se glisser le long du vieux cinéma Smadar et s'approcher de la B.M.W. de Dina Silver. Au même instant, la voix de Raphi se fit entendre dans sa radio : « Ne partez pas ; je suis tout près. Roulez jusqu'au premier carrefour. »

Ohayon obtempéra. Une ombre surgit de la Peugeot garée en bas de la rue et monta dans sa voiture.

« D'abord, offrez-moi une cigarette, grogna Raphi, et ensuite dites-moi, qu'est-ce que c'est que ce zigoto ? Il s'accroche à elle comme une sangsue. Après l'enterrement, il l'a suivie en Vespa jusqu'à Rehavia et l'a attendue dans la rue, devant son cabinet, pendant des heures.

— Rue Abravanel ?

— Oui, et quand elle est sortie, il lui a filé le train jusqu'ici comme un vrai pro, tous feux éteints. Un beau gosse comme ça, je le verrais plutôt au Hilton en train de draguer une riche touriste américaine », ajouta Raphi en se passant la main dans les cheveux.

Ohayon alluma deux cigarettes, en tendit une à Raphi et s'enquit de l'identité du jeune homme.

« La Vespa est enregistrée au nom d'un certain Elisha Naveh ; je n'ai pas encore vérifié si c'est bien lui. D'après les renseignements réunis par Balilti, le père de cet Elisha occuperait un poste à l'ambassade d'Israël à Londres. Sur le fils, nous n'avons rien, hormis deux infractions au code de la route. La Vespa n'est pas volée ou, en tout cas, n'a pas fait l'objet d'une déclaration de vol. Reste à s'assurer que le propriétaire en est bien cet hurluberlu. Quant à ce qu'il lui veut, je n'en ai aucune idée.

— A-t-il essayé de l'aborder ?

— Non ; elle ne sait même pas qu'il la suit, dit Raphi en baissant la vitre pour secouer la cendre de sa cigarette. Quand elle l'a vu près de sa voiture en sortant de la maison mortuaire, elle lui a dit quelques mots. Je n'ai pas pu entendre, mais elle avait l'air sacrément furieuse. Bien roulée, la souris, hein ? À propos, j'ai des renseignements sur elle. Vous savez qui est son mari ? »

Il avait posé cette question avec un sourire.

« Oui, je suis au courant. On en reparlera demain matin, au briefing, si tu veux bien. En attendant, continue à le filer.

— Je suis complètement gelé, patron, et je crève de faim, gémit Raphi. Qui doit me relever ?

— Combien sont-ils dans la Peugeot ?

— Arrêtez, patron ! Deux, et de toute façon, ils

finissent à onze heures. Qui sait combien de temps elle va rester ici, elle ?

— Et à ton avis, qui pourrait te remplacer ?

— Bon, j'ai compris, soupira Raphi. Je vais me débrouiller tout seul. Ezra me doit un service. Je vais lui demander de venir. Jusque-là, je ne bouge pas, promis. Du moment que ça sert à quelque chose, pas vrai ?

— Tu veux peut-être un engagement écrit ?

— Pas la peine, je me contenterai de vos cigarettes. S'il y a du nouveau, je vous appelle chez vous, c'est ça ? »

De la poche intérieure de son blouson, Ohayon retira un paquet de Noblesse tout aplati et déposa une à une les quatre cigarettes qui lui restaient dans la main tendue de l'inspecteur. Raphi descendit de voiture, regarda autour de lui et regagna la camionnette.

Il s'était remis à pleuvoir. Tout à sa joie de retrouver Maya, il brûla un feu rouge. Il était neuf heures et demie quand il arriva enfin devant sa porte. Il n'avait pas encore introduit sa clé dans la serrure que lui parvinrent les accords du *Quatrième Concerto pour piano* de Beethoven. Comment avait-il réussi à tenir un mois entier sans elle ? se demanda-t-il incrédule.

CHAPITRE XIII

« Que veux-tu dire par "crispé" ? » demanda Ohayon à Méni, qui avait interrogé le colonel Yoav Alon, gouverneur militaire de la région d'Edom, venu témoigner à titre de participant à la soirée organisée par Linder. Ils en étaient à peu près au milieu de leur briefing du matin, et bien que celui-ci eût commencé à sept heures et demie, ils sirotaient encore leur café.

Balilti, l'officier des renseignements, consulta sa montre ; Ohayon alluma sa troisième cigarette. Après une heure de discussion approfondie, tous avaient le sentiment que les points essentiels avaient été abordés. Ohayon avait lâché sa bombe à propos de l'escale à Paris d'Eva Neidorf. Catherine Louise Duboisset, qu'Interpol avait déjà réussi à localiser, était en croisière au large de Majorque, où elle passait ses vacances. Elle serait de retour à son hôtel dans deux jours.

« Tiens, je croyais que les psy ne prenaient leurs vacances qu'au mois d'août, comme dans les films de Woody Allen », avait lancé Tsila en jetant un regard malicieux à Elie, lequel, pour toute réponse, avait froncé les sourcils.

Ils avaient passé en revue les développements des deux jours précédents, longuement évoqué l'enterrement et décidé qu'Elie se chargerait d'éplucher les comptes en banque de la victime. En aparté, Ohayon avait alors demandé à Shorer quand il pensait pouvoir obtenir un mandat. « Ce matin, avait répondu celui-ci, mais j'aimerais que Bahar vienne avec moi chez le juge, pour ensuite filer directement à la banque. Espérons que cette fois-ci, personne ne l'aura devancé. » Et d'ajouter en voyant l'expression inquiète d'Ohayon : « Rassure-toi, ce n'était qu'une blague. »

Tsila avait placé devant chacun une chemise contenant la liste complète des patients connus d'Eva Neidorf, celle des membres de l'Institut, celle des invités présents à la soirée de Linder, une reconstitution de l'emploi du temps de la victime (Tsila avait également discuté avec la femme de ménage), une photocopie du récépissé qu'Ohayon avait rapporté du cabinet Zeligman et Zeligman, ainsi que le portrait-robot de l'individu qui s'était présenté chez le comptable en se faisant passer pour un policier. Virevoltant de l'un à l'autre avec une gaieté inexplicable, elle avait indiqué que Linder était hors de cause : sa femme avait répété mot pour mot leur menu du vendredi soir, la baby-sitter de leurs invités avait confirmé l'heure à laquelle ceux-ci étaient rentrés chez eux, le voisin du dessus avait été réveillé de bonne heure le samedi matin par Linder et son fils jouant dans la cour.

« Voilà, vous savez tout. Ceux qui le souhaitent peuvent aussi écouter les enregistrements », avait-elle conclu en passant une main légère dans ses cheveux coupés à la garçonne, avant de reprendre enfin sa place autour de la table.

« Ce Linder me paraît effectivement hors de cause », avait déclaré Shorer, en brisant dans le cendrier en aluminium la dernière allumette qui lui restait.

Ensuite, ils avaient écouté le rapport de Raphi sur sa filature du jeune inconnu en Vespa. De son côté, Balilti s'était déjà informé auprès du ministère des Affaires étrangères (« J'ai des relations, qu'est-ce que tu crois ? » avait-il rétorqué à un Raphi ébahi) : il s'agissait bien d'Elisha Naveh, dix-neuf ans ; fils unique d'un certain Mordechaï Naveh, le garçon avait perdu sa mère à l'âge de dix ans. Officiellement, le papa était un fonctionnaire du ministère des Affaires étrangères. En fait, il appartenait au cabinet du Premier ministre et se trouvait détaché à l'ambassade d'Israël à Londres, où il occupait depuis cinq ans les fonctions de premier secrétaire, entre guillemets. À seize ans, le gosse était revenu vivre en Israël. Il n'arrivait pas à s'acclimater à la vie en Angleterre ni à l'école juive où son père l'avait mis.

« Les deux premières années, il a vécu chez sa grand-mère. Lorsque celle-ci est décédée, il y a quelques mois, son père lui a loué un appartement à Nevé Shaanan. Il n'y vit pas seul: Raphi a relevé un autre nom sur la boîte aux lettres. J'ai commencé à faire des recherches sur le colocataire, mais je n'ai encore rien trouvé.

— Vous trouverez, je ne me fais pas de bile, s'était exclamé Tsila. Ça me tue de voir la vitesse avec laquelle vous dénichez vos informations. En tout cas, je n'aimerais pas tomber entre vos mains. Je parie que vous savez déjà ce que cet Elisha prend au petit déjeuner! »

Une lueur amusée dans les yeux, Balilti allait répondre, quand il avait surpris le regard réprobateur de Shorer.

« Notre jeune lascar, avait-il poursuivi en se replongeant dans ses notes, est inscrit à l'Université, aux départements d'Extrême-Orient et de théâtre — le genre artiste, si vous voyez ce que je veux dire. En ce qui concerne le service militaire, l'armée lui a accordé un sursis — d'un an seulement, vous savez comment ils sont, pour raisons psychiatriques. Et le fait est que j'ai découvert qu'il suit une psychothérapie. Pas avec Eva Neidorf. Dans un dispensaire de Kiryat Hayovel. Je ne sais pas encore qui le soigne, mais cela ne saurait tarder.

— D'après le psychiatre de l'armée, ce serait un individu dangereux? s'était enquise Tsila.

— Écoutez, les conditions dans lesquelles j'ai obtenu mes informations ne m'ont pas permis d'avoir personnellement accès à son dossier. Mes sources ont fait état de "difficultés d'adaptation" et de "tendances suicidaires". À trois reprises, on m'a répété qu'il souffrait du "syndrome des enfants de diplomates". Mais de là à être dangereux pour son entourage, non.

— Si on regarde bien, qu'est-ce qu'il a fait? avait demandé Elie en se tournant vers Raphi.

— Rien. Toute la journée d'hier, il a suivi Dina Silver et, à minuit, il est finalement rentré chez lui.

— Justement, à neuf heures, j'ai rendez-vous avec cette Dina Silver. On verra bien ce qu'elle aura à dire », avait conclu Ohayon.

C'est alors que Méni avait commencé son rapport sur les deux témoins qu'il avait interrogés : d'abord Rosenfeld, puis le colonel Yoav Alon, gouverneur militaire d'Edom.

« Quel beau mec, tu as remarqué ? s'exclama Tsila. On dit que c'est la nouvelle étoile montante de l'armée, qu'il sera notre prochain chef d'état-major. Il a l'air drôlement jeune ; je ne lui donnerais pas plus de trente-cinq ans.

— Est-ce que je peux continuer ? s'énerva Méni.

— Tu ne peux pas rester tranquille une seconde ? intervint Ohayon en posant calmement une main sur le bras de Tsila. Tiens, prends ton café et laisse-nous écouter, d'accord ?

— Il avait l'air crispé, répéta Méni.

— Que veux-tu dire par là ? demanda Ohayon en scrutant attentivement le portrait-robot de l'homme qui s'était emparé des documents comptables d'Eva Neidorf.

— Il semblait mal à l'aise... Comment dire... On s'attendrait à ce qu'un colonel, gouverneur militaire dans les Territoires, montre un peu plus de bonne volonté, qu'il soit content d'aider la police. Eh bien, pas du tout. Il n'arrêtait pas de regarder sa montre, de me répéter qu'il était pressé. Visiblement, il était dans ses petits souliers et... »

Soudain, il y eut un silence — un silence à la fois tendu et vibrant, comme celui qui précède la possible découverte d'une piste.

« Regarde le portrait-robot. Tu vois une ressemblance ? » demanda Ohayon.

Tous se tournèrent vers Méni. Sceptique, Tsila secoua la tête.

« Difficile à dire. Ce portrait n'est pas assez précis. Et puis, avec ces énormes lunettes noires... Je ne sais pas, mais disons que ce n'est pas impossible.

— À tout hasard, tu ne lui aurais pas demandé ce qu'il faisait lundi matin, quand le dossier s'est envolé ? s'enquit Balilti.

— Figure-toi que si, répondit Méni en s'épongeant le front. Il est arrivé en retard à son travail parce qu'il est tombé en panne sur la route de Bethléem, pas loin de Beit Djallah, et a dû attendre une heure qu'on vienne le tirer de là. Pour ta gouverne, sache que j'ai posé la même question à tout le monde, y compris à Rosenfeld. Qu'est-ce que tu crois ? Qu'il n'y a que toi d'intelligent ici ? »

Sur quoi, frémissant de colère, il se leva brusquement et demanda si quelqu'un voulait un autre café.

Ohayon le regarda avec étonnement, puis se tourna vers Balilti. Embarrassé, celui-ci rentra sa chemise et remonta son pantalon par-dessus son estomac proéminent. Sans s'arrêter à cet incident, Shorer voulut savoir s'il existait un lien entre le colonel Alon et la victime.

« Aucun, répondit Méni, déjà sur le seuil.

— Un instant. Le café peut attendre. J'aimerais avoir plus de détails.

— Je n'ai rien à dire de plus, répondit Méni en se rasseyant, vous pouvez écouter la bande ; il n'existe aucun lien entre eux. Alon connaît Linder depuis vingt ans et Tami Tsvieli est une de ses amies d'enfance ; c'est pourquoi il avait été invité à la soirée organisée en son honneur. Il a reconnu avoir acheté le revolver en 1967. Quant à Eva Neidorf, il ne l'a jamais vue.

— Il a un alibi pour vendredi et samedi ? »

À nouveau, l'atmosphère se tendit. Les aiguilles de la pendule indiquaient neuf heures moins cinq. Dina Silver va devoir patienter, pensa Ohayon. Il se leva et alla ouvrir la fenêtre ; le ciel, d'un bleu limpide, lui fit cligner des yeux.

« Vendredi soir, le colonel Alon est allé se coucher de bonne heure. Sa femme était en visite chez ses parents, à Haïfa, avec leurs deux enfants. Il est resté seul à la maison. Samedi matin, comme il faisait beau, il est allé se promener du côté de la Colline française. Il est rentré chez lui vers onze heures, sans avoir rencontré personne... Mais cela ne prouve rien, ajouta Méni sur la défensive. Depuis quand les gens passent-ils leur temps à se fabriquer des alibis ? »

Ohayon leur raconta alors le coup de fil que Linder avait donné de l'Institut, le jour du crime.

« À quelle heure ? demanda Shorer.

— À midi et demi.

— Autrement dit, remarqua Raphi qui réfléchissait à haute voix, dès ce moment, Alon savait qu'elle était morte. Vous croyez que c'est important, patron ?

— Peut-être, mais il est encore trop tôt pour se livrer à des déductions. Quand on aura examiné les comptes en banque d'Eva Neidorf, qu'on aura la liste complète de ses patients et des candidats qu'elle supervisait et que le témoignage de la Française nous sera parvenu, alors... Pourtant, j'ai comme l'intuition que... »

Shorer fut le premier à comprendre :

« Tu crois que c'est lui le mystérieux patient ?

— Je n'en sais rien. C'est juste une impression. Je veux d'abord voir ce que nous révéleront ces comptes bancaires.

— Mais nous, on aimerait bien que tu nous en fasses part, de ton impression. Tu penses qu'il y a un lien entre lui et Eva Neidorf, c'est bien ça ? insista Shorer. Allez, même si tu te trompes, personne ici ne t'attaquera en diffamation. »

Tous se tournèrent vers Ohayon, qui leur offrit son sourire le plus candide, un sourire dont le charme avait conquis bien des cœurs féminins, mais qui resta sans effet sur les membres de l'équipe déterminés à obtenir une réponse.

« La réalité dépasse souvent la fiction, déclara-t-il finalement. Prenez, par exemple, le concours de circonstances qui a conduit à la découverte de l'arme du crime dans l'enceinte de l'hôpital Margoa : n'est-ce pas incroyable ? À mon avis, d'autres surprises nous attendent. Sur ce, vous m'excuserez, mais j'ai rendez-vous avec une dame qui, entre autres, doit me communiquer le nom d'une patiente d'Eva Neidorf. »

La tension se relâcha d'un coup, comme si tous avaient poussé un soupir en même temps.

« L'avez-vous déjà vu faire attendre une jolie femme ? » lança Balilti.

Tous rirent de bon cœur. Tsila, Méni et Raphi, qui s'apprêtaient à poursuivre les interrogatoires des invités à la soirée de Linder, se levèrent.

« Avec un peu de chance, on en verra une dizaine aujourd'hui, soupira Tsila. Quarante personnes, ce n'est pas de la tarte. »

Shorer et Elie Bahar se mirent en route pour le tribunal, où le juge devait les recevoir à dix heures. Balilti était déjà sur le seuil, quand Ohayon le retint par le bras, dans l'intention de lui demander des éclaircissements sur l'accès de mauvaise humeur de Méni. Cependant, il s'entendit dire d'abord :

« Peux-tu rassembler des informations sur le colonel Alon, sans que personne ne le sache ?

— Pas même Shorer ? s'étonna Balilti.

— Ni Shorer, ni Lévy, ni le gouvernement militaire. Personne. C'est possible ?

— Faut voir, répondit Balilti, les yeux fixés sur la pointe de ses chaussures. Donnez-moi quelques heures, le temps de faire le tour de mes contacts. Vous aurez une réponse dans la journée, ça vous va ? »

Balilti allait partir, mais Ohayon le rattrapa :

« À propos, qu'est-ce qu'il avait, Méni, contre toi ?

— Ah ça, répondit Balilti d'un air gêné, c'est une longue histoire. Rien à voir avec l'enquête. Un jour, je vous raconterai. »

Et il s'éclipsa en toute hâte.

La distance qui séparait la salle de réunion du bureau d'Ohayon était trop courte pour lui laisser le temps de se préparer à son entretien avec Dina Silver. D'ailleurs, celle-ci l'attendait déjà dans le couloir, montrant des signes évidents d'impatience. Dès qu'elle l'aperçut, elle lui fit remarquer qu'il était en retard. Ohayon choisit de ne pas répondre. Le rouge et le bleu lui vont mieux que le noir, songea-t-il en l'observant discrètement. Le noir la vieillit et fait ressortir la pâleur de son joli visage. Il ouvrit la porte de son bureau, lui céda le passage et alluma une cigarette. Devant sa mine dégoûtée quand il lui en offrit une, il alla ouvrir la fenêtre, dernière concession à son égard, se promit-il.

Cette beauté froide, parfaitement maîtresse d'elle-même, l'agaçait. Comme j'aimerais te voir trembler ! pensa-t-il, tandis qu'une envie irrésistible de saper cette belle assurance, de troubler cette élocution lente et affectée s'emparait de lui.

Il savait d'avance qu'elle aurait une explication plausible à sa conversation du dimanche après-midi avec Hildesheimer. Elle avait été en analyse avec lui, et c'est évidemment cet argument qu'elle avancerait. Tout en gagnant sa place derrière son bureau, il réfléchissait à la meilleure manière d'introduire la question de ses relations avec Elisha Naveh. « Attention, tu n'as aucune preuve, seulement des présomptions, le mit en garde sa voix intérieure. Samedi, la commission de formation devait aussi se prononcer sur un autre candidat. Attends au moins de le rencontrer. » Plus il sentait qu'elle l'exaspérait, plus il s'exprimait de manière posée et courtoise.

« Où étiez-vous vendredi soir ? demanda-t-il.

— Je me suis couchée de bonne heure, répondit-elle de sa voix grave, en détachant chaque syllabe.

— C'est-à-dire ?

— Après l'émission de variétés et avant le film.

— Si tôt que ça ? feignit-il de s'étonner. C'est votre habitude ?

— Non, justement pas. »

Elle allait ajouter quelque chose, mais Ohayon l'interrompit :

« Qui plus est, la veille du jour où la commission de formation allait se prononcer sur votre présentation de cas ? »

Elle esquissa un vague sourire, mais son regard resta de glace.

« C'est vrai, je n'ai pas pu m'endormir, mais je voulais au moins me sentir reposée.

— Il était quelle heure, quand vous avez finalement réussi à vous endormir ? »

Il aspira une longue bouffée de sa cigarette.

« Tard, sans doute après minuit, dit-elle d'une voix déjà moins assurée.

— Et qu'avez-vous fait jusque-là ?

— Quel rapport est-ce que... »

Se ravisant soudain, elle poursuivit :

« J'ai essayé de lire, mais je n'arrivais pas à me concentrer.

— Que lisiez-vous ? »

Il voyait qu'elle avait de plus en plus de mal à conserver son calme.

« La présentation de cas du Dr Biham, l'autre candidat sur lequel la commission de formation devait se prononcer. Nous sommes les deux premiers de notre promotion à...

— Comment ? Vous ne l'aviez pas encore lue ? s'exclama Ohayon en prenant l'air surpris.

— Seuls les membres de la commission en avaient reçu un exemplaire. Guiora ne m'a donné son texte que jeudi. D'ailleurs, moi non plus je n'ai montré ma présentation à personne, sauf à lui.

— Ah, je comprends. Et samedi matin, où étiez-vous ?

— À l'Institut, évidemment, répondit-elle étonnée.

— À partir de quelle heure ? Huit heures ? »

Dina Silver blêmit. Elle était arrivée à l'Institut à dix heures. À huit heures, elle venait à peine de se réveiller.

« Vraiment ? Le jour où l'on décide de votre avenir, vous ne vous réveillez qu'à huit heures ? »

Elle avait mal dormi et s'était donc levée tard, répliqua-t-elle visiblement excédée, et quand il lui demanda si elle était seule chez elle, elle explosa littéralement :

« Mais où voulez-vous en venir ? J'ai un mari, lui aussi était à la maison !

— Vous avez des enfants ?

— Oui, une fillette de dix ans, mais ce soir-là, elle était allée dormir chez une camarade. » Et de préciser spontanément : « Elle n'est rentrée que vers midi. »

Ohayon nota soigneusement le nom de famille et le téléphone de la camarade en question.

« Vous n'allez tout de même pas questionner ma fille ! s'écria-t-elle, visiblement affolée. La police interroge aussi les enfants ?

— Chère madame, déclara-t-il froidement, nous convoquons qui bon nous semble. Votre mari peut-il confirmer l'heure à laquelle vous êtes allée vous coucher et celle à laquelle vous vous êtes levée ? »

Dina Silver leva les yeux vers lui et sourit, les lèvres figées en un rictus :

« C'est absurde. Je crois rêver ! Vous me soupçonnez de... ? » Il l'invita à terminer sa phrase. « ... de meurtre ? Je serais soupçonnée de meurtre ? s'insurgea-t-elle avec force.

— Ai-je dit une chose pareille ?

— Non, mais vos questions semblent sous-entendre que j'avais peut-être une raison de commettre un tel acte.

— D'où savez-vous quel genre de questions on pose à un suspect ? »

Tandis qu'elle se lançait dans un long discours d'où il ressortait que ses informations provenaient essentiellement des romans policiers et des thrillers qu'elle voyait à la télévision, il constata avec satisfaction que les mots se bousculaient dans sa bouche, que sa respiration s'accélérait, qu'elle s'embrouillait dans ses explications. Elle essaie de pénétrer mes pensées, comme moi j'essaie de pénétrer les siennes, se dit-il.

« N'est-ce pas ainsi que les choses se passent dans la réalité ? murmura-t-elle, soudain désemparée.

— Je ne sais pas. Vous en lisez beaucoup, des romans policiers ?

— Non, seulement quand je n'arrive pas à dormir.

— Et que vous inspirent-ils ?

— Pardon ? Je ne comprends pas, dit-elle en posant les mains sur ses genoux, afin de les empêcher de trembler.

— Qu'est-ce qui vous attire dans ce genre de littérature ? s'enquit-il d'un air innocent.

— Pas la violence, si c'est ce que vous insinuez. Ce qui m'intéresse, c'est le côté psychologique.

— Ah, la psychologie ! s'exclama-t-il, comme si tout s'éclairait. Mais revenons à votre mari : sait-il à quelle heure vous êtes allée vous coucher et à quelle heure vous vous êtes levée ? »

Elle lui jeta un regard désespéré :

« Vous posez ces questions à tout le monde ? »

Ohayon décida que le moment était venu de donner une autre tournure à leur entretien. Oui, dit-il, il posait ces questions à tout le monde. Voulait-elle un café ? Elle le regarda, hésita un instant et hocha la tête. Il lui apporta un café. Elle le prit d'une main tremblante. L'enquête criminelle dont il était chargé était passablement compliquée, lui expliqua-t-il ; il était de son devoir de tout vérifier.

Penché sur son bureau, il s'était rapproché d'elle, comme s'il voulait la mettre dans la confidence. Elle se détendit, se radoucit et, sans qu'il eût à répéter sa question, lui expliqua que son mari avait passé la nuit dans son bureau, au rez-de-chaussée de leur villa.

« Lorsqu'il a un procès en cours, mon mari, qui est juge de district, s'enferme des nuits entières dans son bureau pour étudier le dossier, lire et relire les dépositions des témoins. Il ne m'a donc pas vue quand je me suis levée, ni quand j'ai quitté la maison.

— Mais je suis sûr qu'il sera facile d'authentifier vos dires, déclara Ohayon d'un ton obligeant. Vous vous êtes rendue à pied à l'Institut ?

— Non, j'ai pris ma voiture.

— La B.M.W. bleue d'hier soir ?

— En effet, c'est ma voiture.

— Dans ces conditions, il n'y aura certainement aucun problème. On finit toujours par trouver quelqu'un qui a vu quelque chose. Ne vous inquiétez pas, je me charge de dénicher un témoin. »

Manifestement, elle s'interrogeait sur son brusque changement d'attitude, hésitant entre le soulagement et la méfiance.

« Dites-moi seulement à quelle heure précise vous êtes sortie de chez vous. Dix heures moins cinq ? »

Il nota sa réponse sur le formulaire qu'il avait devant lui et la regarda avec gratitude, comme si elle lui avait été d'une grande aide.

« Il y a encore quelque chose que j'aimerais vous demander », dit-il en se penchant à nouveau vers elle, par-dessus son bureau.

Elle se raidit.

« Quels sont vos rapports avec Elisha Naveh ? »

En se redressant, il perçut un éclair de panique dans son regard.

« Qu'a-t-il à voir dans cette affaire ? finit-elle par articuler.

— Rien, jusqu'à plus ample informé, mais comme je vous ai aperçus ensemble près de votre voiture, après la levée du corps, j'ai pensé... »

Il se tut, l'entendant déjà protester qu'il ne pouvait pas, matériellement, les avoir vus ; à l'évidence, elle supputait la tactique qu'elle devait à présent adopter.

« Je suis tenue par le secret professionnel, dit-elle en le fixant droit dans les yeux.

— Ah, c'est l'un de vos patients ?

— Pas exactement. Il l'a été, dans le passé.

— Quand cela ?

— Il y a trois ans, il est venu me voir au dispensaire de Kiryat Hayovel où je travaillais. Je l'ai eu en traitement pendant deux ans.

— C'est-à-dire jusqu'à il y a un an, calcula à haute voix Ohayon. Et maintenant, vous ne vous occupez plus de lui ?

— C'est une histoire compliquée, qui n'a aucun rapport avec votre enquête. En deux mots, ce patient avait développé à mon égard une relation très problématique. J'ai dû interrompre le traitement avant qu'il ne soit parvenu à son terme. Je ne pouvais plus rien pour lui, mais vous l'expliquer m'obligerait à recourir à des termes trop techniques.

— Trop techniques ? Celui de “transfert” vous semblerait-il adéquat pour décrire cette relation ? s'enquit-il, non sans savourer la surprise et le respect qu'il semblait soudain lui inspirer.

— Oui, parfaitement adéquat, reconnut-elle, avant de poursuivre sur un ton didactique : pour être plus précis, ce garçon avait une tendance à l'*acting out*. Cette notion vous est-elle familière ?

— Je crains que non. »

Prenant visiblement plaisir à lui expliquer, elle continua, avec grand sérieux :

« Eh bien, il a commencé à me harceler au téléphone, à me rendre des visites inopinées, à exiger que je me soumette à ses fantasmes érotiques.

— Autrement dit, il est tombé amoureux de vous.

— En simplifiant beaucoup, oui. En termes techniques, je parlerais d'une névrose de transfert où le patient mettait en acte ses motions pulsionnelles au lieu de les verbaliser durant les séances de thérapie.

— Et quand cela se produit, on interrompt le traitement ? Je croyais, au contraire, que le transfert était une condition de sa poursuite. »

De nouveau, elle eut un regard surpris.

« En principe, vous avez raison, mais dans ce cas précis, je faisais un contre-transfert et...

— Soyez plus claire, l'interrompit-il avec impatience. Vous voulez dire qu'il vous tapait sur les nerfs ou, au contraire, qu'il ne vous laissait pas indifférente ?

— C'est cela, en effet. Il occupait tellement mes pensées en dehors de mes heures de travail que j'ai dû arrêter de le soigner. Depuis, je ne sais pas ce qu'il est devenu. À l'enterrement, c'était la première fois que je le revoyais.

— Donc, pendant un an, pas de nouvelles et, tout à coup, le voilà qui réapparaît hier, aux obsèques ? demanda-t-il en reprenant son stylo. Vous êtes sûre que pendant l'année écoulée, vous n'avez eu aucun contact avec lui ? »

De nouveau, il sentit une certaine agressivité dans sa voix. Essayant de se contrôler, il lui expliqua qu'il devait rédiger un rapport et que celui-ci devait être précis.

« Certes, mais est-ce vraiment nécessaire de consigner tout cela par écrit ? répliqua-t-elle sans dissimuler sa contrariété. Il s'agit de renseignements confidentiels. Leur divulgation est contraire à la déontologie de notre profession.

— Donc, pendant une année entière, il vous a laissée tranquille ?

— Oui. Enfin... mis à part quelques coups de fil.

— Chez vous ? demanda-t-il, le stylo prêt à entrer en action.

— Non, au dispensaire, mais je n'y travaille plus depuis six mois.

— Donc, depuis six mois, vous n'avez plus eu de ses nouvelles ? insista Ohayon, qui avait la désagréable impression que la vérité se dérobait à mesure qu'il lui semblait s'en approcher.

— Non, pas depuis que j'ai quitté le dispensaire. Hier, c'était la première fois que je le revoyais.

— Alors comment se fait-il qu'il vous ait suivie du cimetière jusqu'à votre cabinet de consultation, de là jusqu'au domicile d'Eva Neidorf et ensuite chez vous ? »

Elle blêmit à nouveau.

« Vous en êtes sûr ? demanda-t-elle d'une voix altérée.

— Certain. Que vous a-t-il dit à l'enterrement ?

— Qu'il devait absolument me voir. Je lui ai expliqué que c'était impossible, que je ne consultais plus que dans le privé et qu'il était contraire à l'éthique professionnelle de recevoir un patient qu'on avait autrefois traité dans un établissement public. Je lui ai conseillé de retourner au dispensaire. »

Subodorant une raison plus profonde, Ohayon lui demanda si elle avait peur d'Elisha Naveh.

« Non, répondit-elle après un instant d'hésitation. Ce n'est pas un violent, mais j'avoue ne pas savoir quelle interprétation donner à son comportement présent.

— Connaissait-il le Dr Neidorf ? »

Elle sursauta :

« Impossible. Sinon, il me l'aurait dit. Et de toute

façon, Eva ne l'aurait pas pris en traitement, elle était trop occupée. »

Son visage était gris comme de la cendre. Avec une feinte sollicitude, il lui demanda si elle avait des raisons d'être aussi tendue.

« Depuis samedi, j'ai les nerfs à fleur de peau. Un rien me rend nerveuse, mais il s'agit d'une réaction normale au décès du Dr Neidorf. Cela passera, dit-elle avec, de nouveau, son sourire grimaçant. En revanche, ce garçon m'inquiète, reprit-elle après un bref silence. Si je puis me permettre, je vous déconseillerais de l'interroger pour l'instant. Il vaudrait mieux attendre qu'il se calme. »

Ohayon ne broncha pas, notant dans un coin de sa mémoire que Dina Silver craignait qu'il ne prenne contact avec le jeune Elisha.

Encore une fois, il l'interrogea sur ses relations avec la victime et, encore une fois, elle évoqua la dette qu'elle avait à son égard, et tout ce que cette femme extraordinaire lui avait transmis. Il n'y avait pas la moindre chaleur dans ses propos, pas même le genre d'émotion qu'il avait perçu chez Linder. Elle semblait débiter un texte appris par cœur.

« J'ai entendu dire que le Dr Neidorf était une femme froide et distante. C'est vrai ? »

Non, elle n'avait jamais rien ressenti de tel. Elles avaient, au contraire, des rapports étroits et de confiance mutuelle. Eva Neidorf était, en effet, une personne réservée, secrète même, mais pas froide.

« Dimanche après-midi, vous avez cherché à voir le professeur Hildesheimer. Pourquoi ? »

Elle le regarda, stupéfaite, mais s'abstint de lui demander d'où il le savait ou d'esquiver la question par quelque remarque évasive.

« J'ai fait mon analyse avec le Dr Hildesheimer.

— Pendant combien de temps ?

— Cinq ans. Je l'ai terminée il y a un an et demi. »

Elle était sortie de son cabinet pour acheter un journal et était tombée par hasard sur le vieil homme.

« Dans ce cas, pourquoi avez-vous passé une bonne heure à faire les cent pas devant chez lui ? »

Cette fois, elle ne put s'empêcher de lui demander comment il le savait. Toutefois, sans lui laisser le temps de répondre, elle poursuivit, avec son sourire figé en rictus :

« C'est vrai, je l'ai guetté devant chez lui. Si je vous l'ai caché, c'est parce que j'étais gênée d'étaler devant vous le désarroi dans lequel m'a plongée la disparition d'Eva. J'espérais qu'il pourrait me consacrer une heure. Par téléphone, je n'avais aucune chance d'obtenir un rendez-vous. Je pensais que, peut-être, il me prendrait sur-le-champ, mais il avait un autre patient ; il était occupé toute la journée, ainsi que le lendemain, à cause des obsèques. Finalement, il ne me recevra que la semaine prochaine. »

Ohayon jeta un coup d'œil à sa montre ; il était onze heures et demie. Elle reboutonnait déjà son manteau, quand il lui demanda si elle était au courant à propos du revolver de Linder.

« Au courant de quoi ?

— Saviez-vous qu'il en possédait un ? »

De son côté, il avait pris soin de ne pas divulguer que ce revolver était l'arme du crime, mais il voulait savoir si Linder lui en avait touché un mot.

« Naturellement, comme tout le monde, dit-elle en se détendant un peu, avant d'ajouter, avec son sourire grimaçant : Joe ne manquait pas une occasion de s'en vanter.

— Vous vous entendez bien avec lui ?

— Disons que nos relations ont évolué. Il a été mon contrôleur en même temps que le Dr Neidorf. Il s'en est suivi une forte rivalité entre eux. Avant, nos rapports étaient simples et chaleureux. Vous avez sans doute remarqué à quel point Joe a besoin de se sentir aimé. Je crois qu'il était un peu jaloux du Dr Neidorf.

— Saviez-vous où il rangeait son revolver ?

— Oui, quelque part dans sa chambre à coucher. C'est là qu'il allait le chercher chaque fois qu'il voulait l'exhiber, mais je ne pourrais pas vous dire où, précisément. »

Oui, elle était entrée dans cette pièce le soir de la fête pour aller récupérer son manteau. Non, il n'y avait personne d'autre à ce moment-là. Elle avait jeté un coup d'œil sur Daniel, qui dormait dans le lit de ses parents. Tous les manteaux étaient entassés sur un canapé. Non, elle n'avait jamais utilisé un revolver ; à l'armée, elle faisait passer des tests psychologiques.

Oui, durant ses classes, elle avait appris à tirer, avec un vieux fusil tchèque, mais ratait invariablement la cible. Elle n'était pas douée pour le maniement des armes. Un jour, Joe lui avait expliqué le fonctionnement de son revolver et lui avait même précisé qu'il était toujours chargé. Malgré ses encouragements, elle ne l'avait pas essayé. Ce genre d'engin lui faisait peur.

Elle s'exprimait avec une certaine coquetterie, battant des cils et jouant de la fossette qu'elle avait au menton. Toutefois, Ohayon avait l'impression que la boîte de Pandore qu'il avait entrouverte se refermait sans lui avoir livré son secret.

Tandis qu'il la raccompagnait jusqu'à la porte, il lui demanda sur un ton détaché, comme si l'idée lui en était soudain venue, si elle accepterait de se soumettre au détecteur de mensonges. Une certaine inquiétude apparut sur son visage, mais elle se borna à répondre qu'elle devait y réfléchir. « Ce n'est pas urgent, n'est-ce pas ? » Non, rien ne pressait.

Difficile de dire si elle est prudente par nature ou si elle essaie de gagner du temps, pensa Ohayon. Il savait qu'en général les gens qui n'avaient rien à cacher acceptaient volontiers de s'y soumettre, mais que d'autres, tout aussi innocents, appréhendaient cette épreuve.

Avant de la quitter, il lui demanda encore si elle savait quelque chose sur la conférence que devait prononcer le Dr Neidorf.

Non, elle n'en connaissait que l'intitulé. Mais le professeur Hildesheimer pourrait le renseigner : il aidait toujours le Dr Neidorf à préparer ses conférences.

Ohayon hocha la tête et la remercia poliment pour le nom de la patiente qu'elle lui avait communiqué. Rien ne trahissait les abîmes de perplexité dans lesquels cette conversation de trois heures l'avait plongé. De retour à sa table, il rembobina la bande magnétique et, tout en écoutant l'enregistrement, prit le téléphone. De son bureau, situé au troisième étage, Balilti lui répondit, la respiration haletante : « Je viens d'arriver — j'avais oublié ce que c'était de travailler avec vous. Je vous rejoins dans deux minutes. »

Les deux minutes se transformèrent en un bon quart d'heure. Renversé contre le dossier de sa chaise, les jambes allongées devant lui, Ohayon en profita pour réécouter la dernière partie de l'entretien, celle où Dina Silver évoquait ses relations avec Eva Neidorf, le jeune Elisha Naveh, Linder et Hildesheimer.

Balilti arriva enfin, essoufflé, un café à la main.

« Veux-tu que nous regardions ensemble les questions que je t'ai préparées ? dit Ohayon en poussant vers lui une feuille de papier.

— Volontiers, mais d'abord, j'ai une réponse pour vous au sujet de notre colonel. »

L'officier des renseignements marqua une pause, dans l'attente manifeste d'exclamations de surprise et d'admiration. Il ne lui manque qu'un peu de modestie pour être parfait, pensa Ohayon. Enfin, sa précieuse collaboration méritait bien quelques compliments.

« Tu es formidable ; il n'y en a pas deux comme toi ! » s'émerveilla-t-il.

Avec un sourire radieux, Balilti rentra sa chemise dans son pantalon et tira sur son pull-over — un pull-over visiblement tricoté par son épouse, pensa Ohayon, qui avait gardé le vague souvenir d'une femme gironde, sans prétention, mais, au dire de tous, fin cordon bleu.

« Donc, nous sommes bien d'accord, peu vous importe la façon dont j'obtiens mes informations, du moment que personne n'en ait vent ? Toutefois, l'affaire est délicate et ce n'est pas d'heures mais de jours dont j'aurai besoin. »

Ohayon émit un sifflement admiratif, puis s'enquit en prenant garde de ne pas le brusquer :

« Tu dirais combien ?

— Deux, trois, cinq peut-être. Mais ne me demandez pas pourquoi. Maintenant que vous êtes prévenu, vous pouvez me montrer vos questions », dit Balilti en s'asseyant et en posant ses mains potelées sur la feuille où Ohayon avait jeté quelques notes.

Après l'avoir rapidement parcourue, il releva la tête :

« Qui c'est, celle-là ? La nana qui vous attendait dans le couloir ? Celle que le gosse suit partout ? Raphi a dit qu'elle était mariée au "Marteau", c'est vrai ? »

Ohayon confirma ; Balilti tira une cigarette du paquet de Noblesse écrasé qui se trouvait sur la table.

« Rien ne me ferait plus plaisir que de le baiser, ce type-là. Vous croyez qu'elle le trompe ? Enfin, comptez sur moi. Vous voulez des détails sur son service militaire ? Permis de port d'arme ? Rapports avec ce gosse de diplomate un peu dérangé ? Est-ce qu'ils sortent ensemble ? Là vous y allez fort, commissaire : elle pourrait être sa mère !

— Elisha Naveh a été en psychothérapie avec elle et puis, je me souviens vaguement que le juge a un jour reçu des menaces de mort. Essaie de savoir s'il n'a pas acheté une arme, si quelqu'un dans leur luxueuse villa de Yemin Moshé n'aurait pas appris à s'en servir.

— Il suffit de consulter l'ordinateur de la police.

— La discrétion s'impose.

— Cela faisait longtemps, constata Balilti d'un air rêveur, qu'on n'avait pas eu affaire à du si beau monde : des psy, un juge et, pour couronner le tout, un gouverneur militaire !

— C'est ce qui donne du piment à l'existence, rétorqua Ohayon en arrêtant le magnétophone. Viens, allons voir si les autres ont avancé. »

Il attrapa son paquet de Noblesse, et tous deux se dirigèrent vers l'aile réservée aux auditions.

Tsila était en train de prendre la déposition de Hedva Tamari, la jeune psychiatre de l'hôpital Margoa. Dès qu'elle aperçut Ohayon par la vitre, elle sortit à sa rencontre.

« Le témoin n'arrête pas de gémir, dit-elle en se passant une main sur le front. Chaque fois que je prononce le nom de la victime, elle fond en larmes. Cela fait une heure que je l'asticote et je n'ai rien appris que je ne savais déjà, si ce n'est qu'elle s'est arrangée avec son chef de service pour qu'il reste à l'hôpital toute la journée lorsqu'elle est de garde. Qu'est-ce qu'un homme ne ferait pas pour une jolie fille ! »

Ohayon ne se laissa pas prendre aux jérémiades de son inspectrice. Durant les interrogatoires, elle savait se montrer ferme et efficace. Il avait écouté les enregistrements. Si parfois elle prenait un air de gamine et se faisait toute douce, c'était pour mieux confondre le témoin.

« Mon premier client de la journée a été encore plus long ; j'en ai eu pour presque deux heures. Le Dr Daniel Voller, vous voyez qui c'est ? Un type aux cheveux blancs qui fait partie de la commission de formation. De lui non plus je n'ai rien tiré, mis à part quelques rosseries sur Linder. En tout cas, l'un et l'autre sont prêts à se soumettre au détecteur de mensonges. »

Installé dans une autre pièce, Méni recueillait le témoignage de Tami Tsvieli, la jeune femme en l'honneur de qui s'était déroulée cette fameuse soirée chez Linder, une blonde assez fade aux yeux roses. Elle aussi, précisa Méni, acceptait de passer au détecteur de mensonges.

« D'une façon ou d'une autre, ils ont tous un alibi. Pas du genre fabriqué. Non. Normal : ils étaient en famille, ils ont regardé la télévision, puis sont allés se coucher et se sont levés tard le samedi. Bref, pas vraiment des suspects. »

Balilti s'en alla à ses affaires et Ohayon retourna à son bureau, où il avait donné rendez-vous au Dr Guiora Biham, chef de service à l'hôpital Kvar Shaül. Dès qu'il le vit, il reconnut le chauve avec un bouc en compagnie de qui Dina Silver était arrivée pour la levée du corps.

Le Dr Biham parlait avec un fort accent sud-américain, roulant les mots dans sa bouche, comme s'il se délectait de leur sonorité. Le vendredi soir, il avait reçu des amis à dîner et le samedi matin, il avait été en forêt avec ses enfants, à la cueillette de champignons. Il était rentré à neuf heures et demie, avait laissé sa progéniture (deux garçons et une fille, tous les trois âgés de moins de huit ans) avec sa femme et s'était rendu en voiture à l'Institut.

Pendant deux ans, il avait été l'élève du Dr Neidorf, au même titre, cependant, que les neuf autres candidats de sa promotion. Malheureusement, il n'avait pas pu faire son analyse didactique avec elle ni l'avoir pour contrôleur, car elle n'avait aucun créneau de libre. En effet, précisa-t-il devant l'expression perplexe du commissaire, le carnet de rendez-vous du Dr Neidorf était plein et elle avait une liste d'attente de deux ans.

Sa façon d'être assis, bien calé dans sa chaise, les jambes croisées, en train de bourrer une pipe incrustée de nacre, le briquet en or qu'il sortit de la poche de son gilet, son bouc élégamment taillé, son costume gris trois-pièces, tous ces détails en disaient long sur le soin que le Dr Biham accordait à sa personne. Le plaisir qu'il prenait à s'écouter parler ne laissait guère de place au silence. Il avait réponse à tout, même lorsqu'il n'avait rien à dire. Bien sûr qu'il avait été à la soirée organisée en l'honneur de Tami Tsvieli, il adorait faire la fête. Il avait même passablement bu, ce qui l'avait mis d'humeur euphorique. Il éprouvait beaucoup de sympathie pour Linder qui l'avait supervisé pendant deux ans.

Décidément, pensa Ohayon, il n'a pas la moindre critique à formuler à l'encontre des gens de l'Institut. Malgré tous ses efforts pour lui conférer une certaine gravité, leur entretien continuait à se dérouler sur le ton, léger et superficiel, de la conversation mondaine.

« Donc, si je comprends bien, vous n'avez aucun grief contre l'un ou l'autre des membres de la commission de formation. À moins que vous ne préfériez les taire, de crainte que je n'en fasse moi-même partie, secrètement. »

Biham éclata de rire :

« Me permettez-vous de rapporter ce bon mot, commissaire ? Pour être tout à fait franc, poursuivit-il, tant que je ne me serai pas fait une place dans cet Institut, je n'ai aucune intention de penser du mal de qui que ce soit. »

Cependant, en dépit du ton badin du Dr Biham, Ohayon, qui se demandait ce qui avait bien pu attirer un tel homme vers la psychanalyse, perçut dans ses yeux las une profonde mélancolie.

« Je ne peux pas imaginer que quelqu'un de l'Institut soit impliqué dans la mort tragique d'Eva Neidorf. C'est impossible. Même si vous me mettiez des preuves sous le nez, je n'y croirais pas. »

Oui, il savait se servir d'un revolver ; et, naturellement, il avait eu l'occasion de voir celui de Linder. Il ne se rappelait pas être entré dans la chambre : soit il avait trop bu pour s'en souvenir, soit sa femme avait été chercher leurs manteaux. Il n'avait rien contre les détecteurs de mensonges ; au contraire, ce pouvait être une expérience passionnante.

« Samedi après la conférence du Dr Neidorf, la commission devait se prononcer sur votre présentation de cas. Comment vous sentiez-vous ce matin-là ?

— Plutôt inquiet. Je craignais surtout qu'on ne me demande de corriger mon texte. Aussi m'étais-je préparé à cette éventualité. Cela dit, j'étais sûr de recevoir l'accord de la commission. Vous savez, après huit ans d'études et lorsqu'on est déjà autorisé à traiter trois patients, il faut vraiment avoir commis une faute très grave pour ne pas être admis comme membre de l'Institut. D'ailleurs, je n'arrive même pas à imaginer quoi. »

Il leva un sourcil et, sans quitter le commissaire des yeux, alluma sa pipe. Ohayon ne put s'empêcher d'esquisser un sourire.

« Puis-je savoir ce qui vous a poussé à devenir psychanalyste ?

— Ayant appris combien il était difficile d'entrer à l'Institut, répondit le Dr Biham d'un air malicieux, je n'ai pu résister à la tentation de relever le défi. Et puis, c'est un métier intéressant, très intéressant. Si j'ai d'abord choisi la psychiatrie, c'est parce que j'avais une foule d'idées sur la manière d'améliorer le traitement des malades mentaux, de réformer les méthodes utilisées dans les hôpitaux psychiatriques. En revanche, j'avoue que c'est presque par jeu que je me suis lancé dans la psychanalyse. Évidemment, cela n'a pas été facile de convaincre Hildesheimer de me prendre au sérieux — c'est avec lui que j'ai passé l'un des trois entretiens préliminaires. Mais enfin, j'avais d'excellentes recommandations du service où je travaillais, sans compter celle d'un ami déjà membre de l'Institut. »

Visiblement, Biham était prêt à bavarder sur tout. Et même s'il prit un ton grave lorsque le commissaire en vint au meurtre, aucun signe de nervosité ou de crainte n'apparut sur son visage. Cependant, Ohayon ne pouvait se défaire d'une obscure sensation de malaise. Il ne faut pas se fier aux apparences, se dit-il en le raccompagnant jusqu'à la porte. Ce qu'on voit n'est jamais que le sommet de l'iceberg, à peine le cinquième de sa masse. Mais peut-être qu'après tout, ce Biham n'a rien à voir dans l'affaire. Il était en train de rembobiner la bande magnétique, lorsque Tsila, sans frapper comme à son habitude, fit irruption dans son bureau :

« Il est trois heures, chef, vous ne trouvez pas qu'il est temps d'aller déjeuner ?

— Désolé, j'ai trop de travail. »

Mais Tsila ne désarma pas :

« Ça ne prendra pas longtemps. Juste un petit morceau, vite fait. Vous savez bien que j'ai horreur de manger seule. Elie n'est pas encore rentré et ne s'est même pas donné la peine de téléphoner. »

De guerre lasse, Ohayon enfila son blouson et posa un bras sur l'épaule de son inspectrice. En chemin, ils récupérèrent Méni.

« Reconnaissez qu'il n'y a pas le feu », dit Tsila, ravie.

Tandis qu'il sirotait le café turc bien corsé que le vieux patron de la buvette du coin avait lui-même préparé et déposé sur leur petite table branlante,

Ohayon se fit soudain la réflexion que le Dr Biham était, lui aussi, tenaillé par un insatiable désir de plaire et d'être aimé, sans toutefois avoir ce côté pathétique de Linder qui, lui, était un homme fini. Néanmoins, cela n'expliquait pas la profonde mélancolie qu'il avait lue dans son regard. À l'occasion, il en toucherait un mot à Hildesheimer, se promit-il.

CHAPITRE XIV

Deux semaines s'étaient écoulées depuis qu'Ohayon avait chargé Balilti de recueillir des informations sur le colonel Yoav Alon. Entre-temps, l'officier des renseignements avait disparu de la circulation. Au début, Ohayon n'y prêta pas attention, mais au bout de cinq jours, il se mit frénétiquement à sa recherche. Quand enfin il réussit à le joindre, tard le soir, à son domicile, celui-ci refusa carrément de parler.

« J'y travaille, Ohayon. Quand je saurai quelque chose, n'ayez crainte, vous serez le premier informé. »

Ohayon n'avait aucune crainte à ce sujet, mais il piaffait d'impatience.

« Et la femme ? Tu pourrais au moins me donner un ou deux tuyaux sur elle.

— Pas par téléphone. »

La routine s'était peu à peu installée. Le temps s'améliorait. Les invités à la soirée de Linder avaient tous été entendus, de même que les patients d'Eva Neidorf. Le détecteur de mensonges avait authentifié leurs déclarations. Seule Dina Silver, prétextant une méchante crise de sinusite, n'avait pas encore passé le test. L'enquête piétinait. Ohayon avait le sentiment que le moment était venu de reprendre les choses en mains, « de créer, fût-ce artificiellement — comme il l'avait expliqué à Elie Bahar lors de l'une de leurs réunions quotidiennes — un coup de théâtre, afin de débloquer la situation ».

Chaque fois qu'il était plongé dans une enquête, affirmaient ses collègues, il était comme « possédé par un dibbouk ». D'une certaine façon, c'était aussi ce qu'avait laissé entendre Shorer durant ces deux semaines où le temps semblait comme suspendu :

« Donc, c'est elle qui te hante à présent ? Je ne dis pas que tu te trompes, mais comment peux-tu être sûr de ton coup ? Elle souffre d'une pneumonie — j'ai vérifié auprès de son médecin traitant — et même si ce n'est pas trop grave, rien, hormis ton intuition, ne t'autorise à la harceler. N'oublie pas qui est son mari. »

Un soir, cependant, alors qu'ils dînaient ensemble dans l'un des petits restaurants du marché de Mahané Yehouda, Shorer admit que si elle n'avait pas été l'épouse du « Marteau », il n'aurait pas pris autant de gants.

« Néanmoins, dit-il en faisant bruyamment tinter sa fourchette contre son assiette, c'est aussi ta faute. Si au moins tu m'avais fourni un témoin, un seul, qui ait vu sa voiture de bonne heure ce samedi matin aux abords de l'Institut. »

Ohayon, qui avait perdu l'appétit depuis une semaine, ne put cacher sa frustration :

« J'ai interrogé tout le monde : les voisins, les gens qui jouaient au tennis sur le court d'en face et même les gardes de la sécurité civile qui patrouillaient dans le quartier. Personne ne l'a vue. En revanche, des dizaines de témoins affirment qu'elle est arrivée à l'Institut à dix heures pile. Pourtant, j'ai un drôle de pressentiment.

— L'intuition ne suffit pas, rétorqua Shorer en essuyant la mousse que la bière avait déposée sur ses lèvres. Avec tout le respect que je dois à ton flair de policier, je te ferai remarquer que nous avons affaire à l'épouse d'un juge de district, qu'elle est effectivement souffrante, qu'à aucun moment elle n'a tenté de fuir à l'étranger et, surtout, que je ne vois pas ce qui aurait pu la pousser à commettre un tel acte. Toi-même tu m'as dit qu'au dispensaire où elle travaillait, elle avait donné entière satisfaction, et Rosenfeld t'a assuré que la commission de formation aurait sans l'ombre d'un doute approuvé sa présentation de cas. Alors, quel mobile aurait-elle pu avoir ? »

Ohayon ouvrit la bouche pour répondre, mais finalement y enfourna quelques feuilles de salade et hocha la tête sombrement.

Comme elle l'avait annoncé, Nira était partie en vacances en Europe, et Youval s'était installé chez lui. Tous les matins, le garçon se plaignait d'entendre, à travers la cloison, son père grincer des dents dans son sommeil. Ohayon se repliait chaque jour un peu plus sur lui-même, sombrant dans une morosité qu'il avait du mal à s'expliquer.

Avec Youval à la maison, ses relations avec Maya avaient pris un tour plus compliqué : il ne pouvait plus la recevoir chez lui. Les rares fois où ils se rencontraient au café Mav, elle ne se plaignait pas, mais lui lançait de longs regards langoureux auxquels il n'avait pas le cœur de répondre. Pourtant, combien il eût aimé se blottir contre elle et se laisser enlacer sans être obligé de s'expliquer ! D'après Maya, ses crises de déprime étaient cycliques, elles revenaient, affirmait-elle, chaque année au printemps, mais lui savait en son for intérieur que cette enquête y était pour beaucoup.

L'interrogatoire des témoins n'avait pas livré d'élément nouveau. Bien qu'intéressantes, leurs dépositions n'avaient débouché sur aucune piste. Au cours d'un nouvel entretien avec Hildesheimer, celui-ci lui avait confié tristement : « L'Institut est malade. Tous mes espoirs reposent désormais sur vous. »

Les pressions exercées par les médias ne facilitaient pas non plus leur tâche. Les journalistes s'insurgeaient contre le manque de transparence. Tous les matins, à la fin du briefing, le porte-parole de la police venait prendre connaissance du contenu de sa déclaration de presse quotidienne ou « comment — selon ses propres termes — ne rien dire avec le maximum de mots ».

« Quand me donnerez-vous de quoi calmer cette meute de chiens enragés ? » demandait-il à Ohayon en lui adressant un regard lourd de reproches.

Et puis, chaque jour, il devait faire son rapport à Arié Lévy, le commissaire divisionnaire, ce qui n'était pas fait pour lui arranger le moral.

Le seul rayon de lumière durant ces deux semaines fut la visite de Catherine Louise Duboisset. Ohayon alla lui-même l'accueillir le vendredi à l'aéroport Ben Gourion, quatre jours après avoir appris son existence par la famille de la victime.

Dès qu'il pénétra dans le hall, il se sentit envahi par le parfum de lointaines destinations et se souvint avec amertume que cela faisait des années qu'il n'était pas parti en voyage à l'étranger. De nouveau, il s'imagina dans l'ambiance feutrée de Cambridge, plongé dans ses études sur le Moyen Âge ou sillonnant les villes italiennes.

Posté près du contrôle des passeports, il observait la longue file des voyageurs, quand soudain il perdit patience et fit appeler le Dr Duboisset par haut-parleur.

Ils eurent ensemble trois entretiens. Le premier se déroula dans sa voiture, entre l'aéroport et Jérusalem. Malgré l'insistance des enfants d'Eva Neidorf, elle avait tenu à dormir à l'hôtel ; elle n'aurait pas supporté, expliqua-t-elle, le vide causé par la disparition de son amie. Ils lui avaient donc réservé une chambre bon marché. Cependant, dès qu'il la vit, Ohayon mit le cap sur l'hôtel King David, tandis que Tsila, contactée par radio, s'occupait des démarches nécessaires.

D'après les informations que lui avaient communiquées ses homologues français, Catherine Louise Duboisset, soixante ans, était l'un des membres les plus éminents de l'Institut de psychanalyse de Paris. Interrogé de son côté, Hildesheimer n'avait pas tari d'éloges à son égard, malgré les profondes réserves que lui inspiraient « les Français en général ». Elle avait les cheveux blancs ramenés en un épais chignon sur la nuque ; ses yeux bruns, grands ouverts sur le monde comme ceux d'un enfant, rayonnaient d'intelligence et de générosité. N'eût été son regard, on aurait pu la prendre pour une gentille petite grand-mère, tout ce qu'il y a de plus ordinaire. Elle portait une robe sombre, informe et, par-dessus, un manteau élimé ; pas le moindre soupçon de maquillage n'agrémentait son visage ; son large sourire laissait voir une dentition irrégulière qui accentuait son aspect négligé. Ses chaussures marron, sans talons, juraient avec le reste de sa tenue. Bref, elle contredisait toutes les idées qu'Ohayon se faisait des Françaises. Où est cette fameuse élégance dont on parle tant ? n'avait-il pu s'empêcher de penser quand elle lui avait serré la main à l'aéroport. Toutefois, dès qu'il avait croisé son regard, cette réflexion lui avait paru idiote.

En effet, Eva avait passé un peu moins de vingt-quatre heures chez elle, dit-elle avec un accent parisien qui le ravit. Lui-même n'eut besoin que de quelques minutes pour retrouver son aisance en français.

Avant toute chose, il l'interrogea sur le secret qui avait entouré leur rencontre. Il n'arrivait pas à s'expliquer, dit-il en engageant la Renault sur la bretelle de l'autoroute, pourquoi Eva Neidorf n'avait soufflé mot de cette escale à Hildesheimer.

« Ah, répondit la Française avec un sourire, Eva était un peu rancunière. Elle lui en voulait terriblement et souhaitait le rendre jaloux en me remerciant publiquement pour mon aide, avant de commencer sa conférence. »

Cette explication ne concordait guère avec l'image qu'il s'était faite d'Eva Neidorf. Après avoir allumé une cigarette, il exprima à haute voix ses réserves. Sans quitter la route des yeux, il sentait qu'elle le dévisageait avec curiosité.

« Ceux qui vous ont parlé d'Eva, soupira-t-elle, ne connaissaient sans doute que certains aspects de sa personnalité. Certes, Hildesheimer la connaissait plus intimement, mais lui aussi refusait de voir certaines choses. Par exemple, l'importance qu'elle attachait à l'aide qu'il lui apportait. Le jour où il lui a annoncé qu'elle devait s'affranchir de l'état de dépendance qui la liait à lui, elle s'est sentie blessée dans son amour-propre.

« Une blessure bien féminine », observa-t-elle avec un mélange de tristesse et d'amusement, avant d'ajouter une remarque générale sur « les faiblesses du sexe masculin ».

De nouveau, elle sourit — un sourire qu'il ne pouvait voir que de profil — et remarqua qu'aussi absurde que cela pût paraître, elle pensait effectivement que le vieil homme aurait été piqué au vif. « Peut-être pas autant qu'Eva l'aurait souhaité, mais suffisamment pour avoir le sentiment d'avoir marqué un point. Elle avait l'intention de lui relater notre rencontre après sa conférence. »

Puis, la conversation se porta sur les liens particuliers qui unissaient les deux femmes. C'était justement leur éloignement géographique, dit-elle, qui leur avait permis de devenir des amies aussi proches. Eva avait du mal à entretenir des relations intimes avec quiconque de manière continue et quotidienne. C'est pourquoi leurs rencontres une ou deux fois par an à l'occasion des congrès de l'Association internationale de psychanalyse lui convenaient à merveille. « Nous nous aimions beaucoup. De plus, avec moi, elle pouvait parler tout à fait librement de ses rapports avec Ernst, de ses patients, de l'Institut. Je n'étais mêlée à rien. »

Ohayon se présenta avec Catherine Louise Duboisset à la réception de l'hôtel King David. Si le luxe du décor l'éblouit, elle n'en laissa rien paraître. Puis il l'accompagna jusque dans sa chambre, ouvrit les rideaux et lui montra la superbe vue sur les remparts de la Vieille Ville. Avec une pointe de tristesse, elle fit une vague remarque sur la beauté tragique de certains lieux. Lorsqu'elle lui demanda, avec une curiosité enfantine, quelle partie de l'hôtel avait été dévastée lors du célèbre attentat commis sous le mandat britannique et dans quelles conditions on l'avait restaurée, Ohayon capta de nouveau son regard et en fut subjugué. Ce n'est pas seulement l'éloignement géographique qui a rendu possible leur amitié, songea-t-il, mais la gentillesse et la spontanéité de cette femme, deux qualités qui faisaient apparemment défaut à Eva Neidorf.

Le soir même, il la rencontra de nouveau chez Maswadi, un petit restaurant situé dans la partie arabe de Jérusalem. Tandis qu'ils dégustaient un assortiment de hors-d'œuvre typiques, il l'interrogea sur la conférence. Vu le peu de temps dont elle disposait, expliqua la Française qui portait une autre robe foncée, presque identique à la première, Eva n'avait pu lui traduire son texte, rédigé en hébreu. Cependant, un problème la préoccupait : avait-elle le droit d'illustrer sa conférence en citant des cas de comportements moralement inacceptables chez certains de ses patients, par exemple des sévices infligés à des enfants ? Un thérapeute devait-il se cantonner dans sa fonction thérapeutique ou bien dire ouvertement au patient ce qu'il pensait, voire signaler le cas à la police ? Elle voulait également aborder d'autres questions liées au secret professionnel. Ainsi, elle estimait qu'en Israël, un tout petit pays, les analystes ne prenaient pas suffisamment de précaution pour préserver l'anonymat de leurs patients quand ils discutaient entre eux. Enfin, elle avait préparé un long développement sur les circonstances dans lesquelles il était injuste de demander à un patient de régler une séance qui n'avait pas eu lieu.

La relation analytique, expliqua Mme Duboisset, impliquait un engagement mutuel sur le long terme. Par conséquent, un patient qui manquait une séance devait quand même s'en acquitter, sauf cas d'empêchement laissés à l'appréciation de l'analyste, tels que maladie ou accouchement. Eva hésitait sur le choix de ses exemples, de crainte d'embarrasser certains de ses collègues, mais aussi parce qu'elle n'était pas sûre qu'ils rentraient dans le cadre de sa conférence. Les analystes qui exigeaient leurs honoraires alors que leurs patients accomplissaient leur période militaire — ce qu'elle considérait comme un cas de force majeure — contrevenaient-ils à la déontologie de la profession ?

Prenant subitement conscience de la déception du commissaire, elle interrompit son exposé :

« Vous me faites penser à ces patients qui sont déçus après quelques séances, parce qu'ils ne constatent aucun progrès tangible, dit-elle en souriant. Qu'attendiez-vous de moi, au juste ? »

Il lui révéla alors que non seulement toutes les copies de la conférence d'Eva Neidorf avaient disparu, mais aussi la liste de ses patients et de ses supervisés, ainsi que ses documents comptables. Elle était au courant, l'ayant appris de la famille, à qui elle avait rendu visite dans l'après-midi.

« À propos, les enfants me font de la peine, surtout Nimrod. Nava, au moins, extériorise son chagrin ; elle avait avec Eva des relations très affectueuses. Nimrod, en revanche, n'avait pas encore réglé ses conflits avec sa mère ; d'une façon générale, c'est un garçon trop renfermé. Mais, excusez-moi, je comprends que ce n'est pas de cela que vous vouliez que je vous entretienne. »

Sous son regard perspicace, il lui dit qu'il avait espéré apprendre d'elle ce qui, dans cette conférence, pouvait bien expliquer sa disparition, ou même le meurtre d'Eva Neidorf. Le front plissé, la Française lui exposa ce qu'elle en savait. Toutefois, ne connaissant pas l'hébreu, elle n'avait pas jugé utile d'en conserver une copie. En revanche, un point troublait tout particulièrement Eva, mais celle-ci avait refusé d'entrer dans les détails.

« Eva était choquée par la conduite d'un des candidats, poursuivit-elle d'un air songeur. Elle ne m'a pas donné de nom, ni même précisé s'il s'agissait d'un homme ou d'une femme. Toutefois, elle m'a longuement interrogée au sujet d'un grave incident survenu il y a quelque temps à l'Institut de Paris : un de nos analystes chevronnés avait eu une aventure passionnée et tumultueuse avec l'une de ses patientes. »

Son visage s'assombrit et, l'espace d'un instant, son regard parut s'éteindre. Elle but une gorgée de vin et reprit :

« Eva désirait savoir comment nous avions acquis la certitude que la patiente en question ne fabulait pas. Je lui ai répondu que j'avais exigé des preuves et que, malheureusement, on m'en avait fourni : fiches d'hôtel, témoignages de personnes qui les avaient vus au restaurant, etc. — une sale besogne dont je me serais volontiers passée, mais on ne peut pas radier un confrère de la société de psychanalyse et lui interdire l'exercice de la profession sans d'abord vérifier scrupuleusement la réalité des faits qui lui sont incriminés. Cela dit, je ne suis pas certaine (là, son regard retrouva toute sa vivacité) qu'Eva avait vraiment l'intention d'aborder ce point dans sa conférence. Il était tard ; j'étais très fatiguée ; j'avais eu une rude journée et celle qui m'attendait promettait de l'être tout autant. Je m'apprêtais à partir en vacances, ce qui est toujours un moment difficile pour les patients ; cela demande beaucoup d'énergie et je ne suis plus toute jeune. »

Elle sourit, ajoutant avec une immense tristesse qu'elle était alors loin de s'imaginer que cette rencontre à Paris serait leur dernière.

« C'est toujours ainsi, murmura-t-elle les larmes aux yeux, on croit avoir l'éternité devant soi, et puis... »

Les précisions apportées par Catherine Louise Duboisset ne laissaient plus de doute, songea Ohayon : un patient ou un candidat détenait la clé de l'énigme. La conférence constituait peut-être le mobile du crime, mais pas nécessairement. En tout cas, il était clair que quelqu'un avait été pris de panique à l'idée qu'Eva Neidorf pût révéler certaines informations en sa possession. L'intérêt que cette dernière avait manifesté pour cet analyste tombé amoureux de sa patiente lui fit penser à Dina Silver, mais, du soupçon à la preuve, le chemin était encore long et, secrètement, il maudit Balilti dont il n'avait plus de nouvelles depuis dix jours.

Plus officielle, la troisième entrevue avec le Dr Duboisset eut lieu le dimanche matin au commissariat central, où elle signa une déposition en bonne et due forme et s'engagea à se tenir à leur disposition, si besoin était. Le jour même, elle s'envola pour Paris.

Chaque matin, au briefing, tous les regards se tournaient vers Elie Bahar qui, sans un mot, faisait circuler les relevés des comptes en banque qu'il avait épluchés la veille. Il ne lui avait pas fallu moins de deux jours pour retracer les mouvements sur le compte courant d'Eva Neidorf. Il avait vérifié tous les versements, en chèques ou en espèces, qu'elle avait effectués au cours des deux années écoulées et tenté, avec l'aide d'un informaticien commis d'office à l'équipe, de dégager des fréquences et des régularités. « Cela aurait pu être tellement plus simple, si on ne s'était pas fait doubler ! » se lamentait-il après avoir laissé aux membres de l'équipe le temps de mesurer ses progrès de la veille, lesquels, en substance, ne faisaient que confirmer ce qu'ils savaient déjà, à savoir que tous les patients et les candidats d'Eva Neidorf connus d'eux la payaient.

À Tsila, Elie se plaignait de la monotonie de son travail. Depuis deux semaines, il avait l'impression d'être un employé de banque. Chaque matin, à l'ouverture, le directeur le conduisait jusqu'au sous-sol où étaient archivés les chèques tirés sur les comptes des clients et, l'après-midi, il présentait le fruit de son labeur à Ohayon. Jusqu'au jour où l'informaticien de la police attira son attention sur un versement en liquide — toujours du même montant — effectué chaque semaine depuis un an. Une semaine de vérifications lui permit de découvrir qu'Eva Neidorf avait récemment déposé un chèque d'une somme identique, tiré sur un compte qui ne réapparaissait nulle part.

Ohayon avait appris d'Hildesheimer, mais aussi du comptable, que la plupart des patients et des candidats réglaient leurs séances une fois par mois. Quelques-uns préféraient le faire chaque semaine, d'autres encore, mais c'était rare, à la fin de chaque consultation.

Ayant découvert ce chèque déposé une semaine, jour pour jour, après un dépôt en liquide du même montant, Elie Bahar annonça, non sans mauvaise humeur, qu'il s'apprêtait à passer la matinée dans une succursale de la banque Leumi de Beit Hakerem, où il n'avait pas encore eu l'honneur de se rendre. Constructif, Ohayon tenta de le réconforter en lui faisant valoir combien son travail leur était indispensable, combien de choses on pouvait apprendre sur les gens en fouillant dans leurs comptes. Pas vraiment convaincu, Elie pesta contre l'atmosphère confinée des sous-sols de banques et l'ennui irrépressible que lui inspirait cette tâche.

« Moi, s'exclama Tsila, je parie que ce chèque est celui du mystérieux patient et qu'avant midi nous connaîtrons son identité.

— Écoute ce qu'elle dit, renchérit Ohayon. Je suis sûr qu'elle a raison. Et maintenant, file. »

Rendez-vous avait été fixé avec le sous-directeur, un homme maigrichon et au parler onctueux qui n'arrêtait pas de remettre en place sa calotte crochetée retenue par une épingle à cheveux. Le directeur s'excusait, il faisait sa période militaire, précisa-t-il, manifestement ravi de le remplacer. Pénétré de son importance, il alla jusqu'à expliquer à l'une des employées — Elie lui trouva un air de ressemblance avec Zmira, la jeune secrétaire de Zeligman et Zeligman — qui était ce monsieur et les raisons de sa visite. Finalement, il conduisit Elie jusqu'au sous-sol et, après avoir examiné le numéro de compte que l'inspecteur lui avait tendu, ouvrit une immense armoire grise remplie de dossiers. En découvrant le nom qui s'étalait devant ses yeux, Elie sentit sa fatigue s'envoler ; son regard s'illumina.

Un homme de trente ans, qui plus est inspecteur de police, ne saute pas au plafond quand ses efforts se voient enfin récompensés, pensa-t-il, tout en demandant au sous-directeur la permission d'utiliser le téléphone. L'équipe était encore en réunion. Raphi décrocha et, sans un mot, passa le récepteur à Ohayon. Au début, personne ne sembla y prêter attention, jusqu'au moment où Tsila, tirant Méni par la manche, lui fit remarquer le regard soudain brillant du patron.

« Tu vois, Elie, qu'il existe un dieu pour les braves, dit enfin Ohayon en se levant. Fais-en une photocopie et reviens illico. »

Quand il raccrocha, tous se tournèrent vers lui, brûlants de curiosité. Incapable de contenir sa joie, Tsila se pencha vers Méni et le gratifia d'une bise sonore sur la joue.

« Nos problèmes ne font que commencer, murmura Ohayon. Vous rendez-vous compte de la portée de cette information ? Ce n'est plus comme témoin mais comme suspect que nous allons maintenant devoir l'interroger. Un gros bonnet comme lui ! »

Bien entendu, Tsila fut la première à protester :

« Et alors ? Il n'est pas au-dessus des lois !

— Dois-je te faire remarquer que suspect ne veut pas encore dire coupable ? Pour l'instant, tout ce que nous savons, c'est qu'il a remis un chèque à la victime. »

Malgré son calme apparent, les membres de l'équipe voyaient bien que leur chef était aussi excité qu'eux par ce nouveau développement.

Soudain, Balilti fit irruption dans la pièce, arborant un large sourire et se refusant à croire qu'Ohayon attendait en fait l'arrivée d'un autre que lui.

Et, en effet, ce n'est qu'après avoir vu, de ses yeux, le chèque rapporté par Elie, après l'avoir confié, tel un trésor, à Tsila en la priant de le porter à l'Identité judiciaire afin que la signature en soit confrontée à celle qui figurait sur le récépissé du cabinet comptable, et après avoir envoyé Elie « prendre un bol d'air bien mérité au soleil », que le commissaire prêta enfin attention à Balilti, dont le sourire s'était quelque peu estompé, bien qu'il parût toujours aussi impatient. Interrogé, celui-ci refusa de dire quoi que ce soit dans les locaux de la police.

Ohayon l'emmena donc dans un café de la rue Yaffo, où ils s'installèrent à une table un peu à l'écart. Tel un conspirateur, Balilti ne cessait de jeter des regards alentour pour s'assurer que personne ne les écoutait.

« J'ai deux choses à vous dire, chuchota-t-il. La première, c'est que cette chère Dina Silver est une fieffée menteuse ; la seconde » — là, il baissa encore la voix — « concerne le colonel Yoav Alon. Par quoi voulez-vous que je commence ? »

Il essuya ses lèvres humectées de café au lait.

« Par le colonel », dit Ohayon en allumant une cigarette.

L'information que lui communiqua l'officier des renseignements le laissa bouche bée.

« Comment as-tu réussi à savoir une chose pareille ? Tu as couché avec lui ou quoi ? finit-il par articuler.

— À titre exceptionnel et uniquement parce que c'est vous et que sur ce coup, je me suis vraiment défoncé, je veux bien vous dévoiler certaines de mes méthodes d'investigation », dit Balilti, tout émoustillé.

La trentaine un peu chauve et bedonnante, Balilti, avec son allure négligée et ses manières plutôt frustres, était, comme il l'avait un jour confié à Ohayon, un grand séducteur. Ohayon n'arrivait pas à comprendre ce que les femmes lui trouvaient, mais il ne doutait pas que l'officier des renseignements disait vrai, même si la modestie n'était pas la première de ses qualités. Comme Balilti le lui avait expliqué, il menait sans complexe une double vie. Sa femme, une épouse modèle qu'il aimait tendrement, avait des exigences modestes et pour tout univers, son foyer et ses enfants. Que le commissaire ne se méprenne pas, il estimait avoir fait un mariage heureux. Cependant, par principe, il refusait de renoncer à sa liberté. Chaque fois qu'il avait l'impression qu'une liaison risquait de trop l'accaparer, il rompait, mais toujours en douceur : « Nous restons bons amis », avait-il tenu à souligner.

« Je me suis embringué dans une aventure qui m'effraie moi-même, poursuivit Balilti. Moi qui ai toujours fui les femmes non mariées comme la peste, j'ai séduit une célibataire. Mais ce n'est pas tout : elle n'a que vingt ans, une fleur à peine éclose... Pire encore, cette fois, je crois que je suis vraiment mordu, ajouta-t-il avec une émouvante franchise. Et tout ça pour vous. »

Étonné, Ohayon leva les sourcils et voulut protester, mais le visage épanoui de Balilti l'en dissuada.

« Elle était la seule auprès de qui je pouvais obtenir le genre d'information que je recherchais, sans que personne ne me pose de questions. C'était tout ce qui m'importait. Seulement, voilà, je me suis laissé prendre au jeu. Que faire ? Ce sont les risques du métier. »

Contenant sa curiosité, Ohayon alluma une autre cigarette. Ce n'est qu'au bout d'un interminable exposé de détails divers qu'il comprit que la nouvelle maîtresse de l'officier des renseignements n'était autre que la secrétaire personnelle du gouverneur militaire d'Edom, le colonel Yoav Alon en personne.

« Remarquez, je n'étais pas le premier. Elle est attirée par les hommes plus âgés qu'elle, dit Balilti avec une pointe d'embarras. Et le pompon, c'est qu'avant moi, elle sortait avec Alon. »

Ohayon commanda deux autres cafés crème. Les éléments épars commençaient à s'ordonner dans son esprit. Les cafés arrivèrent ; Balilti attendit que la serveuse s'éloigne pour continuer :

« C'est d'elle que je tiens qu'il est impuissant. J'ai eu droit à tous les détails. C'était affreux. Maintenant, ils ne parlent plus que boulot ; entre eux, l'atmosphère est, paraît-il, à couper au couteau. C'est une fille très mûre pour son âge; néanmoins, elle s'est sentie terriblement humiliée.

— Ça remonte à quand? demanda Ohayon en remuant son café.

— Six mois après son arrivée à Edom, et ça fait bientôt deux ans qu'elle y est. Elle sera démobilisée le mois prochain. Je n'aurais jamais imaginé que cela deviendrait sérieux. On ne peut même pas dire qu'elle soit jolie. Moi qui pensais sortir avec elle juste le temps de récolter quelques ragots.»

Ohayon avait du mal à faire preuve de compassion : la vie sentimentale de Balilti ne l'intéressait pas vraiment, même s'il pouvait comprendre que l'officier des renseignements cherchait un confident. À présent, les pièces du puzzle s'imbriquaient à merveille les unes dans les autres. Quand il l'informa de l'histoire du compte en banque et du chèque remis à Eva Neidorf, Balilti prit soudain un air grave, abandonnant son expression béate d'amoureux transi.

«Colonel ou pas, quand on n'arrive plus à bander, on va voir un psy, c'est logique. Mais dans le secret le plus absolu, sinon on peut dire adieu à ses ambitions de devenir un jour chef d'état-major. Qu'en dites-vous, commissaire, il me semble qu'on tient le bon bout?»

Ohayon opina du chef. Trop conscients des difficultés qui les attendaient, ni l'un ni l'autre n'éprouvait un sentiment de triomphe, ou même de soulagement.

«Tout colle, dit Balilti. Il était à la soirée de Linder, c'est même lui qui a acheté le revolver et il se faisait soigner par Neidorf. Il a un mobile, les moyens, tout. Qui l'eût cru!»

Ohayon, cependant, était perplexe : en général, quand il touchait au but, quelque chose au fond de lui l'en avertissait, une sorte de tension extrême. Mais, maintenant, rien. L'anxiété semblait avoir anesthésié ses sens.

«Pourtant, quelque chose me chiffonne : pourquoi l'aurait-il tuée ? Elle n'avait pas l'intention de révéler ses problèmes sexuels ni de crier sur les toits qu'il suivait une psychothérapie avec elle. Son mobile ne m'apparaît pas clairement.

— Allez savoir ce qu'il a bien pu lui raconter d'autre, répliqua Balilti en haussant les épaules. Une chose est sûre : il était à sa merci et si l'envie lui avait pris d'illustrer sa conférence en citant son cas, sa carrière était foutue.

— Bon, à Silver maintenant. D'après toi, elle ment ?

— Sur toute la ligne. D'abord, le gosse de diplomate, ce garçon aux allures de gigolo ; eh bien, figurez-vous qu'elle l'a rencontré au moins deux fois avant le jour des obsèques — ne me demandez pas comment je le sais —, une fois chez elle et une autre à l'Institut. Ensuite, qui a prétendu qu'elle ne savait pas se servir d'un revolver ? Ils ont une arme chez eux, enregistrée au nom de son juge de mari. Elle-même fréquente un club de ball-trap et il paraît que c'est une fine gâchette. Bref, elle a aussi peur des armes à feu que moi des femmes. Et de deux. Enfin, sachez qu'elle fait chambre à part avec le Marteau. À mon avis, tout leur mariage n'est qu'une farce. Dommage que je n'aie pas pu mettre la main sur le gars qui partage l'appartement du sieur Naveh ; il est à l'étranger. Vous voyez, patron, tout le monde s'offre de chouettes vacances, sauf nous. Je vous parie tout ce que vous voulez qu'il en aurait eu beaucoup à nous dire sur les rendez-vous de ce joli cœur avec sa belle qui pourrait être sa mère. »

Ohayon régla les consommations et ils retournèrent à son bureau. Balilti lui dit encore que la secrétaire, Orna, lui avait longuement parlé des problèmes que le colonel rencontrait dans son travail. « Apparemment, c'est un gentil garçon, peut-être trop gentil pour ce genre de boulot, dit-il avec un brin de condescendance apitoyée. Qui sait si dans l'accomplissement de ses fonctions, il n'a pas commis certains actes que Neidorf jugeait inadmissibles. Je n'ai pas besoin de vous faire un dessin ; vous savez comme moi comment ça se passe dans les Territoires. »

Balilti parti, Ohayon put enfin réfléchir à la suite des opérations. Il allait devoir informer Shorer, ainsi que le supérieur hiérarchique d'Alon. Impossible d'interroger le colonel ici ; il leur faudrait le conduire dans un endroit isolé et, surtout, éviter les fuites, du moins jusqu'à ce que sa culpabilité soit formellement établie, pensa-t-il avec lassitude. Ses longues jambes le portèrent avec une lourdeur inhabituelle jusqu'au bureau de Shorer, où il trouva son chef plongé, comme toujours, dans une pile de dossiers.

Shorer leva la tête, un sourire aux lèvres

« Du neuf ? » demanda-t-il avec si peu d'illusion qu'il se redressa brusquement en entendant que, pour du neuf, cette fois il allait être servi.

Plus Ohayon avançait dans son récit, plus le visage de Shorer s'assombrissait et plus les allumettes brisées s'accumulaient sur son bureau. Il demanda à voir le chèque dès que possible, s'enquit de la manière dont ces informations avaient été obtenues, se refit préciser l'alibi du colonel et finit par déclarer :

« Ce n'est pas trop tôt. Deux semaines et demie pour enfin tenir une piste digne de ce nom. Mais il va falloir mettre Lévy au parfum ; je ne peux pas prendre seul la responsabilité de la suite des événements. Imagine que ce ne soit pas lui l'assassin : on ne peut quand même pas gâcher la vie d'un homme simplement parce qu'il est impuissant. Nous aurons besoin d'un mandat de perquisition pour vérifier l'empreinte de ses chaussures ; il faudra aussi demander à la secrétaire de Zeligman d'identifier sa voix. Je te souhaite bien du plaisir, Ohayon ! Ah, dans quel pays on vit ! Si même un colonel... Bon, donne-moi quelques heures avant de t'y mettre. Il n'est pas question de l'amener ici ! Tu m'entends ? La discrétion absolue, motus et bouche cousue ! »

Ohayon l'assura qu'il ne bougerait pas jusqu'à ce qu'il reçoive son feu vert.

Il était six heures du soir lorsque Shorer fit savoir à Ohayon — qui n'avait pas osé quitter son bureau, si ce n'est pour se réapprovisionner en cigarettes au tabac du coin — que le suspect avait été interpellé.

Shorer s'était occupé de tout, y compris de mettre à la disposition de l'équipe l'appartement de la rue Ha-Palmach réservé aux interrogatoires secrets. Plus tard dans la nuit, Raphi, qui avait participé à l'arrestation d'Alon, raconta à Ohayon comment les choses s'étaient passées. En état de choc, la femme du colonel les avait suppliés d'attendre que les enfants sortent avant qu'ils ne commencent leur perquisition. Elle n'avait pas exigé d'explications, se contentant de poser une seule question à laquelle, d'ailleurs, personne n'avait jugé utile de répondre.

« On l'a arrêté devant chez lui, rue Bar Kochba, au moment où il revenait de son travail, dit Raphi. Il a commencé par protester, mais quand on lui a fait comprendre qu'on agissait avec l'accord de son supérieur et qu'il avait intérêt à nous suivre gentiment s'il tenait à la discrétion, il est revenu à de meilleurs sentiments. »

Le professeur Brandtstetter fit un signe de tête amical au charmant jeune homme qu'il tenait pour le locataire de l'appartement du troisième étage, au-dessus du sien. Ils se croisaient rarement, mais le professeur ne manquait jamais de le saluer. Ce garçon, qui travaillait apparemment pour le ministère de la Défense, lui plaisait : il s'acquittait scrupuleusement de ses charges auprès du syndic et depuis qu'il avait emménagé, les bruyantes soirées estudiantines qui tenaient éveillé tout l'immeuble avaient cessé. Il était accompagné de plusieurs hommes et d'une femme.

« Sans doute vont-ils tenir une réunion secrète, déclara-t-il solennellement à sa femme. Il y a parmi eux un officier très haut gradé. Alors, je t'en prie, pas de commérages dans le quartier. N'oublie pas qu'il s'agit de la sécurité de l'État. »

Il ne serait pas venu à l'idée de Mme Brandtstetter, une petite femme docile et effacée, de se mettre à papoter avec ses voisines ; elle ne le faisait jamais. Et si elle ne protesta pas devant la mise en garde de son mari, c'était parce qu'elle ne protestait jamais non plus. Mme Brandtstetter ne supportait pas les disputes. Toutefois, la nuit, lorsqu'elle n'arrivait pas à trouver le sommeil et errait entre sa cuisine et son salon en essayant d'oublier les voix qui la hantaient depuis sa jeunesse à Berlin, elle entendait des bruits provenant de l'appartement du dessus, comme si ses cauchemars devenaient soudain réalité. Des coups, des sanglots, des cris poussés par des hommes, ou parfois des femmes. Peut-être n'était-ce que son imagination. Pourtant, les silhouettes entraperçues dans les escaliers étaient bien réelles. Oui, elle savait, elle, à quoi s'en tenir sur ce garçon qui payait ponctuellement ses charges : c'était un homme méchant et cruel, qui n'avait de juif que l'apparence. Depuis qu'il habitait l'immeuble, elle s'arrangeait pour sortir de chez elle le moins possible.

Ce soir-là, à peine son mari était-il descendu avec la poubelle, qu'elle avait collé son œil contre le judas et les avait regardés monter un à un les escaliers. Outre le locataire, il y avait une fille et deux jeunes gens, ainsi qu'un homme en uniforme de l'armée. Mais Mme Brandtstetter n'était pas dupe. La seule chose qui la troublait était l'allure pitoyable de cet « officier » encadré par les deux jeunes gens, un devant, un derrière : la tête baissée, les épaules affaissées, il ne dégageait pas cet air dominateur qui aurait dû être le sien. Un peu plus tard, elle avait également aperçu ce grand brun qui venait de temps en temps rendre visite au locataire si scrupuleux. Au début, elle l'avait pris pour quelqu'un de sa famille, car il n'arrivait jamais avec le reste de la bande. Toutefois, en y resongeant, elle s'était rendu compte qu'il surgissait toujours après ces bruits de meubles qu'on déplaçait, tel la peste après le choléra. Celui-là l'effrayait encore davantage que les autres. Un jour qu'elle revenait de l'épicerie, elle s'était trouvée nez à nez avec lui devant l'immeuble ; il lui avait tenu la porte, tandis qu'elle entrait avec son sac à commissions. Mais ses manières prévenantes ne l'avaient pas abusée, au contraire. Son beau visage, son regard pénétrant et son sourire charmeur avaient achevé de la convaincre que c'était lui le plus cruel de tous.

Si, ce soir-là, Mme Brandtstetter avait pu saisir le regard d'Ohayon tandis qu'il montait d'un pas pesant jusqu'au troisième étage, peut-être aurait-elle changé d'avis. Les yeux fixés sur les marches, il réfléchissait aux journées difficiles qui l'attendaient mais, surtout, il commençait à se sentir gagné par le découragement.

Il y a quelque chose qui ne colle pas dans cette affaire ; depuis le début, pensa-t-il avant de frapper le signal convenu à la porte. Il essaya, sans succès, de se représenter le colonel Yoav Alon dans cet appartement de la rue Ha-Palmach que les services de sécurité mettaient à leur disposition pour les interrogatoires spéciaux. Un trois-pièces, avec salle de bains et cuisine, meublé de façon économique mais fonctionnelle. Dans le salon, se trouvaient deux modestes fauteuils du style kibboutz des années cinquante, un appareil de télévision noir et blanc, ainsi qu'une petite table sur laquelle était posé un téléphone noir — le « ballon d'oxygène », comme l'avait surnommé Tsila.

Les deux autres pièces contenaient chacune deux lits et quelques chaises. Un placard dans le couloir renfermait des couvertures de l'armée. Il y avait toujours sur place un responsable du Département des investigations. Quand les interrogatoires duraient plus d'une journée, ce qui était presque toujours le cas, les membres de l'équipe se relayaient.

Le colonel Yoav Alon, gouverneur militaire de la région d'Edom, dont la carrière s'était déroulée avec une rapidité sans précédent et à qui l'on prédisait un avenir plus brillant encore, était assis sur une chaise, dans l'une des pièces du fond donnant sur la cour. Il n'avait pas ôté sa parka. Assis en face de lui, Raphi jouait avec un trousseau de clés. Tsila retourna dans le salon, où Méni attendait l'arrivée d'Elie Bahar avec les résultats de la perquisition au domicile du suspect. Quand Ohayon entra dans la pièce, Raphi se leva, alla jeter un coup d'œil par la fenêtre fermée et baissa le store. Blanc comme un linge, mais faisant visiblement des efforts pour se contenir, Yoav Alon demanda si ce monsieur allait enfin l'informer de la raison de son arrestation. Le commissaire Ohayon s'assit, alluma une cigarette, fit signe à Raphi de s'approcher et lui murmura quelque chose à l'oreille. Sur quoi, l'inspecteur quitta la pièce. De la cuisine montèrent bientôt des bruits de vaisselle entrechoquée. Ohayon alla fermer la porte.

Cet homme pâle et serré dans sa parka, qui, d'un ton hautain, lui demanda à nouveau pourquoi il avait été arrêté, semblait sortir tout droit d'une publicité pour Tsahal, l'Armée de Défense d'Israël. Avec ses cheveux blonds coupés ras, ses yeux clairs, ses lèvres charnues un peu gercées, il faisait immanquablement penser au vent du désert, au sable chaud, aux jeep militaires. Sous son grand manteau, on devinait un corps musclé et bien bâti ; sa pâleur ne parvenait pas à effacer le hâle de son teint. Pour la troisième fois, il répéta sa question, ajoutant sur un ton glacial qu'on ne lui avait rien dit, hormis que son supérieur était au courant.

« Ainsi, vous ne vous doutez vraiment pas de la raison de votre arrestation ? répliqua Ohayon.

— Je n'en ai pas la moindre idée et si, jusqu'ici, je me suis comporté avec civilité, c'est parce que j'estime que les différents organes de sécurité doivent s'entraider. Mais je vous préviens, ma patience a des limites ; j'exige des explications immédiates.

— D'après la loi, la police a le droit de placer qui elle juge bon en garde à vue pendant quarante-huit heures, sans avoir à se justifier. Cela étant votre cas, je vous prierais de ne pas agiter de menaces et de vous montrer coopératif. Vous savez parfaitement pourquoi vous êtes ici.

— Assez de boniments ! Dites-moi de quoi il s'agit, je vous répondrai. Alors, vous n'aurez plus qu'à me présenter vos excuses et à me raccompagner chez moi. Et d'abord, qui êtes-vous ? »

Imperturbable, Ohayon le considéra un long moment, puis récita la formule habituelle : « Tout ce que vous allez déclarer pourra être retenu contre vous... » Soudain, perdant son sang-froid, le colonel se lança dans une longue tirade sur Kafka, l'Union soviétique, les dictatures d'Amérique latine, et conclut en hurlant :

« C'est absurde, complètement absurde ! Dites-moi au moins qui vous êtes et pourquoi je suis ici ! »

À cet instant, Raphi apparut avec deux verres remplis de café brûlant. Il les déposa par terre, l'un devant son patron, l'autre devant le colonel, et sortit en refermant la porte. Le colonel regarda son café, leva les yeux vers Ohayon et, d'un coup de pied, renversa le verre, qui ne se brisa pas. Un liquide noirâtre se répandit sur le sol entre les deux hommes. Ohayon ne cilla pas.

« Vous prétendez avoir l'accord de mon supérieur. Très bien. Mais qu'est-ce qui me le prouve? Prenez garde, si vous mentez, je ne m'en tiendrai pas là, je vous attaquerai en justice. Qu'est-ce que vous croyez? Que je suis né de la dernière pluie? Savez-vous qui je suis? Combien d'interrogatoires j'ai déjà conduits dans ma vie? Allez, je les connais par cœur, toutes vos ficelles. Je sais que vous êtes obligé de me dire qui vous êtes et j'attends des explications. »

La rage et l'impuissance lui avaient redonné des couleurs. Estimant que le moment était venu d'y ajouter le désarroi, Ohayon déclara calmement :

« Et moi je veux entendre de votre bouche les raisons qui, selon vous, ont motivé votre arrestation.

— Dépassée, cher ami, totalement dépassée, cette méthode. Vous n'obtiendrez rien de moi. Vous n'avez aucun motif de m'arrêter, et je n'ai pas l'intention de me lancer dans des spéculations ridicules. »

Méni entra dans la pièce. À sa vue, le colonel blêmit et, pour le coup, la peur se peignit sur son visage. L'inspecteur avait attendu le moment opportun pour faire son apparition, tel un lapin sortant du chapeau d'un prestidigitateur.

« Vous vous connaissez? demanda Ohayon.

— Oui, dit Alon sur un ton moins arrogant. C'est l'enquêteur qui a recueilli ma déposition il y a environ deux semaines. Maintenant, je comprends. Mais je lui ai déjà dit tout ce que je savais. Pourquoi me retenez-vous?

— Vous êtes ici dans le cadre de l'enquête que nous menons sur le meurtre du Dr Eva Neidorf, dit Ohayon après avoir décliné son nom et son grade. Vous pourriez au moins nous remercier de la discrétion avec laquelle nous avons opéré. Même votre femme ignore les raisons de votre interpellation, et nous l'avons engagée à garder le silence sur la perquisition.

— Quelle perquisition ? s'écria Alon. Qu'est-ce que vous cherchez ? Vous aviez un mandat ? Pas la peine de me répondre ; je les connais, vos trucs. Ce n'est pas à un vieux singe qu'on apprend à faire des grimaces. »

Il respirait bruyamment. Quelques secondes s'écoulèrent.

« Et en plus, je devrais vous remercier ! C'est la meilleure, celle-là ! Qu'est-ce qui vous empêchait de m'interroger au commissariat central ? Je n'ai rien à cacher. Ni rien à ajouter. D'ailleurs, cette femme, je ne la connaissais pas personnellement, même s'il m'est arrivé d'entendre parler d'elle.

— Ah bon, par qui ? »

Le colonel avait de nouveau pâli, ses mains tremblaient, ses yeux clairs s'étaient obscurcis.

« Je ne sais plus. Et de toute façon, cela n'a rien à voir avec cette affaire. Vous n'avez aucune raison de me garder ici. Je m'en vais. »

Sur ces mots, il se leva et se dirigea d'un pas résolu vers la porte, où se trouvait Méni. Ohayon ne bougea pas, Méni non plus. Arrivé devant l'inspecteur, Alon leva la main, mais celui-ci, aussi prompt que l'éclair, lui attrapa le poignet, lui tordit le bras derrière le dos et le ramena à sa place. Aucun d'eux n'avait prononcé une parole. Méni reprit son poste devant la porte ; Alon se rassit sur sa chaise. Par terre, la flaque de café s'était agrandie.

« Vous souffrez de claustrophobie ? demanda Ohayon en allumant une cigarette. Non ? Alors pourquoi ne pas rester gentiment assis avec nous et coopérer ?

— Coopérer ? Avec plaisir. Chez moi, au poste de police, avec une convocation officielle, mais pas ici. J'ai déjà dit tout ce que j'avais à dire, vous êtes sourd ? Je n'ai jamais vu cette femme ! Combien de fois faut-il que je vous le serine ?

— Vraiment ? dit Ohayon en exhalant une colonne de fumée vers le plafond. Seriez-vous prêt à le répéter sous détecteur de mensonges ?

— Tout ce que vous voudrez, mais pas ici. Je connais cet endroit : si vous m'y avez amené, c'est que vous me soupçonnez de quelque chose. Laissez-moi d'abord partir ; ensuite, on parlera de détecteur de mensonges. Ici, vous n'obtiendrez rien de moi. »

Ohayon sortit de sa poche une feuille pliée en quatre et la lui tendit :

« C'est une photocopie. Inutile de la détruire ; nous avons l'original. »

Le suspect examina la feuille, la froissa d'un geste rageur et la jeta dans la mare de café. Ses lèvres tremblaient :

« Qu'est-ce que c'est ? Qu'est-ce que cela signifie ? Je ne comprends pas. Dites-moi ce que vous me voulez et qu'on en finisse.

— C'est bien votre écriture, n'est-ce pas ? dit calmement Ohayon en tapotant sa cigarette au-dessus de son verre à présent vide.

— Supposons que ce soit mon écriture. Encore que n'importe qui puisse l'imiter. Mais admettons que ce soit la mienne. Et alors ? La belle découverte ! Un billet doux ! »

Il avait haussé le ton et de nouveau s'était levé, mais d'un bond, Méni surgit à ses côtés et le força sans ménagement à se rasseoir.

« Vous préférez qu'on vous passe les menottes ? » fit Ohayon.

Penché en avant, les yeux fixés sur la feuille de papier froissée qui s'imbibait de café, Alon ne répondit rien. Finalement, il releva la tête et lança un regard mauvais à Ohayon :

« Si maintenant vous arrêtez tous ceux qui écrivent un petit mot à une fille, les prisons seront vite pleines. Et je ne vous ai pas encore dit que c'est moi qui l'ai écrit.

— En effet, mais d'autres s'en sont chargés à votre place, annonça tranquillement Ohayon, avant de sortir de sa poche une autre feuille, identique à la précédente, et de lire à haute voix : « Orna, ma chérie, désolé pour hier. Je te dois des explications. Rendez-vous à sept heures, à l'endroit habituel. Je t'attendrai. Yoav. »

Puis il tira de sa poche encore une autre feuille — également une photocopie, précisa-t-il au suspect qui rougit en la lisant — la page du registre d'un hôtel à Tel Aviv indiquant que le colonel Alon y avait séjourné deux jours dans une chambre double, en compagnie de son épouse.

« Votre femme a-t-elle déjà entendu parler de cet hôtel ? Voulez-vous que nous lui demandions ? »

Alon ne broncha pas.

« Ne croyez-vous pas qu'il vaudrait mieux nous dire pourquoi vous étiez désolé et quel genre d'explications vous deviez à Orna Dan ? »

Le suspect jeta un regard rempli de haine à Ohayon :

« Cette fille était ma maîtresse. Et alors ? Quel rapport cela a-t-il avec votre enquête ? Quand vous aurez tout raconté à ma femme, vous serez bien avancé. Cette fille est une garce qui n'a pas su tenir sa langue. En quoi cela vous concerne-t-il ?

— Justement, dit Ohayon en écrasant sa cigarette au fond de son verre, il y a un détail qui nous concerne, directement même. Voulez-vous que je vous dise pourquoi vous étiez si désolé ? Ou préférez-vous me l'expliquer vous-même ?

— Je ne me souviens plus, bredouilla le suspect. Il y a longtemps de cela. Sans doute n'ai-je pas pu me rendre à l'un de nos rendez-vous. »

Des gouttes de sueur commençaient à perler sur

son front, juste en dessous de ses cheveux coupés ras. Il ne chercha pas à les essuyer.

« Non, colonel. Vous vous en souvenez parfaitement. Ce n'est pas le genre de chose qu'on oublie. Cependant, je suis prêt à vous rafraîchir la mémoire... »

Une grimace douloureuse déforma les traits du suspect. Le commissaire poursuivit d'une voix unie :

« Pour le dire avec tact, vous avez eu quelques problèmes physiologiques avec cette fille. Et ne me racontez pas que vous avez oublié. »

Méni se jeta sur la main brandie d'Alon, mais cela se révéla inutile, car celle-ci retomba d'elle-même. Soudain, ce grand corps vigoureux parut s'affaisser, vidé de toute énergie. Sur un signe de tête de son supérieur, Méni sortit de la pièce.

« Supposons que ce soit vrai, murmura Alon. Ce n'est pas une raison suffisante pour m'arrêter. Cela n'a aucun rapport avec votre enquête. Pourquoi ne me relâchez-vous pas ? »

Sa voix s'était faite implorante.

« Je ne peux pas vous relâcher tant que vous n'aurez pas répondu à toutes mes questions. Coopérez et je vous laisserai tranquille. Vous l'avez compris : je sais que vous connaissiez Eva Neidorf. Vous êtes allé la consulter à cause, disons, de ce petit dysfonctionnement. Et pendant un an, elle vous a reçu deux fois par semaine, le lundi et le jeudi à dix-neuf heures. Vous voyez, nous sommes déjà au courant de pas mal de choses. Par exemple, que vous n'avez confié à personne, pas même à votre femme, que vous suiviez une psychothérapie. Qu'au lieu d'attendre dehors que votre fils termine sa leçon de judo, vous couriez chez le Dr Neidorf et arriviez toujours à huit heures au lieu de sept heures et demie pour le reprendre. Si vous voulez, nous pouvons même expliquer à votre femme la vraie raison de la pizza ou du falafel que vous achetiez à votre fils avant de rentrer chez vous, pour justifier votre retard. Comme vous voyez, je sais que vous avez menti lors de votre première déposition. Alors, pourquoi ne pas avouer le reste, maintenant ? »

Tout en parlant, Ohayon s'était levé et approché du colonel. Celui-ci le regardait avec des yeux vides ; même la peur avait disparu de son regard. Finalement, il baissa la tête et se mit à contempler la mare de café qui s'étalait à ses pieds. Dans la pièce voisine, le téléphone retentit. Tous deux entendirent une voix féminine dire « allô », puis plus rien.

« Vous n'avez aucune preuve. Ce ne sont que des mots, s'écria Alon dans un ultime sursaut.

— Vraiment, vous croyez ça ? Nous avons des témoins qui vous ont vu entrer chez Eva Neidorf. Mais ce n'est pas tout. »

Il tendit alors une troisième photocopie au suspect. Celui-ci l'examina longuement. C'était le chèque sur lequel sa signature figurait clairement et l'écriture était identique à celle du petit mot adressé à Orna Dan. À côté de la mention « À l'ordre de », Eva Neidorf avait de sa propre main inscrit son nom.

« Vous lui avez remis ce chèque sans préciser le bénéficiaire, mais c'était une femme honnête ; elle ne s'en est pas servi pour régler son épicier ou son coiffeur, comme vous l'espériez. Elle l'a rempli et déposé à sa banque. Aussi simple que cela ! La preuve vous satisfait-elle ? On dit que vous êtes un type intelligent et vous-même affirmez avoir une longue expérience en matière d'interrogatoires. Franchement, vous ne croyez pas qu'il est temps de passer aux aveux ? »

Le colonel Yoav Alon se mit à trembler de tous ses membres et émit une sorte de petit cri plaintif. Ohayon comprit que cet étrange son provenait de cordes vocales oubliées depuis l'enfance. De nouveau, il s'étonna de n'éprouver aucune joie particulière, aucun sentiment de victoire. La lassitude qui l'avait quitté dès le moment où il avait commencé l'interrogatoire le reprenait et l'obligeait à redoubler d'attention. Tout en allumant une cigarette, il songea à Youval qui, même s'il ne voulait pas le montrer, était si fier de son père ! Il songea également à Maya. L'aurait-elle aimé dans un moment comme celui-ci ? À cet instant, la porte s'entrebâilla, laissant apparaître la tête d'Elie Bahar. Ohayon lui ayant fait signe que tout allait bien, l'inspecteur se retira. Dans la pièce voisine, l'équipe qui suivait l'interrogatoire sur le magnétophone avait dû s'alarmer de cette brusque interruption.

Yoav Alon ne releva même pas la tête lorsque le commissaire reprit :

« Nous possédons également la preuve que vous vous êtes introduit par effraction au domicile d'Eva Neidorf. Racontez-moi comment vous l'avez tuée, c'est tout ce que je vous demande. »

Comme il s'y attendait, le suspect retrouva son énergie et s'exclama en se redressant :

« Mais je ne l'ai pas tuée ! Pourquoi aurais-je commis une telle abomination ? Je vous jure que ce n'est pas moi. Je n'avais aucune raison de la tuer. »

Toutefois, le commissaire semblait n'avoir que faire de ses dénégations. À cet instant, Tsila entra et proposa une pause, le temps de se restaurer.

Ohayon passa dans le salon et contempla l'assiette qui l'attendait sur la table, à côté du téléphone. Tsila resta avec le suspect, qui refusa de toucher au sandwich et au café qu'elle lui avait apportés.

Voyant le regard réprobateur d'Elie Bahar, Ohayon se força à goûter au plat chaud que ses inspecteurs lui avaient préparé. La sollicitude quasi maternelle dont l'entouraient les membres de son équipe — surtout Elie et Tsila — l'amusait et, en même temps, le touchait. Néanmoins, il poussa l'assiette de côté et avala une gorgée de café. Il faisait froid. Le chauffage central de l'immeuble était en panne, expliqua

Méni, en montrant le petit radiateur électrique qu'il avait allumé.

Ohayon s'étira et s'efforça de surmonter le dégoût que lui inspirait l'odeur de nourriture. Il avait du mal à suivre le récit de la perquisition que lui faisait Elie, assis dans l'autre fauteuil.

« Je ne suis pas resté jusqu'au bout, mais j'étais là quand on a trouvé la chaussure. La semelle en caoutchouc correspond exactement à l'empreinte relevée dans le jardin de la victime. Il n'y a pas de doute, c'est lui qui s'est introduit chez elle et a subtilisé ses papiers. Je parie qu'on va aussi les retrouver chez lui, avec le dossier qu'il a raflé chez le comptable. Vous vous sentez d'attaque pour continuer, patron ? »

Ohayon jeta un coup d'œil sur sa montre ; il était dix heures trente. Soudain, il remarqua la date : 6 avril. Comment avait-il pu oublier ! Il avait raté la réunion des parents d'élèves au lycée de Youval. Pourtant, toute la soirée, son fils n'avait cessé d'occuper ses pensées. Il s'empara du téléphone et composa son numéro. Dix coups retentirent avant que Youval décroche et lui réponde d'une voix endormie que cette réunion n'aurait lieu que le seize.

« Dans dix jours. Ne t'inquiète pas, je te le rappellerai. Mais oui, j'ai dîné ; j'ai mangé ce que tu m'as laissé. Je suis crevé. Quand est-ce que tu rentres ? Non, j'ai une interro écrite demain, histoire biblique. Je retourne me coucher. »

Bien que rassuré, Ohayon ne pouvait s'empêcher d'avoir mauvaise conscience.

« Voulez-vous que je vous remplace ? risqua Elie.

— Pas tout de suite. Je veux qu'il avoue. Pleurnicher, ce n'est pas encore avouer. »

Sur ce, il retourna dans la pièce du fond. Alon demanda la permission d'aller aux toilettes. Méni l'accompagna. Il n'y avait aucun danger que le suspect ne s'échappe : la lucarne des W.-C. était pourvue de solides barreaux. L'inspecteur l'attendit devant la porte, puis le reconduisit à sa place.

CHAPITRE XV

Les lumières restèrent allumées toute la nuit dans l'appartement de la rue Ha-Palmach. L'interrogatoire fut moins long qu'ils ne le craignaient. À l'aube, ils tenaient la totalité du récit.

Vers cinq heures du matin, en effet, le colonel Yoav Alon signa des aveux en présence de l'équipe au complet. Exténué, Ohayon se retira, laissant à Elie Bahar, qui entre-temps avait réussi à prendre quelques heures de repos, le soin de revenir sur certains détails.

À son retour des toilettes, le suspect avait demandé au commissaire une cigarette. La première bouffée lui avait arraché une quinte de toux : cela faisait des années qu'il n'avait pas fumé, dit-il en guise d'explication, avant de retomber dans le silence. Puis, soudain, il s'écria :

« Je vous jure que ce n'est pas moi qui l'ai tuée ! Ah, si je tenais l'assassin... »

Dans cette brusque sortie, les membres de l'Institut auraient probablement décelé un effet du transfert, pensa Ohayon, mais lui préférait l'appeler un cri du cœur. Et c'est bien ainsi que l'aurait également qualifiée le colonel, lui qui ne cessait de répéter, avec des accents douloureux, combien il aimait Eva Neidorf, combien il l'admirait et lui avait toujours fait une confiance absolue. Bien qu'il parlât les yeux baissés — comme s'il s'adressait à la mare de café qui souillait le sol — le ton de sa voix sonnait juste. Une fraction de seconde, il leva la tête vers Ohayon : la frayeur avait disparu de son regard.

« Je vous écoute, racontez-moi tout, depuis le début.

— Tout a commencé, dit Alon en fixant le liquide noirâtre répandu à ses pieds, le jour où j'ai été nommé au poste de gouverneur militaire. Avant, j'étais heureux, tant dans mon travail que dans ma vie privée. Et puis, tout d'un coup, les catastrophes se sont succédé. Même ma seule et unique aventure extra-conjugale s'est soldée par un piteux échec. Au début, quand je me suis aperçu que je n'éprouvais plus de désir pour ma femme, j'ai cru tout simplement que je m'étais lassé d'elle. Nous nous connaissons depuis le lycée. Au lit, je n'étais plus bon à rien et n'avais même pas la force d'essayer. Alors, j'ai pensé qu'avec Orna, une fille beaucoup plus jeune et si spéciale... Il m'a fallu six mois avant d'oser lui faire des avances, mais je l'ai vite regretté : d'elle non plus, je n'avais pas vraiment envie. À ce moment-là, j'ai compris que ce n'était pas seulement ma vie sexuelle qui allait de travers, mais le reste aussi. Je n'avais plus de goût à rien. Eva Neidorf m'a expliqué que je souffrais de dépression nerveuse. »

Ohayon fumait en silence. De temps en temps, Alon levait la tête pour s'assurer que le commissaire l'écoutait, puis s'abîmait de nouveau dans la contemplation du carrelage.

Méni s'était retiré sur la pointe des pieds. Ohayon savait qu'il continuait de suivre attentivement leur conversation sur le magnétophone dans la pièce d'à côté. Il allait demander au colonel les raisons de sa dépression, quand celui-ci le devança. En tant que gouverneur militaire, l'essentiel de sa mission consistait à délivrer des permis :

« J'ignore jusqu'à quel point la situation dans les Territoires vous est familière, mais là-bas, même pour pisser, il leur faut une autorisation. Vous ne pouvez pas imaginer les choses dont je m'occupe. Personne ne peut l'imaginer. Les premiers temps, quand mon prédécesseur était encore là, j'ai pensé que je m'y habituerais, mais très vite, c'est devenu un véritable cauchemar. Jamais je n'aurais cru que je vivrais des moments aussi pénibles. Je n'exagère pas... » Alon s'adressait maintenant à lui d'homme à homme. « D'ailleurs, j'en suis sûr, vous non plus, vous n'auriez pas tenu le coup. Vous ne me semblez pas avoir le profil adéquat, vous n'êtes pas assez brutal. Et ce n'est pas une question d'opinions politiques ; je ne me suis jamais mêlé de politique. Non, c'est tout simplement une question d'humanité. Combien de temps un homme peut-il supporter de jouer à Dieu-le-Père ? »

À trois heures du matin, Méni leur apporta du café. Ohayon demanda au colonel s'il voulait manger. Non, il n'avait pas faim ; il avait seulement besoin de s'épancher.

« Un vrai moulin à paroles, dit Méni à Shorer, venu aux nouvelles vers les quatre heures. Depuis qu'il s'est mis à table, impossible de l'arrêter. » Le commissaire principal s'assit un instant près du magnétophone et repartit. Bien qu'il eût entendu le coup de sonnette et des bruits de pas dans la pièce voisine, Ohayon n'avait pas bougé de sa chaise. Alon continuait à déverser sa vie en vrac ; les mots se bousculaient dans sa gorge.

Il évoqua ses parents déjà âgés, des rescapés de l'Holocauste. Il était leur seul fils — sa sœur cadette ne comptait pas vraiment à leurs yeux, puisque c'était lui qui, selon la tradition, réciterait le kaddich, la prière des morts, sur leur tombe. Ohayon dut chasser Nira, Youzek et Fela de son esprit en leur criant presque : « Allez-vous-en, vous m'empêchez de me concentrer. » Alon parla ensuite de ses années passées à l'Hashomer Hatzaïr, des idéaux d'égalité que ce mouvement de jeunesse lui avait inculqués, de la valeur suprême accordée à l'engagement dans des unités spéciales de combat, de ses succès scolaires, de son choix de l'armée de métier et de la brillante carrière qui s'ouvrait devant lui — bref, tout y passait, dans le plus total désordre.

Ensuite, il en vint à sa première journée comme gouverneur militaire dans les Territoires. Il avait délivré un permis à un vieux paysan qui voulait cultiver ses oliviers sur le lopin de terre hérité de ses ancêtres. Celui-ci l'avait dévisagé d'une telle façon qu'il n'avait pu s'empêcher de se sentir stupide et arrogant.

« Jour après jour, j'essayais de m'endurcir et croyais même y être parvenu. Il le faut bien pour signer des ordres d'expulsion ou refuser des regroupements familiaux. Notez que je ne fais qu'appliquer les directives gouvernementales. Et puis, je suis constamment sous l'œil du Shin Beth. Quelles que soient vos opinions politiques, cela ne change rien. Un gouverneur militaire aux idées libérales, ça n'existe pas ; c'est une contradiction dans les termes. »

Yoav Alon regarda Ohayon droit dans les yeux :

« Vous vous demandez sans doute quel est le rapport ; eh bien, je peux vous répéter mot pour mot ce que m'a dit le Dr Neidorf lorsque je suis allé la consulter. D'après elle, ces sentiments que je ne pouvais exprimer par des mots s'étaient mis à parler au travers de mon corps. Avant de la connaître, j'étais si désespéré que j'ai plusieurs fois songé à en finir. La vie me semblait dépourvue de sens. Je n'avais plus envie de rien. Les amis, les livres, le cinéma, la bouffe, le sexe, tout me dégoûtait. Combien de temps peut-on vivre ainsi ? Et quand les examens médicaux ont montré que ce n'était pas un problème physiologique, j'ai dû me rendre à l'évidence... J'espère que vous n'enregistrez pas ce que je vous raconte là... Oh, et puis au fond, je m'en fous ; tout m'est égal, maintenant. »

Après ces confidences, Yoav Alon en arriva finalement aux faits précis qui intéressaient Ohayon. Depuis un an, en effet, il suivait un traitement, à raison de deux séances par semaine, et réglait toujours en liquide, de crainte d'éveiller les soupçons d'Osnat, sa femme. Pourquoi ne lui avait-il rien dit ? Il ne le savait pas lui-même. Peut-être avait-il peur qu'elle ne le raconte à Joe qui, lui non plus, n'était pas au courant. Il avait choisi le Dr Neidorf parce qu'une de ses amies d'enfance, Tami Tzvieli, ne tarissait pas d'éloges à son égard, et que Joe lui en parlait aussi de temps en temps.

« Bien qu'elle fût très occupée, elle s'était arrangée pour me prendre deux fois par semaine. Et puis, je ne risquais pas de la rencontrer chez des amis communs : elle ne mettait jamais les pieds chez les Linder. J'avais une confiance absolue dans sa discrétion. À juste titre, d'ailleurs : personne ne savait que je suivais une psychothérapie, et si elle n'était pas morte de cette façon, personne n'aurait jamais rien su. »

Il avait appris son décès le samedi, vers midi, quand Joe l'avait appelé pour annuler leur déjeuner. Bien entendu, Joe, qui ignorait tout de leurs relations, n'avait pas jugé utile de s'entourer de précautions. Il lui avait simplement dit qu'on l'avait retrouvée morte à l'Institut, sans préciser qu'il s'agissait d'un assassinat. Toutefois, il avait aussitôt pensé aux notes qu'elle prenait après le départ de ses patients et avait craint que son nom ne soit jeté sur la place publique.

« Pour l'armée, un type qui va chez un psy n'est pas fiable, surtout à mon niveau de responsabilité. Le plus drôle, c'est qu'ils ont raison. Je ne suis pas fait pour ce genre de boulot. Il faut croire qu'ils se sont trompés sur mon compte. »

Après cette conversation avec Joe, il avait été saisi de panique. Sachant qu'Eva Neidorf venait de rentrer des États-Unis, il en avait déduit que les membres de la famille mettraient un certain temps avant de se retourner. Il avait donc décidé d'attendre la tombée de la nuit et, le soir même — il ne pleuvait pas encore — il s'était rendu à la villa, était entré par la fenêtre de la cuisine et avait pris divers papiers dans le cabinet de consultation.

« Un instant, l'interrompit doucement Ohayon en levant la main. J'aimerais que vous m'éclaircissiez certains points. Pourquoi êtes-vous entré par la fenêtre alors que vous aviez la clé ? »

La stupeur se peignit sur le visage d'Alon.

« Quelle clé ? Comment aurais-je pu avoir la clé ? Je ne vois pas ce que vous voulez dire. »

Ohayon n'insista pas.

« J'ai descellé les barreaux avec une barre de fer, cassé un carreau, glissé la main à l'intérieur et tourné la poignée. La cuisine donne sur le jardin, à l'arrière ; personne ne pouvait me voir. Puis je me suis rendu directement à son cabinet ; dans un des tiroirs de son bureau, j'ai trouvé la liste de ses patients — elle portait la mention "En cas d'urgence" écrite en gros caractères — et aussi son agenda, ajouta-t-il soudain gêné. Je vous jure que je ne les ai pas ouverts. J'ai tout brûlé… y compris son carnet d'adresses où elle avait inscrit mon numéro de téléphone.

— Et, bien sûr, sa conférence.

— Sa conférence ? » Alon écarquilla les yeux. « Ah, vous voulez dire la conférence qu'elle devait prononcer ce matin-là ? Non, c'était le dernier de mes soucis. D'ailleurs, je ne me souviens pas l'avoir vue dans ses affaires, mais il est vrai que je ne la cherchais pas.

— Donc, vous n'avez pas fouillé dans tous ses papiers ? » insista Ohayon.

Il savait qu'Alon lui disait la vérité, mais ne pouvait s'empêcher de garder une lueur d'espoir.

« J'avais autre chose à faire. Je cherchais seulement ce qui risquait de me compromettre. Cela m'a pris une demi-heure, tout au plus. Le temps était compté : quelqu'un pouvait survenir inopinément. »

Ohayon alluma une cigarette.

« Vous portiez des gants ?

— Naturellement. Ce n'est pas tout à fait légal de s'introduire chez quelqu'un par la fenêtre. Je ne voulais pas que la police découvre mes empreintes.

— Pourquoi avez-vous pensé à la police ? Je croyais que vous ignoriez qu'elle avait été assassinée, dit Ohayon en le scrutant intensément.

— Oui, je l'ignorais. Joe ne me l'avait pas dit. Il ne m'a parlé de la police et du reste que le lendemain. Je ne sais pas pourquoi j'ai mis des gants. L'instinct, peut-être. Je n'ai pas d'autre explication. Vous devez me croire, commissaire. Puis-je avoir une autre cigarette ? »

Ohayon lui tendit son paquet et le pria de décrire avec minutie tous ses déplacements à l'intérieur de la villa, ce qu'il fit, non sans réaffirmer qu'il n'avait rien remarqué qui ressemblât au texte d'une conférence.

« Bon, continuons. Vous êtes entré par effraction et vous avez volé des papiers. Et ensuite ?

— Je suis remonté dans ma voiture et — vous ne le croirez pas — j'ai roulé jusqu'au cimetière. Je voulais... au fond, je ne sais pas ce que je voulais, mais je savais que je ne pourrais pas assister à l'enterrement. C'est là que j'ai tout brûlé.

— Quelle heure était-il ?

— Huit heures et demie, peut-être neuf. Pas plus tard, car à dix heures, j'étais de retour chez moi. »

Ce soir-là, la pluie ne s'est remise à tomber que vers dix heures, pensa Ohayon, quand j'étais chez Hildesheimer. Il se souvint des volets qui claquaient, de la fenêtre ouverte, du tonnerre et des éclairs. Oui, l'orage avait commencé à peu près à ce moment-là.

« Et après ? Qu'avez-vous fait ?

— Après, rien. Le lendemain, j'ai vu Joe, qui revenait du commissariat. Il m'a appris qu'en fait elle avait été assassinée et m'a parlé de son revolver, celui que je lui avais acheté en 1967, juste après la guerre ; j'avais tout juste dix-huit ans. En l'écoutant, j'ai de nouveau pris peur : un meurtre, une enquête policière... Vous savez que je m'y connais un peu. J'ai essayé de réfléchir : où pouvait-il encore y avoir trace de ma psychothérapie avec le Dr Neidorf ? »

Alon se tut et considéra le policier. Ohayon s'efforça de garder un visage impassible, lequel, espérait-il, ne laissait paraître qu'un intérêt poli et soutenu. Pourtant, le moment était critique : le colonel allait-il, de lui-même, lui avouer sa visite chez le comptable ? Et sinon, devait-il en conclure que tout ce qu'il lui avait raconté jusque-là n'était qu'un tissu de mensonges ?

Le colonel avoua. Soudain, il s'était souvenu des reçus qu'elle s'obstinait à lui donner, bien qu'elle sût qu'il n'en avait pas besoin. D'ailleurs, dès qu'il sortait de chez elle, il s'empressait de les déchirer en petits morceaux. Un jour Joe, qui lui parlait souvent de ses problèmes financiers, lui avait raconté qu'il avait changé de comptable et choisi, sur la recommandation d'Eva Neidorf, le cabinet Zeligman et Zeligman. Par Joe, il savait aussi que lui et ses collègues remettaient à leur comptable les doubles de leurs reçus. Il avait donc téléphoné chez Zeligman et annoncé qu'il viendrait prendre les documents comptables de la défunte pour les besoins de l'enquête. L'employée lui avait répondu que la police les avait déjà avertis que quelqu'un passerait vers neuf heures. Il s'était présenté à huit heures vingt, avait signé un récépissé et était reparti avec le dossier sous le bras.

Tous les détails concordaient avec le témoignage de Zmira. C'était donc bien lui qui avait commis ce vol. Mais n'était-il coupable que de cela?

« Qu'avez-vous fait ensuite ?

— J'ai roulé en direction de Ramat Rachel et, dans un terrain vague, j'ai brûlé tous les papiers, sauf le classeur que j'ai emporté à mon bureau ; il est identique à ceux que nous utilisons. Après, j'ai vraiment eu une panne de voiture, une saleté qui bouchait le carburateur. Je ne l'ai pas fait exprès, mais du coup, j'avais un alibi... qui ne m'a finalement pas servi à grand-chose, comme vous voyez.

— Et puis ? insista Ohayon.

— C'est tout. La suite, vous la connaissez. Vous m'avez convoqué au commissariat central. J'étais extrêmement tendu, mais croyais m'être tiré de ce mauvais pas. En fait, ce n'est pas tant à cela que je pensais qu'au Dr Neidorf. Je me demandais ce que j'allais devenir sans elle. Elle est morte avant d'avoir achevé son travail. Elle a débridé l'abcès, le pus est sorti, mais la plaie est encore ouverte. Dites-moi, commissaire, croyez-vous que tout cela peut rester entre nous ?

— Entre nous ? » répéta Ohayon, en allumant une autre cigarette.

Il était cinq heures moins le quart du matin. Tout son corps aspirait au sommeil.

« Vous comprenez, je ne voudrais pas que les autorités militaires, les médias, ma femme l'apprennent. Est-ce possible ?

— Le commandant de la région d'Edom a été informé de votre arrestation. Nous sommes restés dans le vague quant aux raisons, mais il est sûr qu'il exigera des explications et je ne vois pas comment nous pourrons refuser de lui en donner. De plus, nous allons devoir vérifier certaines de vos déclarations auprès de votre femme. Enfin, tous mes supérieurs sont déjà au courant de l'essentiel des faits qui vous sont reprochés, conclut Ohayon en tendant les paumes en signe d'impuissance, à la façon d'Hildesheimer.

— Bref, dit Alon avec amertume, je suis foutu.

— Mais non, répliqua sèchement Ohayon, vous n'êtes pas foutu. Simplement, je crains que votre carrière dans l'armée ne soit compromise. Pas parce que vous suiviez une psychothérapie, mais parce que vous avez enfreint la loi — vol avec effraction, dissimulation de pièces à conviction, sans compter que vous avez tenté de vous faire passer pour un officier de police. Ce ne sont pas des délits que la justice a l'habitude de prendre à la légère. Après tout, vous-même n'êtes pas convaincu de posséder les qualités requises pour faire un bon chef d'état-major, ou même un bon commandant de région. Au mieux, je peux essayer d'empêcher les journalistes de s'emparer de l'affaire ; non que je veuille vous protéger du scandale ; mon unique souci est de sauvegarder la réputation de l'armée et de l'administration militaire. En attendant, vous allez rester en garde à vue. Les quarante-huit heures ne sont pas encore écoulées. Vous passerez au détecteur de mensonges et vous participerez à la reconstitution de votre équipée. Après, on verra ce qu'on pourra faire pour vous, à condition, bien sûr, que vous nous apportiez votre pleine et entière collaboration. »

Alon se pencha en avant et enfouit la tête dans ses mains. Songeant aux deux semaines qu'Elie avait passées dans les sous-sols poussiéreux des banques et à ses propres frustrations durant cette enquête, Ohayon réprima un élan de compassion, puis la colère qu'il sentait monter en lui.

« Nous allons aussi vérifier votre alibi à l'heure présumée du meurtre, reprit-il après un long silence. L'inspecteur Elie Bahar va maintenant me remplacer. Si vous voulez dormir, dites-le-lui. Nous n'avons pas l'intention d'employer la torture ; en tout cas, pas si vous vous montrez raisonnable. »

Sur ces mots, il se leva. Il avait les jambes ankylosées et les yeux lui picotaient. Elie, que Tsila venait de réveiller, prit la relève.

« Tout ce temps passé à fouiner dans des comptes en banque pour des clous, pour se retrouver dans un cul-de-sac ! soupira Tsila, tandis que son patron s'asseyait un instant près du téléphone.

— On dirait que tu regrettes qu'il ne soit pas l'assassin.

— Non, ce n'est pas ce que je voulais dire. Mais je n'arrive pas à comprendre pourquoi il s'est donné tant de mal pour cacher le fait qu'il suivait une psychothérapie. Vous ne trouvez pas que c'est exagéré ?

— Si, mais on a déjà vu pire. Par exemple, tu ne crois pas que c'est exagéré de tuer quelqu'un même pour des centaines de milliers de dollars ou encore d'assassiner une fille qu'on a mise enceinte mais dont on ne veut pas reconnaître l'enfant ? Je sais, tu voulais dire autre chose. Comme nous tous, tu espérais que nous tenions enfin le coupable. Or, maintenant nous savons, avant même qu'il ne passe au détecteur de mensonges, qu'il nous a dit la vérité et donc que nous allons devoir reprendre toute l'enquête à zéro. »

À cinq heures et demie du matin, Mme Brandtstetter regarda par le judas et reconnut immédiatement le grand brun qui descendait l'escalier. Non, cet homme qui sortait à une heure pareille de l'appartement du dessus ne pouvait pas être un simple cousin ou un vague parent. Elle avait raison : celui-là était le pire de toute la bande. Tant qu'il était resté là-haut, ils avaient déplacé des meubles et le téléphone n'avait pas cessé de sonner. Maintenant qu'il partait, peut-être allait-elle enfin pouvoir s'assoupir.

Ils passèrent trois jours avec le colonel Alon. Ils

l'interrogèrent de nouveau, cette fois sous détecteur de mensonges : il ne leur avait pas menti. Zmira reconnut le classeur qui avait contenu les documents comptables de la victime et identifia la voix du colonel — sans cependant pouvoir être catégorique. L'empreinte de pas relevée dans le jardin de la villa devint une pièce importante du dossier.

Au cimetière, le colonel les conduisit à l'endroit précis où il avait détruit les papiers subtilisés chez la victime et, dans les collines, non loin de Ramat Rachel, il leur montra les restes calcinés des doubles des reçus qu'il avait cachés sous une grosse pierre. Tout fut collecté dans de grands sacs en plastique et soigneusement étiqueté.

Ils interrogèrent une nouvelle fois Linder et s'entretinrent longuement avec Osnat, la femme d'Alon, avec Orna Dan, sa secrétaire, ainsi qu'avec Mme Steiglitz, sa voisine du dessus, qui leur affirma que rien de ce qui se passait dans l'immeuble ne lui échappait. Ce samedi-là, en effet, vers huit heures trente du matin, elle avait vu le colonel partir de chez lui, à pied. Malheureusement, elle ne pouvait pas leur en dire plus. La clé du domicile d'Eva Neidorf demeurait introuvable. Ils fouillèrent l'appartement du colonel, sa voiture, son bureau. Sans résultat. Durant ces trois jours, Ohayon participa à la recherche des preuves matérielles, mais le cœur n'y était pas. Cet homme n'était pas l'assassin. Comme l'avait dit Tsila, ils étaient bel et bien dans un cul-de-sac.

Shorer, de son côté, l'avertit de se méfier de ses prétendues intuitions à propos de Dina Silver.

« Tu ne possèdes pas le moindre indice. Je ne sais pas ce que tu as contre elle. C'est devenu une véritable obsession. Peut-être devrais-tu en parler à l'un de tes copains de l'Institut. Au vieux professeur, par exemple, pour qui tu sembles avoir tant d'admiration. Comment s'appelle-t-il déjà ? »

Néanmoins, Ohayon décida de convoquer Elisha

Naveh aux fins d'interrogatoire. Raphi, qui n'avait pas cessé de le filer, lui avait rapporté que le garçon, l'air de plus en plus hagard, continuait de rôder autour du domicile de Dina Silver (laquelle était toujours alitée).

Toutefois, Elisha Naveh refusa de collaborer. Il nia connaître Dina Silver et ne cilla pas lorsqu'Ohayon lui rappela qu'il avait été son patient au dispensaire de Kiryat Hayovel. Les menaces restèrent sans effet.

« Durant tout l'interrogatoire, confierait quelque temps plus tard Ohayon à Hildesheimer, j'avais l'impression que ce garçon était ailleurs, sur une autre planète, qu'il entendait des voix, mais certainement pas la mienne. J'ai eu beau le menacer de tout raconter à son père, de l'arrêter pour détention de drogue, il me regardait les yeux vides, comme si je n'existais pas. Ce n'est qu'après l'avoir laissé partir, ce que je regrette jusqu'à ce jour, que j'ai compris : il était au-delà de la peur. Dans ces cas-là, on est désarmé. »

Il relâcha le jeune Elisha Naveh sans avoir rien pu tirer de lui. De nouveau, l'enquête était au point mort. De nouveau, Youval se plaignit d'entendre son père grincer des dents pendant son sommeil.

Finalement, il obtint, non sans mal, l'autorisation de placer le téléphone des Silver sur écoutes, espérant que le salut viendrait de là. Deux semaines passèrent : rien. Force était d'admettre que, même clouée au lit, Dina Silver n'était pas bavarde et que sa maladie n'était pas feinte. Les seules personnes avec qui elle s'entretint au téléphone furent ses patients, Joe Linder et plusieurs autres membres de l'Institut.

« Ce n'est qu'après coup, dirait encore Ohayon à Hildesheimer, que je me suis souvenu de la communication qu'elle a reçue ce mardi où l'on m'a appelé d'urgence à l'hôpital Hadassah. À plusieurs reprises, elle a dit « allô », sans obtenir de réponse, puis la ligne a été coupée. L'appel provenait d'une cabine publique située place de Sion. Quand j'ai fait le rapprochement, il était trop tard. »

CHAPITRE XVI

Depuis qu'il avait terminé son internat de psychiatrie, Shlomo Gold n'assurait plus que deux gardes par mois à l'hôpital, et encore s'arrangeait-il pour les prendre les nuits où Hadassah ne recevait pas des urgences de l'extérieur. Ainsi, avait-il un jour confié à Rina, l'infirmière en chef, il pouvait espérer une relative tranquillité.

« Cette nuit, lui annonça-t-il lorsqu'elle arriva vers vingt-deux heures trente pour prendre son service, j'ai l'intention de rédiger mon compte rendu sur mes patients en analyse. Je n'y ai pas touché de la semaine et, demain, j'ai une séance de contrôle avec Rosenfeld. Ce qui ne nous empêche pas de bavarder un peu, si vous voulez. »

Rina, une célibataire, la quarantaine bien en chair, se pencha par-dessus le bureau et, collant presque son visage contre le sien, lui susurra d'une voix suave :

« Vous êtes sûr que vous ne pouvez pas trouver un autre moment pour écrire votre compte rendu ? »

Gêné, Gold toussota. Il était peu porté à la gaudriole, contrairement à certains de ses collègues qui profitaient de leurs longues nuits de garde pour batifoler avec l'infirmière.

Amusée, Rina se rapprocha encore un peu plus, obligeant Gold à battre en retraite.

« Je vous en prie, vous m'embarrassez », finit-il par bredouiller.

L'apparition, à cet instant précis, du médecin de garde du service de réanimation le sauva de cette situation délicate. En effet, se détournant subitement, Rina jeta son dévolu sur le Dr Galor.

À la différence de Gold, ce jeune médecin était à l'aise en toute circonstance. Sans être particulièrement séduisant, il possédait cette assurance naturelle qui faisait tant défaut à Gold. Avec un sourire enjôleur, Galor passa de l'autre côté du bureau, posa un bras autour des épaules de Rina et se mit à jouer avec la fermeture Éclair de sa tunique blanche. Sous ses doigts experts, celle-ci commença à s'ouvrir, en dépit des protestations de pure forme de l'infirmière.

Rouge de confusion, Gold allait se retirer, lorsque des brancardiers poussant une civière firent irruption dans la pièce. Aussitôt, l'expression de Rina se durcit :

« Nous ne recevons pas les urgences aujourd'hui », vociféra-t-elle d'un ton sans réplique.

Gold la voyait déjà en train de les refouler vers la sortie, quand un jeune homme arriva en trombe.

« Que se passe-t-il, Yaacov, c'est quelqu'un que tu connais ? » dit-elle, soudain attendrie.

Yaacov, un étudiant en quatrième année de médecine qui, curieusement, avait réussi à éveiller en elle la fibre maternelle, hocha la tête en désignant la civière d'où pendait un bras relié à une perfusion. Avec précaution, les brancardiers déposèrent leur fardeau sur l'un des lits.

« Ce n'est pas ce si beau garçon qui habite avec toi ? Que lui est-il arrivé ? »

Yaacov s'épongea le front avec sa manche et dit dans un filet de voix :

« Son pouls est très faible. Il a avalé toutes sortes de comprimés, avec de l'alcool. » Puis, jetant un regard désespéré à Rina, il s'écria : « Mais qu'est-ce que vous attendez ? Faites quelque chose ! »

Alors commença la ronde infernale, comme l'appelait Gold. Tandis que Rina prévenait le médecin-chef de la réanimation par haut-parleur, Galor prenait le pouls du malade et décrétait qu'il n'était plus temps de faire une radio. La salle des urgences se remplit de gens en blouse blanche. Courant après le lit qu'on poussait déjà dans le couloir, Yaacov s'efforçait de répondre de son mieux aux questions du médecin. Oui, il avait vu une bouteille de cognac et des boîtes de médicaments vides. Selon ses estimations, Elisha avait dû ingurgiter une trentaine de comprimés, des antidépresseurs et des barbituriques, avec une bonne dose d'alcool.

« Reste là. Tu n'as pas l'air dans ton assiette, lui ordonna Galor, avant de s'engouffrer dans l'ascenseur. Je te ferai appeler dès que ce sera possible, c'est promis. »

Le corps secoué de tremblements, Yaacov revint dans la salle des urgences, s'assit sur un lit et enfouit son visage dans ses mains.

« Il ne s'en sortira pas, gémit-il. Je suis arrivé trop tard. Oh, mon Dieu, c'est fini. »

Gold s'approcha et lui entoura les épaules. Tout le monde aimait cet étudiant perpétuellement souriant, qui travaillait trois nuits par semaine aux urgences comme aide-soignant pour payer ses études, ne rechignait jamais devant la besogne, savait se montrer gentil avec les malades, regardait les médecins avec admiration et, d'une manière générale, vouait un véritable culte à la médecine.

Quelques mois auparavant, alors qu'ils étaient tous deux de garde, Gold avait eu une longue conversation avec lui. Tripotant les branches de ses épaisses lunettes, Yaacov lui avait fait part de ses hésitations : il ne savait pas quelle spécialité choisir. La psychiatrie le tentait beaucoup, lui avait-il confié en le dévisageant comme un oracle. Cette même nuit, il lui avait également parlé du jeune homme avec qui il habitait, un certain Elisha, dont le père, en mission diplomatique à Londres comme ses parents, lui avait confié la garde. « Un garçon très doué, mais bourré de problèmes et qui est en train de bousiller sa vie, avait-il dit tristement. Je le considère comme un jeune frère, mais, à présent, je ne sais plus quoi faire pour l'aider. »

Ému par la confiance qu'il lui témoignait, Gold s'était lancé dans un long discours sur les études de psychiatrie. Sans formation clinique complémentaire, un psychiatre n'était bon qu'à délivrer des médicaments. Si Yaacov voulait vraiment se spécialiser dans ce domaine, il lui faudrait pousser ses études beaucoup plus loin que ce que l'hôpital pouvait offrir. Cependant, jusqu'à ce qu'il obtienne son diplôme de médecin, il aurait mille fois le temps de changer d'avis, avait conclu Gold en souriant devant la mine studieuse de l'étudiant qui buvait ses paroles. Peut-être, avait répondu celui-ci avec humilité, avant de le remercier pour les précieux conseils qu'il venait de lui donner. La conversation était alors revenue sur Elisha, pour qui Yaacov se faisait énormément de souci. Quand Gold lui avait suggéré d'emmener ce garçon dans un dispensaire d'hygiène mentale, l'étudiant lui avait demandé, sur un ton acerbe, s'il avait entendu parler d'une certaine Eva Neidorf.

Non seulement il en avait entendu parler, mais il la connaissait personnellement, avait-il répondu en dissimulant mal sa fierté.

« Le père d'Elisha la connaît aussi "personnellement" ; quand il a été la voir, elle lui a conseillé de s'adresser au dispensaire de Kiryat Hayovel. Depuis qu'Elisha y va, son état n'a fait qu'empirer. Un désastre. »

Toutefois, à ce moment-là, Gold avait été appelé dans son service, et cette conversation interrompue lui était sortie de l'esprit. Le temps avait passé, sans qu'il eût cherché à savoir en quoi ce dispensaire était si mauvais ni ce qui troublait tant l'étudiant, assis maintenant à côté de lui, complètement désemparé.

Prenant Yaacov par la main, Rina le conduisit dans la pièce du fond où les médecins et le personnel de garde prenaient leurs repas. Elle le fit asseoir à une table et posa devant lui un café bien sucré. Puis, faisant un clin d'œil à Gold comme pour dire « À vous maintenant », elle les laissa seuls.

« Et si tu me racontais ce qui s'est passé ? »

Gold dut répéter plusieurs fois sa question, sur un ton de plus en plus ferme. Finalement, Yaacov se décida à parler :

« Ce soir, pour me changer les idées, je suis allé au cinéma, à la première séance. Croyant qu'Elisha dormait, je ne lui ai pas proposé de venir. Quand je suis rentré vers dix heures, toutes les lumières de l'appartement étaient allumées. J'ai appelé. Pas de réponse. Alors, je suis entré dans sa chambre... c'est là que je l'ai découvert... il gisait sans connaissance sur son lit, une bouteille de cognac vide renversée à côté de lui... L'air empestait l'alcool. Je me suis tout de suite inquiété, car il a horreur des boissons fortes... » Il leva les yeux vers Gold, qui l'engagea à continuer. « Mais quand j'ai vu, par terre, les deux boîtes de médicaments, je me suis vraiment affolé. Je ne suis qu'en quatrième année de médecine, mais je sais que le mélange d'Elatroll et de Pentobarbital peut être mortel. »

Ses yeux se remplirent de larmes. Gold le laissa pleurer un moment. Rina entrouvrit la porte, l'air préoccupé. Gold lui fit signe de ne pas les déranger.

Durant les deux heures qui suivirent, il réussit à le faire parler du sentiment de culpabilité qui l'oppressait.

« Dire que c'est moi, se lamentait l'étudiant, qui lui ai expliqué comment s'y prendre "pour ne pas se rater". Un jour, on regardait un film à la télé, dans lequel l'héroïne tentait de se suicider avec du Valium. Qu'est-ce que j'avais besoin de faire le malin et de lui dire que, pour mourir, il fallait en prendre au moins deux cents, que des somnifères n'étaient pas la méthode la plus efficace? Alors, il a voulu savoir ce qu'il fallait faire pour être sûr de son coup. Quand je lui ai demandé s'il avait des intentions en ce sens, il a éclaté de rire. Après le film, j'ai encore disserté sur les dangers de l'Elatroll mélangé à de l'alcool et à des barbituriques. »

Gold voulut le réconforter, mais Yaacov poursuivit, bouleversé.

« Sur le moment, je l'ai cru. Néanmoins, avant de partir pour Londres, il y a un mois, j'ai caché le revolver qu'on avait à la maison. Par précaution, car je sentais bien qu'il broyait du noir. J'étais loin de m'imaginer qu'il arriverait à se procurer de l'Elatroll. D'ailleurs, je me demande qui a bien pu lui en prescrire... Quel gâchis! Vous avez eu le temps de voir comme il est beau? Il a toutes les femmes à ses pieds. En plus, c'est un garçon intelligent, sensible, plein d'humour. Personne ne résiste à son charme. Il semble tellement fragile qu'on a envie de le protéger. »

Furieux contre lui-même, Yaacov continua à s'accuser et à sangloter. C'est bon, la colère va l'aider à sortir de son état de choc, se dit Gold. Puis, s'efforçant d'être aussi convaincant que possible, il lui expliqua qu'on ne pouvait pas empêcher quelqu'un de mettre fin à ses jours.

« Quand la résolution est prise, on peut retarder l'échéance, c'est tout. Le suicide doit être considéré comme l'aboutissement, souvent inéluctable, d'un processus morbide, d'un trouble psychique. Ce n'est pas ta faute. Tu n'es pas responsable. Tu n'aurais pas pu le retenir. »

Gold le consolait tant bien que mal, lorsque Rina

entrouvrit de nouveau la porte. Son expression ne laissait aucun doute. Le garçon n'a pas survécu, pensa Gold, elle veut que je le lui annonce. Mais Yaacov, qui, lui aussi, avait saisi le regard de l'infirmière, comprit immédiatement. Il s'effondra sur la table et éclata en sanglots, la tête entre les bras.

Quelques instants plus tard, Galor arriva, épuisé.

« On a tout essayé, murmura-t-il, désolé. Même si on était intervenu plus tôt, je ne crois pas qu'on aurait pu le sauver. »

Il posa la main sur l'épaule de Yaacov.

« Merci. Je me doutais bien que c'était perdu, que vous ne pourriez rien faire pour lui, dit celui-ci en essuyant ses yeux baignés de larmes.

— Crois-moi, nous avons tenté l'impossible, mais le cœur a lâché. Au début, j'avais encore un espoir, je pensais qu'il avait une petite chance de s'en sortir, mais apparemment je me suis trompé. Si jeune, quelle sottise ! À voir la façon dont il s'y est pris, il faut croire qu'il voulait vraiment en finir. »

Gold emmena l'étudiant jusqu'à la salle de repos des médecins du service de psychiatrie, où il le fit s'allonger après l'avoir persuadé de prendre un comprimé de Valium. Puis il retourna aux urgences. Galor l'y attendait.

« Il va falloir prévenir la police », dit celui-ci.

À ce mot, Gold sentit la sueur lui couler le long du dos. Bien que deux mois se fussent écoulés depuis ce funeste samedi, il se souvenait encore avec consternation du désarroi dans lequel l'avait plongé l'interrogatoire auquel il avait dû se soumettre.

« Mort non naturelle. C'est la loi ; pas moyen d'y couper, dit Galor en rajustant ses lunettes. Ne fais pas cette tête-là : il n'est pas mort entre tes mains. »

Pourquoi moi ? Pourquoi est-ce toujours sur moi que ça tombe ? pensa Gold avec amertume en voyant la silhouette du commissaire Ohayon se découper dans l'embrasure de la porte. Il croyait s'être tiré d'affaire en demandant à Rina d'appeler la police à sa place : « Soyez gentille, lui avait-il dit, épargnez-moi cette corvée. » Une dizaine de minutes plus tard était arrivé le rouquin, celui-là même qui l'avait emmené au commissariat central, ce samedi de triste mémoire. Dès qu'il avait pris connaissance de l'identité du mort, il avait demandé à Rina la permission de téléphoner.

Ce n'est pas vrai, je rêve, se dit Gold, affolé, tandis qu'Ohayon et le rouquin s'approchaient du bureau.

« Dr Gold, vous ici ! Quelle coïncidence ! » lança joyeusement le rouquin.

Furieux, Gold allait le remettre à sa place, mais voyant l'expression tendue et grave du commissaire, il se ravisa. Ça y est, ça recommence, pensa-t-il avec résignation.

« Il est interdit de fumer ! » aboya Rina, les yeux braqués sur le paquet de cigarettes qu'Ohayon venait de sortir de sa poche.

Mais soudain, son regard croisa celui du policier et son attitude changea du tout au tout. Ma parole, elle lui fait du gringue. On dirait qu'elle veut le séduire pour de bon, ce type aux allures de beau ténébreux — l'idéal masculin de la première midinette venue, songea Gold avec une pointe de méchanceté, tandis que Rina conduisait le commissaire au service de réanimation afin de voir, comme il en avait exprimé le souhait, le corps du suicidé.

Quand Ohayon revint et lui demanda s'il y avait un endroit où tous deux pourraient s'installer tranquillement, Gold eut le sentiment de revivre ce qu'il avait vécu ce samedi noir à l'Institut. Bien qu'ils fussent, là encore, sur son propre territoire, le commissaire semblait parfaitement à l'aise, comme si, lui aussi, avait passé de nombreuses nuits de garde dans cet hôpital. Toutefois, à son grand soulagement, Gold se rendit vite compte que, cette fois, le commissaire était surtout intéressé par Yaacov et ce qu'il avait à dire sur la mort de son ami.

« Que lui est-il arrivé, à ce garçon ? » demanda Ohayon.

Il posa sa cigarette non allumée sur le bord de la table ; le filtre était tout mordillé. Gold crut percevoir dans son regard ce même sentiment qu'il avait décelé chez Yaacov, une sorte de culpabilité. Il lui répéta ce que lui avait raconté l'étudiant : le mélange de médicaments et d'alcool, la personnalité instable du jeune Elisha Naveh.

Ayant justement écrit sa thèse sur les dangers mortels des substances psychotropes, il était probablement le plus qualifié de tout l'hôpital pour en parler. Avec un plaisir non dissimulé, il exposa à Ohayon, qui l'écoutait gravement, les dangers de l'Elatroll : pris à trop fortes doses et mélangé à de l'alcool, ce médicament pouvait provoquer un arrêt du cœur.

« Est-il facile de s'en procurer ?

— Relativement, répondit Gold avec une assurance qui le surprit lui-même. Il suffit d'aller chez son médecin traitant et de dire qu'on souffre de dépression. Si c'est un bon docteur, il vous en prescrira, peut-être pas la première fois, mais certainement la deuxième, et augmentera progressivement les doses. L'ennui » — Gold fit une grimace en voyant Ohayon allumer d'une main hésitante sa cigarette — « c'est que très peu de gens sont avertis des précautions d'emploi. Seuls les spécialistes savent que, disons, deux grammes d'Elatroll, soit vingt comprimés de cent milligrammes — la dose moyenne d'un traitement de deux semaines —, ingérés avec des barbituriques et de l'alcool, vous donnent une bonne chance d'y passer, surtout si on ne vous retrouve que deux heures plus tard ; à ce moment-là, on aura beau vous laver l'estomac, la substance active sera déjà passée dans le sang… c'est ce qui est arrivé à ce garçon. »

Ohayon le pria alors d'aller réveiller Yaacov, l'étudiant en médecine.

« Est-ce vraiment nécessaire ? Il a apporté les boîtes de médicaments vides avec lui. Je les ai sorties de sa poche quand je l'ai aidé à se coucher. Je peux vous donner le nom exact des médicaments que ce jeune garçon a avalés et même vous indiquer le dispensaire qui les lui a délivrés, dit Gold d'un ton péremptoire. Yaacov est trop bouleversé, laissez-le se reposer un peu. »

D'une voix douce mais ferme, Ohayon insista. Contraint et forcé, Gold l'emmena jusqu'au service de psychiatrie où, sans trop de peine, il réussit à tirer Yaacov de son sommeil. Le jeune homme se redressa sur son lit. Ses yeux semblaient nus sans ses épaisses lunettes, que sa main cherchait à tâtons. Il lança aux deux hommes un regard plein de détresse. Avec le plus de délicatesse possible, Gold lui présenta le commissaire, puis alla préparer du café. Ohayon s'assit sur le bord du lit et posa une main bienveillante sur le bras de l'étudiant :

« Je suis vraiment désolé, mais nous avons besoin de votre aide.

— De mon aide ? Pour quoi faire ? Maintenant, il est trop tard… » Les traits de Yaacov se tordirent. Gold crut qu'il allait de nouveau éclater en sanglots, mais le jeune homme se contint et but une gorgée du café chaud qu'il lui avait apporté. « … Bon, qu'est-ce que vous voulez savoir ? »

Il était quatre heures du matin lorsque Ohayon commença à l'interroger, d'abord sur les données factuelles : à quelle heure avait-il trouvé Elisha, d'où provenaient les médicaments et l'alcool, le garçon avait-il laissé un mot d'adieu ? Trop occupé à essayer de sauver son ami, Yaacov n'avait pas fait attention. En tout cas, il n'y avait pas de lettre laissée en évidence.

« Mes collègues sont en train de vérifier », dit Ohayon.

Gold eut une sueur froide en imaginant la police en train de mettre sens dessus dessous l'appartement des deux jeunes gens. Ce n'est que lorsque le commissaire prononça le nom d'Eva Neidorf qu'il comprit pourquoi celui-ci lui avait paru si tendu : deux mois après le drame, il continuait ses investigations. Presque malgré lui, il se sentit pris d'un élan de sympathie pour ce policier aux traits tirés, aux yeux cernés.

Ensuite, Yaacov raconta comment, trois ans plus tôt, le père d'Elisha, très inquiet pour son fils — un garçon pas comme les autres — avait été consulter le Dr Neidorf.

« Je crois qu'autrefois, Mordechaï et elle avaient été voisins. Toujours est-il qu'elle les a orientés vers un dispensaire. Pendant deux ans, Elisha y est allé deux fois par semaine, jusqu'au jour où il a arrêté.

— Pourquoi ? »

Yaacov lança autour de lui des regards embarrassés.

« C'est tellement personnel que je ne sais pas si j'ai le droit de le dire. »

Sur le coup, Gold crut que le commissaire allait se jeter sur le jeune homme ; prêt à le défendre, il serrait déjà les poings quand, à son grand étonnement, il vit Ohayon, soudain très calme, s'adosser contre le mur, comme s'il avait tout le temps devant lui. Incapable de soutenir plus longtemps cette tension, Gold se leva et alla préparer une nouvelle tournée de café.

« Ces derniers temps, Elisha Naveh vous semblait-il dans son état normal ?

— Je ne le voyais plus beaucoup, répondit Yaacov d'un air navré. À mon retour de Londres, il y a une semaine, je me suis aussitôt plongé dans la révision de mes examens. Elisha disparaissait des journées entières. J'ignore ce qu'il faisait. Mais à la réflexion, c'est vrai qu'il avait un comportement bizarre ; quand, par hasard, nous nous croisions dans l'appartement, il tenait des propos étranges, incohérents. Je mettais cela sur le compte de sa vie sentimentale, qui était plutôt tumultueuse...

— Savez-vous avec qui il avait une liaison ? »

L'étudiant se mit à contempler le mur, son visage se ferma. Ohayon alluma une cigarette. Gold, lui, ne comprenait plus rien. Les yeux fixés sur son café, le commissaire demanda alors au jeune homme d'une voix à peine audible s'il savait que le Dr Neidorf était morte.

Yaacov sursauta.

« Quand ? Comment ? » bégaya-t-il.

Le policier l'informa brièvement. Un long silence s'ensuivit ; on n'entendait plus que la respiration haletante du jeune homme. N'y tenant plus, Gold alla se poster près de la fenêtre, d'où il pouvait les observer tous les deux. Il ne voyait pas le rapport entre la mort d'Eva Neidorf et celle d'Elisha Naveh. Pas plus que Yaacov, d'ailleurs, qui formula la question à voix haute.

« Vous n'avez donc pas lu les journaux israéliens pendant votre séjour à Londres ?

— Non. Les deux premières semaines, mes parents et moi avons visité l'Écosse. Quant au père d'Elisha, il était quelque part en Europe. Je ne l'ai vu que les derniers jours : il ne savait rien. Mais Elisha devait certainement être au courant. Je m'étonne qu'il ne m'en ait rien dit.

— Pourquoi ? Vous connaissiez le Dr Neidorf ?

— Oui, j'ai même été une fois chez elle. »

Ébahi, Gold dut faire un effort considérable pour se retenir de poser la foule de questions qui se pressaient dans sa tête.

« Quand cela ? demanda le commissaire.
— Il y a environ trois mois. Je ne me souviens plus de la date précise, mais je sais que deux semaines plus tard, elle devait partir pour l'étranger. »
Yaacov retira ses lunettes, en essuya les verres avec un coin du drap amidonné, les reposa sur son nez, regarda le commissaire avec des yeux vides, puis, de nouveau, se mit à contempler le mur.
« Si cette question n'est pas trop indiscrète, puis-je vous demander pourquoi vous êtes allé la voir ? »
Décidément, ce policier ne lâchait jamais prise, se dit Gold.
« À cause d'Elisha, justement, murmura le jeune homme d'un air accablé. Je crois que je ne me sens pas bien... j'ai la tête qui me tourne. »
Gold s'empressa de lui apporter un verre d'eau et alla ouvrir la fenêtre.
« À cause d'Elisha ? »
Ohayon alluma une nouvelle cigarette, tandis que Yaacov buvait d'un trait.
« À cause de ce qui s'était passé au dispensaire.
— Le dispensaire de Kiryat Hayovel, c'est bien cela ? » insista Ohayon en laissant tomber la cendre de sa cigarette dans la corbeille à papier qu'il avait rapprochée de lui sans quitter l'étudiant des yeux.
Yaacov hocha la tête.
« Excusez-moi, Docteur, mais maintenant je vous prierais de nous laisser seuls. »
L'étudiant jeta un regard désespéré au commissaire.
« Le faut-il vraiment ? » risqua Gold.
Le policier sembla hésiter.
« J'aimerais qu'il reste, murmura Yaacov.
— Comme vous voudrez, dit Ohayon en haussant les épaules. Après ce que vous venez d'endurer, je ne voudrais pas vous importuner plus qu'il n'est nécessaire. »
Gold s'assit à la table en formica qui se trouvait

près de la fenêtre. Ohayon resta sur le bord du lit, à côté du jeune homme, qui s'était maintenant adossé au mur.

« Bon, racontez-moi, qu'est-il arrivé dans ce dispensaire ?

— Après tout, maintenant qu'il est mort, ça ne changera rien. Mais qu'est-ce que je vais bien pouvoir dire à son père ? »

Sans s'énerver, Ohayon répéta sa question.

« Ce qui est arrivé ? s'écria Yaacov, avant de poursuivre d'un trait comme s'il voulait se décharger d'un secret trop lourd pour lui. Il est arrivé que cette putain de bonne femme est tombée amoureuse de lui. »

Pris de vertige, Gold s'agrippa à la table. La gorge effroyablement sèche, il se revit soudain à l'Institut, ce terrible samedi où il avait découvert le corps d'Eva Neidorf. La voix du commissaire lui parvenait comme à travers du coton.

« Qui est tombée amoureuse de lui ?

— Sa psychologue, Dina Silver. »

Yaacov fixait un point sur le mur. Incapable d'en croire ses oreilles, Gold voulut intervenir, mais brusquement un flot de paroles se mit à jaillir de la bouche de Yaacov. D'une voix monocorde, cet étudiant en médecine, qu'il avait toujours entendu tenir des propos sensés quoiqu'un peu puérils parfois, se lança dans une histoire abracadabrante.

« Elisha ramenait toujours ses petites amies à la maison, sans s'inquiéter de savoir si cela me dérangeait — c'était en général des femmes plus âgées que lui, souvent mariées. Or, du jour au lendemain, il a commencé à s'entourer de mille précautions : il s'informait de mon emploi du temps, voulait savoir à l'avance quand j'allais m'absenter, etc. Je me suis dit : enfin, cette fois, c'est du sérieux. Vous comprenez, commissaire, ce garçon avait déjà couché avec la terre entière — ça ne m'étonnerait pas qu'il ait perdu sa virginité à l'école primaire, tellement les filles lui couraient après. Cette fois, me suis-je dit, il l'aime vraiment, il ne veut pas la mettre dans une situation embarrassante — la délicatesse, dans ce domaine, n'avait jamais été son fort. Il ne me racontait pas ses aventures, ne se vantait pas de ses conquêtes. Tout ce que j'en savais venait de ce que je pouvais moi-même constater : les cadeaux, les lettres, les coups de fil. Mais avec celle-ci, c'était le mystère total, et je n'osais pas lui poser de questions. Pendant un an, il l'a reçue à la maison, mais toujours en mon absence, quand j'allais passer le week-end chez ma tante au kibboutz ou quand j'étais de garde à l'hôpital. Et puis, une nuit, il y a environ six mois, je suis revenu plus tôt que d'habitude. J'avais de la fièvre, Rina m'avait libéré. J'ai voulu prendre un cachet d'aspirine, mais je me suis souvenu que, la veille, je lui avais passé ma boîte. Comme je pensais qu'il était sorti, je suis entré dans sa chambre pour la récupérer, j'ai appuyé sur l'interrupteur... Ils étaient là, au lit, en train de dormir. Ils ne se sont même pas réveillés. J'ai pris l'aspirine et je suis ressorti. Elle était allongée sur le dos, une jambe découverte, le visage en pleine lumière. Ça m'étonne qu'elle ne se soit pas réveillée ; lui, c'est différent : il avait toujours un sommeil de plomb. »

Yaacov s'arrêta pour reprendre son souffle. Gold avait l'impression d'avoir reçu un coup de massue. Il ne comprenait toujours pas le lien avec le meurtre d'Eva Neidorf, mais de toutes les situations qu'il pouvait imaginer, celle-ci était assurément la pire, à tel point qu'on n'en discutait jamais durant les séminaires. Même Linder ne se permettait pas des plaisanteries sur ce sujet. Pour un analyste, il n'y avait pas de plus grave transgression que d'avoir des relations sexuelles avec un patient. Et dire que c'était arrivé à Dina Silver ! Elle, justement ! Cette femme à la beauté froide qu'il croyait incapable de passion amoureuse, cette femme dévorée d'ambition que l'Institut s'apprêtait à accueillir en son sein.

Atterré par cette révélation, Gold n'avait pas entendu la question à laquelle Yaacov était en train de répondre.

« Non, je ne savais pas qui elle était. Sur le moment, je l'ai trouvée très belle, quoiqu'un peu âgée pour lui. Quand j'ai vu son alliance — ne me demandez pas comment j'ai remarqué tous ces détails —, j'ai pensé : encore une femme mariée. Toutefois, je n'avais pas l'intention de m'en mêler. Elisha était majeur et quand on lui disait quelque chose de désagréable, il rentrait dans sa coquille ; de toute façon, il n'en faisait qu'à sa tête. Je suis donc allé me coucher et le lendemain matin, je n'ai rien dit. Or quelques jours plus tard — vous ne devinerez jamais, commissaire — j'étais à la banque en train d'attendre mon tour, quand je l'ai aperçue devant moi, dans la queue. Elle était venue déposer des chèques. Au guichet, l'employé, qui était nouveau, lui a demandé son nom. Quand je l'ai entendu, j'ai cru défaillir. C'était elle ! La psychologue qui soignait Elisha ! Tout d'un coup, j'ai compris pourquoi il avait interrompu son traitement. De retour à la maison, je lui ai demandé s'il n'avait pas l'intention de recommencer une psychothérapie. Il m'a répondu que non, qu'il n'en avait plus besoin. Pourtant, l'année avait été catastrophique pour lui : l'armée avait refusé de l'incorporer, il ne dormait plus la nuit, ne mangeait plus, un vrai fantôme ; il n'allait plus à ses cours et passait toute la journée assis à côté du téléphone ou prostré dans sa chambre. Et puis, il a commencé à me poser toutes sortes de questions bizarres sur l'action de certains médicaments. Un matin, son père m'a téléphoné, inquiet de ne plus recevoir de ses nouvelles. Quand j'ai enfin mesuré la gravité de son état, j'ai décidé d'aller voir le Dr Neidorf. Après tout, c'était elle qui l'avait envoyé dans ce dispensaire. Qu'elle prenne ses responsabilités, non ? »

Gold s'épongea le front. Une main dans la poche de sa chemise, le commissaire tripotait une petite boîte de forme carrée. Soudain, il crut reconnaître un magnétophone miniature, le genre d'appareil qu'il avait vu un jour chez un journaliste de ses amis. Arrête de voir des micros partout, se sermonna-t-il.

« Que s'est-il passé chez le Dr Neidorf ? »

De nouveau, les mots se bousculèrent dans la bouche de Yaacov.

« Quand je lui ai téléphoné, elle m'a d'abord proposé de lui amener Elisha ou de le convaincre de l'appeler, mais je lui ai dit qu'il était impossible de communiquer avec lui, que j'avais déjà essayé et qu'il m'avait ri au nez en déclarant qu'il ne s'était jamais aussi bien porté. En fait, moi, je voyais bien qu'il était malade, très malade. Personne ne me fera croire qu'un individu en bonne santé peut rester des mois sans rien faire, absolument rien. Un jour, j'en ai même touché un mot au Dr Gold, mais nous n'avons pas eu le temps d'en discuter sérieusement ; à l'époque, je ne savais pas encore ce qui se passait avec sa psychologue, et espérais qu'il reprendrait son traitement. Bref, j'ai finalement réussi à convaincre le Dr Neidorf de me recevoir. Naturellement, je n'avais pas l'intention de tout lui dévoiler, mais elle s'y est si bien prise que j'ai fini par lâcher le morceau. Je l'ai vue changer de couleur. Elle ne voulait pas me croire. Elle ne cessait de me demander si j'étais sûr et certain de ce que j'avançais, si j'avais conscience de l'extrême gravité d'une telle accusation, etc., etc. Personnellement, la seule chose qui m'importait, c'était qu'elle s'occupe d'Elisha, mais elle a continué à me presser de questions, tant et si bien que je lui ai proposé de la prévenir la fois suivante, afin qu'elle puisse constater elle-même *de visu*. Ensuite, elle m'a expliqué qu'elle ne pouvait pas prendre Elisha en traitement, qu'elle partait dans deux semaines à l'étranger, mais que dès son retour elle lui trouverait un psychologue de confiance. Quand je suis revenu de Londres, je n'ai pas eu le temps de reprendre contact avec elle. D'ailleurs, je ne voyais presque plus Elisha : ou bien il disparaissait des journées entières ou bien il restait allongé sur son lit à fixer le plafond. Quand je lui parlais, c'est à peine s'il me répondait. Et puis, je ne me rendais pas vraiment compte de l'urgence de la situation. Chaque jour, je me promettais de téléphoner au Dr Neidorf, mais... »

La suite se noya dans un long soupir chargé de remords.

Ohayon posa un regard scrutateur sur Gold. Celui-ci se sentit pâlir, mais le lien entre les deux affaires ne lui apparaissait toujours pas clairement.

Ohayon le pria alors de sortir un instant avec lui. Là, dans le couloir de ce septième étage, sous la lumière crue des néons, il le fit asseoir sur l'une des chaises en plastique orange alignées le long du mur, le saisit par le bras et, sur un ton menaçant, lui ordonna d'ensevelir au fond de lui tout ce qu'il venait d'entendre, de n'en souffler mot à personne :

« J'espère que vous en saisissez l'importance. »

Gold ne saisissait pas, mais il hocha la tête.

« Comprenez-moi bien : la vérité sur le meurtre de votre analyste en dépend. N'en parlez à personne, ni à votre femme, ni à votre mère, ni à votre meilleur ami. À personne. Et retenez ce garçon ici ; il ne faut pas qu'il rentre chez lui. Pendant un jour ou deux, rien ne doit filtrer au dehors. Ni qu'Elisha est mort, ni cette affaire avec votre collègue, Dina Silver. C'est clair ? »

Gold voulut protester, demander des précisions, mais le ton impérieux du policier le réduisit au silence.

« Je me charge de prévenir le père d'Elisha, poursuivit Ohayon, et de régler les formalités avec l'hôpital. Quant à vous, votre mission consiste à tenir votre langue et à veiller à ce que le garçon en fasse autant. Sortez-lui tout votre arsenal : il se sent terriblement coupable, vous avez du pain sur la planche. Ne le quittez pas une seconde. Compris ? »

Gold promit de faire de son mieux. Il était terrorisé, par le commissaire, par tout ce qu'il venait d'entendre, mais n'avait personne à qui confier son désarroi, sinon au commissaire lui-même. C'est alors qu'il s'entendit déclarer que ce suicide était, de toute évidence, dirigé contre elle, contre Dina Silver.

« J'ai déjà entendu ça, répliqua Ohayon. L'un des membres de la commission de formation de votre Institut m'a expliqué que le suicide était toujours un acte de vengeance.

— De vengeance, oui, mais pas seulement, rectifia Gold.

— D'après vous, Dina Silver risque-t-elle d'être exclue de l'Institut après ce qu'elle a fait ?

— Quoi, exclue ?! C'est toute sa carrière qui est foutue ! Elle ne trouvera du travail nulle part, même pas comme conseillère d'orientation dans une école ou comme psychologue dans une clinique tenue par des charlatans. Il n'y a pas de faute plus grave, et en plus, avec un adolescent ! »

Soudain, la lumière commença à se faire dans son esprit ; il jeta un regard horrifié vers le commissaire.

« Oui, répondit celui-ci, c'est exactement ce que vous pensez, mais ne me demandez pas d'explications, car je ne suis pas encore en mesure de vous en donner. Faites exactement ce que je vous ai dit, ne le laissez pas seul une seconde, sinon je serai obligé de le placer en garde à vue, et vous avec ! »

Glacé d'effroi, Gold promit de suivre ses instructions à la lettre, mais le commissaire ne semblait guère convaincu.

« Maintenant, retournez auprès de lui et ne sortez sous aucun prétexte. Un de mes hommes va monter la garde devant la porte. »

Il était huit heures du matin, tout le service était déjà réveillé et les médecins s'apprêtaient à faire leur visite quotidienne, lorsque le commissaire Ohayon quitta l'hôpital. Il avait laissé Elie Bahar devant la porte de la pièce du septième étage, après avoir lui-même débranché le téléphone.

« Je vois que la confiance règne, avait lâché Gold en le voyant faire.

— Cher ami, tout ceci est très sérieux, s'était-il excusé. Votre jeune étudiant est en danger de mort si d'autres que nous apprennent ce qu'il sait. »

Auparavant, il avait pris soin de demander à Gold d'appeler sa femme pour lui dire qu'il était retenu à l'hôpital par une urgence et lui faire annuler tous ses rendez-vous des deux jours à venir. Un mensonge qui éveilla chez Gold un sentiment de malaise, mais aussi, il dut le reconnaître, une certaine fierté : le commissaire l'avait investi d'une mission.

CHAPITRE XVII

À neuf heures moins cinq précises, Ohayon gara sa voiture devant le domicile d'Hildesheimer. Après avoir inhalé un grand bol d'air frais et revigorant, il alla se poster sur le trottoir d'en face. À cet instant, il vit un homme sortir de l'immeuble ; sûrement un patient qui vient de terminer sa séance d'analyse avec le Professeur, pensa-t-il.

Entre le moment où il avait quitté l'hôpital Hadassah et celui où il avait atteint Rehavia, il avait eu le temps d'envoyer plusieurs messages par radio. Ainsi, il avait dépêché Raphi à l'hôpital Margoa, pour poser quelques questions supplémentaires à Ali, le jardinier de Dehaïsha, qui avait repris son travail le plus normalement du monde.

« Vous ne voulez quand même pas que je l'hypnotise ? S'il avait remarqué une grosse B.M.W. bleue dans les parages, il nous l'aurait dit, non ? » avait rouspété l'inspecteur, avant d'ajouter, pour clore la discussion : « Bon, d'accord, j'y vais. »

De son côté, le rouquin avait laissé un message au Central, que Naftali lui avait répété mot pour mot : « Si le patron me cherche, dis-lui que la perquisition n'a rien donné ; pas le moindre billet d'adieu. Je suis dans son bureau ; j'attends ses instructions.

— Très bien, qu'il attende jusqu'à ce que je lui fasse signe, avait répliqué Ohayon avec irritation. Même chose pour Tsila ; j'aurai du boulot pour elle. »

S'abstenant de tout commentaire sur le ton désagréable du commissaire, Naftali avait grommelé : « Message reçu. Vous me laissez un numéro où l'on peut vous joindre ? » Ohayon n'avait pas daigné répondre.

Le premier patient de la matinée s'étant éloigné, il monta au premier étage et frappa énergiquement à la porte.

« Mais monsieur ! » s'exclama Hildesheimer, venu lui-même ouvrir.

Il n'y avait pas de trace de sympathie dans sa voix, seulement de la contrariété mêlée d'appréhension. Sans attendre d'y être invité, Ohayon se glissa à l'intérieur.

« Professeur, il faut que je vous parle », dit-il, presque suppliant.

Hildesheimer, qui avait retrouvé son sang-froid, le regarda avec surprise et circonspection.

« Je regrette, j'ai des rendez-vous toute la matinée. »

Son accent allemand semblait plus prononcé que jamais.

« J'ai bien peur qu'il ne vous faille en annuler au moins un, dès à présent », dit Ohayon sur un ton plus ferme.

Tandis que le Professeur le dévisageait avec sévérité, un coup de sonnette se fit entendre, et la tête blonde d'une candidate apparut dans l'entrebâillement de la porte. Ohayon se souvint d'avoir déjà aperçu cette jeune femme maigrichonne aux cheveux courts et au visage anguleux dans les locaux du commissariat central, le jour où Tsila l'avait interrogée. Malgré la supplique muette d'Hildesheimer, il ne bougea pas d'un pouce.

« Je suis désolé, nous allons devoir reporter notre séance... un empêchement de dernière minute..., dit le vieil homme d'une voix embarrassée, tout en jetant un regard réprobateur à Ohayon.

— J'espère que vous n'êtes pas souffrant, s'inquiéta la candidate.

— Non, non, je vais parfaitement bien. Je suis désolé de ne pas avoir pu vous prévenir à l'avance. Nous nous verrons la semaine prochaine. »

La jeune femme accepta de bonne grâce les excuses du Professeur. Apparemment, ses patients sont prêts à tout lui pardonner, pourvu qu'il se porte bien, pensa Ohayon.

« Vous avez de la chance que ç'ait été une candidate, déclara alors Hildesheimer, toujours fort contrarié. Toutefois, mon prochain rendez-vous est avec un patient et je n'ai pas l'intention de répéter une scène comme celle-ci. »

Ohayon consulta sa montre : neuf heures cinq. Il ne restait plus que cinquante-cinq minutes à courir.

« Je suis obligé de vous demander de l'annuler

également. Soyez persuadé que je ne me serais pas permis de vous déranger, si cela n'avait pas été absolument nécessaire. »

Sans un mot, Hildesheimer se dirigea vers son cabinet de consultation, feuilleta rapidement son petit agenda, décrocha son téléphone, un lourd appareil noir qui datait de Mathusalem, et, au vif soulagement d'Ohayon, décommanda son patient.

Ohayon, qui l'avait suivi dans la pièce, referma la porte et, sous le regard intrigué du vieil homme, tira la tenture qui l'insonorisait. Le Professeur s'assit dans l'un des fauteuils ; il s'empressa de s'installer dans l'autre. Bien que la matinée fût ensoleillée, le cabinet était plongé dans la pénombre. D'épais rideaux masquaient la grande fenêtre. Sur le divan, il y avait des traces de boue, à l'endroit où le dernier patient avait posé les pieds, et un creux se dessinait encore sur l'oreiller, recouvert d'un carré de tissu blanc. Soudain, une envie irrésistible de s'allonger sur ce divan et de s'épancher s'empara de lui. C'était surtout ce carré de tissu d'un blanc immaculé, si soigneusement repassé, qui l'attirait, car il lui semblait renfermer une promesse de repos, la promesse de pouvoir s'abandonner, en toute confiance, entre d'autres mains. Combien il aurait aimé que le vieil homme prenne place derrière lui et assume l'entière responsabilité de ce qui allait suivre. Toutefois, il n'était pas venu pour s'entretenir des sortilèges du divan analytique. Accoudé sur son fauteuil, les traits tirés, la tête reposant sur son poing, Hildesheimer attendait, prêt à l'écouter.

Ohayon comprit qu'il devait justifier son intrusion sans plus tarder. N'omettant aucun des développements survenus au cours des semaines écoulées, il lui parla de Linder, du revolver, du colonel Alon — le mystérieux patient —, du vol avec effraction, du cabinet comptable, du détecteur de mensonges, des alibis des uns et des autres, et, peu à peu, le conduisit, comme lui-même l'avait été, dans une impasse.

Il était déjà dix heures lorsqu'il commença à lui relater ses différentes conversations avec Catherine Louise Duboisset. Hildesheimer, qui jusque-là l'avait écouté sans prononcer une parole, l'interrompit d'un air pincé pour l'informer qu'il était au courant de l'escale d'Eva Neidorf à Paris ; avant de reprendre l'avion, le Dr Duboisset lui avait rendu visite et avait d'ailleurs passé toute la journée du samedi à tenter de le réconforter après ce drame. Ohayon constata avec surprise qu'il parlait d'elle sans chaleur excessive. Ce n'est qu'ensuite qu'il se souvint de la remarque taquine de la psychanalyste française ; eh oui, même Hildesheimer n'était pas à l'abri de sentiments tels que la jalousie.

À dix heures un quart, Ohayon en arriva au suicide du jeune Elisha Naveh, non sans avoir d'abord évoqué la présence du garçon aux obsèques, la façon dont il suivait sans relâche Dina Silver et l'interrogatoire de celle-ci au commissariat central. Sur quoi, il pria Hildesheimer d'annuler son rendez-vous suivant. À trois reprises, le vieil homme essaya de joindre son patient par téléphone. Sans succès.

« S'il le faut, soupira-t-il, je le renverrai comme je l'ai fait avec la candidate de neuf heures. »

De la poche de sa chemise, Ohayon sortit un magnétophone miniaturisé, mit le volume au maximum et, pour toute explication, déclara au vieil homme interloqué qu'il souhaitait lui faire entendre la conversation qu'il venait d'avoir avec Yaacov, l'étudiant qui habitait le même appartement que le jeune Elisha Naveh.

À onze heures une, la sonnette de la porte d'entrée retentit. Ohayon arrêta le déroulement de la bande magnétique, juste avant l'épisode de l'aspirine. Quand le Professeur revint, sans un mot, il remit l'appareil en marche. Le visage totalement impassible, Hildesheimer écouta comment Yaacov avait surpris Dina Silver au lit avec Elisha, comment il avait reconnu celle-ci à la banque et quel rôle avait joué Eva Neidorf.

Ohayon, qui ne cessait de l'observer, se souvint d'un antique masque en pierre qu'il avait vu lors d'un voyage en Grèce ; dessous était gravée l'inscription : « Je demeure impénétrable. » Et, effectivement, l'expression du vieil homme demeura impénétrable jusqu'à la fin de l'enregistrement, qui s'arrêtait au moment où Ohayon avait prié Gold de sortir un instant avec lui.

Alors, Hildesheimer baissa la tête et enfouit son visage dans ses mains. De longues minutes passèrent ; Ohayon commençait à s'inquiéter, lorsque le vieil homme se redressa et dit d'une voix brisée :

« Vous savez, je l'ai eue en analyse pendant cinq ans. J'ai toujours pensé que ce n'était pas du bon travail...

« J'aurais dû m'en douter, reprit-il après un long silence, en fixant droit dans les yeux le commissaire qui n'osait pas faire le moindre mouvement. Finalement, cela ne me surprend pas. Tout s'explique...

« Trois contrôleurs... L'un de nous aurait dû comprendre... » et d'ajouter en tendant les paumes en signe d'impuissance : « Seul le bon Dieu ne se trompe jamais. Aucune méthode ne peut vous mettre à l'abri d'erreurs de jugement... »

Ohayon voulut le réconforter, mais le vieil homme s'exclama :

« Quatre fois par semaine pendant cinq ans ! Et moi qui croyais qu'elle faisait des progrès ! Évidemment, ce serait très narcissique de ma part de considérer que je porte l'entière responsabilité de ce qui est arrivé ; pourtant, je ne peux m'empêcher de me faire des reproches. Personne n'est infaillible. »

Ohayon risqua une remarque, que le vieil homme accueillit avec un hochement de tête.

« Vous avez raison. Cela peut sembler paradoxal, mais le fait est que nous, analystes, connaissons tout de nos patients, sauf la façon dont ils se conduisent dans la vie quotidienne. Nous ne savons d'eux que ce qu'ils nous racontent ici, sur le divan. »

De nouveau, il s'abîma dans ses pensées, puis reprit :

« Ce n'est même pas nécessaire que je rencontre cet étudiant pour l'entendre répéter ce qu'il vous a déclaré, car, au fond, je l'ai toujours su. Néanmoins, par acquis de conscience, je suis disposé à le faire. »

Soudain, il se tut et son visage revêtit ce même masque de pierre. Dans le silence, on n'entendait plus que le tic-tac agaçant de la pendulette posée sur la table basse, le cadran tourné vers l'analyste.

À midi moins une, Hildesheimer renvoya son dernier visiteur de la matinée — un candidat —, annula ses deux rendez-vous de l'après-midi — des patients — et déclara qu'il était prêt à rencontrer « l'étudiant qui parlait dans la machine ».

Ils roulèrent sans échanger une parole. Le vieil homme avait les yeux rivés sur la route. Ohayon eut le temps de griller deux cigarettes. Ignorant les protestations du gardien de l'hôpital, à qui il se contenta de montrer du doigt la plaque minéralogique de sa Renault, il se gara devant l'entrée des urgences. Puis, tous deux s'engouffrèrent dans le bâtiment.

Au septième étage, ils trouvèrent Elie Bahar, assis dans le couloir sur une chaise en plastique orange. Ils entrèrent sans frapper. Gold était occupé à écrire ; Yaacov était allongé sur le lit, les yeux mi-clos. Dès qu'il vit Hildesheimer, Gold bondit sur ses pieds avec tant de ferveur qu'Ohayon ne put s'empêcher de sourire intérieurement. Les dents serrées, le vieil homme le pria de le laisser seul avec l'étudiant ; Ohayon, lui aussi, se retira.

Pendant près d'une heure, ils attendirent de l'autre côté de la porte, dans le silence le plus total. Ohayon fuma encore deux cigarettes et n'ouvrit la bouche que pour remercier Elie, qui se proposait de leur apporter un café. Gold déclina l'offre en secouant la tête.

Enfin, Hildesheimer ressortit de la pièce ; il avait le visage couleur de cendre. Inquiet, Ohayon lui suggéra d'aller prendre quelque chose à la cafétéria ; le vieil homme refusa catégoriquement, salua Gold d'un bref signe de tête et se dirigea à grands pas vers l'ascenseur. Ohayon dut presque courir pour le rattraper.

« Bon. Et maintenant ? s'enquit Hildesheimer, avant même que le commissaire n'ait eu le temps de mettre en marche le moteur de sa voiture.

— Maintenant, dit Ohayon d'une voix rauque, il nous faut réunir des preuves, ce qui est toujours le plus difficile. Nous connaissons le mobile, le moyen employé et les circonstances. Son alibi est sans doute faux, mais encore faut-il le prouver.

— Comment comptez-vous vous y prendre ? demanda le vieil homme, une main tambourinant sur son genou.

— J'ai une idée, mais je préfère vous en parler quand nous serons arrivés. J'aurais un très grand service à vous demander. »

Le Professeur ne broncha pas.

À treize heures trente, ils étaient de nouveau installés dans le cabinet de la rue Alfassi, comme s'ils ne l'avaient jamais quitté.

Ohayon alluma une cigarette et déclina poliment l'invitation à déjeuner proférée sans enthousiasme par le vieil homme à qui son épouse venait de s'adresser en allemand sur un ton bougon. Puis il se mit à exposer son plan et ce qu'il attendait du Professeur.

« Je crains qu'avec des méthodes conventionnelles, nous n'aboutissions à rien, conclut-il. Le succès de l'opération dépend de vous ; toutefois, je préfère vous prévenir à l'avance : vous serez sans doute obligé d'enfreindre certains principes auxquels vous êtes attaché.

— Permettez, je vois les choses différemment, commissaire, l'interrompit le vieil homme qui l'avait écouté avec la plus grande attention. Il s'agit, au contraire, de préserver ces principes qui me sont chers. »

Et c'est ainsi qu'à deux heures de l'après-midi, le professeur Ernst Hildesheimer appela Dina Silver chez elle pour lui fixer rendez-vous à son cabinet, à quatre heures ce même jour.

À trois heures tapantes, Hildesheimer alla ouvrir aux policiers du laboratoire scientifique et technique. Pendant que ceux-ci faisaient le tour de l'appartement et inspectaient chaque pièce, Ohayon, qui n'avait pas bougé de son fauteuil, fumait en silence. Debout, le vieil homme regardait par la fenêtre. On frappa à la porte ; Shaül, le responsable de l'équipe, entra.

« C'est bon. Nous allons nous installer dans la chambre à coucher, annonça-t-il en montrant l'un des murs du cabinet. De l'autre côté, il y a une sorte de niche ; la cloison est moins épaisse. Nous avons fait un peu de saleté, mais nous nettoierons avant de partir. »

Il lança au vieil homme un regard désolé, quoique pas suffisamment déférent au gré d'Ohayon, qui avait pourtant insisté auprès de l'équipe, afin qu'elle traite le vieux professeur avec tout le respect qui lui était dû.

S'excusant au nom de ses collègues, Ohayon lui assura à son tour que tout serait remis en ordre, mais Hildesheimer semblait n'en avoir cure. Perdu dans ses pensées, il contemplait le jardin à l'abandon qui s'étendait au pied de l'immeuble. Bien qu'il eût ouvert la fenêtre, le soleil de cette douce après-midi de printemps ne parvenait pas à réchauffer la pièce. Ohayon frémit en pensant que deux semaines plus tôt, le vieil homme avait fêté ses quatre-vingts ans.

À seize heures précises, lorsque la sonnette de la porte d'entrée retentit, Shaül et le commissaire Ohayon étaient fin prêts.

Très pâle, elle portait la même robe rouge que le jour où il l'avait vue pour la première fois. Une mèche de ses cheveux aux reflets bleutés lui retombait sur les yeux. D'un mouvement gracieux, elle la rejeta en arrière et demanda avec un sourire si elle devait s'allonger sur le divan. Le Professeur lui indiqua le fauteuil. Elle s'y assit en croisant les jambes, à la façon d'un mannequin de mode. Ses épaisses chevilles conféraient à sa pose un côté un peu grotesque. De nouveau, il remarqua le manque de finesse de ses poignets, ses doigts trop courts et ses ongles rongés qui, curieusement, donnaient à présent à ses mains un aspect inquiétant.

Tout d'abord, il y eut un long silence. Elle commença à s'agiter sur son siège et ouvrit même la bouche pour dire quelque chose, mais se ravisa. De l'endroit où il était dissimulé, Ohayon ne voyait Hildesheimer que de profil, mais il pouvait l'entendre distinctement.

« Comment allez-vous aujourd'hui ?

— Bien, très bien, dit-elle de sa voix grave, en détachant chaque syllabe.

— Vous souhaitiez me voir il y a quelque temps de cela. Je suppose que vous aviez un problème. »

De nouveau, elle repoussa sa mèche, croisa les jambes dans l'autre sens et finit par déclarer :

« En effet, j'en avais un, au moment de la disparition du Dr Neidorf. Tout de suite après, je suis tombée malade et je n'ai pas pu vous téléphoner. Je pensais le faire dès que je serais remise d'aplomb, mais depuis, je me suis rendu compte qu'au fond, ce n'était pas si grave. Vous m'avez demandé de venir aujourd'hui ; y aurait-il du nouveau ?

— Du nouveau ? répéta le vieil homme.

— Oui, j'ai pensé que peut-être... »

N'osant pas lui demander ouvertement la raison de cette soudaine convocation, elle croisait et décroisait nerveusement les jambes.

« J'ai pensé, reprit-elle d'une voix plus ferme, que peut-être vous vouliez me voir au sujet de ma présentation de cas, que la commission en avait discuté et que vous aviez des remarques à me communiquer.

— Qu'est-ce qui vous fait croire cela ? Vous n'êtes pas satisfaite de ce que vous avez écrit ? »

Elle sourit, de ce même sourire qu'Ohayon connaissait bien et qui s'apparentait davantage à une grimace.

« Là n'est pas la question. Ce que je pense de mon travail est une chose, les exigences de la commission en sont une autre. »

Le vieil homme leva une main, puis la laissa retomber sur l'accoudoir de son fauteuil.

« Non, je voulais vous voir à propos de votre entretien avec le Dr Neidorf.

— Quel entretien ? demanda-t-elle en serrant les poings.

— Eh bien, d'abord celui qui vous avez eu avec elle avant son départ pour les États-Unis, celui au cours duquel vous avez eu une altercation, répliqua Hildesheimer comme s'il énonçait une évidence.

— Une altercation ? » répéta-t-elle en prenant un air ahuri.

Hildesheimer ne dit rien.

« Elle vous a parlé d'une altercation ? » reprit-elle en lissant sa fine robe de laine avec ses paumes.

Hildesheimer resta silencieux.

« Que vous a-t-elle raconté ? » insista-t-elle.

Comme le vieil homme continuait à se taire, elle revint à la charge avec une agitation croissante. Ses mains se mirent à trembler. Puis, haussant le ton, elle poursuivit :

« Vous faites allusion à la conversation que nous avons eue avant son départ ? Elle m'avait assuré qu'elle n'en parlerait à personne, que cela resterait entre nous. »

Hildesheimer ne broncha pas.

« C'est vrai, elle a émis certaines critiques à mon égard, mais il s'agissait d'une affaire ponctuelle et strictement personnelle. »

Ohayon nota que pas une seule fois le Professeur ne s'était adressé à elle par son nom. Toujours aussi immobile, le vieil homme dit d'une voix glaciale :

« Séduire un patient, c'est ce que vous appelez une affaire strictement personnelle ? »

Dina Silver se raidit, plissa les yeux et dit avec arrogance :

« Professeur Hildesheimer, j'ai l'impression que le Dr Neidorf faisait un contre-transfert. Elle était jalouse de moi. »

Voyant qu'il n'avait pas l'intention de répliquer, elle poursuivit :

« Nous nous disputions votre attention, si bien qu'une espèce de rivalité s'était développée entre nous. Je reconnais volontiers ma part de responsabilité — vous connaissez mon côté provocateur. Je lui laissais entendre que nous entretenions, vous et moi, des relations privilégiées, ce qui la mettait dans une situation affective difficile. D'où, sans doute, ce besoin qu'elle avait de me punir, dont je vous ai souvent parlé au cours de mon analyse. »

Ohayon aurait donné cher pour voir l'expression d'Hildesheimer à ce moment-là, mais celui-ci avait détourné la tête vers la fenêtre et regardait le ciel. Il n'apercevait plus que son crâne chauve et sa nuque qui dépassait du col de son veston. Finalement, le Professeur se tourna à nouveau vers Dina Silver et murmura en la fixant intensément :

« Elisha Naveh s'est suicidé la nuit dernière. »

Perdant subitement son arrogance, Dina Silver écarquilla les yeux et son menton se mit à trembler.

Sans lui laisser le temps de prononcer une parole, il poursuivit :

« À cause de vous. Si vous aviez accompli votre tâche avec conscience au lieu de céder à vos désirs, vous auriez pu empêcher cette tragédie. »

Dina Silver baissa la tête et éclata en sanglots. Machinalement, le vieil homme saisit la boîte de mouchoirs en papier qui se trouvait sous la table basse et la posa sur le plateau.

« Le Dr Neidorf avait tout découvert, vous le saviez. J'ai en ma possession les preuves qu'elle avait rassemblées, ainsi qu'une copie de sa conférence. Tout y est. Le troisième paragraphe vous est entièrement consacré.

— Mais pas du tout ! Je ne suis citée nulle part ! » s'écria-t-elle.

Il y eut un silence, son visage devint d'une pâleur extrême.

Un instant, Ohayon crut qu'elle allait s'évanouir, que tout était perdu. Toutefois, ses joues reprirent des couleurs.

« Inutile de chercher à vous disculper, dit alors le Professeur. La seule personne, à part moi, qui ait lu cette conférence est celle qui avait rendez-vous avec le Dr Neidorf, samedi matin avant sa communication, cette même personne qui lui a téléphoné de bonne heure pour lui demander un rendez-vous de toute urgence, en arguant que c'était une question de vie ou de mort. Je reconnais bien là votre style. Et quand le Dr Neidorf vous a clairement signifié qu'il n'y avait pas de retour en arrière possible, que la faute que vous aviez commise était impardonnable, vous l'avez froidement abattue.

« Une chose m'étonne, cependant : vous qui aviez pensé à tout, à voler un revolver deux semaines plus tôt, à prendre la clé de sa villa et ensuite à faire disparaître le texte de sa conférence, comment se fait-il qu'il ne vous soit pas venu à l'esprit qu'elle ait pu me téléphoner de l'Institut pour m'informer de ce rendez-vous, juste avant d'aller vous ouvrir la porte ? Un simple coup de fil...

— Elle vous a vraiment appelé ? » demanda Dina Silver d'une voix étranglée, tout en se dressant sur ses jambes.

Hildesheimer resta de marbre.

« Peut-être existe-t-il des preuves de ma liaison avec Elisha, mais pour le reste vous n'en avez aucune. Hormis vous, personne ne sait que j'avais rendez-vous avec Eva Neidorf ; personne ne m'a vue. »

Elle se tenait tout près du vieil homme, immobile dans son fauteuil, lorsque Ohayon fit irruption dans la pièce :

« Vous vous trompez, madame Silver, des preuves, nous en avons ; plus qu'il n'en faut. »

Soudain, elle se jeta sur le Professeur et le saisit à la gorge. Le commissaire dut employer toute sa force pour desserrer ces mains aux ongles rongés qui s'étaient refermées sur le vieil homme comme un étau.

« Et maintenant commence le vrai boulot », annonça Shaül après avoir vérifié l'enregistrement et rangé son attirail.

Il tenait à la main un ample manteau bleu, celui de Dina Silver.

« Le brin de laine trouvé près du corps de la victime provient de ce vêtement », dit-il d'un ton allègre, tandis que le reste de l'équipe s'affairait bruyamment à remettre en ordre la chambre à coucher. « Du moins, ça en a tout l'air », ajouta-t-il en posant sur le manteau le petit sachet en plastique transparent qui contenait le fil.

La tête rejetée en arrière, le visage défait et empreint d'une immense lassitude, Hildesheimer n'avait pas quitté le fauteuil de son cabinet.

Ohayon revint s'asseoir près de lui, à un angle de quarante-cinq degrés, et alluma une cigarette. Était-ce la tristesse que lui inspirait cette victoire, la vue du vieil homme accablé ou la fatigue qui s'était emparée de lui maintenant que la tension s'était soudain relâchée — toujours est-il qu'il aurait été bien incapable d'expliquer pourquoi, de toutes les questions qu'il aurait aimé lui poser, ce fut celle-ci qui s'échappa de ses lèvres :

« Professeur Hildesheimer, vous vous souvenez, quand je vous ai parlé du Dr Guiora Biham, vous avez eu cette remarque : "Les Argentins, c'est spécial." Qu'entendiez-vous par là ? »

Composition réalisée par INTERLIGNE

IMPRIMÉ EN FRANCE PAR BRODARD ET TAUPIN
Usine de La Flèche (Sarthe).
LIBRAIRIE GÉNÉRALE FRANÇAISE - 43, quai de Grenelle - 75015 Paris.
ISBN : 2-253-14540-8

31/4540/6